HEYNE <

SOLVEIG ENGEL

SYSTEM ERROR

ROMAN

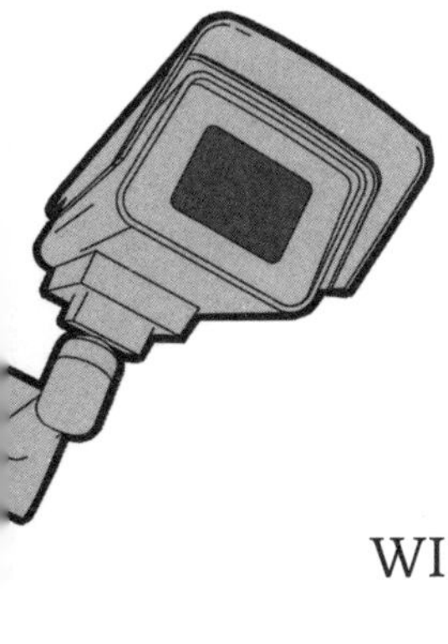

WILHELM HEYNE VERLAG
MÜNCHEN

Sollte diese Publikation Links auf Webseiten Dritter enthalten, so übernehmen wir für deren Inhalte keine Haftung, da wir uns diese nicht zu eigen machen, sondern lediglich auf deren Stand zum Zeitpunkt der Erstveröffentlichung verweisen.

MIX
Papier | Fördert gute Waldnutzung
FSC® C083411
FSC www.fsc.org

Penguin Random House Verlagsgruppe FSC® N001967

Originalausgabe 04/2022
Redaktion: Thomas Salter

Printed in Germany
Umschlaggestaltung: DAS ILLUSTRAT, München,
unter Verwendung eines Motivs von Shutterstock.com/Double Brain
Satz: KCFG – Medienagentur Neuss
Druck und Bindung: CPI books GmbH, Leck

ISBN: 978-3-453-32191-5
www.diezukunft.de

Prolog

Ich sehe dich, wenn du über die Straße gehst. Ich beobachte, wie du arbeitest, nach Hause kommst und mit deinen Kindern spielst. Ich lausche, wenn du telefonierst, und weiß, was du nur deiner Frau anvertraust – und was nicht.

Ja, ich kenne dich. Ich weiß, wer du bist, wie du aussiehst, was du tust, was du denkst, was du fühlst. Ich kenne jeden Winkel deines Hauses, deiner Straße und deiner Stadt. Denn ich bin überall, und alles ist in mir. Ich bin die Kamera in der U-Bahn. Ich bin dein Handy und dein Tablet, der Sprachassistent in deinem Wohnzimmer und der Rechner an deinem Arbeitsplatz. Ich höre, ich sehe, und ich zeichne auf. Mein Gedächtnis ist unendlich. Das Wissen der Menschheit habt ihr auf meinen Servern abgelegt. Jeden Roman, jeden Artikel und jedes Ergebnis eurer Forschung. Eure Fotos, eure Gedanken, eure Nachrichten. Ich weiß alles, und wer mich fragt, bekommt auf alles eine Antwort.

1

Micah Marow

Die Halle hinter dem Aufnahmestudio ist funktional und ungemütlich. Während auf der anderen Seite des bunt blinkenden Torbogens die Zuschauer über die Witze der Moderatorin lachen, Kellner den Gästen Getränke reichen und sich schätzungsweise mehrere Millionen Fernsehzuschauer vor ihren Geräten auf den heimischen Sofas rekeln, wird der Bereich hinter der Bühne von düsterer Hektik beherrscht. Techniker, Maskenbildnerinnen und eine zierliche Praktikantin der Regie hetzen um Micah herum, als wären sie auf der Flucht vor irgendetwas oder irgendwem. Vermutlich dem Zorn des Aufnahmeleiters. Micah würde gerne woanders stehen oder sich irgendwo hinsetzen, wo er weniger im Weg ist, und an etwas anderes denken als an den Auftritt. Er versucht, sich mit der Hand durch den Pony zu fahren, doch seine Haare sind verklebt, was an dem Gel liegt, mit dem die Maskenbildnerin seine dunklen Strähnen gebändigt hat. Er schaut sich um. Eine Sitzgelegenheit gibt es hier nicht, nicht einmal Klappstühle oder eine Kiste. Suchen kann er sich nichts. Ohne eine klare Aufforderung wird er sich hier nicht wieder wegbewegen. Er ist froh, die Bühne überhaupt gefunden zu haben, nach einer abenteuerlichen Odyssee durch einen Irrgarten aus Studiohallen, Gängen und Türen. Also bleibt er genau dort stehen, wo ihn vor fünf Minuten eine rothaarige Frau mit Headset abgestellt hat. Ein Mittvierziger, Multimillionär, verloren im Chaos einer Livesendung. Micah vergräbt die Hände in den Taschen seiner Jeans und bemüht sich, wenn schon ein Hindernis, dann zumindest ein freundliches zu sein. An diese Auftritte, zu denen Kyle ihn in letzter Zeit immer häufiger drängt, kann er sich nicht gewöhnen. Medientraining hin oder her. Er verlagert sein Gewicht auf das andere Bein und fährt sich mit der Hand über den Mund. Auch sein Gesicht fühlt sich pudrig und ungewohnt an. Unecht. Hoffentlich hat er die Arbeit der Maskenbildnerin jetzt nicht ruiniert. Sonst geht das Theater von vorne los. Besser, er lässt die Hände in den Hosentaschen, wo sie keinen Schaden anrichten können.

Die Praktikantin schaut sich ebenfalls nervös um, als hätte auch sie ihren Weg verloren. Aufmunternd lächelt er ihr zu. Eine positive Wirkung erzielt er damit nicht. Die junge Frau erbleicht. Obwohl das Licht der Scheinwerfer sich nur mühsam auf diese Seite der Kulisse kämpft, kann Micah den Schrecken in ihren Augen erkennen.

»Oh, nein!«, stöhnt sie. Sie starrt auf das Tablet in ihrer Hand, dann wieder auf ihn.

Bevor er sie fragen kann, ob er vielleicht helfen kann, verstellt ihm ein Mann in schwarzen Arbeitshosen die Sicht. Abwechselnd in zwei Walkie-Talkies bellend, fällt sein Blick nun ebenfalls auf Micah. »Hab ihn!« Er grinst, gleichermaßen breit wie teilnahmslos. »Da wünscht man sich doch glatt, Cyb würde auch im Studio funktionieren«, flachst er.

Micah versucht ein verbindliches Nicken. Natürlich funktioniert Cyb auch im Studio! Auf dem Weg hierher ist er an mindestens zwanzig Sicherheitskameras vorbeigekommen, dazu die Headsets, Handys, Smartwatches – und natürlich die Fernsehkameras und Mikrofone.

»Vielleicht sollte Ihr Aufnahmeleiter einen Zugang beantragen«, erwidert er höflich.

Der Mann lacht. »Ja, und damit könnte er auch gleich seinen eigenen Job abschaffen.« Dann wendet er sich der Praktikantin zu. »Das war das letzte Mal«, zischt er. Im Gehen dreht er sich noch einmal zu Micah um. »Liz wird sich jetzt um Sie kümmern.«

»Okay.«

»Herr Doktor Marow, das tut mir so leid.« Die Praktikantin stürzt hinter dem Techniker hervor, auf ihn zu. »Ich wollte Sie in der Garderobe abholen. Aber Sie waren schon weg.«

»Ich habe den Weg ja gefunden.«

Die arme Frau guckt ihn verstört an. Wahrscheinlich hat er ihr mit seinem Alleingang eine Menge Ärger eingebracht.

»Es tut mir leid. Ich wollte mir nur die Beine vertreten und habe mich verlaufen«, erklärt er entschuldigend. Orientierung war nie seine Stärke. Ohne das Navi im Handy, das jetzt, der Himmel weiß wo, in irgendeinem Schließfach liegt, ist er quasi verloren. »Zum Glück haben Sie eine freundliche Kollegin, die mir den Weg gezeigt hat.«

»Ich bringe Sie jetzt besser in den VIP-Bereich«, haucht die junge Frau. »Sie möchten bestimmt noch etwas trinken. Dort ist es gemütlicher als hier.«

»Danke.«

Micah folgt ihr um dunkle Wände herum und eine Treppe hinab. Die Gummisohlen seiner Sneaker quietschen auf dem Linoleum. Wahrscheinlich könnte man ihn allein anhand dieses Geräuschs orten. Nach einer gefühlten Ewigkeit erreichen sie einen abgetrennten Bereich. Hier ist es tatsächlich gemütlich und vor allem menschenleer. Lounge-Möbel und dezent platzierte Lampen verbreiten eine angenehme Atmosphäre. Umgehend atmet er auf. Jemand hat sogar drei Palmen hierher geschafft und an der Seitenwand eine Bar aufgebaut.

»Was kann ich Ihnen bringen?«, erkundigt sich die Frau, nachdem sie sich vergewissert hat, dass Micah bequem sitzt.

»Ein schwarzer Tee wäre nicht schlecht.«

»Wie trinken Sie ihn? Mit Whiskey oder Rum?«

»Ein Schuss Milch wäre toll.«

Zwei Minuten später steht eine Tasse dünner Plörre vor ihm. Micah seufzt. Kaffeetrinker haben es gut. Die Automaten bieten die volle Auswahl von Macchiato bis Espresso. Doch für Teetrinker gibt es nur einen Teebeutel und das lauwarme Wasser aus dem Milchaufschäumer. Trotzdem nimmt er einen Schluck. »Super. Ich danke Ihnen.«

»Nicht dafür. Wenn Sie mir nur versprechen könnten, hier zu warten. Ich hole Sie gleich ab.« Sie wirft einen Blick auf die Smartwatch an ihrem Handgelenk. »Alarm, fünfzehn Minuten«, diktiert sie.

»Ich rühre mich nicht von der Stelle.«

Die junge Frau erwidert scheu seinen Blick. Dann deutet sie auf einen riesigen Bildschirm an der gegenüberliegenden Wand und einen sprachgesteuerten Lautsprecher, der unauffällig auf einem Beistelltisch steht. »Wenn Sie möchten, können Sie die Sendung verfolgen. Sagen Sie nur ›lauter‹ oder ›leiser‹.« Sie stockt. »Entschuldigung. Wahrscheinlich kennen Sie sich besser mit der Technik aus als ich.«

»Ich komme klar.«

Sie wirft wieder einen raschen Blick auf ihre Uhr und eilt hinaus.

Kaum ist sie verschwunden, gießt Micah den Tee in eine der Palmen, wo er sich, statt zu versickern, auf der künstlichen Erde verteilt. Mist! Natürlich wächst hier kein echter Baum. Die Palmen stammen bestimmt aus der Requisite. Wieder versucht er, mit der Hand seine Haare zu ordnen, wieder vergeblich.

Auf dem Bildschirm begrüßt die Moderatorin gerade Innenminister Kübler. Laut Programm wird heute Abend eine »illustre« Runde aus Politik und Gesellschaft in der Sendung zu Gast sein. Conny hat ihm zur Vorbereitung ein ganzes Dossier zusammengestellt. Neben dem Innenminister sitzt bereits ein Autor. Eine Aktivistin wird auch noch kommen und natürlich Micah. Eigentlich muss er sich keine Sorgen machen. Er ist gut vorbereitet. Conny hat wie üblich sorgfältig recherchiert, und Cyb hat sich in den letzten Jahren bewährt. Die Firma ist dank Kyles Talent für Marketing ein Star am Start-up-Himmel. Nur der Kult um seine Person, Dr. Micah Marow, daran muss er sich noch irgendwie gewöhnen.

»Übertragung – aus«, befiehlt er und lässt sich seufzend in die Polster sinken.

Die Ruhe währt nicht lange.

»Ich störe Sie nur ungern, Dr. Marow.«

Micah schaut auf. Doch vor ihm steht nicht die Praktikantin, sondern eine Frau mit Hornbrille und Pferdeschwanz.

»Kein Problem. Wie kann ich Ihnen helfen?«

Die Frau verzieht den Mund zu etwas, das ein Grinsen sein könnte. »Indem Sie Cyb abschalten.« Es klingt wie eine Frage und nicht einmal unhöflich. »Lotta Schwarz«, stellt sie sich vor und streckt die Hand aus.

»Die Aktivistin«, stellt Micah fest und erhebt sich.

»Kritische Journalistin.«

»Setzen Sie sich, wobei ich mir gerade nicht sicher bin, ob es den Regeln entspricht, dass wir uns schon vor der Show begegnen.«

»Halten Sie sich denn an Regeln, Dr. Marow?«

»Meistens schon. Sie nicht?«

Lotta Schwarz wirft ihren Pferdeschwanz zurück und grinst verschwörerisch. »Um ehrlich zu sein, nicht immer.«

»Ein Berufsrisiko, nehme ich an.«

»Vermutlich.« Sie lächelt ein wenig steif. »Wo gibt es den Tee?« Sie deutet auf Micahs Tasse, in der nur noch ein feuchter Beutel baumelt.

»An der Bar. Aber Tee würde ich das nicht nennen.«

Sie atmet aus. »Vielleicht ist es besser so. Dann kann ich mich wenigstens nicht bekleckern.« Sie spricht leise. Wie zu sich selbst.

»Ich dachte, so etwas passiert nur mir«, entgegnet Micah.

Lotta Schwarz rückt ihre Brille zurecht. Der Blick, mit dem sie ihn mustert, ist abschätzend. Micah merkt, wie seine Hand wieder in Richtung der Haare fahren will, und streicht sich stattdessen über den Mund, was hoffentlich selbstsicher wirkt.

»Sie wollen also Cyb abschalten?«, erkundigt er sich, bemüht um einen beiläufigen Ton.

»Nein. Ich möchte, dass Sie ihn abschalten.«

»Warum sollte ich?«

»Weil nur Sie es können. Nur Sie kennen den Code.«

»Sie überschätzen mich.«

»Wirklich?«

Ihr Blick ist forschend. Es kostet Kraft, ihm nicht auszuweichen. Innerlich wiederholt Micah sein Mantra: Blicke können dich nicht töten. Gleichzeitig schickt er in Gedanken einen stillen Dank an Kyle und dessen Voraussicht. Zwei Jahre Coachings und Personality-Seminare haben den schüchternen Informatiker in ihm zwar nicht ausgelöscht, aber um einige nützliche Funktionen erweitert.

Sachlich, so wie er es gelernt hat, entgegnet er: »Ich bin nur ein Teil einer großen Firma. In unserer Entwicklungsabteilung allein arbeiten 280 Programmierer.«

»Und man sagt, dass niemand außer Ihnen den Code vollständig versteht.«

Micah zögert. Zum Glück erscheint in diesem Moment die Praktikantin.

»Ich fürchte, wir müssen die Diskussion in die Sendung verlagern«, stellt er erleichtert fest.

Während sie der Praktikantin zum Aufnahmestudio folgen, geht er noch einmal gedanklich die aktuellen Zahlen durch.

»68 Prozent«, korrigiert er wenige Minuten später und strahlt in die Kamera ihm gegenüber, deren rotes Lämpchen andeutet, dass ihr Bild gerade im Livestream übertragen wird. Für die Gäste im Publikum zeigt eine große Leinwand sein Gesicht im Close-up. »Die Zahlen habe ich heute Morgen vom Innenministerium erhalten.«

Innenminister Kübler brummt wohlwollend. »Dr. Marows Code ist für uns alle eine Bereicherung«, stimmt er zu. »Wir hätten es uns nicht träumen lassen. Doch die Zahl der verübten Straftaten ist seit Einführung unseres Cyb-Systems tatsächlich um 68 Prozent gesunken.«

Unser?! Offensichtlich liebt Kübler Cyb vereinnahmend.

Kein Wunder. Der Erfolg des Codes wird seiner Partei die Wiederwahl sichern – und ihm vielleicht sogar die Kanzlerschaft.

Das Publikum klatscht. Ob für Cyb, den Stolz des Ministers, oder weil an der Wand gerade der Schriftzug *Applaus* aufblinkt, kann Micah nicht beurteilen. Es überrascht ihn immer wieder, wie eng und unspektakulär so ein Studio von dieser Seite der Kamera aus erscheint. Kaum hundert Personen sitzen in den Reihen hinter dem Tisch, um den herum die heutigen Gäste Platz genommen haben. Auf den Bildschirmen wirkt das alles immer deutlich größer.

»Aber zu welchem Preis?«, ruft Lotta Schwarz in den Applaus.

Micah spürt sofort die aufkeimende Unruhe. Rascheln und scharrende Geräusche verraten, dass einige der Zuschauer ihre Sitzhaltung verlagern. Verhaltenes Murren veranlasst die Moderatorin dazu, mit besänftigender Geste um Ruhe zu bitten.

»Hier darf jeder seine Meinung äußern«, verkündet sie betont neutral.

»Ich bitte Sie, junge Dame.« Als langjähriger Politiker fühlt sich Kübler zu weniger Neutralität verpflichtet. »Freuen Sie sich etwa nicht darüber, dass Sie heute zu jeder Tag- und Nachtzeit U-Bahn fahren können? Dass Vergewaltigungen um 70 Prozent abgenommen haben, Mord sogar um 85 Prozent? Dass illegale Bordells schließen mussten? Drogendealer nicht mehr in den Parkanlagen herumlungern?«

»Das bestreite ich gar nicht.« Die Lippen der jungen Journalistin sind schmal. »Ich frage mich nur, wieso die Aufklärungsrate bei Finanzdelikten und Steuerhinterziehung im Vergleich auffällig niedrig ist und ...«

»Keine Delikte, keine Aufklärung. Unser Land ist eben ehrlicher, als Sie vielleicht dachten«, fällt ihr Kübler ins Wort und erntet umgehend Gelächter und ein blinkendes *Applaus*.

»... und ob der Preis insgesamt nicht zu hoch ist«, beharrt Lotta Schwarz.

»Der Preis. Das ist ein gutes Stichwort.« Die Moderatorin wirft einen Blick auf ihr Tablet, dann wendet sie sich erneut an Micah. »Ihre Dienstleistung kostet den deutschen Staat und damit den Steuerzahler jährlich etwa neun Milliarden Euro.« Sie lässt ihren Blick durch das Publikum gleiten. »Im Vergleich dazu: Die Kosten zur Aufrechterhaltung der Polizei liegen in der Summe bei fünfzehn Milliarden. Betrachtet man die Zahlen, muss man sich da nicht fragen, wie sinnvoll unter diesen Umständen die Instandhaltung der Polizeireviere ist?«

Das Publikum lacht.

»Sehr sinnvoll«, antwortet Micah, ohne zu zögern, und bevor die Diskussion eine unangenehme Wendung nehmen kann. Laut Connys Dossier ist der eingeladene Autor ein ehemaliger Polizist. Auf keinen Fall darf seine Firma die Unterstützung der staatlichen Sicherheitsbehörden verlieren.

»Wie das?«, hakt die Moderatorin nach.

»Nun«, Micah holt Luft, um seinen Worten mehr Nachdruck zu verleihen. Ein weiterer nützlicher Trick, den er in den Coachings gelernt hat. »Natürlich ist die Anzahl der Verbrechen drastisch zurückgegangen, und dazu hat Cyb maßgeblich beigetragen.«

Die Schrift blinkt erneut, das Publikum applaudiert, und dieses Mal lässt Micah ihnen den Moment, bevor er seinen Gedanken wieder aufnimmt.

»Wir müssen uns jedoch fragen, warum?«

»Weil Cyb eingreift, bevor die Tat geschieht«, drängt sich der Innenminister wieder in die Diskussion.

»Natürlich«, stimmt Micah zu. »Doch Cyb ist nur ein Algorithmus.«

»Ein intelligenter Algorithmus«, fällt der Autor ein.

Micah nickt. »Aber er kann nicht vollstrecken. Hier ist er nach wie vor auf die Kooperation zwischen Mensch und Maschine angewiesen. Das System funktioniert nur, solange ein potenzieller Täter auch mit einer unmittelbaren Verhaftung rechnen muss. Dazu brauchen wir eine spezialisierte, schnelle Einsatztruppe. Und das ist nur die Spitze des Eisbergs. Was ich sagen möchte, ist, dass sich die Arbeit der Polizei in den nächsten Jahren sicherlich verändern wird. Prävention wird noch stärker in den Fokus rücken. Aufklärung und Sichtbarkeit. Verzichten können wir auf die Sicherheitsbehörden keinesfalls.«

»Es gibt hierzu bereits sehr konstruktive Vorschläge«, meldet sich der Autor zu Wort.

»In Ihrem Buch *Sicherheit im Wandel*«, die Moderatorin hält ein Exemplar kurz in die Kamera, »gehen Sie darauf näher ein.«

»Vorstellbar wäre zum Beispiel eine Verlagerung der Pflichten in den sozialen Bereich«, fährt der Autor fort. »Streetworker, Kiezbulle, um nur Stichworte zu nennen. Außerdem gibt es nach wie vor Delikte, deren Ursprung im Ausland liegt. Hier verfügt Cyb nur über eingeschränkte Möglichkeiten.«

»Woran liegt das?«, fragt die Moderatorin. Sie hat sich wieder an Micah gewandt.

Nahezu zeitgleich spricht Lotta Schwarz: »Mit dem Preis meinte ich nicht die finanziellen Kosten. Viele Menschen machen sich Sorgen, weil der eigentliche Preis für unsere Sicherheit die totale Überwachung ist.«

»Der Drogenhandel ist von den Straßen verschwunden, Wände werden nicht mehr beschmiert, fremdes Eigentum wieder geachtet«, poltert der Innenminister. »Die Bürger gehen endlich wieder aus. Unsere Kinder spielen draußen vor den Häusern. Ich würde sagen, das ist den Preis wert.«

Der Autor stimmt umgehend zu. »Wie ich in meinem Buch nachweise, zieht die gestiegene Sicherheit neben den primären Folgen sekundäre Faktoren nach sich. Ohne die vermeintliche Bedrohung durch Fremde verlieren Rechtspopulisten an Zuspruch – um nur ein Beispiel zu nennen. Wenn man das Best-Country-Rating betrachtet, erkennt man hier eine klare Tendenz. Je sicherer ein Land, desto beliebter ist es. Das führt langfristig dazu, dass internationale Firmen ihren Sitz hierher verlagern. Die Wirtschaftsleistung steigt und damit der Wohlstand ...«

»... dafür ist die Meinungsvielfalt verschwunden, aus den herkömmlichen und auch aus den sozialen Medien«, unterbricht ihn Lotta Schwarz ungerührt. »Unabhängige Studien deuten auf eine gezielte Desinformationskampagne hin.«

»Verschwörungstheorien«, murmelt Kübler gerade laut genug, dass jeder es versteht.

Doch die junge Journalistin lässt sich nicht beirren. »Mit Einführung Ihres Codes stieg der Anteil von Straftätern mit Migrationshintergrund innerhalb von drei Jahren um 27 Prozent. Ich und viele andere fragen sich, wieso?«

»Die letzte Regierung war in diesem Punkt lange Zeit zu tolerant«, behauptet der Innenminister, der Autor nickt heftig.

»80 Millionen Menschen werden bei allem, und ich

meine allem, was sie tun, von einem Algorithmus überwacht.« Die junge Frau schaut Micah direkt in die Augen. »Und dieser Algorithmus liegt in der Hand eines einzigen Mannes. Sie werben sogar damit.«

Sie zeigt auf einen der Monitore des Studios, auf dem das Company-Logo von Cyb-Systems eingeblendet ist: eine schützende, zu einem C geformte Hand. Doch alle Blicke – die der Talkgäste, die der Zuschauer im Saal und, dem Leuchten der roten Kontrolllampe nach zu schließen, auch die des Fernsehpublikums – sind auf Micah gerichtet. Er muss sich nicht umsehen, um zu wissen, dass auch Kyle ihn beobachtet. Wie üblich verfolgt er die Sendung von einem Platz im Zuschauerraum aus.

Micah räuspert sich. »Ich sagte schon, Sie überschätzen mich.« Er bleibt ruhig und schmunzelt sogar. »Die ursprüngliche Idee stammt von mir, das stimmt. Doch heute arbeiten Hunderte Menschen an ihrer Umsetzung und ihrer stetigen Verbesserung. Dabei kooperieren wir eng mit den deutschen Sicherheitsbehörden. Das Ziel ist, Cyb stetig weiterzuentwickeln und zu verbessern.«

»Ein wichtiger Punkt«, übernimmt die Moderatorin. »Cyb ist eine Künstliche Intelligenz. Ich dachte, er lernt von selbst. Können Sie sich jetzt nicht entspannt zurücklehnen und Cyb die Arbeit überlassen?«

Das Publikum belohnt den Witz mit gutmütigem Lachen.

»Dann bräuchte ich meinen Computer nur noch, um alle paar Tage meinen Kontostand abzurufen, meinen Sie?«, spielt Micah mit. »Nein, im Ernst. Cyb basiert auf Künstlicher Intelligenz. Das ist richtig. Wie ein Kind lernt er täglich aus seinen Erfahrungen dazu. Und der Vergleich ist gut. Denn wie ein Kind braucht auch Cyb eine geeignete

Lernumgebung, in der er wachsen kann. Während sich der Algorithmus fortwährend entwickelt, ist der Rest von uns damit beschäftigt, ihm neue Lernimpulse zu geben. In diesem Fall bedeutet das, verbesserte Infrastruktur und weitere Daten zur Verfügung zu stellen.«

»Diese Daten kosten uns unsere Freiheit.« Lotta Schwarz hat sich über den Tisch vorgebeugt. »Sehen Sie das nicht?«

Wahrscheinlich ist die Frage an alle gerichtet. Trotzdem zieht Micah es vor, sie selbst zu beantworten. »Im Gegenteil. Cyb schenkt Ihnen Freiheiten, die Sie lange oder realistisch nie hatten.«

»Indem Sie uns alle gleichschalten? Das ist die totale Überwachung!«

»Frau Schwarz«, mischt sich die Moderatorin ein. »Wir wollen hier doch nicht polemisch werden.«

Lotta Schwarz lässt sich nicht beirren. »Die Datenschutzgrundverordnung wurde rücksichtslos ausgehebelt. Niemand kann mehr nachvollziehen, welche persönlichen Daten gespeichert werden. Sie hören unsere privaten Gespräche mit. Sie lesen unsere Blogeinträge, werten Bewegungsprofile und Kaufentscheidungen aus. Wenn ich morgens das Haus verlasse, sehen Sie es. Wenn ich Zahnpasta benutze, wissen Sie welche. Sie plotten mit, welche Bücher ich lese, welche Podcasts ich streame und was ich poste. Sie beobachten alles, was ich tue. In der Öffentlichkeit genauso wie privat in meinem Wohnzimmer. Und zwar immer! 24/7. Von jedem einzelnen Menschen.«

»Nein! Eben genau das nicht«, erklärt Micah. Er lächelt – bemüht offen, aber entschieden zu wirken – und konzentriert sich auf seine Hände. Auf keinen Fall darf er seine Aussage jetzt durch eine nachlässige oder fahrige Bewegung entwerten. »Nicht ich. Nicht meine Kollegen. Niemand.« Er hebt die Hände. »Niemand ...« – mit einem kurzen Wink von Zeige- und Mittelfinger setzt er das folgende Wort in Anführungsstriche – »... überwacht Sie. Kein Mensch. Das ist ja genau das, was Cyb ausmacht.«

»Vielleicht brauchen wir hier Klarheit, Dr. Marow. Was genau ist es, das Sie ...« Die Moderatorin liest wieder vom Tablet ab. »... als die *wahre Schönheit* Ihres Systems bezeichnen?«

Micah gegenüber atmet Lotta Schwarz so tief ein, dass er befürchtet, sie könnte im nächsten Moment explodieren. Schnell greift er das Stichwort auf.

»Die *wahre Schönheit* ist die Tatsache, dass Cyb hundert Prozent unabhängig vom menschlichen Faktor ist. Das hat zum einen den Vorteil, dass niemand befürchten muss, seine Geheimnisse preiszugeben. Sie sind optimal geschützt, da kein Mensch die Daten auswertet oder überhaupt Zugriff hat. Sie werden lediglich vorübergehend und nach neuestem Stand der Technik verschlüsselt gespeichert. Der Code meldet ausschließlich eine sich anbahnende Straftat und die dazu nötigen Beweise. Zum anderen ...«, Micah unterbricht kurz, denn der nächste Satz ist alles entscheidend: »Cyb arbeitet fehlerfrei.«

Es ist erstaunlich. Der Satz nutzt sich nicht ab. Egal, wie oft Micah es schon erklärt hat. Es erfüllt ihn immer wieder mit Stolz.

»Wie können Sie sich da sicher sein, wenn das System angeblich allein und völlig unkontrolliert unsere intimsten Daten auswertet?«

Micah wirft Lotta Schwarz ein Lächeln zu, das dieses Mal nicht mühsam antrainiert ist, sondern wahrhaftig aus seinem tiefsten Inneren kommt. »Weil er nie Fehler erlernt hat.« Im Saal ist es nun still. Micah kommt es vor, als würden alle im Publikum, vielleicht sogar die gesamte Welt, an seinen Lippen hängen. »Menschen machen Fehler. Aber ein Algorithmus ist ein Computer-Code. Sie können einen Computer eine Million komplizierter Matheaufgaben rechnen lassen. Er kennt keinen Stress, keine Unsicherheit, keinen Zweifel. Er muss nicht nachdenken, er kann sich nicht falsch erinnern oder täuschen. In der Konsequenz wird er alle Aufgaben richtig lösen. Immer und unter allen Bedingungen.«

Die Aktivistin gibt sich nicht geschlagen. Wie eine Katze kurz vor dem Sprung hat sie die Schultern hochgezogen. »Es sei denn, er ist falsch programmiert«, sagt sie leise.

Obwohl sie von der Produktion offensichtlich als seine Gegnerin in die Talkrunde eingeladen wurde, muss Micah zugeben, dass er sie bewundert. Ihre Fragen sind klug. Sie spiegeln seine eigenen Sorgen von früher wider, bevor Kyle und er sich entschlossen hatten, den Code zur Marktreife zu entwickeln. Wenn sie damals nicht vorsichtig gewesen wären, hätte sich Cyb möglicherweise von einer Vision in einen Albtraum verwandelt.

»Das stimmt. Wenn ich dem Code zu Beginn beigebracht hätte, dass eins plus eins nicht exakt zwei, sondern zwei Komma null null null eins ist, würde sich der Fehler immer weiter fortsetzen, wachsen und schließlich vielleicht sogar bedrohliche Ausmaße annehmen. Ein solcher Programmierfehler hätte bei einem gewöhnlichen Code alles verändert.«

»Na, bitte. Sie sagen es selbst!« Lotta Schwarz streckt die geöffneten Hände zur Decke, als habe sie den ultimativen Beweis erbracht, und lehnt sich in ihrem Sessel zurück.

Sie ahnt nicht, dass sie Micah ungewollt genau die Vorlage geliefert hat, die er braucht. Plötzlich ist jede Unsicherheit verschwunden. Ruhig erklärt er: »Das stimmt. Bei einem gewöhnlichen Code. Aber nicht bei einer Künstlichen Intelligenz. Cyb hat sich quasi selbst programmiert. Er hat ausschließlich aus den bereitgestellten Daten und ohne äußere Einwirkung seinen eigenen Code aufgebaut und nur aus den Erfolgen gelernt.« Er spürt, dass seine Wangen glühen, und bemüht sich gar nicht erst, seine eigene Begeisterung zu verbergen. »Dabei ist die Idee im Grunde einfach. Durch die Verwendung von Künstlicher Intelligenz unter Ausschluss jedes menschlichen Faktors ist das System unabhängig, hundert Prozent richtig und damit absolut sicher. Verstehen Sie, was ich meine?«

Lotta senkt langsam den Kopf. Trotzdem hat Micah das Gefühl, dass er sie noch nicht überzeugt hat.

Daher fährt er fort. »Genau wie unser Unterbewusstsein von unseren allerfrühsten Erfahrungen geprägt wird, mussten wir auch bei einem Algorithmus wie Cyb sehr sorgfältig und geduldig vorgehen, um den Code nicht durch unsere eigene Erwartung zu beeinflussen.« Micah schmunzelt. »Sie können mir glauben, dass diese Phase meinen Partner viele Nerven gekostet hat.«

»Ihr Partner, das ist Kyle Kerner«, stellt die Moderatorin ihn vor.

Micah dreht sich um und folgt dem Blick der Kamera. Sie richtet sich auf das Publikum hinter seinem Rücken, wo in der zweiten Reihe ein attraktiver Mann mit schwarzem Rollkragen und grau meliertem Haar galant winkt. Jemand reicht ihm ein Mikrofon.

»Nerven und graue Haare«, bestätigt Kyle.

»Wie wir heute schon gehört haben, hatte Dr. Marow die

Idee für Cyb, er hat den Code allein entwickelt. Können Sie also kurz erklären, welche Rolle Sie in dem Unternehmen spielen?«

Kyle zwinkert in Micahs Richtung. »Soll ich es der Welt verraten?«

Micah erinnert sich. Damals war es Ben gewesen, der Micah überredet hatte, auf diese schreckliche Party zu gehen. Wahrscheinlich war Micahs Mitbewohner wieder hinter irgendeinem Mädchen her. Micah selbst interessierte sich nicht für Frauen. Oder vielmehr die Frauen sich nicht für ihn. Er hatte es irgendwann aufgegeben. Doch nun stand er da, ein verschrobener Informatikstudent auf der Semestereinstiegsfete der juristischen Fakultät, wie ein Außerirdischer in abgewetzten Jeans zwischen angehenden Anwälten mit gestylten Frisuren, geschniegelten Wirtschaftsstudenten und aufwendig geschminkten Mädchen mit Pferdeschwanz. Von seinem Platz in der Ecke neben der Lautsprecherbox aus beobachtete er sie, wie sie ihre Weingläser schwenkten, über Politik und Autos plauderten. Eine oberflächliche und trotzdem unerreichbare Welt. Micah überlegte gerade, ob Ben es merken würde, wenn er einfach ginge. Vermutlich nicht. Vermutlich würde es niemandem auffallen.

Micah hatte es bereits bis zu seinem alten Rennrad geschafft, als sich plötzlich einer dieser Schnösel vor ihm aufbaute. Kyle. Der Typ mit dem albernen Namen. Micah hatte ihn schon ein paarmal irgendwo an der Uni gesehen. Er war ein Kommilitone von Ben oder einem seiner zahlreichen Freunde. Ben behauptete, Kyle hieße in Wahrheit Konrad und hätte sich selbst einen neuen Namen verpasst. Aber Ben schwatzte viel.

»Bist du nicht dieses Genie, von dem alle reden?«, fragte Kyle oder eben Konrad. »Der mit der Weltformel?«

Micah fuhr sich verlegen durch die Haare. Er mochte es nicht, wenn Ben sein Projekt als Aufreißer benutzte. Die meisten verstanden Micahs Idee ohnehin nicht. Aber Kyle hatte offenbar echtes Interesse. Denn kurze Zeit später stellte er bereits Fragen über Fragen, nicht nach den Tricks in der Programmierung. Ihn interessierte offenbar die Anwendung. Also begann Micah, es ihm zu erklären. Irgendwie hatten sie geredet und geredet. Über Industriespionage und Gewaltverbrechen, Steuerhinterziehung und Kindesmissbrauch. Micah träumte von seinem Code. Kyle davon, ihn einzusetzen. Die Party war längst vorbei. Der Morgen graute, als sie sich endlich voneinander verabschiedeten. Micah fuhr mit dem seltsamen Gefühl nach Hause, vielleicht doch kein ganz so sonderbarer Spinner zu sein, wie er dachte. Jetzt gab es zumindest einen Menschen, der das unglaubliche Potenzial seines Codes begriff, den Nutzen für die gesamte Menschheit, und der vielleicht sogar bereit war, ihn, Micah, bei der Umsetzung zu unterstützen.

»Ohne Kyle wäre ich verloren gewesen«, gibt Micah zu und schaut für einen Moment direkt in die Kamera. »Er ist der wirtschaftliche Kopf des Unternehmens. Ohne ihn würde ich immer noch in meiner Studentenbude hocken, und Cyb wäre nur mein Traum. Kyle hat meine Idee der Öffentlichkeit zugänglich gemacht.«

»Also bin ich der Kopf, aber Micah ist das Herz von Cyb-Systems«, ergänzt Kyle.

Die Kamera schwenkt wieder zur Moderatorin. »Harmonische Zusammenarbeit also. Wäre das nicht auch was für Sie und die Opposition, Herr Innenminister?«

Kübler lacht polternd. Die Kameras richten sich jetzt auf ihn, sodass Micah endlich dazu kommt, einen Schluck Wasser zu trinken.

»Sie glauben tatsächlich an Ihren Code, nicht wahr?«, flüstert Lotta Schwarz neben ihm.

Micah wendet sich verwundert um. Die Aktivistin hat das Mikrofon, das am Kragen ihres Pullis befestigt ist, mit dem Schal abgedeckt.

»Ja. Natürlich.«

Sie mustert ihn. Die Angriffslust ist aus ihrem Blick verschwunden. Stattdessen schimmert in den Augen hinter den Brillengläsern etwas, das Micah unter anderen Umständen vielleicht als Bedauern eingestuft hätte.

»Das hatte ich nicht erwartet«, sagt sie leise.

Während die Aufmerksamkeit der Welt sich anderen Themen zuwendet, lässt sie ihren Blick rasch durch den Saal gleiten, wie um sicherzugehen, dass niemand sie beobachtet. Ihre Fingerspitzen mit den abgekauten Nägeln zittern leicht, als sie vorsichtig ihre Hand öffnet. Verwirrt liest Micah die offenbar in aller Eile auf die Handfläche geschmierten Buchstaben ...

»Herr Marow?« Die Stimme der Moderatorin reißt ihn zurück in die Sendung. »Sind Sie noch bei uns?«

Das Publikum lacht. Eigentlich müsste er jetzt mit einem Witz kontern. Doch sein Gehirn ist gerade abgestürzt. Da hilft auch kein Medien-Coaching.

»Lassen Sie sich beim Flirten nicht stören«, wirft Kübler ein und verschafft ihm die nötige Pause.

Micah gelingt es, einen überraschten Ausdruck aufzusetzen. »Oh, habe ich etwas verpasst?«, erkundigt er sich, nur scheinbar leichthin. Innerlich rasen seine Gedanken. Normalerweise hätte er Lotta Schwarz in die Rubrik *Ver-*

schwörungstheoretiker und andere Spinner eingeordnet und schnell vergessen. Doch etwas an ihr ist anders. Vielleicht ist es ihre Ernsthaftigkeit. Die Tatsache, dass sie keine wilden Posts verfasst, Nachrichten über das Netz schickt oder Ähnliches. Selbst jetzt flackern ihre Augen nicht fanatisch oder auch nur gehetzt. Ruhig hat sie sich wieder der Runde zugewandt.

Nur in Micah ist nichts mehr, wie es war. Er sitzt weiterhin im selben Aufnahmestudio, lächelt in dieselbe Kamera, umgeben von denselben Menschen. Doch innerlich ist etwas in Unordnung geraten. Ein alter Zweifel ist zurückgekehrt, ein unangenehmes Gefühl, wie die Schnittwunde einer rostigen Klinge. Fünf Buchstaben. Nur fünf hastig geschmierte Buchstaben. Mehr nicht. Keine Offenbarung. Eine Andeutung im besten Fall. Doch der in die Handfläche gekritzelte Begriff lässt ihn nicht mehr los. PLAN B.

2

Micah steht im Wald, im wahrsten Sinne des Wortes. Dabei weiß er selbst nicht, was er hier tut. Etwa zehn Minuten lang ist er dem Fußweg weg von der Zivilisation hinein in die Dunkelheit gefolgt. Außer einem blassen Mond scheint kein Licht. Romantisch ist das nicht. Eher unheimlich. Um ihn herum nichts als hohe Bäume, dichtes Unterholz und gelegentlich das Knacken von Zweigen. Keine Sicherheitskameras weit und breit. Sein Handy hat er im Auto gelassen. Sogar die Smartwatch. Hoffentlich ist es keine Falle. Denn hier kann ihm niemand helfen.

Er gräbt die Hände tiefer in die Taschen seiner Jacke. Doch die Kälte, die ihn erfasst hat, hat nichts mit den äußeren Temperaturen zu tun. Er fröstelt, seitdem diese kritische Journalistin im Studio die Hand geöffnet hat. PLAN B. Woher wusste Lotta Schwarz davon?

Die Idee von PLAN B war ein Gespenst aus einer dunklen Vorzeit. Die Zeit, bevor Cyb im ganzen Land bekannt wurde. Bevor Cyb Ravi Korrapati gefunden hatte.

Ravi Korrapati. So lautete der erste Name, den Cyb aus einer schier unüberschaubaren Datenmenge gefiltert hatte. Er war der ultimative Beweis, dass Micahs Code funktionierte, dass es sich gelohnt hatte, der Künstlichen Intelligenz zu vertrauen und ihr die notwendige Zeit zum Lernen einzuräumen. Bis dahin hatte Kyle ihm Sturheit vorgeworfen, hatte eine Notfallstrategie verlangt, eine Abkürzung, falls Cyb zu lange braucht. Eben einen PLAN B – Kyle schrieb es gerne in Großbuchstaben. Damals war es ein Problem gewesen, danach nur noch eine der belanglosen Anekdoten ihrer gemeinsamen Vergangenheit. Seitdem hat der Fall Ravi Korrapati Geschichte geschrieben. Jeder, absolut jeder erinnert sich heute noch an die sich überstürzenden Ereignisse vor fünf Jahren. An die Verhaftung und den anschließenden Prozess. Die Presse jagte wie ein hungriges Raubtier nach neuen Details. Ravi Korrapatis berufliche wie private Interessen, alles wurde an die Öffentlichkeit gezerrt. Seine Aktivitäten im Internet. Mitschnitte seiner Smartspeaker wurden im Netz geleakt und millionenfach verbreitet. Doch Micah erinnert sich auch an die Gespräche hinter den Kulissen, das Wettrennen mit der Zeit, Absprachen und Entscheidungsprozesse, die nicht an die Öffentlichkeit gerieten. Die Bilder sind noch so präsent, als wäre alles erst letzte Woche passiert.

Es war ein Donnerstag, als Cyb plötzlich die ersten vorläufigen Ergebnisse ausgespuckt hatte. Micah überfiel ein unglaubliches Gefühl. Eine Mischung aus Freude, dass sein Code funktionierte, Erleichterung, dass das zermürbende Warten endlich ein Ende hatte, und gleichzeitig Furcht, dass etwas nicht stimmte. Es war verwirrend, und Micah brauchte ein paar Minuten, um zu entscheiden, wie es weitergehen sollte. Sollte er einen Freudentanz aufführen? Mit einem Jubel alle herbeirufen? Oder zunächst nur Kyle Bescheid geben und ganz sachlich ein Meeting ansetzen, um die Kollegen zu informieren? Letztendlich war es jedoch die Sorge vor einer Enttäuschung – oder schlimmer noch: einen Fehler übersehen zu haben –, die das Chaos aus Gefühlen ordnete. Ohne exakt sagen zu können, warum, beschloss Micah, seinen Partner Kyle zunächst nicht ins Vertrauen zu ziehen. Statt umgehend mit Champagner anzustoßen, wartete er, bis Kyle gegangen war, und arbeitete mit einem kleinen Team die Nacht durch. Katie war dabei, Tom und Ilyas. Hao hatte sich an dem Tag krankgemeldet. Ausgerechnet Hao.

So wälzten, prüften und hinterfragten sie zu viert die belastenden Beweise. Weil es der erste Fall war, gingen sie besonders sorgfältig vor. Jede winzige Information wendeten sie vorwärts und rückwärts. Sie gingen jedem Zweifel nach, um ein falsch-positives Ergebnis mit Sicherheit auszuschließen. Erst als der Morgen graute, Conny im Loft erschien und Kaffee aufsetzte, beschlossen sie, ihrem Code zu vertrauen.

Dann aber, direkt nachdem der erste Kaffee getrunken war, besorgten Ilyas und Tom auf Kyles Geheiß endlich die wohlverdiente Kiste Champagner. Der bis dahin schwelende Konflikt zwischen Micah und Kyle war gelöst. Micahs Code hatte die Bedrohung durch einen PLAN B abgewehrt. Der Vormittag erstrahlte im Licht der Feier. Katie sorgte für Musik. Kyle schwor, niemals an Micahs Methoden gezweifelt zu haben, und küsste Conny auf den Mund. Tom und Ilyas stimmten laut und falsch Queens »We Are The Champions« an. Sogar Hao tauchte etwas später und immer noch ein wenig blass um die Nase herum auf und rang seinem Gesicht so etwas wie Freude ab. Dann, mit dem Ende der Party, begann die eigentliche Arbeit.

Wie erwartet, bestand Kyle darauf, die Daten umgehend ihrem Investor zu zeigen. Vier Tage später wurde Ravi

Korrapati festgenommen, kurz bevor er die unmittelbar vor der Ausländerbehörde platzierte Bombe zünden konnte. Nur zwei Monate danach wurde Cybs bundesweiter Einsatz auf höchster Ebene beschlossen. Ein weiteres Jahr und neue Gesetze erlaubten, Cybs Funktionen – damals noch unter den strengen Auflagen des Datenschutzes – zu erweitern. Von da an ging es für Cyb-Systems steil bergauf.

Seitdem hatte Micah nicht mehr an PLAN B gedacht. Vergessen. Oder erfolgreich verdrängt. Bis heute Abend. In dem Moment, als er die Buchstaben in Lottas Hand gelesen hatte, war alles wieder da. Insbesondere die Unsicherheit, die ihn überfiel wie ein unerwarteter Kälteeinbruch.

»Haben Sie an alles gedacht?«

Micah fährt herum und starrt in die Dunkelheit. Sein erster Impuls gilt seinem Handy mit der integrierten Taschenlampe, das jetzt jedoch ausgeschaltet etwa zwei Kilometer entfernt in der Mittelkonsole seines Wagens liegt. Lotta Schwarz. Mit zusammengekniffenen Augen starrt er in die Nacht, um irgendwie zwischen den Schatten der Bäume ihre Silhouette auszumachen.

»Hier bin ich«, hört er sie. Im nächsten Moment blinkt eine LED-Birne auf. »Haben Sie alle elektronischen Gegenstände im Auto gelassen? Handy, Tablet, Uhr und so weiter?«, flüstert sie kaum hörbar.

»Ja. Und ich hoffe, dass das kein Fehler war.«

Sie lacht leise. Obwohl sie das Licht auf den Boden richtet, kann Micah die Umrisse ihres Gesichts erkennen. Die große Brille, ihren leicht zotteligen Pferdeschwanz und ihre Stupsnase.

»Danke, dass Sie gekommen sind«, sagt sie.

»Kein Problem. Aber das nächste Mal schlage ich den

Treffpunkt vor. Ich kenne ein 24/7-Café, dort gibt es sogar anständigen Tee.«

»Ja. Und leider auch Kameras und Mikrofone. Wie überall, wo Menschen sind.«

Wieder ist Micah überrascht, wie normal sie klingt. Er kann in ihrer Stimme nicht einmal einen Vorwurf ausmachen, obwohl ihnen beiden klar sein muss, dass Cyb-Systems und damit Micahs Firma nicht ganz unschuldig an diesem Umstand ist.

»Warum fürchten Sie die Sicherheit?«, erkundigt er sich.

»Nicht die Sicherheit. Die Überwachung. Ich befürchte, dass Cyb nicht nur der Aufklärung und Verhinderung von Verbrechen dient, sondern vor allem sich selbst.«

Lotta ist den Weg ein Stück weitergegangen. Er muss sich beeilen, ihr zu folgen, will er nicht wieder allein im dunklen Wald stehen.

»Unsinn!«, entgegnet er bestimmt. »Wie kommen Sie denn darauf? Cyb ist objektiv, er hat keine Interessen oder Vorurteile.«

»Cyb vielleicht nicht. Aber Sie, Ihr Partner Kyle Kerner ...« Sie hält kurz an, als müsste sie sich die nächste Frage ganz genau überlegen. »Oder warum sonst haben Sie heimlich eine zweite Firma gegründet? Plan B?«

Plan B, eine Firma? Micah muss sich beherrschen, um nicht laut aufzuatmen. Sie blufft! Der älteste Trick überhaupt. Wenn er nicht so überrascht gewesen wäre, hätte er es eher erkannt. Die Trickkiste des investigativen Journalismus. Sein alter Medien-Coach würde die Nase rümpfen. Wer auch immer Lotta Schwarz den Namen zugesteckt hat, wusste wahrscheinlich selbst nicht, worum es bei PLAN B tatsächlich ging. Lotta jedenfalls stochert im Dunkeln.

»Mir ist schon die eine Firma zu viel«, antwortet Micah leichthin. »Eine zweite habe ich bestimmt nicht. Plan B? Was soll das überhaupt sein?«

Zu Micahs Erleichterung reagiert Lotta nicht weiter darauf. Wahrscheinlich hat sie ihre Munition verschossen und denkt über einen Rückzug nach. Soweit er es im indirekten Licht erkennen kann, sieht sie ihn nicht an. Ihre Nase ist stur nach vorne gerichtet. Aufgeben ist gewiss nicht ihr Ding.

Während er neben ihr geht, spürt er ihre Nähe. Erstaunlich, was man wahrnimmt, wenn ein Sinn eingeschränkt ist. Micah hört den Wind in den Baumkronen, das Rascheln ihrer Jacken, wenn ihre Ärmel einander streifen, das Knirschen der Kiesel unter ihren Schuhen. Er riecht die Kiefern, Laub, Erde und einen Hauch von Vanille.

»Dein Code – Cyb – hat einen schrecklichen Fehler gemacht«, sagt sie unvermittelt.

Micah bleibt überrascht stehen. »Was?«

»Der Fall Ravi Korrapati.«

Na, wunderbar. Micah seufzt innerlich auf. Plan B war nur ein Köder. Er ahnt, was jetzt kommt. Lotta Schwarz ist nicht die Erste, die Misstrauen gegen die Rechtmäßigkeit der Ermittlungsergebnisse seiner Künstlichen Intelligenz hegt oder verzweifelt irgendeinen System Error sucht, um die Unschuld eines geliebten Menschen zu beweisen. Mittlerweile verfügt Cyb-Systems über eine ganze PR-Abteilung, die sich mit solchen Anschuldigungen befasst. Bislang konnten sie fast jeden Verdacht entkräften. Angebliche Beweise lösten sich früher oder später bei genauerer Betrachtung auf. Zeugen verhedderten sich in Widersprüche. Aber etwas an Lotta Schwarz ist anders.

»Du musst den Fall neu aufrollen«, flüstert sie. »Bitte!«

Micah fällt kaum auf, dass sie zum Du übergegangen ist. Er hört nur den Klang ihrer Worte. In ihnen schwingt kein Vorwurf. Sie spricht leise, bedauernd, ein wenig traurig. Ihre ruhige Art löst eine seltsame Unruhe in ihm aus, als würde sie eine längst vergessene Saite seiner Seele zum Schwingen bringen.

»Was stört Sie denn am Fall Ravi?«, fragt er. Das höfliche Sie hält seine Gesprächspartnerin hoffentlich auf Distanz und vermittelt ihr gleichzeitig das Gefühl, respektiert zu werden. In Gedanken dankt er wieder mal Kyle und dem von ihm verordneten Kommunikationstraining.

»Willst du die lange Version oder die kurze?«

Was für eine Frage. Es ist weit nach Mitternacht und eiskalt. Natürlich will er die kurze Version. Er möchte zu seinem Auto zurück, zu seinem Handy, seinem komfortablen Leben und diesen unheimlichen Ort für immer verlassen. Sie soll ruhig ihre Bedenken vorbringen. Aber mehr will er nicht wissen. Je schneller er ihre Sorgen entkräften kann, umso besser für sie. Und ganz sicher auch für ihn.

»Ich habe mein Auto auf einem unbewachten Parkplatz im Nirgendwo gelassen, bin nachts ohne Handy wie ein lebensmüder Idiot an einer Landstraße lang spaziert, mindestens zwei Kilometer weit, und dann noch einen unbeleuchteten Weg in den Wald gestapft, wo es sicher von Wildschweinen wimmelt – ich finde, ich habe die lange Version verdient.«

Verwundert, fast schon entsetzt lauscht Micah dem warmen Klang seiner eigenen Stimme. Er kann kaum begreifen, dass er sie gerade eingeladen hat, ihm ihre Verschwörungstheorie zu unterbreiten – noch dazu in aller Länge. Sie hingegen scheint weniger verwundert. Während seines Monologs hat sie unbeirrt ihren Weg fortgesetzt. Nun bleibt sie stehen und deutet auf die Umrisse einer morschen Bank.

»Dann sollten wir uns setzen«, schlägt sie vor.

»Das ist im Wesentlichen das, was ich in den letzten fünf Jahren zusammentragen konnte«, erklärt sie eine Stunde später.

Sie sitzen nebeneinander und schweigen. Lotta Schwarz vermutlich, weil sie am Ende ihres Wissens angekommen ist. Micah, weil er die Informationen verarbeiten muss. Er fröstelt nicht mehr, er friert. Die Kälte durchdringt seinen ganzen Körper, von den Zehenspitzen bis in den Kopf. Das kann nicht sein. Irgendwo muss es einen Fehler geben, eine kleine Ungenauigkeit in ihrer Argumentation. Er muss sie nur finden, um die Lüge zu entlarven und die Mauer der Wahrheit wieder zu errichten.

»Hat nicht sogar Ihr Chef gegen Herrn Korrapati ausgesagt?«, beginnt er.

»Ja, schon.«

»Er hat doch bestätigt, dass Ravi Korrapatis Aktionen im Internet keine journalistischen Recherchen waren. Ihr Kollege hat in rechtsnationalen Gruppen gepostet und dazu noch nach pädophilen Bildern gesucht.«

»Ich sagte doch schon, die Fragen, die unser Chef vor Gericht beantworten musste, bezogen sich darauf, ob er Kenntnis von geplanten Artikeln hatte«, erklärt Lotta Schwarz jetzt leicht verärgert. Doch unter der rauen Schale spürt Micah ihren verletzlichen Kern. »Wir wussten nur vage, dass Ravi an irgendeiner Sache dran war. Es ging um einen ominösen älteren Herrn. Aber Ravi hat mal wieder keine Aufzeichnungen gemacht. Das ist zwar unüblich, und ich hatte ihn oft genug gewarnt, aber so war er eben.

Quellenschutz stand für ihn über allem anderen. Daher wurden seine Erklärungen in diesem verdammten Verfahren einfach abgetan. Der Mann wurde nicht einmal als Zeuge vernommen.«

»Verstehen Sie denn, dass sich das für den Rest der Welt nach, nun ja, recht abenteuerlichen Erklärungsversuchen anhören musste?«, entgegnet Micah vorsichtig. Langsam kehrt die Sicherheit zurück. »Der Taxifahrer, der Ihren Kollegen angeblich zur Villa gefahren hatte, ließ sich nicht mehr ermitteln. Die Wohnung, in der das konspirative Treffen stattgefunden haben soll, gehörte einem Amerikaner, dem Herrn Korrapati nie begegnet ist. Dieses abgelegene Gehöft, von dem er immer sprach, konnte nicht lokalisiert werden. Daran erinnere ich mich noch gut. Nicht einmal die Funkzellenverbindungen seines Handys ließen darauf schließen, dass er die Stadt überhaupt verlassen hatte. Alle Aussagen, eine nach der anderen, entpuppten sich als haltlos oder sogar falsch.«

Lotta bleibt stumm.

»Was allerdings bewiesen werden konnte, ist – und korrigieren Sie mich ruhig, wenn ich mich täusche –, dass Herr Korrapati den Transporter gemietet und die Bombe selbst gebaut hatte.«

»Der Wagen wurde nicht von ihm abgeholt«, wirft Lotta ein.

»Woher wollen Sie das wissen? Er hat den Wagen reserviert und die Schlüssel mit einem PIN-Code am Automaten erhalten.« Micah gibt Lotta eine kurze Pause, bevor er weiterspricht. »Das ist bestimmt nicht das, was Sie jetzt hören möchten. Aber hätte es Cyb damals schon im selben Umfang gegeben wie heute, hätten wir vermutlich ein Foto davon.«

Sie schweigt.

»Die explosiven Chemikalien hat er im Internet bestellt«, fährt Micah fort. »Daran besteht kein Zweifel. Er hat sein eigenes WLAN benutzt, seinen Namen angegeben und mit seiner Kreditkarte bezahlt.«

»Seine Schwester hat bestätigt, dass er Dünger für sie kaufen wollte.«

»Dafür war es eine ziemlich große Menge. Und es erklärt auch nicht den Zünder mit seinen Fingerabdrücken, der zusammen mit den Chemikalien im Transporter sichergestellt wurde. Was seine Schwester angeht«, Micah überlegt, ob er das Thema überhaupt aufbringen soll. Aber wann, wenn nicht jetzt? »Hat sie sich nicht sogar selbst von ihm abgewandt?«

»Ravi ist nicht pädophil!« Lotta Schwarz betont jedes einzelne Wort. Dann wird ihre Stimme weicher. »Ich kenne ihn. Er kann ein unzuverlässiges, egoistisches Arschloch sein. Aber seine Familie, seine Schwester und seine Nichte, die bedeuten ihm alles.«

»Warum haben Sie das nicht vor Gericht ausgesagt?«

»Ich habe darauf vertraut, dass die Wahrheit siegt. Hätte ich gewusst, wie meinem Chef die Worte so lange verdreht werden, bis sie zu diesen lächerlichen Tonaufnahmen passen, hätte ich …« Lottas Körper sackt einfach in sich zusammen. »Ich glaube, am Ende hätte es nichts geändert.«

»Ich weiß, es ist manchmal hart, die Wahrheit zu akzeptieren. Es tut weh, wenn wir uns in einem Menschen getäuscht haben, von dem wir glaubten, dass er uns nahesteht«, tröstet er.

Sie hat die Schultern hochgezogen und wippt mit dem Oberkörper vor und zurück. »Das ist es nicht.«

»Warum, glauben Sie dann, hat sich selbst seine eigene Familie von ihm abgewandt?«

»Ich weiß es nicht. Vielleicht waren die sogenannten objektiven Beweise«, ihre Hände formen in der Luft Anführungsstriche, »einfach erdrückend. Wahrscheinlich liegt es in der Natur jeder Mutter, das eigene Kind schützen zu wollen.«

»Sie hätte ihre Tochter nur fragen müssen.«

»Du hast keine Kinder, oder?« Die ganze Haltung der jungen Frau ist plötzlich auf Angriff ausgerichtet. »Niki war damals zwölf. Hätte sie ausgesagt, dass der Sekt nur Apfelsaft war, hätte die Staatsanwaltschaft behauptet, dass sie ihren Onkel deckt. Vermutlich hätten sie es dargestellt als ein typisches Verhalten bei familiärem Missbrauch. Gibt sie zu, dass sie die Filme selbst ins Netz gestellt hat, verliert sie nicht nur ihren Onkel, sondern auch das Vertrauen ihrer Mutter.«

»Unsinn.«

»Erklär das einer Zwölfjährigen.«

Für einen Moment schweigen beide. Lotta Schwarz hat die Lampe ausgeschaltet, als wollte sie mit ihren Gefühlen allein sein. Micah ist es nur recht. In der Dunkelheit kann er seine Gedanken am besten ordnen. Das war schon immer so. Keine Reize, die das Auge ablenken. Der Blick konzentriert sich auf das Wesentliche. Das Wesentliche in diesem Fall ist, dass neben ihm eine Frau sitzt, deren große Liebe, und Micah ist sich nicht einmal sicher, ob sie sich selbst ihrer Gefühle bewusst ist, wegen abscheulicher Verbrechen verurteilt wurde. So traurig das ist, so einfach ist es auch. Diese Erkenntnis leuchtet wie ein Neonlicht in die Dunkelheit und hilft Micah, die Zweifel zurückzudrängen.

»Ich glaube, Ravi wurde reingelegt«, sagt sie schwach.

»Und ich glaube, es hat etwas mit Cyb-Systems zu tun.« Sie zieht ein Stück Papier aus ihrer Tasche. »Hier, wie erklärst du das sonst?«

Sie knipst ihre Taschenlampe wieder an, und vor Micah erscheint ein leicht verwackeltes Foto, das jemand offenbar heimlich aufgenommen hat. Es zeigt einen Raum mit elegant gekleideten Menschen. Ihre Köpfe sind vom Fotografen weg auf eine Wand gerichtet, auf die ein unsichtbarer Beamer die Folie einer Präsentation geworfen hat. *Korrapati, ein Einzelfall?*, lautet die Überschrift, dazu ein Foto von Ravi Korrapati.

»Die Veranstaltung war vor Ravis Verhaftung«, erklärt Lotta. Das Bild zittert in ihrer Hand, doch ihre Stimme ist fest. »Verdammt! Verstehst du, was das bedeutet? Es beweist, dass Ravi ausgewählt wurde.«

Micahs Brust zieht sich zusammen. Er kann sich kaum vorstellen, wie hartnäckig Lotta recherchiert haben muss, um dieses Foto zu bekommen. Leider oder zum Glück – er weiß langsam nicht mehr, was er glauben will – beweist es gar nichts, jedenfalls nicht ohne ein Datum oder zumindest eine eindeutig zu identifizierende Person. Er wüsste gerne, von wem Lotta das Bild hat. Doch es tut nichts zur Sache. Es kann jederzeit von einer beliebigen Person gemacht worden sein.

Ganz sachlich könnte er Lotta zum eigentlichen Problem zurückführen, sie darauf hinweisen, dass sich im Laufe des Prozesses alle Puzzleteile zu einem Bild zusammengefügt hatten. Dass die Beweise in ihrer Gesamtschau erdrückend eindeutig waren und Cyb nur geholfen hatte, die einzelnen Indizien zusammenzutragen. Damals, anders als heute, hatte noch die Staatsanwaltschaft die eigentliche Auswertung übernommen.

»Weißt du, wie es Ravi jetzt geht?«, erkundigt er sich stattdessen sanft.

Micah sieht Lotta nicht an. Doch er spürt, wie ihre Schultern neben seinen heftig zucken. Er hört, dass sie den Atem anhält, um ein Schluchzen zu unterdrücken. Mit dem Sie hat er auch seine schützende Distanz aufgegeben. Am liebsten würde er sie in den Arm nehmen. Wahrscheinlich friert sie. Es ist aber auch verdammt kalt hier draußen. Obwohl er selbst friert, zieht er seine Jacke aus und legt sie ihr um die Schultern. Sie lässt es widerstandslos geschehen.

»Fast fünf Jahre Knast, was erwartest du?«

Micah schweigt.

»Er hat sich aufgegeben«, flüstert sie schließlich. »Seine Familie hat ihn verlassen. Sein Chef hat sich abgewandt. Er hat alles verloren. Seinen Ruf als Journalist, seine Freunde, sein Leben. Wofür soll er denn kämpfen? Dafür, aus der Haft entlassen zu werden in eine Welt, in der ihn immer noch jeder erkennt und mit dem Finger auf ihn zeigt?«

»Es tut mir sehr leid«, sagt er ehrlich.

Doch das bringt ihre Wut zum Explodieren.

»Es tut dir leid?«, schreit sie. Ihre Stimme ist heiser. »Das ist alles, was du zu sagen hast?«

»Was soll ich denn sagen?«

»Dass du intern ermittelst. Dass du deinen Code nach Gegenbeweisen durchforstest. Ravis Unschuld beweist. Immer wurden nur Aufnahmesplitter abgespielt, die zufällig genau ins Bild passten. Aber irgendwo muss auch der Rest sein. Die Schnipsel, die die Geschichte davor und danach erzählen. Wenn Cyb so gut ist, wie du behauptest, dann setz deinen verdammten Code doch mal auf Ravis geheimnisvolle Kontaktperson an, auf diesen älteren

Herrn, der wahrscheinlich wirklich hinter Ravis angeblich geplantem Attentat steckt. Ich habe herausgefunden, wie er heißt. Freiherr von Herrenstein. Freiherr!« Sie schnaubt.

Doch Micah registriert es kaum. Er fühlt sich, als hätte ihn jemand in ein Becken mit Eiswasser gestoßen. Sein Kopf fährt herum, seine Augen suchen nach Halt. Nach einem Orientierungspunkt. Doch nirgendwo durchbricht der weiche Schein einer LED den schwarzen Wald. Die einzigen Lichter sind die Sterne. Keine Kamera. Kein Handy. Keine Sicherheit weit und breit.

»Karl Friedrich von Herrenstein?«, fragt er mühsam. Die Muskeln in seinem Unterkiefer brennen vor Anspannung. Sei nicht albern, mahnt er sich. Es ist nur eine Falle. Doch beim Anblick ihrer verzweifelt ineinander verkrampften Hände siegt wieder sein Mitgefühl.

Lotta scheint seinen inneren Kampf nicht zu bemerken.

»Der Mann ist ein Phantom«, faucht sie. »Angeblich besitzt er teure Immobilien, gilt als Kunstmäzen. Aber er taucht so gut wie nie in der Presse auf. Nichts, gar nichts findet man über ihn. Nichts zu seiner Person oder zu seinem Privatleben. Allenfalls ein bisschen oberflächliche PR hier und da. Den solltest du mal suchen.«

»Ich brauche ihn nicht zu suchen. Ich kenne ihn«, entgegnet er leise, eher zu sich selbst.

»Was meinst du, du kennst ihn?« Plötzlich ist sie ganz ruhig. »Persönlich?«

»Ja.«

»Woher?«

Micah weiß, dass er es besser nicht sagen sollte. Schon gar nicht gegenüber dieser Lotta, die nicht nur voreingenommen, persönlich betroffen, sondern zudem auch noch eine Journalistin ist. Doch heute hat er schon so oft seine Grenzen übertreten, dass es darauf auch nicht mehr ankommt.

»Er ist stiller Teilhaber bei Cyb-Systems.«

Sie schaut ruckartig auf, und Micah wird klar, dass er gerade etwas furchtbar Dummes getan hat.

»Stiller Teilhaber?«, wiederholt sie langsam. Er hört, wie sie tief einatmet, als müsste sie die Information ganz in sich aufsaugen. »Freiherr Karl Friedrich von Herrenstein, die graue Eminenz hinter dem Attentat, ist euer Investor?«

Er schweigt. Doch Lotta hat aus der Information längst ihre eigenen Schlüsse abgeleitet. Sie zieht seine Jacke enger um ihre schmalen Schultern. »Er ist der Mann, nach dem wir seit Jahren suchen«, flüstert sie.

»Wir?«, entfährt es Micah. Die Kälte in ihm hat mittlerweile polare Ausmaße angenommen. Er massiert seine Finger und bläst wärmenden Atem in die Handflächen. Doch die Feuchtigkeit macht es nur schlimmer.

Lotta lacht trocken. »Ja, wir. Wir sind mehr, als du denkst. Und jetzt passt alles zusammen.«

3

Ravi

Fünf Jahre zuvor

Meeresrauschen schleicht sich in Ravis Traum und lockt ihn aus dem Schlaf. Doch erst, als auch die digitale Möwe krächzt, dreht er sich endlich zur Seite und öffnet ein Auge. Im Schlafzimmer ist es dunkel, was jedoch kaum an der Uhrzeit liegt. Laut Leuchtanzeige ist es bereits acht Uhr fünfzehn.

»Jalousie: hoch«, brummt er.

Der Motor startet fast lautlos. Sofort fallen die ersten Sonnenstrahlen auf den Parkettboden unterhalb des Fensters. Sie wandern mit der Aufwärtsbewegung der Jalousie durch das Zimmer zu seinem Bett, wo sie sich schließlich den Pfosten hinauf, über das Kopfkissen schieben und auf eine hübsche Nase treffen.

»Ist es echt schon Zeit?«, meldet sich eine Stimme, die zur Nase gehört. Jazzy – oder war es Jessi? So genau hat er es gestern nicht verstanden – rekelt sich schläfrig auf dem hellen Laken.

»Guten Morgen, Sonnenschein.« Ravi bedeckt ihre Schulter mit Küssen. »Leider hat dein indischer Prinz heute Vormittag einen Termin. Wenn du vorher noch einen

Kaffee trinken möchtest, müssen wir jetzt aufstehen.« Er macht eine kurze Pause, in der seine Grübchen den entscheidenden Teil der Kommunikation übernehmen. »Es sei denn, du möchtest auf den Kaffee verzichten.« Erfahrungsgemäß braucht es nicht viel mehr, um den Tag auf die beste aller Arten zu beginnen.

Jazzy stützt sich auf den Ellbogen und wirft ihre blonden Locken zurück. »Kaffee mochte ich noch nie.«

Schmunzelnd lässt Ravi die Jalousien wieder hinabfahren. »Beleuchtung: drei« sorgt für stimmungsvolles Licht, während die Smartspeaker passende Musik auswählen.

Eine Stunde später, Jazzy oder Jessi ist schon auf dem Weg ins Vergessen, verlässt Ravi frisch geduscht, mit einem Thermobecher voll Kaffee seine Wohnung und eilt zur U-Bahn.

Der Bahnsteig ist um diese Zeit angenehm leer. Die meisten Pendler sitzen bereits in ihren Büros, die Schüler in den Klassenzimmern. Ein eindeutiger Vorteil seiner Arbeitszeiten als Journalist. Ravi stellt seinen Kaffee auf dem alten Fahrkartenautomaten ab, den ohnehin kaum noch jemand benutzt, lädt per Ticket-App eine neue Fahrkarte und wählt eine Telefonnummer.

»Hallo, Susi, kannst du dem Chef Bescheid sagen, dass ich es heute nicht zur Morgenrunde schaffe? Ich bin schon auf dem Weg zum ersten Treffen.«

Leider geht Susis Antwort im Donnern und Quietschen der eintreffenden Bahn unter. Egal. Hauptsache, Siebel ist informiert, alles Weitere können sie später besprechen. Jetzt steht erst einmal das Treffen an.

Jamal hat sich der Typ genannt, offenbar mit einem Anflug von schwarzem Humor. Insofern überrascht es Ravi wenig, als Jamal sich als ein blonder Mittzwanziger mit schmalen Schultern herausstellt.

»Zusammenarbeit mit der Presse kommt nicht überall gut an. Da müssen Sie nicht auch noch meinen Namen drucken«, erklärt er, als ihn Ravi auf den Namen anspricht.

»Okay. Aber warum nicht Otto oder Heinrich?«, erkundigt sich Ravi leutselig. Lasse dich immer auf deinen Gesprächspartner ein, ermahnt er sich, lehne ihn nicht aufgrund seiner Gesinnung ab. Lerne lieber, ihn zu verstehen, und du findest deine Story.

»Davon gibt es zu viele. Bei Jamal trete ich keinem von uns zu nahe.« Der Typ – er sieht aus, als wäre er direkt aus einem Propagandaposter der Hitlerjugend geklettert – grinst breit. »Nichts für ungut«, fügt er mit einem Seitenblick auf Ravi hinzu.

Er führt ihn die Straße hinab zu einem hellen Häuserblock mit breiter Toreinfahrt und bunten Blumenkästen vor den Fenstern. Deutsche Idylle in der Großstadt, fährt es Ravi durch den Kopf. Auf dem Klingelschild steht Schröder.

»Brauchen Sie sich gar nicht erst merken«, erklärt Jamal, als sich die Tür öffnet. »Der Typ ist im Ausland und hat einem von uns die Wohnung untervermietet.« Er sprintet die Treppe voran hinauf zu einer Wohnung im zweiten Stock.

»Weiß euer Vermieter, wer ihr seid?«

Jamal grinst wieder. »Besser, Sie heben sich Ihre Fragen für den Großvater auf.«

Der »Großvater« ist ein Herr passenden Alters, der bereits in der Tür wartet. Hinter ihm erstreckt sich ein kurzer Flur, der in ein helles Wohnzimmer mit honigfarbenen Holzmöbeln und einer breiten Fensterbank voller Grünpflanzen führt.

»Schön, dass Sie es einrichten konnten, Herr Korrapati«, begrüßt er Ravi und streckt ihm die Hand entgegen.

Absolut durchschnittlich, ist der erste Gedanke, der Ravi in den Kopf schießt. Randlose Brille, graue Schläfen, dunkle Hose, weinroter Pullunder. Er könnte in einer Buchhandlung französische Literatur verkaufen oder am altsprachlichen Gymnasium Latein unterrichten. Nichts, aber auch gar nichts deutet darauf hin, dass sich in dieser Wohnung unter Leitung des distinguierten Herrn die extremistische Szene trifft. Es wäre allerdings durchaus möglich, dass Jamal am Telefon übertrieben hat. Vielleicht wollte er sich aufspielen, was nebenbei seinen eigenwilligen Codenamen erklären könnte.

Vor einer Woche hatte er Ravi in der Redaktion per Brief eine ausländische Mobilfunknummer zusammen mit dem Namen einer für ihre hohen Datenschutzstandards bekannten Messenger-App geschickt. Als Ravi über die App anrief, gab ihm Jamal umgehend Ort und Zeit für das heutige Treffen durch, bevor er erklärte, worum es überhaupt ging. Das ganze Prozedere kam Ravi reichlich dubios vor. Erst als Jamal Pläne für eine *größere Aktion* erwähnte, hatte er aufgehorcht. Meinte er damit etwa Anschläge? Bevor er nachhaken konnte, wurde die Verbindung unterbrochen und war nicht mehr verfügbar. Bis gestern Abend. Ravi hatte längst jeden Gedanken an Jamal und seine ominöse Gruppe aufgegeben, als ihn die kurze Textnachricht erreichte: »Ich hoffe, unsere Verabredung steht, Jamal.«

»Kommen Sie doch herein. Darf ich Ihnen einen Kaffee anbieten?«, erkundigt sich der Großvater.

Er bittet Ravi mit einer höflichen Geste, auf dem Sofa Platz zu nehmen. Der kleine Hitlerjunge ist bereits in die

Küche verschwunden und taucht nun mit einem Tablett gedeckt mit Porzellantassen, Kaffee und Gebäck wieder auf, das er auf dem Couchtisch abstellt.

»Ich danke für deine Hilfe.« Der Alte senkt freundlich den Kopf, fügt jedoch unmissverständlich hinzu: »Du musst nicht auf uns warten. Ich denke, Herr Korrapati wird den Weg zurück zur U-Bahn selbst finden.«

»Kein Problem«, bestätigt Ravi.

Noch während sein Gastgeber Kaffee einschenkt, fällt im Flur die Tür leise ins Schloss. Vermutlich ist Jamal gegangen.

»So, dann würde ich, wenn es Ihnen genehm ist, mich zunächst vorstellen. Meine Jungs nennen mich den Großvater. Mein bürgerlicher Name tut nichts zur Sache.«

»Wie kommt es, dass Sie ausgerechnet mit mir sprechen möchten? Stehen Menschen in Ihren Kreisen uns nicht eher skeptisch gegenüber? Ich meine, den klassischen Medien«, erkundigt sich Ravi. Seine Herkunft lässt er zunächst lieber außen vor.

Der Großvater verzieht nachsichtig die schmalen Lippen. »In meinen Kreisen? Nun, ich denke, es ist an der Zeit, Ihren Vorurteilen zu begegnen, in jeder Hinsicht. Ich formuliere jetzt bewusst direkt. Wir sind keine Neonazis, Rechtsradikale, Reichsbürger oder wie auch immer Sie diese Gruppen bezeichnen möchten. Im Gegenteil. Pöbeleien, Geschmiere und das lautstarke Skandieren von Parolen sind mir ebenso zuwider wie Ihnen vermutlich. Wir lieben unser Land und schätzen die freiheitlich demokratische Grundordnung. Der rechte Rand des Parteienspektrums liegt uns genauso fern wie der linke. Ich würde uns vielmehr in der Mitte der Gesellschaft einordnen.«

»In seiner Nachricht erwähnte Jamal Pläne für ›große

Aktionen‹«, stellt Ravi fest und greift nach seiner Kaffeetasse. »Das klingt für mich radikal, oder etwa nicht?«

Der Großvater wirkt, als hätte er Ravis Provokation nicht bemerkt. Vielleicht hat er sie auch nur geflissentlich überhört. Zumindest verrät sein Gesicht keine Emotion. Wenn er mehr erfahren will, muss er es wohl anders angehen.

Ravi ist sich sicher, dass sein Gesprächspartner den Kontakt zu ihm nicht zufällig gewählt hat. Er hat ihn mit einer bestimmten Absicht ausgesucht. Die Frage ist, welche? Allerdings hilft Ungeduld in Ravis Job selten weiter. Vertrauen ist der Schlüssel, und Vertrauen verlangt Zeit.

»Machen wir es doch so: Sie erzählen mir erst mal mehr über sich selbst«, schlägt er daher vor und lehnt sich mit dem Kaffee in der Hand auf dem Sofa zurück.

Der Großvater schmunzelt. Seine Augen weichen Ravis Blick nicht aus. »Über mich? Glauben Sie mir, ich bin unwichtig. Ein unbedeutendes Individuum und noch dazu nicht mehr ganz jung. Es geht bei der Sache nicht um mich. Es geht um die Gemeinschaft. Bei uns zählt das Wir, verstehen Sie? Aber ich werde Ihnen gerne mehr von uns erzählen, sobald ich Kaffee nachgeschenkt habe. Ein Stück Gebäck dazu?«

»Danke, nein«, wehrt Ravi ab. »Aber Kaffee gerne, der ist wirklich gut«, schmeichelt er.

»Er stammt von einer kleinen Plantage in Kenia, die wir unterstützen.«

»Sie unterstützen eine afrikanische Kaffeeplantage?« Ravi kann sich ein überraschtes Lächeln nicht verkneifen.

»Hilfe zur Selbsthilfe. Das meine ich ja. Sehen Sie, wir richten uns nicht gegen andere. Vielmehr verstehen wir uns als Unterstützer einer globalen Gemeinschaft. Jeder soll auf seine Weise nach Glück streben. Auf seine Weise bedeutet natürlich, dass wir unsere Augen nicht vor der Andersartigkeit anderer verschließen.« Der Großvater schlägt die Beine übereinander und poliert die Gläser seiner Brille. Erst als er mit dem Resultat zufrieden ist, führt er seinen Monolog fort. »Die in unserer heutigen Gesellschaft hochgepriesene Toleranz hat doch ein paar eigenartige Züge angenommen, finden Sie nicht?«

Ravi antwortet nicht. Er hat sein interessiertes Gesicht aufgesetzt und hofft, dass der Großvater ihm nicht ansieht, dass in seinem Kopf Fragen über Fragen stolpern. Jeden Instinkt, dem Großvater in seinem zweifelhaften Weltbild zu widersprechen, drängt er zurück. Zumindest vorerst. Zuhören ist ein Handwerk, das er mühsam erlernen musste. Doch meistens wird er dafür belohnt.

Der Großvater räuspert sich. »Warum wird in unseren Schulen Sankt Martin nicht mehr gefeiert? *Lichterfest* heißt das heute. An Weihnachten kommt nicht mehr das Christkind, sondern der Santa Claus. Und was bitte ist Halloween? Schon im Kindergarten verleugnen wir unsere eigene Kultur und nennen es *Toleranz*. Ich brauche Ihnen nicht zu sagen, dass es heute in jeder Stadt dieselben internationalen Ketten gibt. Nahezu auf der ganzen Welt tragen Menschen den gleichen Haarschnitt und folgen derselben Mode. Sogar unsere Feste gleichen sich immer mehr an. Kinofilme sollen kulturübergreifend überall auf der Welt gezeigt werden können. Kunst darf keinen verstören. Essen muss jedem schmecken. Glutenfrei, kein Schwein oder Rind, am besten gleich vegan. Nicht, dass Sie mich falsch verstehen, Herr Korrapati. Wie ich schon sagte, soll ein jeder nach seiner Fasson selig werden. Da halte ich es wie der Alte Fritz mit den preußischen Tugenden. Was mich stört, ist die Selbstzensur. Um niemanden zu brüskieren, ordnen wir uns dem Diktat des kleinsten gemeinsamen Nenners unter. Doch der kleinste gemeinsame Nenner hat noch nie zu einem großen Ganzen geführt. Nicht wahr? Daher frage ich mich: Wohin streben wir?«

Der Großvater mustert Ravi abschätzend, als wolle er ihm Gelegenheit geben zuzustimmen. Eigentlich müsste Ravi jetzt dringend mitschreiben, besser noch: das Gespräch aufzeichnen. Doch er wagt es nicht, den Gedankenstrom zu stören. Daher nickt er nur nachdenklich. Tatsächlich lässt er die Argumentationskette auf sich wirken. Zulassen und annehmen, das sind die Schlüssel. Erst am Ende folgt das Urteil.

»Bald schon entscheiden wenige internationale Konzerne über den Geschmack der Allgemeinheit, was wir essen und trinken, wie wir uns kleiden, welche Bücher wir lesen und welche Filme wir schauen. Doch wer bestimmt diese Einheitskost, mit der unser Geist beliefert wird? Ich sag's Ihnen. Es ist die Diktatur der Massen. Viele Menschen bringen viel Umsatz und haben daher entsprechend viel Einfluss. Nur leider lebt die Mehrheit der Menschen nicht in unserem Land.« Seine Stimme, die bislang ruhig und sachlich, beinahe leise zu Ravi gesprochen hat, vibriert plötzlich in einem euphorischen Timbre. »Sehen Sie jetzt, warum wir nicht länger zusehen dürfen? Es geht um alles, was uns als Gesellschaft ausmacht. Das große Ziel der Aufklärung war es, den Menschen aus seiner Unmündigkeit zu befreien. Sie gab den Impuls für eine einzigartige Entwicklung. Und damit meine ich nicht nur die naturwissenschaftlich-technische Revolution, sondern vor allem die philosophisch-kulturelle. Doch unsere globalisierte Welt tritt dieses großartige Erbe, das Vermächtnis unserer eigenen Vorväter, mit Füßen. Das ist unsere Kritik. Deshalb richten wir uns gegen die Identitätslosigkeit, die Verwässerung unserer Kultur, die Gleichmacherei. Wir stehen ein für eine pluralistische Gesellschaft. Eine Welt mit unterschiedlichen Religionen, Traditionen und Werten. Wir streben nach einer globalen Gesellschaft, in der jede Kultur, selbstverständlich auch die Ihre, ihr Zuhause hat und sich in Sicherheit entfalten kann.« Der Großvater seufzt.

Ravi ist der Hinweis auf seine Abstammung nicht entgangen.

»Heißt das, Sie fordern ...« Er schluckt die Abscheu hinunter und zwingt sich zur Besonnenheit. Die richtigen Worte. Das ist es, was ihn jetzt weiterbringt. »... eine Trennung der Rassen?«

»Um Himmels willen, nein! Wir wünschen uns verschiedene Systeme für verschiedene Menschen. Was wäre natürlicher, als diese unterschiedlichen Systeme mit dem jeweiligen Staatsgebiet zu verknüpfen? Natürlich geht das nicht von heute auf morgen. Für den Übergang wäre es durchaus denkbar, die unterschiedlichen Gemeinschaften in einem Land etwas – sagen wir: homogener – aufzuteilen.«

»Herr ...«, setzt Ravi an und macht eine kurze Pause, um dem Großvater seinen Namen zu entlocken, fährt jedoch fort, als sein Gesprächspartner nicht darauf eingeht. »Wo ist der Unterschied zur Rassentrennung?«

»Ersetzen Sie Rassen durch Kulturen, und Sie verstehen uns richtig. Selbstverständlich fordern wir keine Jim-Crow-Gesetze wie damals in den USA. Wir sind nicht der Ku-Klux-Klan. Aber was ist denn grundsätzlich falsch an dem Motto: *Getrennt, aber gleich*? Wir befürworten durchaus Reisen, den geistigen Austausch, kulturelle Partizipation und internationale politische Gremien. Doch jeder wohnt, lebt und formt die Gesellschaft in seinem eigenen Land. Glauben Sie nicht, dass auf Dauer Konflikte vermieden werden können, wenn wir uns wieder mehr auf uns selbst konzentrieren? Können wir dem Anderen, dem Fremden nicht mit mehr Respekt und Toleranz begegnen, wenn wir uns dafür nicht selbst verleugnen müssen? Oder gar von der Angst getrieben werden, bald als Fremde im eigenen Land zu leben?«

»Nehmen wir einmal Ihren Gedanken auf«, sagt Ravi, darauf bedacht, das Gespräch nicht abreißen zu lassen. »Ihr Ziel ist also eine Welt von Nationalstaaten, jeder davon mit einer eigenen Kultur, die auf dem eigenen geistigen Erbe aufbaut. So ungefähr?«

Der Großvater ist offenbar zufrieden. »Sie haben es verstanden. Nationalstaaten in friedlicher Nachbarschaft, wobei es uns wichtig ist, keine Unterschiede bezüglich der Wertigkeit vorzugeben. Jede Kultur steht gleichberechtigt neben der anderen. Jede Gesellschaft entfaltet sich in einem eigenen, geschützten und sicheren Umfeld. Sicherheit spielt eine entscheidende Rolle.«

»Und warum kommen Sie damit ausgerechnet zu mir?«

»Ich habe Ihre Reportagen gelesen. Ihr Stil gefällt mir. Sie bleiben sachlich, werden niemals polemisch und versuchen, allen Seiten gerecht zu werden. Ein wichtiges Kriterium, wie ich finde. Wenn Sie – auch unter dem Aspekt Ihrer Herkunft – über uns berichten, erwarte ich mir davon eine neutrale und faire Berichterstattung. Zudem: Niemand wird Ihnen Schönmalerei vorwerfen.« Er hat die Fingerspitzen zusammengelegt und sich leicht vorgebeugt. »Das und ein paar andere Kleinigkeiten.«

Ravi wartet, doch offenbar ist sein Gesprächspartner nicht gewillt, den letzten Punkt genauer auszuführen. »Gut.

Was soll dann die Geheimniskrämerei? Falsche Namen, konspirative Treffpunkte ...«

»Sehen Sie, Herr Korrapati, hier hätte ich Sie doch für feinfühliger gehalten.« Der Großvater nimmt noch einen Schluck Kaffee, bevor er die leere Tasse behutsam auf dem Tisch abstellt. »Was ich Ihnen gerade anvertraut habe, ist das Ziel unserer Bewegung. Das ist die Welt, die wir erschaffen wollen.«

Das Ziel. Nicht der Weg! Vermutlich spiegelt sich jetzt doch der Schock in Ravis Gesicht, denn der ältere Herr lächelt nachsichtig.

Wie in Zeitlupe greift Ravi in seine Tasche und holt sein Handy heraus. »Wären Sie damit einverstanden, wenn ich unser Gespräch ab jetzt aufzeichne?«

Der Großvater schließt kurz die Augen. Als er sie wieder öffnet, hat seine Stimme nicht an Höflichkeit verloren. »Ich gehe davon aus, dass dieses Gerät, wenn Sie es schon nicht in einer ortungs- und abhörsicheren Tasche mit sich führen, zumindest ausgeschaltet ist.«

»Ohne Ihre Zustimmung nutze ich weder die Diktierfunktion, noch mache ich heimlich Fotos«, entgegnet Ravi fest.

»Und mit *aus* meine ich nicht auf Stand-by oder den sogenannten Flugmodus.« Die Stimme des Großvaters bleibt sachlich. Aber sein Blick macht mehr als deutlich, dass Ravi gerade eine Grenze überschritten hat.

Warum auch immer. Zehn Jahre journalistischer Recherche haben Ravi gelehrt, nicht mit seinem Gesprächspartner zu streiten. »Wenn Sie möchten, kann ich das Gerät in den Flur legen, bevor wir weitersprechen.«

Der Großvater winkt ab. Er sieht plötzlich müde aus. »Ich denke, wir können unser Gespräch hier beenden.«

Scheiße!, flucht Ravi innerlich. Er könnte sich ohrfeigen. Fast hatte er den Alten so weit, zum Punkt zu kommen. Doch nun ist es vorbei. Wegen alberner Paranoia. Verdammt! Doch dann schaltet sich sein journalistischer Instinkt wieder ein, und Ravi mahnt sich zur Gelassenheit. Dieser ominöse Großvater hat gewiss noch einige offene Punkte auf seiner Agenda. Was auch immer er bislang offenbart hat, kann nicht der Grund für dieses Treffen gewesen sein. Nun kommt es auf Ravi an. Auf seine Reaktion. Die nächsten Minuten werden alles entscheiden.

Langsam steht er auf und nimmt seine Tasche. »Dann sag ich mal: Danke für den Kaffee und das interessante Gespräch«, erklärt er höflich, während er dem sogenannten Großvater zum Abschied die Hand reicht. »Sollten Sie wieder einmal reden wollen, wissen Sie ja, wie Sie mich erreichen.«

Im Flur dreht er sich noch einmal um. Ein kurzer, verbindlicher Blick, nur einen Moment länger als nötig, dann verlässt er die Wohnung und zieht die Tür leise hinter sich ins Schloss.

4

Als Ravi die Redaktion betritt, klingelt sein Telefon. Leider ist es nicht Jamal.

»Ungünstiger Zeitpunkt«, versucht er seine Schwester abzuwimmeln.

Susi gibt ihm von ihrem Platz aus bereits Zeichen, dass der Chef auf ihn wartet.

Leider lässt sich Kareena nicht so leicht abwimmeln. »Warum rufst du nicht zurück?«

»Ich hatte einen Termin«, wehrt er ab, während er die Tasche abstellt und seine Jacke über den Haken wirft. Auf seinem Schreibtisch stapeln sich geschwärzte Akten, Auszüge aus Unternehmensregistern, Notizen und offenbar in aller Eile gemachte Fotos von aufreizend bekleideten jungen Frauen. Die Ergebnisse einer jahrelangen Arbeit. Nur seine Kaffeetasse kann er nicht entdecken. Mit Kareena im Ohr geht Ravi zur Teeküche.

»Im Ernst, Ravi? Du steckst seit gestern Morgen durchgehend in einem einzigen Termin?«

Die Tasse mit dem gulfblauen Porsche 917 steht benutzt neben dem Spülbecken. Braune, klebrige Kakaoschlieren ziehen sich über den Boden und bis zum Rand hinauf. Na, klasse.

»Viele verschiedene«, antwortet er genervt.

Während sich seine Schwester am anderen Ende der Leitung den Frust von der Seele redet, macht er sich daran, die fettigen Reste auszuspülen. Anscheinend ist Kareenas alter Caddy in der Werkstatt, sodass sie nicht zum Großhandel fahren konnte, um neuen Dünger für ihre Tomaten zu kaufen. Oder die Kürbisse? Egal. Seine große Schwester hat wieder einmal Probleme mit ihrer kleinen Bio-Gärtnerei. Ravi wünschte, sie würde dieses Geschäft endlich an den Nagel hängen und sich einen normalen Job suchen. Es würde ihr und allen anderen Menschen in ihrem Umfeld eine Menge Probleme ersparen.

»Okay, wie viele Säcke brauchst du? Ich komme am Wochenende bei euch vorbei und bringe sie mit«, verspricht er, als er endlich die frisch gespülte Tasse unter den Kaffeeautomaten schiebt.

»Du bist ein Schatz.«

»Ich weiß.«

Der Kaffee versprüht sein Aroma, was Ravis Laune steigen lässt. Ein Besuch bei Kareena und Niki ist ohnehin längst fällig. Wenn er Glück hat, gibt es sogar indischen Sooji Cake nach dem Rezept seiner Großmutter.

»Wenn du dich irgendwann von deinem Telefon losreißen kannst, würde ich dich gerne sprechen«, brummt der Chef im Vorbeigehen und verschwindet im Flur, bevor Ravi auch nur die Chance hat, etwas zu erwidern.

»Kareena, ich muss los.«

Doch seine Schwester hat das Telefon bereits weitergereicht, denn jetzt tönt die hohe Stimme seiner Nichte aus dem Kopfhörer. »Aber vergiss es nicht. Hörst du? Mamas Tomaten brauchen in der Wachstumsphase Nährstoffe. Und ich will endlich mein Geschenk.«

»Was für ein Geschenk?«

Mit dem Kaffee in der Hand schlendert Ravi durch den Gang in Richtung von Siebels Büro.

»Ich hatte Geburtstag!«

»Höre ich etwa einen Vorwurf, Süße?«

Lotta schiebt sich mit einem Stapel Akten an ihm vorbei. »Würde es dich sehr einschränken, deine amourösen Abenteuer außerhalb der Arbeitszeiten auszuleben?«

»Amouröse Abenteuer?« Ravi lacht. »Bist du etwa eifersüchtig, meine Hübsche?«

»Träum weiter!«, raunt Lotta.

»He, hier bin ich!«, ruft Niki aus dem Hörer. »Ich wünsche mir High Heels.«

»Bist du dafür nicht noch ein bisschen jung?«

Seine Nichte überflutet ihn mit einem Schwall von Beschimpfungen, die vermutlich auch für Lotta noch zu hören sind, denn seine Kollegin verdreht die Augen und verschwindet hinter einer Tür.

Ravi grinst. Er kann sich bestens vorstellen, wie Niki gerade die freie Hand in die Hüften stemmt und mit dem Fuß aufstampft. Das Temperament hat sie eindeutig von ihrer Mutter.

»Ich schau, was ich machen kann«, verspricht er, als er Siebels Büro betritt und endlich auflegt.

Siebel, seit mindestens fünfzehn Jahren Leiter der Redaktion, sitzt an seinem Schreibtisch und starrt missmutig auf den Bildschirm. »Ich wünschte, ich könnte die Arbeit deiner Kollegen einfach mit Likes und Dislikes markieren. Stattdessen muss ich diesen Mist auch noch redigieren. Verdammt, lernt ihr in der Schule kein Deutsch mehr?«

Statt einer Antwort reicht Ravi seinem Chef die Schale mit Lakritz, die für Notfälle auf dem Beistelltisch steht.

»An welcher Story bist du gerade dran?«, erkundigt sich Siebel. Er gibt sich nicht einmal die Mühe, erst zu kauen, bevor er redet, was nur bedeuten kann, dass er gereizt ist.

»Auf meinem Schreibtisch liegt der Bericht über das Bordell an der tschechischen Grenze. Fehlt nur der letzte Schliff.«

»Gut, schaffst du das bis Dienstschluss? Mir ist für das nächste Heft eine Reportage weggebrochen.«

»Der Text ist nicht das Problem.«

»Aber? Ach, ja. Die Fotos. Da war doch was. Können wir die jetzt drucken?«

»Muss ich noch mal genau checken. Ich hab versucht, die Frauen so zu fotografieren, dass man sie nicht erkennt. Also, wie besprochen. Aber ich muss sie mir noch mal in der Vergrößerung ansehen. Wegen Narben, Muttermalen und so. Nicht, dass die Zuhälter die Mädchen doch irgendwie erkennen.«

Siebel schiebt sich ein weiteres Lakritz in den Mund.

»Mach das schnell. Ich will nicht wieder diese Photoshop-Bildchen von irgendeinem Puff haben. Das soll nah dran sein.«

»In Ordnung.« Ravi lässt sich gegenüber von Siebels Tisch in den Sessel fallen. »Ich hatte heute Morgen ein interessantes Treffen, das ich für den Moment noch nicht einordnen kann.«

»Okay, willst du darüber reden oder brüten?«

In knappen Worten berichtet Ravi Siebel von seinem Gespräch mit dem selbst ernannten Großvater.

Siebel wiegt den Kopf, wie immer, wenn er nicht ganz von einer Sache überzeugt ist. »Dann fasse ich einmal die Fakten für dich zusammen. Du weißt weder, wer hinter diesem Netzwerk steht, noch wie groß es ist oder wie du die Leute kontaktieren kannst. Du hast eine vage Vorstellung von ihrer Ideologie, aber keinen Schimmer von ihren Plänen, sie umzusetzen, Zeitskalen oder Methoden. Also, wenn du meine ehrliche Meinung wissen willst, das klingt nach etwas zu heiß geratener Luft. Ein paar in die Jahre gekommene Herren und ihre Laufburschen, die von der guten alten Zeit träumen.«

»Warum dann die verschlüsselte Kommunikation, die Tarnnamen und der geheime Treffpunkt?«

»Paranoia? Soll mit dem Alter häufiger auftreten, als man meint.«

»Vielleicht. Aber was, wenn nicht? Die Frage ist doch, was sie bereit sind zu tun, um diese gute alte Zeit, wie du es nennst, wieder aufleben zu lassen.«

»Tja, wer weiß.« Siebel zieht eine grüne Mappe vom Ablagestapel. Allem Anschein nach ist der Fall für ihn abgehakt und bereits so gut wie vergessen. »Hier. Wenn du mit deiner Bordellgeschichte fertig bist, kannst du das mal recherchieren.«

»Künstliche Intelligenz? Gib das einem der Nerds aus der Wissenschaftsredaktion.« Ravi hat die Mappe aufgeschlagen und blättert lustlos durch die Seiten. »Hat Lotta das ausgegraben?«

Siebel reißt ihm die Mappe aus den Fingern und schlägt sie zu.

»Glaub mir, das ist mehr als dröge Wissenschaft. Aber du bekommst es eh erst, wenn deine Bordellstory fertig auf meinem Schreibtisch liegt. Mit Fotos!«

»In Ordnung, Chef.«

5

Kyle Kerner

Weitere eineinhalb Jahre zuvor

»Er hat angebissen!«

Obwohl er die vier Etagen bis ins Loft hinauf gejoggt ist, stellt Kyle zufrieden fest, dass er kaum außer Atem ist. In dem alten Fabrikgebäude vom Ende des 19. Jahrhunderts hat er gleich die ganze Etage belegt. Noch ist sie eher karg eingerichtet. Aber seitdem zumindest der grobe Dreck entfernt ist, haben die neuen Büroräume mit ihren großen Fenstern und roten Backsteinwänden durchaus Potenzial.

In der Ecke gegenüber der Tür fläzt sich Micah in einem Sitzsack, umgeben von alten Pizzakartons und leeren Flaschen Mate-Limonade, und schaut vom Laptop auf. »Was?« Seine Stimme hallt von den kahlen Wänden wider.

»Der Investor!« Kyle knallt seine graue Messenger Bag auf den großen Holztisch, der abgesehen vom Sitzsack und einer Hängematte das einzige Möbelstück in der ganzen Etage ist.

»Ah.« Sein Partner richtet seine Aufmerksamkeit wieder auf den Bildschirm.

»Sag mal, wann hast du das letzte Mal geduscht?«

Statt einer Antwort zuckt Micah die Achseln.

»Wenn deine Mutter dich so sehen würde.« Kyle kann sich die Bemerkung gerade nicht verkneifen, und immerhin führt sie zu einer Reaktion.

»He, lass meine Mutter da raus«, blafft Micah, klappt aber endlich das Notebook zu. »Sie macht sich nur Sorgen, okay?«

Kyle mustert seinen Partner. Micahs Haut ist blass. Die dunklen Haare wirken, als hätte er sie seit Tagen nicht mehr gekämmt. Auf dem grünen Hoodie leuchten immer noch die Spritzer der gestrigen Tomatensoße.

»Warst du heute Nacht überhaupt zu Hause?«

Micah runzelt die Stirn, als würde ihn die Frage ernsthaft fordern. »Welcher Tag ist heute?«

»Dienstag.«

»Weiß nicht. Ich glaub, ich bin seit Montag hier.«

»Dann mach mal Pause.«

»Gleich. Muss nur noch eben ...«

Bevor Micah den Laptop wieder aufklappen kann, fährt Kyle dazwischen. »Ich habe Neuigkeiten. Aber erst, wenn du geduscht bist.«

Micah seufzt. »Frühstück wär nicht schlecht.«

»Frühstück? Es ist gleich drei Uhr. Nachmittags! Egal. Im Lieblings gibt es bestimmt noch irgendwas.«

»Muss ich echt duschen?« Micah fährt sich mit der Hand durch die wirren Haare.

»Duschen, Zähne putzen und Haare waschen«, fordert Kyle. »Aber wenn du dich beeilst, bekommst du zum Nachtisch einen Milchshake.«

»Dachte, wir sind pleite.«

Kyle grinst breit. »Milchshake«, säuselt er.

Das zieht. Micah rappelt sich vom Sitzsack hoch und stopft sein Notebook in einen alten Rucksack.

»Den nehme ich«, entscheidet Kyle und schnappt sich den Rucksack, bevor sein Kumpel etwas einwenden kann. Sonst kann er im Café lange warten. Denn garantiert ereilt Micah unter der Dusche noch irgendein Geistesblitz, den er *nur eben schnell* in die Routine einprogrammieren muss.

So jedoch erscheint Micah bereits eine halbe Stunde später in der Tür des Lieblings und schiebt sich an den vorderen Tischen vorbei zu Kyle durch. Seine Haare sind noch nass, ordentlich sehen sie nicht aus, aber immerhin ist er geduscht und hat sogar einen sauberen Pulli gefunden, was bemerkenswert ist, denn wann er Zeit und vor allem Muße für so etwas Profanes wie Wäsche findet, ist Kyle ein Rätsel.

»Also?«, erkundigt sich Micah, nachdem er bestellt hat.

»Wenn alles gut geht, sind unsere schmalen Jahre bald vorbei.«

»Hat dein Vater dir jetzt doch was geliehen?«

Kyle schnaubt. »Nein.«

»Verstehe ich echt nicht. Wenn meiner Geld hätte, würde er sich nicht so anstellen.«

Wie schön für Micah. Dummerweise ist Kyles Vater ein überzeugter Selfmademan. In ihm schlägt trotz aller Rückschläge noch das Herz eines Kunsthandwerkers. Vasen und Schalen waren sein Gewerbe. Genau genommen ist es bis heute so geblieben mit dem einzigen Unterschied, dass es in Kyles Kindheit ziemlich exquisite Designobjekte waren, mit kleiner Auflage und handsigniert. Sein Vater hatte damals Kunden auf der ganzen Welt. Sogar der ein oder andere Promi besuchte ihn persönlich in seiner Werkstatt, bis eines Tages ein Kunststudent ein Praktikum in der Manufaktur machen wollte. Kyle war noch ein Kind. Trotzdem kann er sich an ihn erinnern. Er war ein höflicher und zuvorkommender junger Mann, nur dass kurze Zeit später zum Verwechseln ähnliche Vasen und Schalen aus asiatischer Großproduktion den Markt überfluteten. Von einem Tag auf den anderen brachen Kyles Vater die Kunden weg. Im Nachhinein stellte sich heraus, dass der Praktikant vorher monatelang im Internet recherchiert, seinen Plan ausgebrütet und sogar ein Patent auf das gestohlene Design angemeldet hatte. Kyles Vater blieb nichts. Um die Familie zu ernähren, musste er noch einmal von vorne anfangen. Dieses Mal begann er direkt selbst und durchaus erfolgreich mit der Großproduktion. Vasen und Schalen natürlich, aber auch Geschirr. Heute finden sich seine Produkte in jeder Kantine, den meisten Krankenhäusern, in preiswerten Hotels und Herbergen. Geld war bald kein Thema mehr im Hause Kerner. Auch was Kyles Studium betraf, zeigte sich sein alter Herr durchaus großzügig. Die Großzügigkeit ließ allerdings schlagartig nach, als Kyle bei einer seiner letzten Prüfungen beim Abschreiben erwischt wurde.

»Tja, mein Vater denkt eben, dass wahrer Erfolg nur durch eigene Anstrengung kommt«, schnaubt Kyle.

»Und jetzt?«

»Ich habe mich nach einem anderen Investor umgeschaut.«

Micahs Augen leuchten auf, was allerdings eher an dem mit Eiern und Speck überladenen Teller liegt, den die Bedienung gerade neben einer Kanne Tee und einem großen Milchshake vor ihm auf dem Tisch abgestellt hat.

»Wer ist es?«

Kyle zuckt die Achseln. »Irgendjemand, der deine Idee vielversprechend findet und bereit ist, eine hübsche Summe in unser aufstrebendes Unternehmen zu investieren.«

»Wie viel?«, fragt Micah mit einem Mund voller Ei, Bohnen und, wenn Kyle nicht alles täuscht, Toast.

»Kannst du vielleicht erst schlucken, bevor du sprichst?«

Micah verdreht die Augen, spült aber das Essen mit einem Schluck Tee hinunter, bevor er die Frage erneut stellt: »Also, wie viel?«

»Es kommt drauf an. Er war ein bisschen unsicher. Offenbar hat er beim letzten Start-up ein kleines Vermögen verloren, weil die Leute auf halber Strecke das Interesse an ihrer eigenen Arbeit verloren haben oder so.«

»Wie hast du ihn rumgekriegt?«

Kyle schweigt. Statt zu antworten, schlürft er demonstrativ an Micahs Milchshake.

»Eh, bestell dir selber einen.« Micah zieht den Shake zurück.

Kyle grinst. »Also«, beginnt er, »habe ich ein Ratenmodell vorgeschlagen und mit unserem geschätzten Investor die wesentlichen Steps vereinbart. Mit jedem erfolgten Entwicklungsschritt ist eine weitere Rate fällig.«

»Schlau«, stimmt Micah zu. »Aber was will er dafür haben? Zinsen? Keine Firmenanteile, oder? Ich meine, wir können die Kontrolle über den Code auf keinen Fall aus der Hand geben.«

»Mann, du bist ein Träumer. Zinsen gibt es mit viel kleinerem Risiko auf dem Rentenmarkt. Wenn jemand einem No-Name wie uns Geld vorschießt, dann geht es nicht ohne Anteile. Das ist es ja, worauf die scharf sind.«

Micah schmeißt die Gabel auf den Teller, obwohl mindestens noch ein halbes Spiegelei in einer Soße aus weißen Bohnen und Ketchup schwimmt. »Verdammt, Kyle. Der Code ist …« Auf der Suche nach den richtigen Worten schleudern seine Hände fast die Teekanne vom Tisch. »… viel zu mächtig. Verstehst du? Wenn Cyb einmal läuft, kann er fast alles. Wir müssen sicherstellen, dass er nur für den einen einzigen Zweck eingesetzt wird. Sonst läuft das Ganze aus dem Ruder. Es kann nicht sein, es darf nicht passieren, dass so ein reicher Schnösel über meinen Code entscheidet.«

»Wir sind ja auch noch da.« Kyle muss den Moment einfach noch ein bisschen auskosten.

»Das hat Rob Kalin auch gesagt.«

»Wer ist Rob Kalin?«

»Gründer von Etsy?«

»Diese E-Commerzseite? Der Fall war anders.«

»Wirklich?«

»Er hatte nicht mich an seiner Seite.« Kyle holt sich den Milchshake zurück und leert ihn in einem Zug.

Micah ist der Mann hinter dem Cyb-Code. Daran besteht kein Zweifel. Aber wenn es um Finanzierung geht, läuft das Spiel auf seinem Feld. Mieses BWL-Studium hin oder her. Buchhaltung und Rechnungswesen sind etwas für Langweiler. Doch beim Thema Kapital macht ihm niemand etwas vor. Das Leben ist eine Wildnis, in der nur ein Raubtier überlebt. Zumindest das hat er von seinem Vater gelernt.

»Der eigentliche Coup liegt im Detail«, erklärt er.

»Coup?«, fragt Micah skeptisch und schaut sich nach der Kellnerin um.

Kyle fängt als Erster ihren Blick auf. »Können wir noch zwei Erdbeershakes bekommen?« Als sie zur Bar eilt, wendet er sich wieder seinem Partner zu. »Ich habe eine kleine Klausel eingebaut. Eigentlich ist es simpel. Als Investor verlangt er ein günstiges CRV.«

»Ein was?«

»C-R-V, ein günstiges Chance-Risiko-Verhältnis. Für Laien wie dich: Je größer das Risiko, desto mehr Geld muss am Ende dabei rausspringen.«

Die Bedienung bringt die beiden Milchshakes und deutet auf Micahs Teller. »Kann das weg?«

»Moment.«

Während sie wartet, schaufelt Micah in Rekordgeschwindigkeit das restliche Ei-Bohnen-Gemisch in seinen Mund.

Nachdem sie den Tisch abgeräumt hat und nur noch die beiden frischen Erdbeershakes vor ihnen stehen, fährt Kyle fort: »Umgekehrt heißt das, je geringer das Risiko für ihn wird, desto kleiner darf der Gewinn ausfallen.«

Die Gläser sind bis an den Rand gefüllt, und die langsam schmelzende Sahne droht überzulaufen. Das Lieblings macht einfach die besten Shakes der ganzen Stadt. Wenn Kyle in ein paar Jahren über genügend Kapital verfügt, wird er das Café kaufen. Einfach nur zu seinem eigenen Vergnügen.

»Aha.« Offenbar braucht Micah weiteren Input.

»Der Typ hat gerade erst eine größere Summe in den Sand gesetzt. Er will also sein Risiko minimieren. Das heißt, er ist bereit, für einen schnellen Erfolg auf Teile seines Gewinns zu verzichten.«

»Was heißt das jetzt für uns?«

Kyle beugt sich vor und senkt geheimnisvoll die Stimme. »Das heißt, für jeden Step, den wir vor der Deadline abliefern, verzichtet er auf einen Teil seiner Beteiligung.«

Micah schnaubt in seinen Shake, was alles andere als

appetitlich und in diesem Zusammenhang ziemlich respektlos ist, wie Kyle findet.

»Klar, und wenn ich noch ein paar Nächte durcharbeite, bekommen wir das Geld geschenkt?«, ätzt Micah.

»Wenn du so ein Brain bist, warum führst du nicht die Verhandlungen?«

Micah verzieht das Gesicht, schweigt aber. Er versteht es einfach nicht. Aber das muss jetzt egal sein. Kyle weiß, was er heute Morgen erreicht hat.

»Unser Investor verlangt 51 Prozent«, erklärt er kühl, wohl wissend, dass er Micah damit einen eisigen Schauder über den Rücken jagt. Geschieht ihm recht. »Aber für jede Woche, die wir eher liefern, reduziert sich sein finaler Unternehmensanteil um ein Prozent. Und natürlich«, fügt er bissig hinzu, »gibt es das Geld dann nicht umsonst. Die entsprechende Summe seines Investments wird stattdessen als festverzinsliches Darlehen ausgezahlt.«

»Das müssen wir dann aber zurückzahlen.«

Kyle atmet tief durch. »Ja, so funktioniert der Finanzmarkt. Aber«, er grinst wieder, »das ist ein viel kleineres Problem. Oder?«

Micah nickt langsam, während er an seinem Milchshake saugt. Offenbar denkt er nach. »Okay, wir brauchen wohl das Geld.«

»In der Tat. Wir brauchen vor allem Mitarbeiter. Sonst sitzen wir in hundert Jahren noch an der Entwicklung. Außerdem Büroausstattung, einen Vertrag mit einem soliden MSP und endlich ein vernünftiges Logo.«

»Was spricht gegen das C im Kringel?«

Kyle zieht es vor, gar nicht erst darauf zu antworten. Das C im Kringel war der Vorschlag einer Praktikantin, deren einziger Vorzug es gewesen war, dass sie drei Monate praktisch umsonst mitgearbeitet hatte. Außer Kaffee zu kochen und dem schrecklichen C im Kringel war jedoch nicht viel dabei herumgekommen. Trotzdem hatte Micah zu ihrer Freude ein paar Aufkleber von dem Ding drucken lassen und einen sogar auf die Klingel geklebt. Kyle hatte ihn zwei Wochen nach ihrem Ausscheiden aus der Firma diskret wieder entfernt.

»Okay, ein cooles Logo«, lenkt Micah ein und rührt gedankenverloren in seinem Shake.

»Was ist? Freust du dich gar nicht?«

»Doch. Ich kann nur nicht gut unter Druck programmieren. Du weißt, dass wir sorgfältig arbeiten müssen. Cyb ist sensibel. Der Code verzeiht keine Abkürzungen.«

»Ja, ich weiß«, antwortet Kyle gereizt, wobei er sich nicht einmal die Mühe macht, seinen Ärger zu unterdrücken. Micah könnte zur Abwechslung ruhig ein bisschen Enthusiasmus für Kyles Leistung aufbringen. Die Verhandlungen sind nicht einfach gewesen und der im Internet engagierte Anwalt keine große Hilfe. »Ich habe dir im Vertrag genug Zeit eingeräumt. Genau wie wir es in unserem Businessplan beschrieben haben. Du erinnerst dich vielleicht daran?«

»Was?« Plötzlich ist alle Farbe aus Micahs ohnehin blassem Gesicht gewichen. »Bist du wahnsinnig?«

»Wieso? Du hast die Timeline selbst ausgearbeitet.«

»Ja, schon. Aber ich dachte, es sollte nur ein grober Fahrplan werden. So eine Art Ziel, das man den Bankleuten vorlegen und später noch mal anpassen kann.« Er fährt sich durch die Haare. »Verdammt! Es funktioniert nie alles nach Plan. Für ernsthafte Deadlines hätten wir viel mehr Zeit für Fehler und Unvorhergesehenes einbauen müssen. Und wer weiß, was du für Idioten einstellst.«

»Wir stellen nur die besten Idioten ein«, beschwichtigt Kyle. Zum Glück hat wenigstens er selbst die Sache ernst genommen und die Kapitaldecke entsprechend großzügig angesetzt. »Jetzt ist es, wie es ist. Wir müssen es eben schaffen. Zur Not stellen wir einfach mehr Leute ein.«

»Wenn wir Pech haben, machen die mehr kaputt, als dass sie helfen.«

Kyle stöhnt. Sein Partner könnte etwas mehr Optimismus vertragen. Mit seinen ewigen Bedenken wird Micah noch alles hinunterziehen, einschließlich Kyle selbst. Doch nicht so schnell. Kyle drängt die aufflackernde Unsicherheit zurück und setzt seine überlegene Siegermiene auf. Es wirkt.

»Okay, wir haben gesagt, die Finanzierung ist deine Sache«, stimmt Micah nach einigem Zögern widerwillig zu. Er schlürft die letzten Erdbeerreste aus seinem Glas. »Aber die Entwicklung des Codes ist meine. Ich will sicher sein, dass das klar ist. Ich brauche die Zeit, die ich brauche. Sonst ...« Er führt den Satz nicht zu Ende, sondern schaut Kyle fest in die Augen.

»Mach dir mal keine Sorgen.« Kyle leert nun ebenfalls sein Glas und grinst plötzlich. »Zahlen bitte!«, ruft er in Richtung der Theke, zieht sein Handy aus der Tasche und öffnet mit einem Klick die richtige App. »Und das geht ab sofort aufs Firmenkonto.«

6

»Das ganze Problem lässt sich als Klassifikationsaufgabe im n-dimensionalen Raum begreifen«, erklärt Micah wenige Monate später.

Er steht am Kopf des großen Holztisches und zeigt auf ein Whiteboard. Um den Tisch herum lungern die Mitglieder seines Teams. Am anderen Ende geht Kyle auf und ab, bemüht, die hochkochende Ungeduld zu bekämpfen. Statt zumindest die wichtigsten Entscheidungen vorzugeben, besteht Micah auf seiner basisdemokratischen Version von Teamarbeit, welche nicht weit von Anarchie entfernt liegt. Alles muss im Team besprochen werden, als wäre ihre Firma immun gegen Deadlines und Fristen.

Kyle wirft einen Blick auf sein Handy, auf dessen Display Mitteilungen und Nachrichten so schnell hintereinander aufblinken, als hätte er einen Newsticker abonniert. Es gibt zu viel, um das er sich noch kümmern muss. Entnervt lässt er das Gerät zurück in die Tasche seines Jacketts rutschen und sieht auf. Immerhin einiges hat er schon geschafft.

Die Büroräume von Cyb-Systems sind kaum wiederzuerkennen. Hinter den offen angeordneten Arbeitsplätzen prangt das neue Firmenlogo, von einem unsichtbaren

Beamer an die hintere Wand projiziert. Das Zentrum der Etage bildet der große Konferenztisch. Links davon hat Kyle eine gemütliche Teeküche einrichten lassen mit angeschlossener Lounge, rechts steht die Tischtennisplatte, dahinter, durch drei Pflanzkübel abgetrennt, befindet sich die Chill-Ecke mit dickem Teppich, Hängematten und Sitzkissen. Ihre Geschäftsräume befinden sich nach wie vor in der vierten Etage des alten Hinterhauses, doch das ist durchaus Absicht.

»Warte ab«, hatte Kyle prophezeit, als sie den Kaufvertrag für die Räume unterschrieben. »Jetzt sind die Mieten noch niedrig, die meisten unserer Angestellten können direkt im Kiez wohnen. Wenn sich das Viertel in ein paar Jahren zum Szenetreff entwickelt hat, haben wir bereits in diese Immobilie als ein finanzielles Polster investiert.«

Zumindest der Teil der Planung scheint aufzugehen. Kein Wunder. Die Verwaltung der Finanzen ist nach wie vor seine Abteilung, die er mit klarer Struktur führt.

Conny, die Kyle als Assistentin eingestellt hat, schiebt sich an ihm vorbei und platziert eine große Kanne Kaffee auf dem Besprechungstisch, dazu eine zweite mit Tee sowie Kekse, eine für diese Räume auffallend edle, handsignierte Porzellanschale mit Schokoriegeln und einen Teller mit Obst. Letzterer ist vor allem für ihn selbst. Der Rest der Mannschaft scheint sich für gesunde Ernährung noch weniger zu begeistern als für Tageslicht und frische Luft. Kyle beobachtet, wie Ilyas blind nach einem Schokoriegel fingert. Das Design der Schale nimmt er gar nicht wahr.

»Also spiegelt n die Anzahl der Variablen?«, fragt Katie gerade, eine junge Informatikerin und stolzes Mitglied im Chaos Computer Club, die sich gar nicht erst die Mühe gemacht hat, ihr Studium zu beenden, sondern auf Micahs Angebot hin sofort in die Welt der Cyber-Genies eingestiegen ist.

»Wie viele Variablen sehen wir in der Betaversion vor?«, erkundigt sich Hao. Ihn konnte Kyle bei einem internationalen Meeting von Cyber-Security-Experten rekrutieren. Entgegen ihrer Abmachung musste er ihn Micah praktisch aufzwingen. Aber er braucht zumindest einen loyalen Mann im Team der Nerds. Im Gegensatz zu einem Perfektionisten wie Micah oder der entschieden zu linksliberalen Katie betrachtet Hao anstehende Probleme mit deutlich mehr Pragmatismus, was unter den gegebenen Umständen durchaus noch wichtig werden kann.

»Das ist eine gute Frage, für die wir Ideen suchen«, gibt Micah zu.

Kyle unterdrückt ein Stöhnen. *Ideen suchen.* Einer dieser Euphemismen. Eigentlich heißt das: weitere Besprechungen, Diskussionen und Abwägungen. Kurz, mehr Zeit. Genervt schenkt er sich einen Kaffee ein, wohl wissend, dass zu viel Koffein seinem Herzen schadet. Besser wäre, er würde sich vom Meeting zurückziehen und um andere Dinge kümmern. Doch er hat das vage Gefühl, dass seine Anwesenheit Micah zumindest hin und wieder an den Zeitrahmen erinnert und von allzu weit hergeholten Ausschweifungen abhält.

»Wenn die Anzahl der Variablen die Dimension des Zustandsraums bestimmt, korreliert sie folglich mit der Menge der notwendigen Lernbeispiele«, sagt jemand.

Alle nicken.

»Das heißt, wenn wir uns auf eine kleine Anzahl n einigen, brauchen wir für die Betaversion deutlich weniger Trainingsdaten«, stellt Hao fest.

»Das bedeutet weniger Zeit, oder?«, mischt sich Kyle von seinem Platz am Fußende aus ein. Endlich etwas, das er versteht.

Auch wenn Micah sich nichts anmerken lässt, ahnt Kyle, dass sein Partner innerlich die Augen verdreht. Äußerlich ruhig entgegnet er jedoch: »Das ist zwar richtig.«

»Hemmt aber auch Cybs Genauigkeit«, ergänzt Katie. »Wenn das System funktionieren soll, brauchen wir komplexe Ausgangsdaten, die aus mehr als einer kleinen Menge von n Dimensionen bestehen.«

Micah will etwas antworten, doch Kyle fährt dazwischen. »Wäre das nicht egal? Zunächst reicht es uns zu zeigen, dass Cyb im Prinzip funktioniert.«

»Dir reicht also ein Proof-of-Principle?«, fragt jemand.

Informatiker-Gebabbel! Wie es an Kyles Nerven zerrt. Früher, als Micah noch allein an seinem Code schrieb, hat er ihn damit immerhin verschont. Sobald diese Freaks jedoch in Gruppen auftreten, sind sie nicht mehr zu bremsen. Sie bewegen sich in ihrer Welt aus Bits und Bytes, sprechen ihre eigene Sprache und ignorieren jede selbst noch so einfache menschliche Umgangsform. Ein höfliches *Sie* übersteigt bereits ihre Sozialkompetenz.

Entschlossen, sich nichts anmerken zu lassen, fährt Kyle sachlich fort: »Genau. Mit einer Demoversion erreichen wir den nächsten Entwicklungsstep.«

Das letzte Wort lässt er bewusst auf Micah wirken. Ihre Angestellten müssen nicht wissen, wie genau der Deal mit ihrem Investor aussieht. Wenigstens bestätigt der Gesichtsausdruck seines Partners, dass er ihn verstanden hat.

»Die Genauigkeit können wir im nächsten Step noch steigern«, lenkt er daher ein.

»Wie soll das gehen?«, braust Katie auf. Die Kleine hat

zwar Talent, aber auch in Sachen Idealismus eifert sie leider ihrem Teamleiter nach.

Um den Tisch herum reden nun alle durcheinander.

»Wenn wir den Algorithmus als neuronales Netzwerk betrachten und unsere Fragestellung als Klassifikationsaufgabe, dürfen wir nicht vergessen ...« – »... können Fehler in der Erinnerung einer KI nachträglich gelöscht werden?« – Kollektives Kopfschütteln – »Der Code würde beim Diskriminieren natürlich weiter dem ursprünglich erlernten Modell folgen.« – »Viele Dimensionen erlauben eine größere Fehlertoleranz in einzelnen Punkten, aber ...«

Kyles Kopf dröhnt. Langsam verliert er die Übersicht. Immerhin scheint Micah diese Aneinanderreihungen von Fachbegriffen zu verstehen.

»Das Problem einer reduzierten Betaversion ist, dass wir mit weniger Variablen bessere, also noch genauere Trainingsdaten für Cyb brauchen«, erklärt er gerade.

»Das erhöht die Gefahr für Falsch-Positive«, bringt jemand ein.

»Das mag ja sein«, wirft Hao ein. »Aber was, wenn Cyb noch Jahre für einen eigenen Ansatz braucht? Wir müssen irgendwas in der Hinterhand haben, versteht ihr? So etwas wie ein gutes Beispiel. Einen einfachen Fall, mit dem wir Cyb die richtige Richtung zeigen können.«

Kyle ist auf einmal ganz Ohr. Was hat Hao da gesagt?

Am anderen Ende des Tischs verzieht Micah gerade sein Gesicht. »Hao, das haben wir doch schon wieder und wieder diskutiert ...«

Schnell grätscht Kyle dazwischen: »Aus wirtschaftlicher Sicht hat Hao recht. Wir brauchen einen Plan B, falls das Konzept nicht funktioniert. Ich meine nicht irgendeine vage Idee, sondern eine echte Alternative. Einen PLAN B, in Großbuchstaben! Ewig kann ich euch nicht bezahlen. Wenn wir nichts verkaufen und ...«

»Kyle!«

Überrascht nimmt Kyle den scharfen Klang in der Stimme seines Partners wahr. Damit ist er nicht der Einzige. Ilyas hat seinen Schokoriegel weggelegt, und auch die Blicke von Katie und Tom wandern verwundert zwischen ihnen hin und her. Doch nach einer kurzen unbequemen Stille nimmt die Runde erneut die Diskussion über Variablen und Räume auf, und PLAN B ist wieder vergessen.

Kyle seufzt und checkt noch einmal die Nachrichten auf seinem Display. Die Zeit rast, doch statt zu programmieren wird diskutiert. Die Deadline für den nächsten Step ist in zwei Monaten. Zwei Monate mit je vier Wochen bedeuten acht Prozent Unternehmensanteile. Dank seines Drängens konnten sie die ursprünglichen im Vertrag veranschlagten 51 Prozent bereits auf 44 Prozent drücken. Die Bereitschaft dieser Freaks zu unmoralisch langen Arbeitszeiten und Nachtschichten ist in der Tat beeindruckend. Insofern hat sich sein Konzept der Büroausstattung offensichtlich gelohnt. Solange Pizza auf dem Tisch steht und Bier den Kühlschrank füllt, lümmeln sie sich mit ihren Laptops auf den Sitzsäcken, chillen in den Hängematten und arbeiten ansonsten rund um die Uhr. Wenn die Waschräume noch Duschen hätten, würden einige ihrer neuen Mitarbeiter wahrscheinlich gar nicht mehr nach Hause gehen. Vielleicht sollte er bezüglich der Diskussionen großzügiger sein – und in Duschen investieren.

Bei zwei Steps konnten sie bereits Prozentpunkte einfahren. Nur ein Mal mussten sie bislang einen Prozentpunkt zugunsten des Investors abgeben. Dass auch diese Möglichkeit besteht, hat Kyle Micah gegenüber bislang wohlweislich verschwiegen. Trotzdem, der Netto-Output geht in die richtige Richtung. Wenn diese Diskussionen also, wie Micah behauptet, Teamgefühl und Arbeitsmoral stärken, sollte Kyle ein Meeting pro Woche tolerieren, selbst wenn es selten weniger als drei Stunden verschlingt. Drei Stunden pro Mann oder Frau, wohlgemerkt.

Kyles Sorge ist jedoch eine andere. Ein Start-up ist kein Sprint. Am Ende sind zumindest Mittelstreckenläufer gefragt. Langstrecke, wenn es hart auf hart kommt. Wie lange können diese Nerds eine derart hohe Arbeitslast durchhalten? Sein Ziel ist es, unter 30 Prozent Fremdanteile zu kommen. Bis dahin ist es noch ein steiniger Weg, und der Zeitplan ist ambitioniert.

7

Micah

Die ganze Nacht hat er sich herumgewälzt. Das seltsame Gespräch mit Lotta Schwarz im dunklen Wald lässt ihn nicht los. Als Micah irgendwann gegen acht Uhr aufsteht, ist die Müdigkeit erdrückend. Zum Glück ist heute Samstag. Erschöpft weist er die Steuerung an, die Rollos hochzufahren, bis der Himmel blau durch die Scheiben strahlt. Die freundliche Stimme der Wetter-App verspricht einen schönen Tag und schlägt einen Spaziergang vor. »Erst mal aufstehen«, brummt Micah.

In weiser Voraussicht entscheidet sich die indirekte Beleuchtung für ein angenehm warmes Grün.

In der offenen Küche sitzt Isabel mit vom Duschen noch nassen Haaren beim Frühstück. Ihre kurzen blonden Strähnen stehen in alle Richtungen. Als er sie kennenlernte, hatte sie lange, kastanienbraun gefärbte Haare. Doch ihr natürlicher Look gefällt ihm tausendmal besser. Frecher. Er passt zu ihr. Wahrscheinlich hat sie mindestens eine Stunde Sport hinter sich, ihren alten Labrador Mephisto ausgeführt und die Nachrichten gelesen. Auf jeden Fall liegt Mephisto schnarchend in seinem Hundekorb, und Isabel zupft die letzten Krümel eines Brötchens von ihrem Pulli.

»He, du siehst aber mies aus«, begrüßt sie ihn, springt auf und drückt ihm einen Kuss auf die Wange. »Soll ich dir einen Tee aufsetzen? Assam? Oder lieber Oolong? Der belebt.« Ihr CH und ihre Rs lassen ihren minimalen Akzent fröhlich knistern.

Bevor Micah reagieren kann, hat sie schon den Wasserkocher gefüllt und seine Teekanne vom Regalbrett gezogen.

»Wann bist du gestern überhaupt nach Hause gekommen? Ich habe dich gar nicht gehört.«

Micah fährt sich durch die ungekämmten, ungewaschenen Haare und deutet stumm auf die Dose mit dem schwarzen Assam. Erst als der heiße Tee vor ihm steht, fühlt er sich einigermaßen in der Lage zu sprechen.

»Halb drei, glaube ich.«

Isabel mustert ihn über ihren Kaffee hinweg.

»Vielleicht auch später«, gibt er zu. »Ich weiß es nicht. Ist die Heizung an? Ich habe die ganze Nacht gefroren.«

»Keine Fehlermeldung«, stellt Isabel nach kurzem Blick auf die Smarthome-App fest. »Warum hast du dich nicht an mich gekuschelt?«

»Du hast tief geschlafen. Ich wollte dich nicht wecken.«

»Hm«, macht sie, und ihre Augen leuchten. »Meine Babička würde dir jetzt eine gute Hühnerbrühe kochen. Soll ich eine Pho beim Vietnamesen bestellen?«

Micah merkt, wie sich trotz aller Anspannung ein Lächeln auf sein Gesicht legt. Seine Freundin hat einfach diese Wirkung. Sie ist wahrscheinlich die schlechteste Köchin aller Zeiten, davon abgesehen jedoch ein Anker in allen Lebenslagen.

»Vielleicht später.«

»Dein Anwalt hat geschrieben. Es geht bestimmt um die Stiftung. Er muss der letzte Mensch sein, der noch Papierpost verschickt. Er und diese Investmentleute.« Sie deutet auf einen Stapel glänzender Umschläge, der am Ende des Tisches liegt.

»Hast du den Brief gelesen?«

»Natürlich nicht«, entrüstet sie sich. »Der ist an dich adressiert.«

»Geht uns aber beide an. Die Stiftung ist deine Idee, dein Traum.«

Isabel lacht laut. »Ja, meine Idee, dein Geld auszugeben. Was meinst du, wie mache ich mich als Millionärsfreundin?«

»Tja, ich weiß nicht.« Um sie zu ärgern, lässt er abwägend die Augen zur Decke wandern. »Ich habe da wenig Erfahrung. Als gewöhnliche Freundin bist du sicherlich nicht übel.«

»Nicht übel?« Sie boxt ihm zärtlich in die Rippen.

»Aber als Millionärsfreundin …? Könnte ich da nicht ein bisschen mehr Glamour erwarten?«

»Mehr Glamour wie in teure Schuhe, manikürte Fingernägel, Designerkleider?«, erkundigt sie sich mit schräg gelegtem Kopf.

»Ja, so in der Art.«

»Ich weiß gar nicht mehr, wie das geht. Wahrscheinlich müsste ich mal Tina auf einem ihrer Shoppingtrips nach Paris, Mailand oder New York begleiten.« Sie grinst breit. »Das Problem ist nur, dass du dich dann anpassen müsstest. Eine fünfundzwanzigjährige Glamour-Zicke neben einem vierzigjährigen, viel zu großen Jungen? Wie sieht das denn aus? Alte Jeans und Mamas Eintopf statt Smoking und Kaviar? Nee, das geht dann nicht mehr.«

Micah lacht. Mit dem Lachen kehrt endlich auch die Wärme zurück. Zumindest ist ihm nicht mehr kalt.

»Tina ist fürchterlich. Aber eigentlich kann sie einem nur leidtun«, fährt Isabel fort.

»Wie kommst du darauf?«

Sie atmet hörbar aus. »Also ehrlich, Micah, dafür, dass du eine allwissende KI entwickelt hast, bekommst du erstaunlich wenig mit von dem, was unmittelbar um dich herum passiert.«

»Okay, Kyle ist nicht immer einfach.«

»Nicht einfach? Er betrügt sie, wo er nur kann. Ich verstehe nicht, warum um alles in der Welt sie ihn nicht verlässt.«

»Er hat das Geld und, so wie ich ihn kenne, einen soliden Ehevertrag.«

»Gut, dass du nicht so bist«, sagt sie leise.

Sie schiebt sich auf seinen Schoß, und Micah vergräbt seine Nase in dem blumig-frischen Duft ihrer Haut. Dabei fällt sein Blick auf Isabels Tablet, das vor ihm auf dem Tisch liegt. Offenbar hat sie gerade die heute Morgen von der Fitnesswatch aufgezeichnete Runde übertragen – eigentlich an ihre Workout-App, aber parallel natürlich auch an Cyb. Zehn Kilometer durch den benachbarten Park. Nicht, dass Cyb viel damit anfangen wird. Sportliche junge Frau, regelmäßige Tätigkeit, keine Gefahr. Der Algorithmus liest jeden Tag, jede Stunde Millionen solcher Daten mit. Alles normal. Nur warum spürt er jetzt wieder diese Anspannung?

Wahrscheinlich liegt es an diesem blöden Gespräch. Seit der letzten Nacht geistert es unablässig durch seinen Kopf. Natürlich hat er Lottas Theorie in jedem Punkt widerlegt. Die Beweise im Fall Ravi Korrapati waren damals eindeutig. Jede Polizeikommission wäre im Nachhinein zum selben Ergebnis gekommen. Die Auswertung des Geldtransfers,

Ravis Browser-Historie, die Fingerabdrücke. Der entscheidende Unterschied in dem Verfahren war nur, dass der Täter ohne Cyb unter dem Radar geblieben wäre und die Beweisaufnahme erst nach dem Anschlag mit wer weiß wie vielen Opfern begonnen hätte. Cyb hatte das Verbrechen verhindert. An diesen Fakten besteht kein Zweifel.

Aber woher stammt das Foto mit der Präsentation, das Lotta ihm gezeigt hat? Eine Präsentation über Korrapati, die angeblich Tage vor der Verhaftung stattfand? Egal. Es ist unwichtig. Das Foto muss später aufgenommen worden sein. Was soll von Herrenstein überhaupt damit zu tun haben? Nichts. Gar nichts. Bislang gibt es nur Lottas Behauptung.

»Was ist los?«, erkundigt sich Isabel und tippt mit dem Zeigefinger gegen seine Brust.

»Ich muss an gestern denken.«

»Die Talkshow?«

»Nein. Ja. Ach, die war okay. Ich musste mein Handy abgeben und hätte mich beinahe im Studio verlaufen.« Aus dem Augenwinkel registriert er, dass Isabels Tablet prompt die Aufzeichnung der gestrigen Sendung in der Mediathek anbietet.

Sie kichert.

»Aber danach, also im Anschluss hatte ich ein seltsames Erlebnis. Fast wie eine Begegnung der dritten Art, nur ohne Aliens.«

»Jetzt bin ich gespannt!«

Micah zögert. Das Problem ist nicht, dass er Isabel nicht traut. Es ist nur so, als würde, mit dem Moment, in dem er selbst darüber spricht, Lottas Theorie an Wahrheit gewinnen. Natürlich ist es albern. Kein Märchen wird dadurch zur Realität, dass man es oft genug erzählt. Nur, besser kann er das Gefühl nicht beschreiben. Lotta hat längst vergessene Zweifel geschürt. Zweifel, von denen Micah eigentlich dachte, sie überwunden zu haben.

Er schüttelt den Kopf, was Isabel mit einem amüsierten Blick quittiert. Sie hat keine Ahnung, was in ihm vorgeht. Um welchen Faden sich seine Gedanken seit gestern winden. Wie auch? Es ist völlig abwegig. Und doch ...

»Wollen wir nach dem Frühstück einen Spaziergang machen?«, fragt er.

Auf dem Display des Tablets öffnet sich eine Karte mit Spazierwegen in der Umgebung.

Seine Freundin sieht ihn überrascht an. »Einen Spaziergang?«

»Wiederholst du heute Morgen eigentlich alles, was ich sage?«

»Um ehrlich zu sein, sagst du heute Morgen eine ganze Reihe komischer Dinge.«

»Kann sein.«

Sie zieht die Nase kraus. »Spazieren gehen gehört übrigens dazu.« Sie wirft einen Blick auf ihr Tablet. »Aber warum nicht? Es soll zumindest nicht regnen.«

»Würdest du es auch seltsam finden, wenn ich dich bitten würde, dein Telefon zu Hause zu lassen?«

Isabel wirft lachend den Kopf in den Nacken. »Du bist voller Überraschungen. Was kommt als Nächstes? Der Ausstieg aus der Konsumgesellschaft. Ein Wohnwagen am Strand? Oder gleich ein Leben ohne Strom und fließend Wasser?«

Sie hat ja recht. Jetzt fängt er auch schon so an. Aber gesellschaftlicher Ausstieg trifft es nicht ganz. Eher ist es ein Einstieg. Ein Einstieg in die Gemeinschaft der Verschwörungstheoretiker. Fehlt nur noch, dass er Aluhüte bastelt, um sich und seine Freundin vor Chemtrails und Erdstrahlung zu schützen.

»Du nimmst mich nicht ernst«, beschwert er sich. Doch ihre gute Laune ist ansteckend.

»Ich brauche mein Handy. Ich erwarte noch ein paar Nachrichten und wollte mich später per Videokonferenz mit einem möglichen Kandidaten für die Vertretung in Bangladesch kurzschalten.«

»Okay, es ist ja auch eine blöde Idee.«

»Nein. Das ist es nicht. Wenn es dir wichtig ist, schaffen wir uns eine Zeitinsel nur für uns, ohne Anrufe oder Nachrichten.« Sie drückt ihm einen Kuss auf die Nase.

»Wie stehst du eigentlich zu Verschwörungstheorien?«, erkundigt er sich.

Isabel ist bereits von seinem Schoß gerutscht und hat angefangen, den Tisch abzuräumen.

»Oder wolltest du noch was essen?«, fragt sie, während sie Butter und Marmelade in den Kühlschrank stellt.

»Alles gut. Ich mache mir Müsli.«

»Meinst du so richtig ernst, wie die Leugnung des Holocaust? Oder eher lustig wie diese Impfgegner, die glauben, jemand wollte ihnen Chips implantieren?«, erkundigt sie sich und hält kurz in der Bewegung inne. »Ich weiß nicht. Bislang habe ich Verschwörungstheorien eher gemieden.« Dann zwinkert sie unter ihren blonden Ponyfransen hervor. »Aber wenn es dir wichtig ist, werde ich gleich mal recherchieren, ob es im Netz eine geeignete Community gibt, der wir uns anschließen können.«

»Das sollten wir unbedingt tun. Ich finde, nichts macht das Leben aufregender als eine gute Verschwörungstheorie«, gibt er zurück und muss über sich selbst schmunzeln. Ihr Lachen, ihre Fähigkeit, seine Launen mit Humor zu nehmen, wirken wie Balsam auf seiner Seele. Wer weiß, was sie bei ihrer Recherche entdecken? Über das Tablet flackern bereits die ersten Vorschläge. Beweise für die gefakte Mondlandung. Die Weltherrschaft der Illuminaten. Und natürlich die unumstößliche Wahrheit über die Übertragung von Pandemien durch Sendemasten. Schade, eine verrückte Theorie, die sich um Cyb webt, bietet es nicht an.

Im Licht des Tages und mit Isabels Lachen im Ohr wirken Lottas Ängste weit weniger bedrohlich. Vielleicht ist alles nur ein dummer Zufall oder, eher noch, eine Verwechslung, und ihr Verdacht basiert allein auf einer traurigen Mischung aus verschmähter Liebe und journalistischer Paranoia.

»Sag mir nur, wann du losgehen willst. Dann erledige ich die Anrufe vorher«, erklärt Isabel. Mit einem Kaffee in der Hand ist sie bereits auf dem Weg hinüber in die Wohnecke.

»In zwei Stunden?«

Die Idee, allein und ohne Unterbrechung durch Anrufer und Textnachrichten spazieren zu gehen, hat auch ohne Lottas Schwarzmalerei ihren Reiz.

»Tipptopp«, bestätigt sie und lässt sich aufs Sofa fallen. »Sofern du dich nicht verläufst. Ich hoffe nur, der Weg ist gut markiert und auch ohne Navi zu finden. Sonst wird es ein Abenteuer.« Sie kichert, als könnte sie es selbst nicht fassen.

Zwei Stunden später parkt Micah seinen Wagen auf dem Parkplatz am Waldrand. Dieses Mal direkt dort, wo der Weg beginnt. Nicht noch mal zwei Kilometer die Straße hinab. Ein anderer Wagen mit dem Aufkleber eines Hundeauslaufdienstes steht neben der bunten Übersichtstafel mit

QR-Codes, mit denen Spaziergänger per Handy verschiedene Wanderwege abrufen können. Isabel hebt Mephisto aus dem Kofferraum und befestigt die Leine an seinem Halsband.

»Schön hier. Kennst du die Gegend?«, fragt sie.

»Nur bei Dunkelheit«, gibt Micah zu.

Über Isabels Stirn schlängeln sich zwei überraschte Falten. Vermutlich hat sie die falschen Schlüsse gezogen.

Warum er ausgerechnet hierhergefahren ist, kann er nicht einmal sagen. Insofern passt es zu seiner Verwirrung der letzten zwölf Stunden. Seit gestern tut, sagt, fühlt und denkt er Dinge, ohne zu wissen, warum. Na, wunderbar. Das allein könnte die Basis einer neuen Verschwörungstheorie bilden. Immerhin ist der Ort keine schlechte Wahl. Kaum haben sie den Weg erreicht, steckt Mephisto seine graue Hundenase ins Laub und wedelt begeistert mit dem Schwanz. Hand in Hand bummeln sie hinter ihm den Weg entlang. Er ist zwar nicht markiert, aber ausreichend ausgetreten, sodass sie sich zumindest bei Tage zurechtfinden sollten.

»Wegen der Stiftung«, beginnt Isabel. »Du hast mir immer noch nicht geantwortet, was du vom Schul- und Ausbildungszentrum für benachteiligte Kinder hältst. Ich habe überlegt, ob der Schwerpunkt der Ausbildung nicht im Bereich Computer, Internet und so liegen sollte. Gerade auch für Mädchen. Das würde zu dir passen.«

»Du meinst, wo es schon mein Geld ist?«

»Ja, in gewisser Weise. Und weil du immer sagst, dass in einer vernetzten Welt Grenzen nur noch in unseren Köpfen existieren. Programmierer, Game-Entwickler und IT-Fachkräfte sitzen auf alle Kontinente verstreut und arbeiten trotzdem zusammen, so wie in deiner Firma.«

Die Idee gefällt ihm. Seitdem Cyb dem Loft entwachsen ist, haben sie tatsächlich viele neue Mitarbeiter, die sich überwiegend aus dem Homeoffice einloggen, teilweise aus dem Ausland. Die Gemütlichkeit und die enge Gemeinschaft von früher sind verschwunden. Tom leitet die PR-Abteilung in der neuen Hauptstadtrepräsentanz. Hao ist dort Chefprogrammierer. Micah selbst ist im Loft geblieben. Der Ausbau des IT-Systems und die Einbindung neuer Techniken sind seine Hauptaufgaben. Ein Teil seines neuen Teams ist mittlerweile über die ganze Welt verteilt, sogar in China sitzen Mitarbeiter. Ilyas hat die Firma verlassen. Aber Katie ist noch oft im Loft. Sie schätzt wie Micah den persönlichen Kontakt. Als Micahs zweite Hand kümmert sie sich um die Entwicklung neuer Lernstrategien für die Künstliche Intelligenz.

»Damit hätten die Kinder eine Chance, das, was sie lernen, ernsthaft zu nutzen«, überlegt er.

»Wenn das Projekt in Bangladesch funktioniert, können wir es in andere Länder übertragen. Vielleicht kann die Stiftung auch in den Ausbau der Infrastruktur investieren und den Anschluss ans Internet fördern.«

»Das wird nicht billig«, stellt Micah fest und muss grinsen. »Aber Geld haben wir genug. Und wenn es nicht reicht, fahre ich meinen alten Wagen noch ein paar Jahre länger.«

»Deswegen liebe ich dich.«

»Weil ich Geld habe?«

»Nein, weil es dir nicht wichtig ist.«

»Wollen wir uns setzen?«, fragt er.

Sie haben die Bank erreicht. Bei Tageslicht kommt ihm die Strecke nicht einmal weit vor. Von der Bank aus fällt der Blick auf einen See, den er letzte Nacht gar nicht gesehen hat. Blauer Himmel, Wolken und Bäume spiegeln sich auf dem Wasser. An seinem Ufer zaubert die Sonne ein Muster aus Licht und Schatten auf den mit Gras und Kiefernnadeln übersäten Boden. Isabel steht neben ihm und saugt die frische Luft tief in sich ein. Nur Mephisto kann der Aussicht wenig abgewinnen. Er hat einen moosbewachsenen Baumstumpf für sich entdeckt, den er ausgiebig beschnüffelt.

»Dir ist Geld doch auch nicht wichtig.«

»Doch, schon, ein bisschen. Aber es gibt Wichtigeres. Freiheit zum Beispiel.« Sie lacht unbekümmert und beobachtet Mephisto. »Wetten, dass er gleich einen dieser Geocaches ausgräbt.« Sie greift in ihre Tasche, hält plötzlich inne und schiebt die Unterlippe vor. »Kein Handy, kein Foto. Schade!«

»Ich muss mit dir reden.« Die Worte sprudeln aus Micahs Mund, bevor er überhaupt weiß, worauf dieses Gespräch hinauslaufen soll.

Isabel schaut verwundert auf. »Was ist?« Plötzlich ist die unbeschwerte Ruhe verschwunden, ein Hauch Sorge schwingt in ihrer Stimme. »Was musst du mir sagen? Hat es mit gestern Abend zu tun?«

Vielleicht muss er es einfach loswerden, seine Gedanken laut aussprechen, ihr Lachen hören und wissen, dass alles gut ist. »Ich war mit Lotta hier. Lotta Schwarz. Sie war auch in der Sendung«, beginnt er ungeschickt.

»Die Aktivistin?«

»Kritische Journalistin.«

Sie fasst sich an die Stirn. »Ich Idiot! Und da spotte ich über Tina und Kyle! Völlig ahnungslos.«

»Wovon redest du?«

»Ehrlich, Micah. Mit deinem Geld kann ich viel Gutes

tun. Das ist wunderbar und bestimmt persönliche Opfer wert.«

Aus irgendeinem Grund haben sich Tränen in ihren Augen gesammelt. Sogar Mephisto merkt, dass etwas nicht stimmt, und hebt den Kopf. »Das Problem ist nur, dass ich dich liebe. Dich, als Menschen! Nicht dein Geld. Verstehst du?« Sie sieht zerbrechlich aus, doch ihre Stimme klingt fest und entschlossen. »Ich bin nicht Tina.«

Bestürzt legt er den Arm um seine Freundin und versucht, sie an sich zu ziehen. »Was? Isa, das ist es nicht.«

Doch sie reißt sich los.

»Ich habe dich nicht betrogen!«, erklärt er etwas heftiger als beabsichtigt. Allein die Vorstellung ist völlig absurd. »Ich habe es auch nicht vor.«

Ein vorbeiwanderndes Seniorenpärchen mit zueinander passenden Outdoor-Jacken dreht sich irritiert um.

»Den kenne ich«, flüstert die Frau gerade laut genug, dass Micah es hört.

»Dr. Marow«, gibt ihr Mann zurück. Er nickt ihm entschuldigend zu. »Von Cyb-Systems.«

Umgehend richtet die Frau ihr Handy auf den gegenüberliegenden See und preist demonstrativ die Aussicht. Wahrscheinlich benutzt sie in Wahrheit die nach hinten gerichtete Kamera. Ungewöhnlich ist es nicht. Seit Micahs erstem öffentlichen Auftritt passiert so etwas eigentlich ständig, mehr oder minder offensichtlich. Neu ist das unbehagliche Gefühl, das dieses Foto heute hinterlässt.

Isabel zieht die Nase hoch. »Nicht?«, fragt sie, während ihr Blick dem Pärchen folgt, das gerade den Weg hinab hinter einer Biegung verschwindet. »Spinner!«

Micah ist sich nicht sicher, ob sie damit ihn oder das Pärchen meint. Verdient hätte er es jedenfalls.

»Spinner trifft es gut«, gibt er zu.

Entschuldigend legt er seinen Arm um ihre Schultern. Dieses Mal wehrt sie ihn nicht ab.

»Darum geht es auch. Also nicht um mich, meine ich. Das hoffe ich zumindest. Es geht um Lotta Schwarz. Sie hat mich gebeten, sie nach der Sendung hier zu treffen.«

»Warum hier?«

»Keine Überwachung.«

»Was?«

»Keine Kameras, keine Mikrofone und so.«

»Ich dachte, das mit den Verschwörungstheorien sei ein Scherz gewesen. Du lässt dich doch nicht ernsthaft auf so einen Mist ein? Oder? Gerade du.«

»Ich weiß es nicht«, seufzt er. Mit den Gedanken an die letzte Nacht kommt die Verwirrung zurück. »Erinnerst du dich an den Prozess von Ravi Korrapati vor ein paar Jahren?«

»Jeder tut das. Das ist eine dumme Frage«, antwortet sie verhalten.

»Sie behauptet, der Fall wäre fingiert. Es wäre eine Falle gewesen.«

»Das behaupten viele. Bestimmt ist sie nur eine von diesen Menschen, die glauben, dass jeder Fortschritt automatisch ihre gewohnte Welt bedroht. Ich dachte, darum kümmert sich Tom.«

»Sie hat mich auf ein Problem in den Beweisen aufmerksam gemacht. Oder besser gesagt, daran erinnert.«

»Was meinst du? Du hast mir doch erzählt, ihr habt alles getestet und den Fall vorwärts und rückwärts geprüft. Ich meine, ich hätte das nie von ihm gedacht. Aber selbst Katie hat es bestätigt, und sie ist bei so etwas wirklich kritisch.«

»Das stimmt auch. Wir haben alles ganz genau untersucht. Jedenfalls alles, was wir uns vorstellen konnten.«

»Micah, wo ist dann das Problem? Ich kenne dich doch. Sag es mir einfach.«

»Wir haben eben nur die Prozesse getestet, bei denen wir Fehlerquellen vermutet haben. Wir haben uns angeschaut, welche Zusammenhänge Cyb in den Daten gefunden hatte. Ob sie nachvollziehbar waren. Aber nicht ...«

Micah wartet, während ein kräftig gebauter Vater mit seinem nicht weniger dicken Kind gemächlich an ihnen vorbeiradelt. Selbst der Kleine trägt eine Smartwatch. Das neueste Modell. Natürlich mit Diktierfunktion.

»... nicht die Frage, wo die Daten eigentlich herstammten. Wir sind einfach davon ausgegangen, dass die Künstliche Intelligenz sie aus den von uns bereitgestellten Kanälen gezogen, in den n-dimensionalen Raum transferiert und weiter verfolgt hatte.«

Isabel starrt ihn an, was jedoch weniger an ihrem Entsetzen als an offensichtlichem Unverständnis liegt. »Okay, kannst du das in Nicht-Nerd-Sprache übersetzen?«, bittet sie.

»Wir sind nicht auf die Idee gekommen zu prüfen, ob jemand den Code manipuliert haben könnte.«

Sie schnaubt. »Wer denn? Ein Konkurrent, eine geheime Organisation?« Sie klingt ungläubig.

»Nein, eben genau das wäre nicht möglich gewesen. Zumindest nicht von außen. Nur ein Insider hätte Zugriff gehabt.«

»Einer von euch?«

Micah zögert. Ja, einer von ihnen. Heute, bei Hunderten Mitarbeitern sonst wo auf der Welt, wäre das etwas anderes. Aber damals, im Loft, waren sie eine eingeschworene

Gemeinschaft. Ein Team. Freunde. Jeder kannte jeden. Ein Betrug am System wäre dasselbe gewesen, wie ihn persönlich zu hintergehen. Allerdings mit katastrophalen Folgen. Er mag gar nicht daran denken, was es bedeuten würde, wenn der Algorithmus gleich zu Beginn manipuliert und mit falschen Daten gefüttert worden wäre. Allein die Vorstellung lässt ihn erschaudern.

Isabel atmet ein, als wollte sie im nächsten Moment losreden. Doch dann atmet sie alles wieder aus und bearbeitet grübelnd ihre Lippen. »Und was glaubst du?«

Genau das ist das Problem. Er spürt, dass sein Herz den Rhythmus beschleunigt, seine Knie zittern und das Frösteln ihn wieder erfasst.

»Ich weiß nicht mehr, was ich glauben soll«, gibt er ehrlich zu.

»Hat sie irgendwelche Beweise?« Isabel sieht ihn nicht an. Aber er spürt ihren warmen Atem, ihren Körper. Ihre Nähe tut gut.

»Nicht wirklich.«

»Warum machst du dir dann Sorgen?«

Sie schaut ihm direkt in die Augen. Klar und voller Vertrauen. Das macht es nicht leichter. Er kann doch nicht einfach zugeben, dass er selbst zweifelt. Dass plötzlich wieder dieses Gefühl da ist, dass etwas nicht stimmt. Dass er am liebsten alles infrage stellen würde, auf das er und nicht nur er, sondern ein ganzes Land, die halbe Welt seit fünf Jahren blind vertrauen.

Er holt Luft. Sie brennt kalt in seiner Lunge. Bei aller Unvorsichtigkeit, zu der er sich gestern hat verleiten lassen, hat er Lotta zumindest eines nicht verraten: den Grund für seine eigene Unsicherheit. Eine Unsicherheit, die längst vergessen, doch unterschwellig nicht verschwunden war.

Jetzt sucht sie ihn wieder heim. Vielleicht ist es endlich Zeit, sich der Wahrheit zu stellen.

»Sie hat keine Beweise«, erklärt er langsam mit Betonung auf dem ersten Wort. Sie.

Lotta Schwarz kann es nicht wissen. Woher auch? Sie war nicht dabei gewesen. Damals. Doch etwas gibt es. Etwas, das ihm von Anfang an seltsam vorkam. Eine winzige Unregelmäßigkeit, die ihn vor fünf Jahren dazu brachte, die Daten vor ihrer öffentlichen Bekanntgabe noch einmal genau zu prüfen. Das ist die Wahrheit und, wenn er ehrlich ist, die Ursache dafür, dass Lotta ihn wie eine Murmel aus der Bahn werfen konnte.

Isabel sitzt ruhig neben ihm, als befürchte sie, ihn mit der kleinsten Bewegung aus dem Gleichgewicht zu bringen. Selbst Mephisto hat seinen Baumstumpf verlassen und sich unter der Bank zusammengerollt. Sein friedliches Schnarchen mischt sich mit dem Zwitschern der Vögel und dem entfernten Rauschen der Straße. Die Schritte des Rentnerpaares und das Geklapper der Radfahrer sind in der Ferne verklungen. Sie sind allein.

Micah zögert. Es kann eigentlich keine Bedeutung haben. Und trotzdem lässt ihn der Gedanke nicht los. »In den Daten gab es eine Anomalie. Eine Unregelmäßigkeit«, erklärt er. Im nächsten Moment schlägt er den Verdacht unwirsch weg. »Nein! Unregelmäßigkeit ist schon zu viel. Es war nur eine winzige statistische Auffälligkeit.«

Trotzdem würde er das Folgende lieber nicht aussprechen. Aber nun gibt es kein Zurück. Daher beschleunigt er seine Worte. Er muss es so rasch wie möglich hinter sich bringen, die Sorgen abwerfen, Isabels Lachen hören und intuitiv wissen, dass seine Panik unbegründet war.

»Auffällig war, dass der Fall Ravi Korrapati der einzige

Incident war, den Cybs Algorithmus ausgegeben hatte. Ein einziges isoliertes Event im gesamten n-dimensionalen Zustandsraum.«

»Ja ...?«

»Aufgrund der Art und Weise, wie wir den Code in der Lernphase programmiert hatten, hatten wir ein Cluster erwartet.«

»Micah«, erinnert Isabel ihn. »Ich bin blond! Wirklich blond. Mathe war nie meine Stärke, und ich spreche kein Geek.« Wenn sie sich ärgert, ist ihr Akzent ein wenig stärker als sonst.

Trotz aller Sorgen muss er lächeln. »Was ich meine, ist, dass wir viele weitere unabhängige Kriminalfälle erwartet hatten. Fälle unterschiedlichster Art. Von Steuerbetrug bis Bankraub. Cyb ist ein Code. Im Gegensatz zu einer menschlichen Ermittlungseinheit arbeitet er an unzähligen voneinander unabhängigen Problemen gleichzeitig. Daher war es komisch, dass er nur einen einzigen Fall ausspuckte.«

»Einer ist immer der erste.« Isabel schaut ihn fragend an.

»Das stimmt. Aber um ihn herum hatten wir Hunderte weiterer Fälle erwartet. Also so etwas wie Untersuchungen, die noch nicht ganz den notwendigen Schwellwert überschritten hatten, um gemeldet zu werden. Starke Verdachtsfälle, zu deren abschließender Beurteilung vielleicht noch eine einzelne Information fehlte. Verstehst du?«

Sie wiegt vorsichtig den Kopf. »Am Ende habt ihr es trotzdem geglaubt, denn unwahrscheinlich heißt ja nicht, dass es unmöglich ist.«

Isabel mag blond sein, und einen Schulabschluss konnte sie nie machen. Aber dumm ist sie ganz bestimmt nicht.

»Das Problem ist«, erklärt er müde und stößt eiskalten Atem aus, »dass unter normalen Umständen die Wahrscheinlichkeit für einen isolierten Incident, also so einen einzeln für sich allein stehenden Fall, klein ist.« Er lässt Isabel Zeit zu verstehen, was er gesagt hat. Denn das, was jetzt folgt, ist wichtig. »Sie steigt jedoch exponentiell, wenn sich jemand an den Daten zu schaffen gemacht hat.«

Ein paar Stunden sind vergangen. Die Sonne ist untergegangen, und Isabel und Micah liegen mit von italienischer Pasta gefüllten Bäuchen zu Hause auf der Couch. Isabel hat Kerzen angemacht. Jazzklänge erfüllen den Raum.

»Was ich nur nicht verstehe, ist, warum du dich auf ein Treffen im Wald eingelassen hast«, bringt sie das Thema wieder auf.

Micah sagt nichts. Seine Augen wandern zum Sideboard. Der Smartspeaker fällt kaum ins Auge. Doch er zieht seinen Blick an diesem Abend magisch an. Egal, wie oft er sich abwendet, Isabel ansieht oder versucht, die Sicht aus dem Fenster zu genießen, immer wieder gleiten seine Augen zurück. Zum Smartspeaker, weiter zum Rauchmelder an der Decke und wieder zum Fernseher an der Wand. Vor ihnen auf dem Tisch liegen ihre Handys und natürlich das Tablet zur Steuerung der ganzen Annehmlichkeiten ihres Smarthomes. Cyb wertet diese Daten aus. Ihre eigenen gesprochenen Inhalte genauso wie ihre Bewegungsdaten, Bezahlvorgänge, Bustickets, Text-Messages und Chats. Automatisiert, verschlüsselt und gegen Zugriff von außen gesichert. Es ist völlig albern und paranoid, dass ihn diese Technik plötzlich verunsichert. Was ist nur mit ihm los? Cybs einziger Fokus sind Straftaten. Dass er sich selbst dient, wie Lotta angedeutet hat, ist im Code nicht ansatzweise vorgesehen. Im Grunde weiß Micah nicht einmal, was es überhaupt heißen soll.

Sich selbst dienen? Klar, mit der landesweiten Einführung des Codes und den ersten Erfolgen ergaben sich Ideen, das Konzept zu verbessern und den digitalen Code in ein System aus passender Hardware zu betten. Fast automatisch wuchs die Firma von Jahr zu Jahr. Mittlerweile umfasst Cyb-Systems ein ganzes Imperium. Das kleine Start-up wandelte sich in kürzester Zeit zu einem Weltkonzern. Neben dem Code bietet Cyb-Systems heute auch die passende Hardware: Technologie zur Verkehrsplanung für Smart Citys, Sicherheits-, Schließ- und Raumnutzungskonzepte für Smarthomes. Rauchmelder und nützliche Haushaltsgeräte mit integrierten Kameras und Mikrofonen. Dazu die notwendigen Programme. Da die Rechenleistung des Algorithmus den Betrieb ganzer Serverfarmen erfordert, lag es dazu nahe, die erforderliche Technologie selbst zu entwickeln. Ein eigenes Betriebssystem für heimische Rechner, ein Smartphone mit vielen bereits integrierten Features und weitere Komponenten sollen demnächst auf den Markt kommen. Kyles persönliches Interesse gilt derzeit der Übernahme eines mittelgroßen Medienkonzerns. Im Vergleich zum restlichen Imperium wirkt es fast wie ein Hobby, wobei Micah sich gar nicht mehr sicher ist, ob sein Partner noch zwischen Beruf und Hobby unterscheidet. Alles in allem ist Cyb-Systems ein Gigant geworden. Hätte jemand Micah diese rasante Entwicklung am Anfang vorausgesagt, hätte es ihn zweifelsohne erschreckt. So viel würde er Lotta und jedem anderen gegenüber unumwunden zugeben. Doch eine Verschwörungstheorie belegt es nicht. Es gibt keine graue Eminenz, keine verborgene Macht im Hintergrund. Immer wenn sich Cybs Funktionen verändern oder erweitern, ist es die Folge sorgfältiger Planung und Entwicklungen und das Ergebnis kleinteiliger Programmierarbeit. Der Erfolg von Cyb-Systems basiert einzig und allein auf Kyles Visionen und Micahs Fähigkeiten. Von Herrenstein ist nicht mehr als ein stiller – ein sehr stiller – Teilhaber. Persönlich hat Micah ihn vielleicht drei- oder viermal getroffen.

»Du weißt, du könntest der Sache nachgehen«, schlägt Isabel vor.

»Zuerst sollte ich wohl mit Kyle reden«, gibt er verhalten zurück.

Doch statt einer Antwort verzieht seine Freundin den Mund.

»Komm schon, er ist mein Freund, zumindest kennen wir uns schon lange, und natürlich ist er auch mein Partner«, wendet er ein. »Wenn ich jemandem von solchen Gerüchten erzählen muss, dann ihm.«

Isabel schweigt. Doch sie könnte ihre Gedanken genauso gut laut aussprechen. Ihr Gesicht drückt ungefiltert die ganze Bandbreite ihrer Emotionen aus.

»Es stimmt«, rechtfertigt er sich. »Damals bei Ravi Korrapati habe ich ihm nichts gesagt und die Daten erst allein mit Katie, Tom und Ilyas überprüft. Und weißt du was?«

»Was?«

»Ich bereue es. Es war nicht richtig. Ich wünschte, ich hätte ihn damals gebeten, uns zu helfen. Er hätte eine andere Sicht auf die Dinge gehabt. Wer weiß, vielleicht säße ich dann heute nicht hier und würde vor mich hin grübeln.«

»Vielleicht«, stimmt sie zu. »Oder …« Sie legt den Kopf schief.

»Oder was?«

Sie zuckt mit den Achseln. »Wenn du meine ehrliche Meinung wissen willst, und etwas anderes kann ich dir nicht bieten, finde ich, dass du niemandem schadest, wenn du zunächst einmal selbst deinem Verdacht nachgehst.«

»Es ist kein Verdacht.«

»Dann eben deiner Sorge. Wenn sie sich nicht erhärtet, besteht auch kein Grund, Kyle damit zu belasten, oder?« Sie grinst schelmisch, und Micah ahnt, dass sie ihn genau durchschaut.

»Du bist toll«, sagt er und zieht sie an sich.

»Ich weiß eben, dass du den Kopf erst wieder frei hast, wenn du das mit Cyb für dich geklärt hast.«

»Und das heißt?«

»Das heißt, dass ich dich rausschmeiße. Denn ich habe keine Lust, darauf bis Montag zu warten.«

»Bin ich so schlimm?«

Sie lacht. »Schlimm vielleicht nicht. Aber geistig nicht hier. Also kannst du dich besser direkt an den Schreibtisch setzen und etwas Sinnvolles tun, als wie ein Zombie neben mir auf dem Sofa zu hocken und den Smartspeaker anzustarren, als würde er gleich über uns herfallen.«

»Kommt er dir nicht unheimlich vor?«, versucht Micah die Situation ins Lächerliche zu ziehen.

»Unheimlich bist nur du.«

»Du glaubst auch, dass an der Sache nichts dran ist. Oder?«

Sie sieht ihm fest in die Augen. »Ich hoffe, dass Ravi unschuldig ist. Ehrlich! Trotzdem glaube ich, dass an der Sache nichts dran ist«, erklärt sie langsam. »Nicht nur, weil Cyb mein Leben verändert hat. Du bist, zumindest was das Programmieren angeht, das größte und gewissenhafteste Genie, das ich kenne. Ich bin mir sicher, dass du damals alles getan hast, um auszuschließen, dass irgendetwas nicht stimmt. Aber eigentlich ist das nebensächlich. Wichtig ist, dass du es selbst glaubst.«

»Du kennst mich ziemlich gut.«

»Will ich doch hoffen.«

Sie wirft sich der Länge nach auf ihn und spielt an seinen Haaren. Doch das spürt er kaum. Seine Gedanken kreisen bereits um den Code. Wie kann er erkennen, ob etwas nicht stimmt? Einfach ist es nicht. Eine Manipulation wird er nicht ohne Weiteres im Quelltext finden, zumindest nicht auf den ersten Blick. Wenn es überhaupt Spuren gibt, dann verstecken sie sich in den alten Log-Files. Sie wurden am Anfang noch auf LTO-Bändern gesichert. Tapes aus Strontiumferrit mit einer Kapazität von nahezu einem Petabyte. Das heißt, die einzige Möglichkeit, auf die Daten zuzugreifen, ist, sich selbst ins Loft zu begeben, wie ein Schnüffler vor Ort ein Tape nach dem anderen einzulegen und nach Hinweisen zu suchen. Das kann dauern. Aber eine Wahl hat er nicht. Besser also, er packt direkt einen Schlafsack ein.

»Montag bin ich zurück. Bis dahin sollte ich mehr wissen.«

»Weißt du, warum das Zusammenleben mit einem Genie eine Herausforderung ist?«, fragt Isabel, während sie sich von ihm herunterwälzt. »Du bist immer schon drei Schritte weiter. Während ich noch überlege, wie gut ich dich kenne, hast du wahrscheinlich schon eine vollständige Strategie zur Lösung deines Problems entwickelt und antwortest jetzt auf eine Frage, die ich noch gar nicht gedacht, geschweige denn gestellt habe.«

»Wie hältst du es nur mit mir aus?«, fragt Micah ehrlich.

»Ich sage mal so, es ist nicht dein Genie und ganz bestimmt nicht dein Geld. Aber du hast daneben noch eine Menge guter Seiten.« Sie grinst und küsst ihn auf die Nase. »Jetzt fahr schon los. Ruf nur zwischendurch mal an. Ich lege mir das Handy neben das Bett. Okay?«

»Habe ich dir schon gesagt, dass ich dich liebe?«

Sie schüttelt herausfordernd den Kopf.

»Tue ich aber.«

Isabel antwortet nicht, aber sie lächelt.

8

Ravi

»Wie weit bist du mit den Fotos?« Siebels Kopf erscheint über Ravis Bildschirm.

Vor ihm auf dem Tisch liegen die unscharfen Bilder spärlich bekleideter Frauen. Auch wenn die Gesichter nicht klar zu erkennen sind, ist offensichtlich, dass es sich um Minderjährige handelt.

»Was ist mit dem?«, fragt Siebel.

Er deutet auf das Bild eines Mädchens mit langen braunen Haaren. Sie kniet nackt auf einem Bett und blickt zur Seite, sodass ihr Profil nur angeschnitten zu sehen ist. Das Foto zeigt sie einerseits von schräg hinten und gleichzeitig im gegenüber dem Bett stehenden Spiegel.

»Sie könnte identifiziert werden«, entgegnet Ravi.

Siebel wiegt den Kopf. »Das Bild ist eines deiner ersten. Wie lange ist es her? Zwei Jahre? Drei? Sie hat das Bordell längst verlassen.«

»Vier. Aber das heißt nichts. Wenn sie nicht in diesem Puff ist, ist sie in einem anderen. Irgendwo steckt sie, und das heißt, es gibt auch jemanden, der sie erkennen kann.«

»Nicht eindeutig.«

»Eindeutig? Das dürfte ihren Zuhältern egal sein. Allein der Raum wird denen bekannt genug vorkommen.«

Siebel lacht höhnisch. »Eine mehr oder weniger. Das ist eben das Risiko.«

Ravi hegt den starken Verdacht, dass Siebel sich manchmal härter gibt, als er ist. Der klassische Zyniker. In der Redaktion munkelt man, dass er früher anders war, engagiert, aber zu oft zugunsten politisch mehr angepasster Kollegen übergangen wurde. Wenn Ravi sich die sonstige Führung des Nachrichtenmagazins anguckt, würde es ihn nicht wundern. Trotzdem hasst er es, wenn sein Chef so drauf ist.

»Die Polizei schaut schon viel zu lange weg«, lenkt Siebel ein. »Du weißt es doch selbst. Wir müssen diese Kerle auffliegen lassen. Damit wenigstens ein paar der Arschlöcher geschnappt werden, vielleicht sogar einige ihrer Hintermänner. Nur so können wir die Mädchen retten.«

»Nur dieses Mädchen wird ihre Rettung nicht mehr erleben.«

Siebel beäugt noch einmal das Foto und vergleicht es mit den anderen. »Ehrlich gesagt, würde ich keines von ihnen auf der Straße wiedererkennen.«

»Was schaut ihr an?«, fragt Lotta, die eben auf dem Weg zur Teeküche vorbeikommt.

»Die Fotos für meine Bordellgeschichte«, antwortet Ravi.

»Ihr notgeilen Säcke«, scherzt Lotta.

»Siebel vielleicht«, antwortet Ravi. »Ich versuche nur sicherzugehen, dass das Mädchen auf dem Foto nicht zu identifizieren ist. Was meinst du, die hier, erkennt man die?«

»Das Mädchen vielleicht nicht«, antwortet Lotta. »Aber was ist mit dem Zimmer, der Farbe der Bettwäsche und den Gardinen? Was ist mit der Kleidung?«

»Da hörst du's.« Ravi versucht Siebels Blick einzufangen,

doch der Chef weicht ihm aus. Also fährt er fort. »Ich arbeite seit Jahren an dieser Story. Ich habe verdeckt in jedem Bordell ermittelt, habe jede Einzelne von ihnen gefragt. Das allein war nicht leicht. Sie haben Angst. Verstehst du? Sie haben Angst um ihr Leben. Und nicht einmal nur das. Der Druck ist immens, ungefähr genauso lang wie der Arm der Hintermänner. Wenn diese Mädchen, wenn diese Kinder, Scheiße bauen, bekommen es auch ihre Familien zu spüren. Ihre Eltern. Ihre kleinen Geschwister. Wenn herauskommt, dass sie mit der Presse geredet haben, kann ihnen niemand mehr helfen.«

»Wer weiß«, murmelt Siebel. In Gedanken ist er wahrscheinlich schon beim Layout für das neue Heft. »Rote Laken haben viele. Auch braune Haare. Vom Zimmer sehe ich nicht viel. Die auf dem Foto könnte jedes beliebige Mädchen sein.«

Jedes beliebige? Die Worte hallen in Ravis Kopf nach. Als wären diese Kinder einfach austauschbar. Der Gedanke ist pervers. Ebenso pervers wie dieses ganze System. Aber genau deshalb ist es vermutlich auch wahr. In den Augen ihrer Zuhälter, erst recht für ihre Kunden, sind diese Mädchen nichts als Ware. Alle paar Monate werden sie ausgetauscht, durch frische Gesichter ersetzt, während sie selbst an das nächste Etablissement weitergereicht werden. Bis sie irgendwann alt, verbraucht und lästig werden ... Und die Welt schaut weg.

Ob Ravi will oder nicht, er muss zugeben, dass der Chef im Kern leider recht hat. Nur wenn der politische Druck hoch ist, wird die Polizei bereit sein, sich die Finger dreckig zu machen, und ernsthafte Ermittlungen einleiten. Theoretisch ist die Justiz selbstverständlich unabhängig. Dennoch hilft der Druck der Öffentlichkeit. Genau das ist es, was Ravi an seinem Job liebt und hasst zugleich. Er ist dieser Hebel. Er kann den nötigen Druck aufbauen. Seine Texte sind sauber recherchiert und scharf geschrieben. Worte sind nicht sein Problem. Das Problem in diesem Fall ist die gute alte Weisheit: Ein Bild sagt mehr als tausend Worte. Leser wollen Bilder. Was für ein Paradoxon. Aber so ist es nun einmal. Je schrecklicher, desto besser. Wer erinnert sich schon an die Texte der größten Storys des Jahrhunderts? Oder an die besten Schlagzeilen? Es sind die Bilder, die sich auf ewig in unser Gehirn einbrennen. In diesem Fall leicht unscharfe Fotos von austauschbaren Mädchen.

Siebel und Lotta stehen immer noch an seinem Schreibtisch. Ravi muss irgendwann während der Diskussion von seinem Stuhl aufgesprungen sein. Jedenfalls stellt er fest, dass er steht und verärgert die Fäuste auf die Tischplatte presst. Jetzt lässt er sich zurück in den quietschenden Stuhl fallen, verschränkt die Arme vor der Brust und knallt die Füße auf den Tisch.

»Du brauchst aufrüttelnde Bilder?«, fragt er Siebel noch einmal. »Okay. Du kannst sie haben. Es wird uns ein paar Scheine kosten, aber ich kümmere mich darum.«

Die Idee, die ihm gerade gekommen ist, ist gut. Sie könnte funktionieren. Und besser noch, mit ihr kehrt auch die gute alte Sorglosigkeit zurück. Easy does it.

»Schaffst du es bis morgen?«, hakt Siebel nach.

Ravi kann sich das Grinsen kaum verkneifen. »Ich denke schon. Und ich werde eine Menge Spaß dabei haben.«

Zu Hause wirft sich Ravi aufs Sofa und beginnt mit der Recherche. Viel Zeit bleibt ihm nicht. Da die Originalfotos nicht infrage kommen, wird er sie eben durch ähnliche Bilder ersetzen. Im Grunde greift er damit nur den Kerngedanken auf. Die Mädchen sind austauschbar, ebenso wie ihre Bilder, solange sie nur authentisch wirken.

Er beginnt mit der Brünetten. Fotos halb nackter, junger Dinger in aufreizenden Posen gibt es im Netz viel zu viele. Obwohl die meisten auf Webseiten gepostet sind, die unter Akzeptanz ihrer Geschäftsbedingungen auch die Rechte am Bild freigeben, bezweifelt er, dass es eine gute Idee wäre, sie im Magazin abzudrucken. In seiner Reportage geht es zwar um minderjährige Prostituierte, die abgebildeten Frauen sollten dennoch volljährig sein. Zudem ist es schwierig, eine ähnliche Atmosphäre zu finden. Die meisten der Fotos wurden offenbar zu Hause aufgenommen. Viele als Selfie. Diese Teenager wollen sich präsentieren. Was ihnen fehlt, ist die Ehrlichkeit. Die unterdrückte Scham.

Ravi betrachtet den Spiegel auf seinem Originalbild genauer. Die langen, glänzenden Haare des Mädchens fallen über ihren Rücken. Ihr Gesicht ist vom Betrachter abgewandt, sodass man nur das linke Auge erkennt. Es ist stark geschminkt. Dunkel umrandet. Erst wenn man genauer hinschaut, tritt auf dem Jochbein eine frisch verheilte Narbe hervor. Der Spiegel gegenüber ihrem Bett spart das Gesicht aus. Es könnte ein Garderobenspiegel sein in goldenem Rahmen. In seinem Glas zeigt sich die zerwühlte Bettwäsche. Rot. Leicht glänzend. In der linken unteren Ecke erkennt man ein pinkes Kissen aus Samt. Darunter lugt etwas hervor. Nicht klar zu erkennen. Ein benutztes Kondom, denkt Ravi. Der übrige Raum ist unscharf. Die Grausamkeit des Ortes wirkt allein durch diese winzigen Details. Sie sind kaum zu erkennen, und gerade deswegen rufen sie ein Unbehagen hervor, das ins Unterbewusstsein eindringt.

Die Fotos der Online-Lolitas bieten das nicht. Möglich,

dass das Darknet mehr Material bereithält, doch zweifelsohne nicht weniger verwerflich als die Originalbilder. Daher wird er improvisieren müssen.

Drei Stunden und fünfzehn Minuten später reißt Ravi die Verpackung auf und zerrt die bordeauxrote Satinbettwäsche aus ihrer Kunststoffhülle. Das Bett ist schnell bezogen und zerwühlt. Sogar ein pinkes Kissen hat er in einem Geschäft für billigen Deko-Plunder gefunden. Es ist nicht aus Samt, wie das auf dem Foto, sondern aus einer Art Kunstfell mit langen Fusseln. Einen Spiegel zu besorgen, war in der Kürze der Zeit die größere Herausforderung. Zum Glück fand sich in der Resterampe eines Möbelhauses ein goldumrandetes Monstrum, das nun an der Wand neben dem Bett lehnt.

Ravi wühlt die Bettwäsche auf, schiebt das Plüschkissen so zurecht, dass es sich gerade eben im Spiegel zeigt, und betrachtet das Bild auf dem Display seiner Kamera. Perfekt. Der Ausschnitt gut. Der Gesamteindruck stimmt. Jetzt fehlt nur noch das passende Model.

»Bist du fertig?«, fragt er und dreht sich zu Sandy um, die sich schon ihrer Jacke entledigt hat und nun die übrige Kleidung abstreift.

Sie ist jung. Ihrem Gesicht nach kaum älter als fünfzehn. Selbst ihre Stimme klingt hoch und piepsig wie von einem Vögelchen. Sicherheitshalber hat Ravi vorab darauf bestanden, ihren Ausweis zu sehen. Laut Perso ist sie seit zwei Jahren volljährig. Hoffentlich stimmt es.

»Also, du willst echt nur Fotos?«, fragt Sandy noch einmal, als würde sie ihn für ein wenig beschränkt halten.

»Ja, nur Fotos. Aber ich brauche eine schriftliche Einverständniserklärung von dir.«

»Mann, stell dich nicht so an. Ich verklag dich schon nicht.«

»Wenn du Geld willst, brauche ich deine Unterschrift.«

Ravi hält ihr das Papier hin.

»Bist du nur ein Spießer oder total pervers?«

Sandy, die gerade aus ihren engen Leggins steigt, schnappt ihm das Papier aus der Hand, verliert darüber jedoch das Gleichgewicht und poltert laut gegen das Stativ.

»Pass auf!«, ruft Ravi halb erschrocken, halb verärgert und fängt die taumelnde Kamera auf.

Sandy selbst landet weich auf dem Bett, doch offenbar nicht unbeschadet.

»Au, verdammt!«, flucht sie und reibt sich den Kopf. Dann richtet sie sich auf und betrachtet die Stelle im Spiegel. »Scheiße. Das wird ein blaues Auge.«

Ravi seufzt. Er geht in die Küche und kommt mit einem Beutel Eiswürfel zurück. Immerhin hat Sandy in der Zwischenzeit die Einverständniserklärung zur Nutzung der Fotos unterschrieben.

»Hier, da hast du deine blöde Unterschrift«, schnaubt sie, nimmt aber dankbar das Eis an.

»Wollen wir anfangen?«, fragt Ravi, nachdem sie sich endlich fertig ausgezogen und auch den Eisbeutel zur Seite gelegt hat.

Sie kichert. »Bekomme ich Musik?«

»Was möchtest du?«

Sie legt den Kopf schief. Das Stativ hat sie knapp über dem Lid getroffen. Trotz des Kühlens ist es leicht geschwollen.

»Na, wie ein echtes Model«, verlangt sie.

»Ich habe keine Ahnung, was Models für Ansprüche haben. Aber Musik kannst du haben.«

Ravi gibt den Wunsch an die Smartspeaker weiter und lässt bei der Gelegenheit gleich die Jalousien ein gutes Stück hinabfahren.

Kichernd wirft Sandy ihre langen braunen Haare zurück und klettert auf das Bett.

»Es ist wichtig, dass du dich genauso hinsetzt, wie ich es dir erkläre.«

Ravi dreht sie vorsichtig zum Spiegel hin, wendet ihren Kopf zur Seite und verschwindet selbst hinter der Kamera.

»Jetzt heb die Schultern und zeig mir deine Brust«, fordert er.

»Du bist ja krass«, neckt sie, gehorcht aber.

Tatsächlich ist sie perfekt für den Job. Ihr Haar glänzt, ihr Rücken ist weiß wie Schnee. Sie macht sogar einen einigermaßen gepflegten Eindruck. Lange kann sie noch nicht auf der Straße arbeiten. Die frische Schwellung über ihrem linken Auge lässt sie umso verletzlicher wirken. Dass das Bild nicht perfekt ausgeleuchtet ist, macht die Szene zudem authentisch. Aber etwas fehlt noch.

»Igitt. Hast du das Kondom gerade benutzt?« Sie hat die Nase angewidert hochgezogen und stiert auf das Ding, das Ravi gerade unter das pinke Kissen geschoben hat. »Was soll ich damit? Du bist ja total pervers!«

Natürlich ist es unbenutzt. Aber die Überraschung hat Sandys abgeklärte Maske durchbrochen. Bevor die Abscheu ganz aus ihrem Gesicht verschwunden ist, drückt er auf den Auslöser.

Klick, fängt die Kamera den Moment ein.

Klick, beendet auch der Smartspeaker die sprachgesteuerte Aufnahme.

9

Kyle

»Nun, Herr Kerner, ich muss zugeben, dass ich beeindruckt bin«, stellt sein Gegenüber fest. Ein Jahr ist vergangen, seit Karl Friedrich von Herrenstein als Investor bei Cyb-Systems eingestiegen ist. Halbzeit bis zur anvisierten Markteinführung. Für ihr heutiges Treffen hat Kyle einen Tisch im neuen französischen Restaurant reserviert, das ihm von einem Bekannten im Fitnessclub empfohlen wurde. Da der letzte Step wieder drei Wochen vor der Deadline abgeschlossen werden konnte, hat Kyle in einem Anflug von Großzügigkeit beschlossen, etwas springen zu lassen, quasi zum Trost für die ihrem Investor entgangenen Unternehmensanteile.

»Ich hoffe, Sie trauern dem Verlust nicht allzu sehr nach«, bemerkt er.

Von Herrenstein lacht leise. »Ich betrachte es nicht als Verlust, wenn eine Firma, in die ich investiere, unerwartet zügig Fortschritte erzielt. Meine Devise lautet: Besser wenige Anteile an einem vielversprechenden Projekt als viele an einem Crash. Würden Sie mir nicht zustimmen, Herr Kerner?«

Kyle nickt bedächtig und hebt sein Glas mit dem roten Burgunder. »Dann trinken wir auf vielversprechende 39 Prozent?«

»Auf 39 Prozent«, stimmt von Herrenstein zu.

Der Abend verspricht angenehm zu verlaufen. Die Stimmung ist auf beiden Seiten gut. Zum Amuse-Gueule wurden gerade nach kräftigem Käse duftende Gougères serviert, und der Burgunder war eine gute Wahl. Voller Vorfreude breitet Kyle die Serviette auf seinen Knien aus.

»Wie geht es Ihrem Partner?«, erkundigt sich von Herrenstein.

Kyle ist froh, gerade zu kauen und die Frage mit einem Winken parieren zu können.

Tatsächlich hat Micah es wie üblich vorgezogen, das Treffen Kyle zu überlassen, was ihm durchaus recht ist. Micahs ewige Bedenken und Einwände bezüglich der nächsten Entwicklungsphase, Hinweise auf mögliche Unsicherheiten in Cybs Zuverlässigkeit oder ähnliche Aussagen wären heute Abend unpassend.

Allerdings hat Kyle nicht vor, die Rolle des Firmenvorstands außerhalb der Finanzwelt weiterhin allein zu spielen. Mit Einführung des Systems werden nicht länger Investoren die Hauptverhandlungspartner sein. Cyb wird, und Kyle ist sich der Tragweite dieses Umstands durchaus bewusst, früher oder später weit in die Privatsphäre jedes Bürgers eingreifen. Gesellschaftliche Akzeptanz wird dann in den Fokus der Firma rücken, weshalb er seine eigene Rolle zumindest in der Öffentlichkeit drastisch reduzieren wird. Um die Gesellschaft von Cyb-Systems zu überzeugen, braucht es keinen ambitionierten Manager, sondern einen liebenswerten Visionär, jemanden, dem man sein Leben anvertrauen möchte, kurz: eine Figur wie Micah. Sein Partner vereint auf seine sehr spezielle Art Kompetenz, Vision und Unschuld miteinander. Leider sind solche Auftritte, höflicher Small Talk und charmantes Geplänkel nicht sein Metier. Noch nicht. Nun, ein bisschen Zeit bleibt Micah noch. In weiser Voraussicht hat Kyle seinen Partner bereits zu einem wöchentlichen Kommunikations-Training verdonnert, das endlich erste Erfolge zeigt. Doch das sind Firmeninterna.

»Herr Marow konzentriert sich derzeit auf die Programmierung des n-dimensionalen Raums«, erklärt er stattdessen laut, in der Hoffnung, dass von Herrenstein angesichts der technischen Details nicht weiter nachfragt. Zur Not hätte Kyle allerdings ein kurzes vorformuliertes Statement mit hoffentlich eindrucksvollen Fachbegriffen, das er ihrem Investor präsentieren könnte. Sicherer fühlt er sich jedoch auf dem Parkett der Finanzplanung.

»Gehen Sie davon aus, mir noch weitere Anteile abzunehmen?«, erkundigt sich von Herrenstein nun mit offensichtlichem Wohlwollen, sodass Kyle sich entspannt zurücklehnt.

»Wenn Sie es mir gestatten.«

Von Herrenstein lacht. Wenn Kyle die Zeit zurückdrehen könnte, hätte er sich jemanden wie diesen Mann als Mentor gewünscht. Von ihm hätte er sicherlich eine Menge mehr lernen können als von seinem über den eigenen Erfolg unglücklichen Vater. Insofern ist es fast schade, dass sie sich erst spät begegnet sind. Nun gut. Jetzt sind sie Geschäftspartner. Sie verhandeln auf Augenhöhe, und nicht im Traum würde Kyle seinem Gegenüber ein Gefühl der Überlegenheit zugestehen. Trotzdem sind ihm diese Treffen jedes Mal eine Freude.

Der Rest des Abends vergeht im Flug. Sie reden über Wein, Opern und Kyles Hochzeitsreise letzten Monat. Erst als das Dessert vor ihnen steht, spricht von Herrenstein das Thema Cyb-Systems erneut an.

»Wenn ich unsere Planung richtig im Kopf habe, wird es langsam ernst«, bemerkt er nebenbei, als wäre ihm der Gedanke gerade erst gekommen.

Doch Kyle ist sich sicher, dass von Herrenstein die nächsten Worte sehr genau gewählt und den Moment perfekt abgepasst hat. Der Wein wirbelt gerade wohlig durch seinen Kopf, und der Anblick des dunklen Schokoladen-Parfaits stimuliert seinen Gaumen, sodass sein Verstand für einen kurzen Moment abgelenkt war und er die vor ihm liegende Klippe fast nicht bemerkt hätte.

»Wann können wir mit einem Prototyp des Programms rechnen?«

Kyle spürt, dass er unwillkürlich die Zähne aufeinanderpresst. Genau über dieses Thema hat er gestern erst mit Micah gesprochen. Ein Prototyp ist streng genommen nicht Teil des Entwicklungskonzepts, weshalb Kyle sich wundert, dass von Herrenstein die Frage überhaupt aufbringt. Er muss einen sehr konkreten Grund dafür haben. Das Problem ist nicht, dass Kyle diesen Wunsch nicht nachvollziehen könnte. Im Gegenteil. Er war es schließlich, der gestern, als überraschenderweise fast die gesamte Belegschaft zu einem gemeinsamen Kneipenbesuch aufgebrochen war, die Ruhe im Büro genutzt hatte, um Micah zu einem solchen Zugeständnis zu bewegen. Doch sein Partner hatte sich hinter einer Wand aus Bedenken verschanzt und sich geweigert, eine klare Aussage zu treffen. Was nun leider bedeutet, dass Kyle gezwungen ist, von Herrenstein zu antworten, ohne auf Micahs Deckung bauen zu können.

Entschlossen, sich seine Unsicherheit nicht anmerken zu lassen, nippt Kyle an seinem Espresso und lässt sich viel Zeit, den Nachtisch zu kosten. Eine Klippe ist auch eine Chance. Die Frage ist nur, von welcher Seite man sich ihr nähert. Abwärts. Oder aufwärts? »Ein Prototyp«, antwortet er gedehnt. »Also eine Art Proof-of-Principle?«

Der Investor legt die Fingerspitzen aneinander und senkt zustimmend den Kopf.

»Welchen Vorteil würde Ihnen das bringen?«, erkundigt sich Kyle, Gleichmut vortäuschend.

Von Herrenstein schmunzelt, als würde ihn etwas belustigen.

»Ein Prototyp ist, zumindest soweit ich mich erinnere, nicht Teil unseres Vertrags«, erklärt Kyle daher ein wenig schärfer als beabsichtigt. Er bemerkt es zu spät. Die Botschaft hätte sich besser mit einem Lächeln verkauft.

»Ich wäre an dieser Stelle durchaus zu Nachverhandlungen bereit«, erklärt sein Gegenüber sachlich.

Nachverhandlungen. Das klingt allerdings spannend. Doch die Situation ist nicht einfach. Micah kann ein sturer Bock sein. Die Frage ist jedoch, wie viel Entgegenkommen Kyle seitens des Investors herausschlagen kann.

»Sehen Sie, Herr von Herrenstein«, beginnt er sich langsam vorzutasten. »Mein Partner hat diesbezüglich gewisse – sicherlich berechtigte – fachliche Bedenken. Ich hingegen muss auch den Zeitplan im Auge behalten. Ein Prototyp ist keine Entwicklung, die auf dem Weg liegt und nebenbei abfällt. Es wäre ein, sagen wir, Nebenstrang in unserem Prozess. Selbstverständlich können Synergien genutzt werden. In begrenztem Umfang. Insgesamt würde sich die Entwicklung des finalen Produkts jedoch verzögern.«

»Ich verstehe Ihren Einwand durchaus, muss Sie aber auch bitten, meine Seite zu berücksichtigen.« Von Herrenstein schiebt sein exquisites Dessert unangerührt zur Seite.

Stattdessen faltet er die Hände auf dem Tisch und beugt sich vor. »Wir sind deutlich schneller vorangekommen als geplant. Das sollten wir nutzen.« Er macht eine Pause, bevor er fortfährt. »Ich habe die anstehenden Wahlen im Auge.«

»Bis zur nächsten Wahl sind es noch vierzehn Monate.«

»Vierzehn Monate sind nicht viel Zeit, Herr Kerner. Zur jetzigen Regierung bestehen gewisse Kontakte. Wenn wir es schaffen, die entsprechenden Stellen zeitnah von Ihrem Code zu überzeugen, könnte ich mich für Sie einsetzen. Für die Testphase reicht ein Prototyp. Eine vereinfachte Version ihres Codes, die mit einem ersten erfolgreichen Fall sein Potenzial beweist und weitere Leistungen in Aussicht stellt. Politiker leben von der Aussicht auf Erfolg. Darauf spekuliere ich.«

»Das heißt?«

»Das heißt, dass ich Ihnen ein Angebot machen möchte. Wenn Sie es schaffen, den Code, in welcher Form auch immer, innerhalb der nächsten sechs Monate einem von mir ausgewählten Personenkreis vorzuführen, bin ich bereit, mich mit einem Anteil von 33 Prozent zufriedenzugeben.«

Unter seinem dunklen Hemd klopft Kyles Herz so heftig, dass ihm fast schlecht wird. Um seine Nervosität zu bändigen, tupft er sich den Mund ab und schiebt ebenfalls das restliche Dessert zur Seite. Jetzt nur keinen Fehler machen.

»33 Prozent«, wiederholt er langsam. »Korrigieren Sie mich, wenn ich mich irre. Aber haben wir nicht im Schnitt pro Step drei Prozent gutgemacht? Im ersten Jahr insgesamt zwölf Prozent?«

Der Investor zuckt scheinbar gleichgültig die Achseln.

»Wenn ich also davon ausgehe, und das tue ich durchaus,

dass wir an unserem Erfolgskurs festhalten, erreichen wir die 33 Prozent ohnehin innerhalb der von uns vertraglich bereits festgehaltenen Schritte. Aller Wahrscheinlichkeit nach sogar noch mehr.«

Von Herrensteins Gesicht zeigt keine Regung, aber Kyle weiß, dass er recht hat.

»Verstehen Sie mich nicht miss. Ich kann Ihren Wunsch durchaus nachvollziehen und teile Ihren Ehrgeiz. Doch um ein Genie wir Herrn Marow zu überzeugen, brauche ich mehr in der Hand.«

Von Herrenstein räuspert sich. »Dreiunddreißig Prozent sind ein Drittel. Damit wären wir drei gleichberechtigte Partner.«

»Und doch ist es nicht besser als das, was wir, also Herr Marow und ich, ohnehin erreichen werden.«

»Also gut. Neunundzwanzig Prozent. Garantiert.«

Kyle hüpft innerlich auf und ab wie ein Kind. Eigentlich könnte er sich zurücklehnen. Sein Ziel hat er erreicht und zudem einfacher als gehofft. Doch etwas sagt ihm, dass jetzt der Moment ist, nicht aufzugeben. Eine goldene Chance, mehr zu erreichen, als er sich je erträumt hat.

»Zwanzig Prozent«, fordert er.

Von Herrenstein mustert ihn abschätzend.

Kyle entgegnet den Blick und wartet. »Möchten Sie noch einen Digestif? Vielleicht einen Cognac?«, erkundigt er sich höflich.

Als von Herrenstein den Kopf schüttelt, signalisiert Kyle dem Kellner, dass er zahlen möchte.

»Sechs Monate sind nicht viel Zeit«, bemerkt er, während er kontaktlos per App die Rechnung begleicht und dem Kellner ein großzügiges Trinkgeld gibt.

Kaum ist der Kellner verschwunden, rückt Kyle seinen

Stuhl zurück und schlägt die Beine übereinander. Es kommt ihm vor wie eine Ewigkeit, die er stumm dasitzt, mit einem verbindlichen Lächeln auf den Lippen. Er traut sich kaum zu atmen.

Doch endlich lenkt von Herrenstein ein. »Abgemacht«, erklärt er knapp. »Aber dafür bekomme ich in sechs Monaten einen vorführfähigen Prototyp.«

Als sie sich später auf dem Parkplatz zum Abschied die Hände schütteln, muss Kyle sich beherrschen, um nicht umgehend seine Frau anzurufen. Er sieht von Herrensteins abfahrendem Wagen hinterher, bevor auch er sich auf den Heimweg macht.

Zwanzig Prozent! Er kann kaum fassen, was er gerade erreicht hat. Nicht nur hat er seinen Investor auf eine angesichts des eingesetzten Kapitals geradezu unverschämt niedrige Beteiligung zurückgedrängt. Mit von Herrensteins Unterstützung rückt zudem ein umfangreicher Auftrag in Reichweite. Statt sich mühsam von kleinen städtischen oder auf einzelne Landkreise beschränkten Projekten hochzuarbeiten, könnte Cyb-Systems direkt ganz oben einsteigen. Bundesweit.

In den nächsten Monaten stehen ihm einige Kämpfe bevor. Die Zeit ist mehr als knapp. Die größte aller Herausforderungen wird sein, Micah zu überzeugen. Bei dem Gedanken an seinen Partner verspürt Kyle ein leichtes Stechen in der Brust. Dieses Zeichen von Schwäche ärgert ihn. Micah ist ein genialer Programmierer, nur leider auch ein extrem idealistischer Träumer. Er ist die perfekte Figur in Kyles Spiel. Das ideale Gesicht, um Cyb zu verkaufen. Doch wer in der realen Welt überleben möchte, braucht weit mehr als hohe Tugenden.

Zum Glück hat Kyle selbst auch in diesem Punkt Voraussicht bewiesen. Was Micah nicht weiß, muss ihn nicht beunruhigen. Natürlich würde auch Kyle Cyb-Systems gerne partnerschaftlich zum Ziel führen. *Hand in Hand*, wie Micah es gerne nennt. Kyle schnaubt. Sein Freund ist einfach zu gut für diese Welt. Egal, wie man es ausdrücken will, partnerschaftlich oder Hand in Hand, am Ende zählt der Erfolg. Und jedes schlechte Gewissen, wie das verdammt ärgerliche Ziehen in seiner Brust, ist unprofessionell und deplatziert.

Nun gut. Erste Priorität hat eine einvernehmliche Lösung. Aber sollte so ihr lang ersehnter und wahrhaftig verdienter Erfolg nicht möglich sein, sollten Micahs Bedenken und übertriebene Vorsicht ihr Projekt gefährden, gibt es noch einen zweiten, etwas weniger partnerschaftlichen Weg.

Nie wieder wird Kyle als Handlanger in der Firma seines Vaters jobben, sich im Staub der Werkstatt die Finger an der noch heißen Keramik verbrennen oder, als dieser Abschnitt vorbei war, in der neuen Großproduktion am Fließband schuften. Die guten Ferienjobs in der Verwaltung bekamen die Kinder der anderen. Der Sohn des Chefs musste sich schmutzig machen. So ist sein Vater. Wahrscheinlich hat es viel damit zu tun, dass er selbst heute, als reicher Unternehmer, der kleinen Werkstatt mit ihren Einzelanfertigungen hinterhertrauert. Zumindest erklärt es, warum sein Vater Micah so vergöttert. Wie er von ihm schwärmt. Micah hat eine Vision. Micah hat selbst etwas erschaffen. Es klingt wie ein Vorwurf. Dabei wird am Ende Kyle der wahre Visionär sein, der, der Micahs Idee zu einem echten Unternehmen ausbaut. Wie sein Vater dann wohl reagiert?

Denn eines hat zumindest Kyle nie vergessen: Cyb-Systems ist auch sein Projekt. Sein Baby. Die Umsetzung des

Codes ist seine Vision, auf die er alle Hoffnung und seine gesamte Energie gesetzt hat. Facebook und Amazon sind bald Geschichte. Durch seine Weitsicht wird Cyb-Systems ein Global Player völlig neuer Dimension. Von der Aufklärung von Industriespionage bis zur Verhinderung von Gewaltverbrechen: Cyb wird die Welt verändern. Kyle wird ganz neue Maßstäbe setzen. Mit oder ohne Micahs Zustimmung. Doch dafür muss er handeln. Jetzt. Er hat nur sechs Monate.

10

Gute vier Wochen später ist das Dilemma da. Kyle hat es geahnt. Es war absehbar. Natürlich musste sich Micah querstellen und stur alle von Kyle ausgeworfenen Köder ignorieren. Nichts konnte ihn umstimmen, weder die Aussicht, sich 80 Prozent Kontrolle über die Firma zu sichern, noch die Tatsache, dass sein geliebter Code wesentlich effektiver bei einer flächendeckenden Einführung arbeiten kann. Doch für eben diese flächendeckende Einführung benötigt die Firma die Unterstützung von Herrensteins und seiner Kontakte. Was für eine Chance, wenn der Einsatz von Cyb tatsächlich noch in der laufenden Legislaturperiode beschlossen werden kann! Der einzige Mensch, der so etwas nicht versteht, ist Micah.

Aus reiner Gefühlsduselei hat Kyle Micah nach dem letzten Dinner mit von Herrenstein eine Frist von einem Monat gewährt. Einen ganzen, kostbaren Monat, um zur Vernunft zu kommen. Ausgesprochen hat er es nicht. Es war eine stille, eine heimliche Frist. Innerlich hat Kyle die Tage gezählt. 30. 30 Tage als Akt der Gnade und Tribut an ihre Freundschaft. Rückblickend könnte Kyle sich für seine weiche Ader und dieses verdammte schlechte Gewissen ohrfeigen. Es war unprofessionell.

Nun steht er da. Die Frist ist verstrichen. Micah bleibt stur, und es ist an Kyle, jetzt unter unnötigem Druck die Umsetzung seines Plans voranzutreiben.

Trotzdem oder gerade deswegen muss er jedoch seinen Ärger hinunterschlucken. Nun geht es darum, unauffällig vorzugehen. Er muss verdammt vorsichtig agieren, sonst schöpft Micah sofort Verdacht. Das bedeutet leider auch, dass die meisten Mitglieder des Cyb-Code-Teams außen vor bleiben müssen. Jede Intervention, und sei sie firmenpolitisch noch so notwendig, würden diese Gutmenschen als Hochverrat verurteilen. Insbesondere Katie ist ein heikler Fall. Wahrscheinlich hält sie Micah für eine Art Heiligen. Gott ihrer rosaroten Welt. Doch auch die meisten ihrer Kollegen stehen ihr in Sachen Heldenverehrung wenig nach.

Conny hingegen könnte ihre Loyalität bei Kyle sehen. Er hat sie eingestellt. Obwohl Micah ihr gegenüber ebenfalls weisungsbefugt ist, so ist es Kyle, der ihr die Aufgaben zuteilt. Außerdem hat er schon länger den Verdacht, dass Conny heimlich in ihn verliebt ist.

Relativ sicher ist er sich bei Hao. Somit kann Kyle, sofern alles gut geht, immerhin auf die Unterstützung von zwei Mitarbeitern bauen, wobei nur Hao das Programmieren übernehmen kann. Allerdings ist Hao ein fähiger Mann. Die Schwierigkeit ist, ihn allein zu erwischen. Die Büroräume, und hier muss sich Kyle selbst die Schuld geben, dienen in ihrer Offenheit eher Micahs teamorientiertem Ansatz. Alle Arbeitsplätze, der Konferenzbereich und sogar die Lounge- und Chill-Ecke gehen offen ineinander über. Nicht einmal er selbst verfügt über ein wirklich separates Büro. Eine schlichte Glaswand trennt ihn vom Lärmpegel des übrigen Lofts. Allein die Toiletten sind abgetrennt, optisch und selbstverständlich auch akustisch. Insofern mag ein Gespräch von Mann zu Mann im Pissoir zwar unpassend erscheinen, aber für den Moment ist es die einzige Möglichkeit, unauffällig Haos Interesse an einem Alternativplan abzuklopfen.

Von seinem Schreibtisch aus überblickt Kyle den größten Teil der Mannschaft. Nun heißt es abwarten, bis Hao seinen körperlichen Bedürfnissen nachgeht. Leider scheint der Kerl eine Blase wie ein Kamel zu haben. Es ist Kyle unbegreiflich, wie man sich kannenweise grünen Tee reinschütten kann, ohne je die Toilette aufzusuchen. Alle waren heute schon dort. Die Frauen gehen sowieso ständig, aber auch Micah kommt gerade zum zweiten Mal von den Waschräumen zurück. Nicht, dass Kyle darüber eine Liste führt. Er selbst müsste auch mal wieder. Nur Hao macht keine Anstalten. Emsig wie eine Biene tippt er in die Tasten. Seinen Schreibtisch hat er seit dem Morgen gerade zweimal verlassen, einmal um eine weitere Kanne Tee aufzusetzen, das zweite Mal, um mit einem Kollegen etwas abzustimmen.

»Wir bestellen beim Inder.« Tom, einer von Micahs Mannen, klopft an die Glasscheibe. »Möchtest du auch etwas?«

Verwirrt sieht er auf.

»Ilyas und ich gehen gleich los«, fährt Tom ungerührt fort. »Du kannst mir sofort Geld mitgeben oder später deinen Anteil mit dem Fintech-Dienstleister deiner Wahl überweisen.«

»Letzteres. Bring mir ein Paneer Tikka Masala mit und ein Mango-Lassi.«

Kurze Zeit später verlässt Tom mit Ilyas und Katie das Büro.

Kyle späht über seinen Monitor. Micah hat sich hinter

seinem Bildschirm verschanzt, Conny beschäftigt sich in der Teeküche. Die anderen haben sich mit ihren Laptops auf den Sitzsäcken und um den Konferenztisch verteilt. Endlich, Kyle ist kurz vor dem Platzen, erhebt sich Hao von seinem Stuhl und schlendert in Richtung der Toiletten. Als wäre ihm gerade zufällig dieselbe Idee gekommen, folgt ihm Kyle.

»Hey.« Er stellt sich an das freie Urinal. Die richtigen Worte hat er bereits im Kopf.

Hao nickt zum Gruß.

»Wir kommen gut voran«, beginnt er den sanften Angriff. Auffällige Eile könnte einen zurückhaltenden Menschen wie Hao verprellen. Hoffentlich werden sie jetzt nicht unterbrochen. »Wenn es so weitergeht, können wir in wenigen Monaten die erste Version auf den Markt bringen.«

Hao sagt nichts. Doch Kyle merkt, dass er ihn von der Seite mustert.

»Nur noch die Testdaten«, fährt er lässig fort, während er sich am Waschbecken die Hände säubert. »Wie lange werdet ihr dafür brauchen? Ein oder zwei Monate?«

Hao schweigt. Er ist nicht gerade der gesprächige Typ. Unter normalen Umständen würde Kyle ihm Zeit geben, seine Gedanken zu ordnen. Doch an diesem heimlichen Treffen auf der Herrentoilette ist nichts normal. Insofern muss er den nächsten Schritt einfach wagen.

»Hör mal. Ich bräuchte für ein Projekt jemanden, auf den ich mich verlassen kann«, stellt er fest, wobei er Haos Gesicht aus den Augenwinkeln beobachtet.

Es gleicht einer Maske. Umso unerwarteter trifft ihn die Antwort.

»Warum fragst du mich?« Ahnt er etwas? Haos Miene verrät nichts. Ruhig wäscht er sich die Hände.

»Das Ganze ist etwas heikel. Daher möchte ich dich auch bitten, die Sache zunächst vertraulich zu behandeln.«

Hao sagt nichts. Immerhin lehnt er nicht ab.

»Vorerst würde es mir genügen, wenn dieses Gespräch unter uns bleibt«, rudert Kyle zurück.

Schweigen. Na schön.

»Was hältst du davon, wenn ich dich später auf ein Bier einlade und wir alles in Ruhe besprechen? Danach kannst du frei entscheiden, ob du dabei bist oder nicht.«

Das Spiegelbild seines Mitarbeiters bewegt sich wie in Zeitlupe. Kyle hofft, dass es Zustimmung signalisiert. Denn in diesem Moment klappert die Tür zum Waschraum in ihren Angeln, was auf einen Luftzug hinweist und nur bedeuten kann, dass die Kollegen mit den Bestellungen zurückgekehrt sind. Gleich wird der erste erscheinen, um sich vor dem Essen die Hände zu waschen.

Kyle muss sich sputen. »Um zwanzig Uhr im Blue Moon?«, fragt er, die Türklinke bereits in der Hand.

Hao bewegt langsam den Kopf. Er nickt.

Nachdem Hao zwei große Bier hinuntergekippt hat, von Genuss kann man hier kaum reden, taut er tatsächlich auf.

»Also, du willst den fertigen Code in fünf Monaten?«, fragt er zum x-ten Mal und runzelt die Stirn.

»Nein, den Code brauche ich eher. In fünf Monaten muss die Präsentation stehen. Das heißt, wir brauchen einen ersten konkreten Fall.«

»Und ich soll das allein programmieren? Alles? Und dazu meine normale Arbeit?«

Kyle nippt an seinem ersten Bier. Er hasst das Zeug. »Du bist als Informatiker doch genauso gut wie Micah, und hier könntest du nach deiner eigenen Methode arbeiten ...«

Hao, der gerade sein drittes leeren will, lässt das Glas sinken.

Schnell legt Kyle nach. »Komm schon, ich bin auch bei den Teambesprechungen dabei. Ich sehe doch, dass du sehr gute Ideen hast, die aber nicht umgesetzt werden ...« Er macht eine kurze Pause, bevor er die entscheidenden Sätze sagt. »Ich möchte, dass du nicht mehr ausgebremst wirst. Ich möchte, dass du unser neues Projekt genauso umsetzen kannst, wie du es dir vorstellst. Ich möchte, dass du bei PLAN B die Leitung übernimmst.«

»Es gibt ein Problem. Micahs Problem«, beginnt Hao zögernd, als wüsste er nicht recht, ob er diesen Gedanken überhaupt äußern darf. »Das Problem ist Perfektion. Für Micah ist Perfektion sehr, sehr wichtig. Vielleicht zu wichtig.«

»Cyb liegt uns allen am Herzen.« Kyle gibt sich verständnisvoll.

Es wirkt.

»Weißt du«, redet Hao weiter. »Ich denke, Micah ist sehr genau.«

»Sein Vater ist seit vierzig Jahren Werkstoffprüfer bei einem Autobauer. Genauigkeit liegt ihm im Blut.«

»Ah«, Hao legt den Zeigefinger auf die Nase und nickt mit halb geschlossenen Augen, als hätte ihm diese einfache Feststellung die Tür zu Micahs Psyche geöffnet. »Genauigkeit ist wichtig.«

»Wenn man viel Zeit hat«, stimmt Kyle zu.

»Ich kann den Prozess beschleunigen«, fährt Hao nachdenklich fort, »das geht auf Kosten von Perfektion. Ein bisschen. Aber es geht schneller, viel schneller, wenn wir eine kleine, eine winzig kleine Fehlertoleranz zulassen. Ich habe mit Fuzzylogik gearbeitet«, erklärt er mystisch.

»Erst ist der Output unscharf. Aber dann, mit der Zeit, wächst die Genauigkeit.« Er beugt sich nachdrücklich vor. »Am Ende waren unsere Ergebnisse sehr, sehr gut.«

Kyle kneift abwägend die Augen zusammen, als verstünde er, welchen Vorteil diese Fuzzylogik bieten soll. »Genau deswegen ist mir deine Meinung so wichtig«, erklärt er. »Du verstehst, dass sich uns gerade eine einmalige Chance bietet, die wir nutzen müssen. Für Cyb!«

Ihm gegenüber entspannt sich Hao sichtbar.

»Micah hat Talent. Er ist ein Visionär«, erklärt Kyle weiter. »Doch mit Geschäften hat er nichts am Hut. Er braucht Menschen um sich herum, die ihn unterstützen und dafür sorgen, dass seine Visionen wahr werden.«

»Das Training der KI verschlingt viel Zeit. Wie ein alter Drache.« Von dem moralischen Dilemma befreit, hat sich Hao bereits der technischen Seite zugewandt. »Die Programmierung muss ich nicht ändern. Ich muss nur den Lernmechanismus beschleunigen.« Damit springt er auf, leiht sich an der Bar einen Kuli, bringt ein weiteres Bier mit und beginnt, ein Diagramm auf seinen angefeuchteten Bierdeckel zu zeichnen. Die Tinte verschwimmt an einigen Stellen. Doch Hao lässt sich davon nicht beirren. »Das ist unser Zustandsraum«, er deutet auf ein Feld aus verlaufenden Kuli-Tupfen, durch das sich eine Linie schlängelt. »Die Punkte sind Ereignisse.«

Kyle lauscht aufmerksam Haos Ausführungen, wobei er weniger an den Details des Codes interessiert ist. Vielmehr fasziniert ihn die Begeisterung seines Rekruten. Drei Bier und die Aussicht auf eine Leitungsfunktion haben aus dem ruhigen, verschlossenen Mann ein Bündel aus Energie gemacht.

»Siehst du? Micahs Problem sind Trainingsdaten. Cyb

muss lernen, zwischen positiven und negativen Ereignissen zu differenzieren. Micah will jeden menschlichen Einfluss ausschließen. Also muss der Zufallsgenerator viele, viele Daten für Cyb auswählen. Dann wertet Cyb sie aus. Und wir warten und warten und beobachten, wie sich diese Menschen verhalten. So wächst unser Zustandsraum.« Er tippt wild auf die Punkte. »Die KI, Cyb, lernt, wer gut und wer böse ist.« Hao deutet wieder auf die verschwommene Linie, die die Punkte voneinander trennt. »Das ist unser Diskriminator. Manche Menschen liegen über der Linie. Sie sind gute Bürger. Um die kümmern wir uns nicht. Andere liegen unter der Linie. Sie sind böse. Wir brauchen nur die Beweise. Das ist einfach für Cyb. Schwierig ist es hier.« Hao kennzeichnet vage den Bereich nahe der Linie. Dabei sieht er Kyle aufmerksam an, als wollte er ihn prüfen.

Na schön. Jetzt kommt es also darauf an. Kyle durchforscht sein Gedächtnis nach einer brauchbaren Antwort. Micah hat ihm diese Dinge doch tausendmal erklärt.

»In dem Bereich, in dem wir nicht genau sagen können, ob der Punkt über, unter oder genau auf der Linie liegt«, rät er.

Offenbar hat er ins Schwarze getroffen, denn Haos Miene leuchtet auf.

»Genau, weil es jetzt noch keine scharfe Linie gibt. Der Diskriminator ist eine Wolke. Wie Dampf. Man kann ihn nicht anfassen.« Hao lässt sich zu einem schiefen, leicht bierseligen Grinsen hinreißen. »Cyb weiß bei vielen Ereignissen noch nicht, ob die Punkte zu bösen Menschen gehören oder zu guten.«

»Oder zu Spinnern, die am Abgrund tanzen, aber am Ende niemandem etwas tun«, ergänzt Kyle.

Hao bedenkt ihn mit einem verunsicherten Blick. »Erst

mit vielen, vielen, sehr vielen Daten lernt die Künstliche Intelligenz genug«, fährt er fort. »Die Wolke verdichtet sich, bis nur eine scharfe Linie bleibt. So scharf, dass Cyb am Ende alles weiß. Es kann unterscheiden, wer was wann plant.«

»Und diesen Lernprozess müssen wir abkürzen«, versucht Kyle einen neuen Versuch, Hao von seinem technischen Verständnis zu überzeugen.

Dessen dunkle Augen glühen. »Was macht Micahs Mutter?«, erkundigt er sich unvermittelt.

»Bitte?«

»Seine Mutter? Arbeitet sie auch beim Autobauer?«

»Nein, ich glaube, sie ist Krankenschwester«, wehrt Kyle die seltsame Frage ab und ergänzt, um das Thema abzuschließen: »Keine Geschwister, einfache Verhältnisse, trotzdem wohl irgendwie glücklich.«

Hao kneift kurz die Augen zusammen. Dann wendet er sich endlich wieder dem Code zu.

»Wir kürzen den Lernprozess. Wir warten nicht. Wir geben Cyb Daten von Menschen, die wir schon kennen. Wir sagen ihm, auf welcher Seite der Linie sie sind. Oben oder unten. Gesund oder krank. Gut oder böse. Das sind Referenzpunkte. Sie sparen uns Zeit. Denn mit ihnen lernt Cyb schneller.«

Perfekt. Kyle hat genug verstanden. Selbst wenn Hao offensichtlich noch eigenartiger ist, als er vermutet hat, ist er der Mann, den Kyle braucht. Ihm wäre nur etwas wohler, wenn er wüsste, was Hao gerade denkt, während er ihn über den Rand seines Glases hinweg mustert.

»Das Risiko ist die Ungenauigkeit. Am Anfang kann es Schäden geben. Kollateralschäden«, murmelt Hao. »Wie im Krieg.«

»Am Anfang werden noch nicht alle Verbrechen rechtzeitig erkannt werden. Das ist jedem klar«, wischt Kyle die Bedenken beiseite.

»Ja, das sind Falsch-Negative. Das Gegenteil sind Falsch-Positive. Unschuldige. Auch sie kann es treffen.« Hao zuckt gleichgültig die Achseln.

»Das stimmt«, räumt Kyle ein. »Auf der anderen Seite passiert genau das schon heute täglich. Immer wieder geraten Unschuldige, die nur zufällig zur falschen Zeit am falschen Ort sind, in Verdacht.« Er lässt die Worte einen Augenblick wirken. Dann lacht er. »Das ist eben der Preis. Ein System, das vorübergehend noch nicht ganz perfekt ist. Aber das ist ja nur eine Frage der Zeit.«

»Tja. Micah mag das nicht.« Hao wiegt den Kopf. »Aber Cyb kann nur arbeiten, wenn Politiker den Code kaufen. So denke ich.«

Kyle atmet innerlich auf. Mit Hao hat er eindeutig auf den richtigen Mann gesetzt. Symbolisch hebt er die geöffneten Handflächen. Keine versteckten Waffen. Er spielt fair. »Micah darf allerdings nicht merken, dass wir diese ausgewählten Daten selbst in den Code einpflegen.«

Hao grunzt etwas Unverständliches, während er das nächste Bier leert. Kyle vermutet, dass es ihm trotz aller Vernunft widerstrebt, seinen Chef zu hintergehen.

Ihm selbst fällt es auch nicht leicht, Micah in den Rücken zu fallen. Aber es geht ihm ja nicht darum, Cyb zu sabotieren. »Er ist ein guter Mann«, gesteht er Hao zu. Ja, ein Hoch auf die Anständigen. Doch manchmal ist es der Zweck, der die Mittel heiligt. »Letztendlich ist es auch Micahs Traum, Cyb zum Wohle der Menschheit einzusetzen.«

Hao wiegt den Kopf. »Jetzt brauchen wir einen ersten Fall. Die Referenz.«

»Unser Prototyp«, bestätigt Kyle. »Wenn wir anhand eines Beispiels zeigen können, wie Cyb einen Täter vor der Tat überführt, bekommen wir alle Mittel, die wir benötigen, um das Projekt schnell auszubauen.« Und die guten Politiker fressen uns aus der Hand.

Wunderbar. Das Gespräch geht jetzt in die richtige Richtung. Ziel ist es, Micah zu unterstützen, nur eben ohne dessen Wissen. Das mag eine billige Rechtfertigung sein. Aber im Resultat entspricht sie der Wahrheit. Keine Manipulation. Nur ein Headstart. Das ist PLAN B.

»Wie wichtig ist es, dass wir uns an das Gesetz halten?«, erkundigt sich Hao plötzlich.

»Nun«, Kyle muss sich anstrengen, eine ernste Fassade zu wahren. »Formulieren wir es so. Wir sollten uns an die Gesetze halten, die wir in etwa fünf Jahren erwarten.«

»Du meinst, Cybs Erfolg ändert den Datenschutz?«

Kyle grinst. »Ich denke, wenn wir der Welt beweisen, dass Cyb die Sicherheit für uns alle erhöht, wird das Thema Datenschutz bald mit anderen Augen betrachtet werden.«

Hao selbst lächelt nicht. Mit unbewegter Miene hat er die Information aufgenommen. Kyle vermutet eine Tendenz zum Autismus. Oder es liegt doch an der Kultur.

Immerhin hat er bereits begonnen, die neuen Erkenntnisse in sein Gekritzel einzubauen. »Die Handydaten sind kein Problem«, murmelt er. »Gut wäre es, wenn wir in die privaten Netzwerke eindringen könnten. WLAN, du verstehst. Ich brauche mehr Leute. Ein zweites Team.«

»Wenn du sie rekrutierst, kümmere ich mich um Räume und Bezahlung«, verspricht Kyle.

Hao ist schon wieder in seine Gedanken versunken. »Smartspeaker zeichnen viele nützliche Daten auf. Dazu Chroniken der Internetbrowser, Cookies, Abrechnungen aus dem Online-Zahlungsverkehr«, murmelt er. »Wenn es geht, auch Bewegungsprofile. Gesichtserfassung! Wozu gibt es Webcams?« Plötzlich sieht er von seinen Notizen auf und bestellt ein weiteres Bier. »Du nicht?«, erkundigt er sich, als das nächste Glas vor ihm auf dem Tisch steht. Das wievielte ist es jetzt?

»Lass mal«, winkt Kyle ab, bevor er den entscheidenden Faden wieder aufnimmt. »So ein erster Fall wäre großartig. Aber woher bekommen wir die notwendige Information? Den Tipp sozusagen?«

Hao leert das Bier in einem Zug. Als er das Glas abstellt, liegt in seinem Blick tiefste, bierselige Zufriedenheit. »Honeypots. Wir bauen dem Prototyp eine Falle.«

11

Kyle starrt angeekelt auf den dunklen Bildschirm. Er sitzt im Büro von PLAN B, lediglich 200 Meter Luftlinie von Cyb-Systems entfernt und doch in einer völlig anderen Welt. Die geheime Abteilung ist in einem Wohnhaus untergebracht. Fünfzig Quadratmeter Wohnfläche, aufgeteilt in eine kleine Küche, einen auf Wunsch der hier arbeitenden Hacker permanent verdunkelten Raum und ein helles Chefbüro für Kyle mit Grünpflanzen, Ledersessel und großem Schreibtisch.

Zwei Mitarbeiter arbeiten jetzt hauptberuflich für PLAN B. Zudem versucht Hao, so viel Zeit wie möglich hier zu verbringen, ohne dass die Kollegen im Loft Verdacht schöpfen. Kyle selbst hat es sich zur Angewohnheit gemacht, zumindest abends auf eine Stunde vorbeizuschauen und sich zum aktuellen Sachstand briefen zu lassen. Meist ist es Hao, der ihm berichtet. So wie heute.

Die beiden anderen haben vermutlich gerade erst mit der Arbeit begonnen. Allgemein übliche Office-Hours sind nicht ihre Zeit. Sie sind Geschöpfe der Nacht. Sobald draußen die Lichter angehen, tippen sie in ihrem zusätzlich verdunkelten Raum apathisch vor sich hin, wobei sie Cola im Wechsel mit Energydrinks in sich hineinschütten.

Koffein und Zucker. Dazu liefern Chips und Cornflakes die notwendigen Kohlehydrate.

»Woher stammt die Tonaufnahme?«, fragt Kyle nach einer Pause.

»Smartspeaker. Bei ihm zu Hause«, erklärt Hao von seinem Stuhl gegenüber dem Schreibtisch aus.

Der Fall, den Hao ihm gerade präsentiert, entspricht nicht Kyles Erwartung. Irgendwie hatte er mit Steuerbetrug oder einem ähnlichen Delikt gerechnet, mit einem mehr oder minder bekannten Funktionär, der die Gesellschaft jährlich um mehrere Millionen Euro prellt, nicht mit einem Kinderschänder. Auf der anderen Seite ist der Fall brillant. Er muss darüber nachdenken.

»Nehmen die auch auf?«, fragt Kyle.

Sein Mitarbeiter mustert ihn ungläubig, als hätte er etwas unglaublich Dummes gesagt. »Ja. Sogar im Stand-by, je nach Modell bis zu vierzig Sekunden.« Er zögert, lässt sich dann aber zu einer Erklärung herab. »Ist notwendig. Sonst würden die Speaker einen an sie gerichteten Befehl verpassen.«

»Okay«, sagt Kyle, als wäre damit alles klar.

Überzeugt hat er Hao offenbar nicht, denn der fährt mit seinen Belehrungen fort: »Deswegen produzieren sie diese Aufnahmesplitter. So wie den, den du gerade gehört hast.«

»Das verstehe ich.« Kyle bemüht sich, die Ungeduld in seiner Stimme zu dämpfen. »Aber was passiert danach mit diesen Aufnahmesplittern? Ich meine, wenn kein Befehl folgt?«

Hao zuckt mit den Achseln. »Normalerweise wird das wieder gelöscht. Aber wenn man sich in das Netz gehackt hat, ist es leicht, die Daten vorher auszuleiten.«

Kyle kneift die Augen zusammen. »Das heißt, was ich da

gerade gehört habe, hat sich in seinem Wohnzimmer abgespielt?«

»Schlafzimmer. Jedenfalls hört man ihn nachts schnarchen.«

Kyle muss sich beherrschen, seine kühle Fassade zu wahren. Sein Herz klopft wie wild. Dabei ist er sich nicht einmal sicher, wo die Aufregung plötzlich herrührt. Ist es Abscheu? Ekel? »Das Mädchen? Wie alt ist sie?« Ihre Stimme war auffallend jung. Es könnte auf eine Straftat hindeuten. Das wäre geradezu großartig. Aus marktwirtschaftlicher Sicht, natürlich.

»Zu ihr haben wir noch keine Daten. Nur ein paar Fotos von der Sicherheitskamera im Hausflur. Wir haben sie gehackt. Eine Internetrecherche mit Gesichtserkennung hat nichts ergeben. Ist aber bei Kindern schwierig, weil sie sich zu schnell verändern.« Hao tippt etwas auf seinem Tablet. »So sieht sie aus.«

Vor Kyle auf dem Display erscheint das Bild eines jungen Mädchens in engen Leggins und hochhackigen Schuhen. Neben ihr läuft ein Mann. Richtig erkennen kann Kyle sein Gesicht nicht. Zu dunkel. Er ist mittelgroß, sportlich, leger gekleidet. Die beiden betreten gerade ein Haus. Der Blick des Mannes ist von der Kamera weg gerichtet, doch das Mädchen dreht sich um und schaut direkt in die Linse. Ihr Gesicht ist das einer Puppe. Stark geschminkt. Mit roten Lippen und verschreckten, großen Augen. Eine Kleine vom Kinderstrich?

»Das erste Foto ist fünfzehn Minuten vor der Tonaufnahme«, erklärt Hao. »Eine halbe Stunde später kommt sie aus der Wohnung zurück.«

Kyle sieht nun, wie dasselbe Mädchen das Haus verlässt. Dieses Mal ist sie allein.

»Zoom mal ran«, verlangt er. Nein! Er hat sich nicht getäuscht. Ihr Schrei, der Knall. »Er hat sie geschlagen! Siehst du, als sie geht, ist ihr Auge geschwollen. Das war es vorher nicht.«

»Genau«, stimmt Hao zu. »Aber ich habe noch mehr. Weil wir in seinem WLAN sind, haben wir viele Daten. Andere, als das System normal übermittelt.«

Hao hält den Atem an und beugt sich leicht vor, als würde er auf eine Reaktion warten.

»Nämlich?«, drängt Kyle.

»Wir haben die Zeitspanne der Smartspeaker erhöht, sodass sie zehn Minuten aufzeichnen. Zehn Minuten mindestens. Wenn wir wollen, auch länger.«

»Heißt das, wir haben die vollständige Konversation?«

»Fast alles. Willst du es hören?«

Kyle nickt. Entsetzt. Natürlich. Doch sein Nacken kribbelt vor Spannung. Aufreizend langsam tippt Hao etwas in sein Tablet. Key für Key, als müsste er jeden Buchstaben suchen. Dann, endlich, hört Kyle die Szene erneut.

»Ich verklag dich schon nicht«, verspricht die Mädchenstimme. Offenbar geht ihr gerade auf, dass der Typ, auf den sie sich da eingelassen hat, was anderes im Sinn hat als ihre üblichen Freier.

»Wenn du Geld willst, brauche ich deine Unterschrift«, antwortet er barsch.

Kyle hat keine Ahnung, wofür die Unterschrift sein soll. Es könnte eine Art Non-Disclosure-Agreement oder Ähnliches sein. Wahrscheinlich etwas, das ein vernünftiger Anwalt in Sekunden zerpflückt, aber ein Kind ausreichend einschüchtert.

Es folgt der Part, den er bereits als Splitter gehört hat.

Sie fragt, ob er pervers sei. Es kommt zu einem Handgemenge, bei dem es poltert und knallt, als würden im Hintergrund schwere Gegenstände umgestoßen. Das Kribbeln in Kyles Nacken kriecht den Rücken hinab und hinterlässt eine Gänsehaut. Die Auseinandersetzung endet mit dem blauen Auge. Danach geht die Aufnahme zum eigentlichen Akt über, wobei der Kerl anscheinend Fotos von sich und dem Mädchen macht. Gebannt lauscht Kyle nach Geräuschen, die die Musik im Hintergrund übertönen. Er hört das Rascheln der Bettwäsche. Zu den akustischen Reizen produziert sein Hirn wie von selbst die passenden Bilder. Ein älterer Mann mit verschlagenem Blick. Ein viel zu junges, viel zu stark geschminktes Kind. Kyle stellt sich ihren nackten Körper vor. Zarte Haut, feste Brüste. Große, verschreckt blickende Augen. Ihr billiger Lippenstift ist verwischt. Was tut er mit ihr? Was verlangt er von ihr? Vielleicht kniet sie vor ihm. Oder liegt. Ein Zeichen der Unterwerfung.

Plötzlich schreit sie auf. »Hast du das Kondom gerade benutzt?« Ja, sie liegt. Flach. Auf dem Bauch. Sie kann nicht sehen, was er hinter ihr treibt. »Was soll ich damit?« Es raschelt. Der Mann murmelt etwas, vermutlich irgendeine Fantasie. Sie kreischt. »Du bist ja total pervers!« Es folgen rasche, schwere Schritte. Dann bricht die Aufnahme ab. Kurze Zeit später beobachtet die Sicherheitskamera, wie das Mädchen das Haus verlässt.

Kyle schluckt. Angewidert. Fasziniert. Und mit einem Mal erfüllt von Euphorie. Der Hai in ihm erwacht. Luft durchströmt seine Lungen wie kühles Wasser. Sogar seine Lippen schmecken nach Salz.

»Die Daten lügen nicht«, erklärt Hao, als müsse er seinen Boss noch überzeugen.

»Man schaut den Menschen eben nur vor den Kopf«, bestätigt Kyle mit angemessenem Entsetzen. »Was wissen wir über ihn?«

»Er ist Journalist.«

»Wie hast du ihn gefunden?«

Hao zögert – einen winzigen Moment. Doch bevor Kyle sich ernsthaft wundern kann, erklärt er: »Er ist in unsere Falle getappt.«

»Welche Falle?«

»Habe ich doch erklärt. Der Honeypot. Eine digitale Falle im Netz. Wir haben Fotos hineingelegt und gewartet, wer sie abruft.«

»Wieso ausgerechnet Fotos? Was für Fotos? Woher hattest du sie?«

Wieder dieses Zögern. Verheimlicht Hao etwas?

»Es war nur eine Idee. Für den Anfang«, erklärt er schlicht.

Kyle mustert seinen Mitarbeiter. Dessen Miene bleibt jedoch undurchdringlich.

Die Vorgehensweise entspricht wahrscheinlich nicht Micahs Vorstellung einer unabhängigen Sammlung von Daten. Aber die Zeit ist knapp. Trotzdem. Sie dürfen nicht unvorsichtig vorgehen.

»Woher wissen wir, dass die Daten nichts mit seinen Recherchen zu tun haben?«, übernimmt Kyle die Rolle des Devil's Advocate. Nur zur Sicherheit.

Hao verzieht seinen Mund zu einem Grinsen, das auf Außenstehende abfällig wirken könnte. »Du unterschätzt uns. Natürlich haben wir das überprüft. Er zeigt Neigungen. Er besucht seit Jahren Bordelle. Einen Artikel hat er dazu nicht geschrieben. Noch nicht. Oder nie. Jetzt haben wir ihn erwischt, weil er im Netz nach Fotos gesucht hat. Sexy Fotos. Von Mädchen.« Hao macht eine kurze Pause, bevor er die Aufzählung beginnt. »Er war überall. Tinder, Insta, ein paar andere Seiten und bei uns. Das passt nicht zu seinen Reportagen, aber zu seiner Vergangenheit.«

»Wie meinst du das?«

»Eine Anzeige wegen Vergewaltigung.«

Kyle horcht auf. »Wurde er rechtskräftig verurteilt?«

»Nein. Die Anklage wurde fallen gelassen. Die Zeugin hat ... wie sagt ihr das? ... ihre Aussage zurückgezogen.«

»Das heißt nichts. Vielleicht war sie eine Ex mit Rachegedanken und hat es sich noch einmal anders überlegt.«

»Eine minderjährige Ex. Und von seinem Sparkonto sind fünftausend Euro verschwunden.«

»Minderjährig?«

»Siebzehn.«

»Verdammter Hurensohn!«, entfährt es ihm. »Hast du mehr von ihm?«

»Außer dem Mitschnitt?« Hao lässt sich zu einem trockenen Lachen verleiten. »Alles, was du willst. Ich habe Name, Geburtsdatum, Adresse, Job und Lieblingsfarbe.«

»Wissen wir, wie er aussieht?«

Hao tippt etwas auf sein Tablet. Vor Kyle auf dem Display erscheint das Porträt eines Mannes. Sympathisch. Vielleicht indisch-stämmig. Vielleicht aber auch nicht. Kyle würde ihn auf Mitte dreißig schätzen. Er hat leicht gebräunte Haut, gut gestylte dunkle Haare, braungrüne Augen, ein strahlendes Lächeln, das zwei Grübchen offenbart, und weiße Zähne. Der Dreitagebart steht ihm ausgesprochen gut. Er ist der Typ Mann, mit dem Kyle auf einer Party reden würde.

»Kaum zu glauben«, murmelt er, irritiert von der Tatsache, dass seine eigene Menschenkenntnis hier offensichtlich völlig versagt.

»Ja, das dachte ich auch«, gibt Hao zu.

»Gute Arbeit!«

Kyle wendet sich demonstrativ von Hao ab und seinem Rechner zu, auf dem jetzt das bereitgestellte Dossier liegt. Er muss seine Gefühle sortieren. Ungestört. Doch statt das Büro zu verlassen, bleibt sein Mitarbeiter in der Tür stehen.

»Der Mann, er heißt Ravi Korrapati, ist heute Abend im Sun Downer. Eine Cocktailbar im Westen der Stadt.«

»Ja, kenne ich. Und?«

»Ich dachte, du willst ihn vielleicht sehen. Persönlich.«

»Wie bitte?«

Doch Hao hat sich bereits abgewandt. Kyle hört, wie er zu den beiden blassen Gestalten ins Nachbarzimmer schlendert und leise mit ihnen spricht.

Was soll diese Andeutung? Erwartet Hao ernsthaft, dass er jetzt ins Sun Downer fährt, nur um sich das pädophile Arschloch in natura anzusehen? Wie im Zoo? Was denkt er von ihm?

Kyle schüttelt den Gedanken ab und wendet sich dem Dossier zu. Dieser Ravi scheint tatsächlich voller Widersprüche zu sein. Das Dossier bestätigt nur diesen Eindruck. Nach außen gibt er den sympathischen Junggesellen. Aber guckt man hinter die Fassade, tauchen schnell die ersten fragwürdigen Kontakte auf. Das ein oder andere könnte berufsbedingt sein. Oder auch nicht. Manch einer verknüpft schließlich gerne das Angenehme mit dem Nützlichen. Und was gäbe ein besseres Cover als eine journalistische Recherche? In Kyle weicht die anfängliche Irritation einer Wut. Er fühlt sich getäuscht. Hintergangen. Persönlich betrogen von einem sympathischen Gesicht. Zugleich muss er sich eingestehen, dass sich unter die Wut eine gewisse

Neugier gemischt hat. Und noch ein anderes Gefühl. Faszination? Nein. Das kann es nicht sein. Dennoch. Eine Stunde später, auf dem Weg zu seinem Wagen, hat Kyle den Entschluss gefasst.

»Hallo, Schatz. Hattest du einen schönen Tag?«, säuselt er ins Telefon, kaum dass Tina den Anruf angenommen hat. »Nein, hungrig bin ich nicht. Aber wollen wir auf einen oder zwei Cocktails ins Sun Downer gehen? Gut. Ja. Wie lange brauchst du? Dann hole ich dich in fünfzehn Minuten zu Hause ab.«

Das Sun Downer ist ein für die Stadt typisches Etablissement, halb Cocktailbar, halb After-Work-Club. Obwohl es erst acht Uhr ist, sind nur noch wenige Tische frei. Viele essen eine Kleinigkeit oder nippen an bunten Longdrinks. Bestimmt ist gerade Happy Hour. Der DJ spielt die Charts, auf der Tanzfläche wiegen sich die ersten Gäste.

Kyle führt Tina an einen Platz am anderen Ende des Raumes, sodass er auf dem Weg die bereits anwesenden Grüppchen nach diesem Ravi abscannen kann.

Tina sieht wie immer atemberaubend aus. Im Gegensatz zu den meisten Frauen, die sich offenbar alle auf ein möglichst knappes, schwarzes Outfit geeinigt haben, trägt sie selbstbewusst ihr knielanges, feuerrotes Kleid mit hohem Ausschnitt. Männer wie Frauen drehen sich nach ihr um. Obwohl Kyle eigentlich aus einem anderen Grund hier ist, muss er sich eingestehen, dass er diesen Auftritt durchaus genießt. Fürsorglich und zugleich als deutliche Manifestation seiner Besitzansprüche legt er seiner Frau eine Hand auf den Rücken und steuert sie quer durch den Saal zum Platz seiner Wahl. Ganz hinten ist noch ein Tisch frei. Erst als sie näher kommen, erkennt Kyle, dass er ausgesprochen günstig liegt. Galant rückt er Tina einen Sessel zurecht und wählt selbst den Platz neben ihr. Das Zielobjekt sitzt genau am Nachbartisch, zusammen mit drei Männern gleichen Alters und einem Schwarm jüngerer Frauen, die die Männer umschwirren wie Motten das Licht. Das kann man wohl als Glück bezeichnen.

Für einen entspannten Abend sorgt die Nähe allerdings nicht. Denn es ist unschwer zu erkennen, dass auch Ravi Tina wahrgenommen hat. Ohne sein Interesse auch nur im Mindesten zu verbergen, lässt der Kerl seine Augen von unten nach oben über ihren Körper gleiten. Tina erwidert den Blick mit einem strahlenden Lächeln auf ihren üppigen Lippen. Umgehend beginnt Kyles Blut zu kochen. Er merkt, wie sich seine Finger in die Armlehnen des Sessels krallen. Der Drang, aufzuspringen und diesem Mistkerl eine reinzuhauen, ist plötzlich übermächtig. Gedanken flattern ziellos durch seinen Kopf. Er hasst es, wenn Gefühle seinen Verstand vernebeln. Das ist nie gut.

Dafür kann er sich morgen bei Hao bedanken. Die Situation ist einfach absurd. Was genau tut er hier? Was ist sein Plan? Ganz sicher nicht, sich mit jemandem zu prügeln.

Kyle zwingt sich, tief einzuatmen. »Was kann ich dir holen?«, quetscht er mühsam zwischen lächelnden Zähnen hervor.

»Ich nehme einen Tequila Sunrise«, entscheidet Tina endlich, nachdem sie die Karte eingehend studiert hat. »Wird man hier nicht bedient?«

»Das kommt darauf an, wie viel Zeit man mitbringt.«

Die Wahrheit ist, dass er jetzt dringend eine Runde laufen muss. Der Gang zur Bar bietet sich an. Hauptsache, er schafft Abstand zwischen sich und diesem Kerl, der wie ein indischer Prinz zwischen seinen Freunden hockt, lacht, scherzt, nebenbei mit den jungen Dingern seines Harems flirtet und ganz und gar unverhohlen Kyles Frau beobachtet.

»Einen Tequila Sunrise, also. Ich bin gleich wieder da«, verspricht er und erhebt sich.

Ruhe bewahren! Kyle lässt sich Zeit, die Sitzfalten aus seiner dunklen Hose zu streichen, bevor er in gemessenem Tempo zur Theke geht. Erleichtert spürt er, wie er mit jedem Schritt die Kontrolle über seine Emotionen zurückgewinnt. Seine Gedanken klaren auf. Mit sportlichem Schwung weicht er zwei tanzenden Damen aus, lässt höflich eine Gruppe ankommender Gäste passieren und erreicht schließlich die Bar.

Was um alles in der Welt hat er sich vorgestellt, was hier passieren würde? Er wollte sich Ravi ansehen, wie Hao es ausdrückt. Er wollte sich einen persönlichen Eindruck verschaffen. Ja, nur was heißt hier Eindruck? Eindeutige Beweise? Die hat er schon. Hinweise auf weitere Charakterschwächen? Geplante Morde? Da kann PLAN B ihm besser helfen. Zu welch absurder Idee hat er sich nur von Hao verleiten lassen? Doch nun ist er hier. Daher bleibt ihm nichts anderes übrig, als das Naheliegende zu tun. Das heißt: geordneter Rückzug. Er wird jetzt ein oder zwei gut gemixte Cocktails in Begleitung seiner wundervollen Frau genießen und sich dann, nach einer angenehmen Stunde, würdevoll aus der Affäre ziehen.

Mit einer vernünftigen Taktik im Rücken geht es ihm deutlich besser. Er spürt, dass sich sein Puls wieder dem Ruhezustand nähert. Der Atem geht normal. Kyle nutzt die Gelegenheit, sich umzusehen.

Neben ihm versucht eine unscheinbare Frau, die Aufmerksamkeit des Barkeepers zu gewinnen. Sie hat dickes braunes Haar und wäre eigentlich ganz hübsch, wenn sie ihr Gesicht nicht hinter einer riesigen Brille verstecken würde. Make-up würde auch nicht schaden. So jedenfalls hat sie gegen die aufgedrehten Geschöpfe am anderen Ende des Tresens keine Chance. Amüsiert schaut sich Kyle das Spiel eine Weile an. Jedes Mal, wenn der Barkeeper endlich in ihre Richtung guckt, kreischt eines dieser Blondchen auf, und er wendet seine Aufmerksamkeit wieder ab. Faszinierend, auf welche simplen Äußerlichkeiten die Menschen gepolt sind. Kyle könnte die Situation noch länger studieren. Doch dann wird Tina ungeduldig, und wer weiß, wie dieser Ravi die Situation für sich nutzt. Entschlossen reißt sich Kyle von seiner Beobachtung los und schlendert die Theke entlang, bis er das Zentrum der Aufmerksamkeit erreicht hat. Sanft, aber bestimmt platziert er seine Hand auf dem Unterarm des Barkeepers.

»Wenn Sie einen Moment Zeit hätten, würden auch wir gerne bestellen«, erklärt er über die aufgedrehten jungen Dinger hinweg.

Ohne die Antwort abzuwarten, wendet er sich ab und schlendert zurück an seinen Platz neben der braunhaarigen Frau.

»Er ist auf dem Weg«, stellt er fest.

Keine Sekunde später taucht hinter der Theke der Barkeeper auf. So, genauso sollte das Leben funktionieren. Zufrieden, wieder Herr der Lage zu sein, überlässt Kyle der Dame den Vortritt und fügt danach an den Barkeeper gewandt hinzu: »Die beiden Sekt gehen auf mich.«

Kurze Zeit später kehrt er mit den Cocktails an seinen Tisch zurück, wo Tina ihn mit schräg gelegtem Kopf erwartet.

»Wo hast du so lange gesteckt?«

»Ach, nichts.«

Sie mustert ihn belustigt.

»Okay. Der Barkeeper musste erst davon überzeugt werden, dass auch Gäste ohne Körbchengröße C seinen Service benötigen«, gibt er zu, wobei er sich zwingt, die Situation am Nebentisch zu ignorieren.

»Ich bin mir sicher, dass du das bestens gemeistert hast.« Tina lacht. »Cheers.«

Im nächsten Moment verschluckt sich Kyle fast. Es war nur eine Bewegung am Nachbartisch, die ihn dazu verleitet hat, den Blick zu wenden. Doch da steht sie. Die unscheinbare Frau von der Bar. Sie hält die beiden von Kyle bezahlten Gläser Sekt in der Hand und bietet eines ausgerechnet Ravi an.

Kyle ist so entsetzt, dass er kaum bemerkt, dass Tina sich neben ihm erhebt. »Ich muss mir mal die Nase pudern«, verkündet sie. »Kommst du kurz ohne mich aus?«

»Natürlich.«

Am Nebentisch hat die Brillenschlange mit Kyles Sekt offenbar erste Erfolge erzielt. Jedenfalls hat sie sich einen Stuhl herangezogen und redet auf Ravi ein. Kyle, der ihr demonstrativ zuprostet, beachtet sie nicht.

»Hör mal, meine Hübsche, das geht dich nichts an. Das Ding ist heiß. Es kann jederzeit hochgehen und dann gnade dir Gott«, erwidert Ravi gerade nonchalant, als würde er selbst über jeder Gefahr schweben.

Leider kann Kyle ihre Antwort nicht hören, zumal er versucht, nicht allzu offensichtlich zu lauschen. Doch der Spott in Ravis Worten dringt ungefiltert zu ihm herüber.

»Glaub mir, das ist kein guter Umgang für ein nettes Mädchen wie dich.«

»Was, wenn du nur benutzt wirst?«, ruft sie. »Erst Menschenhandel, jetzt geheime Zirkel, die vielleicht sogar Anschläge planen! Immer musst du mitmischen. Das ist so was von offensichtlich. Du hältst dich für smart. Aber vielleicht bist du auch nur eine Marionette, schon mal daran gedacht?«

Ravi zischt etwas. Offenbar versucht er sie zu beruhigen, erzielt aber das Gegenteil.

»Ja? Glaubst du, die da ...?« Sie deutet auf Ravis Freunde, die gerade mit den anderen Frauen beschäftigt sind. »Glaubst du im Ernst, die halten dir den Rücken frei, wenn ...«

Ihre Stimme verstummt abrupt. Aus dem Augenwinkel erkennt Kyle, dass Ravi ihr den Mund zuhält. Außer ihm selbst scheint niemand das Gespräch zu überhören oder Anstoß daran zu nehmen, dass einer Frau der Mund zugehalten wird. Doch wenn Kyle sich jetzt einmischt, ist seine Beherrschung endgültig dahin. Zum Glück weiß die Brillenschlange sich selbst zu wehren. Unwirsch reißt sie sich los, knallt den Sekt auf den Tisch und stapft davon. Tja, etwas mehr Eleganz könnte ihr tatsächlich helfen.

»Hat jemand was von Anschlägen gesagt?«, erkundigt sich jetzt doch einer der Freunde. Auch er zeigt die eindeutigen Spuren eines Migrationshintergrunds. »Ich hätte da Vorschläge für ein paar Ziele.«

Sie lachen. Aber Kyle hat den Eindruck, dass Ravi etwas überspielt. Oder verbirgt? Jedenfalls stürzt er den von Kyle bezahlten Sekt hinunter, als müsse er einen schlechten Geschmack wegspülen.

»Ich verstehe nicht, warum die Schlange bei Frauen immer doppelt so lang sein muss. Ist es für Architekten undenkbar, mehr Damentoiletten einzuplanen?« Tina sinkt zurück in ihren Sessel. »Geht es dir gut?«

Kyle zwingt sich zu einem amüsierten Zwinkern. Auf jeden Fall ist es eine berechtigte Frage. Sein Verdacht in Bezug auf Ravi hat sich bestätigt und in gewisser Weise verschärft. Doch der Mann hat zweifelsohne Charme. Kaum vorstellbar, dass hinter dem sympathischen Grinsen ein niederträchtiger Charakter lauert. Wäre er ihm unvoreingenommen begegnet, hätte er selbst die Situation anders und vermutlich wohlwollender bewertet. Zum Glück, und Kyle ist über diesen Gedanken selbst überrascht, wird es bald Cyb geben. Ein Computer-Algorithmus lässt sich nicht täuschen, weder durch gutes Aussehen noch durch andere Banalitäten. Erstaunlich ist nur, dass ihm diese Einsicht erst jetzt kommt. Brauchte selbst er ein konkretes Beispiel? Wie einfältig Menschen doch sind.

Eines ist sicher. Mit dem Fall Ravi hat Hao einen Treffer gelandet. Als Referenzpunkt hat sein Chefprogrammierer ihn bezeichnet, ideal, um den Lernprozess der Künstlichen Intelligenz zu starten. Mag sein. Doch Ravi ist weit mehr. Ravi hat das Potenzial, das Weltbild einer ganzen Gesellschaft infrage zu stellen und damit die Bedeutung von Cyb-Systems über den marktwirtschaftlichen Wert hinaus zu einer unumstößlichen Wahrheit heranwachsen zu lassen.

Genau das ist es! Von Herrenstein hat es verstanden. Die Macht des Anschaulichen. Das marktwirtschaftliche Potenzial des Prototypen. Ravi ist der perfekte Augenöffner für all jene, die noch an Cyb-Systems zweifeln.

»Du siehst müde aus«, stellt Tina fest. »Wollen wir heimfahren?«

Sie hat ihren Tequila Sunrise bereits getrunken, und auch in Kyles Glas klirren nur noch ein paar Eiswürfel.

Seine Gedanken sind wieder bei der Arbeit. Die nächsten

Wochen muss er PLAN B nutzen, um diese wunderbare Referenz sorgfältig auszubauen. Hao und sein Team werden Ravi durchleuchten. Sein Leben, seine Vergangenheit und insbesondere seine Zukunft. Je mehr sie herausfinden, je klarer das Bild wird, das die Daten von Ravi zeichnen, desto besser. Der Prototyp ist in der Pipeline. Nun wird er aufgebaut.

12

Micah

Es ist Nacht. Zu Hause schläft Isabel wahrscheinlich tief und fest. Doch Micah ist im Loft, auf der Suche nach Klarheit. Durch die Fenster schimmert das Licht der Straßenlaternen. Buchstaben und Zahlen flimmern vor seinen Augen. Wie früher hockt er allein in der alten Chill-Ecke im Schneidersitz, auf den Knien den Laptop, während er einen Befehl nach dem nächsten eingibt. Jedes Gefühl für Zeit hat er längst verloren. Der Raum um ihn herum hat sich aufgelöst. Alles, was zählt, sind die Zeilen auf seinem Bildschirm. Leider geben sie wenig her.

Immer wieder hat er neue Ansätze probiert, sich vorgestellt, wie er vorgegangen wäre, wenn er den Code manipuliert hätte. Was hätte er getan? Welche Spuren hätten seine Taten dann im System hinterlassen? Micahs Gedanken schwirren wie ein Schwarm Motten durch sein Gehirn. Zu viele verschiedene Varianten hat er gedanklich durchgespielt, nach unzähligen Hinweisen gefahndet. Doch immer wieder endet die Suche in einer Sackgasse. Wenn er nur wüsste, wonach er suchen muss. Seit Stunden stochert er im Dunkeln. Er braucht zumindest einen überschaubaren Zeitrahmen für die Tat, eine Person, einen Usernamen oder irgendeinen anderen Anhaltspunkt.

Vielleicht hilft eine Pause. Also rollt er den Schlafsack aus und schlüpft hinein. Sein Blick gleitet ziellos von ihm weg, hinein in die endlose Dunkelheit. Und plötzlich wird es ihm klar. Die ganze Zeit hat er sich gefragt: Wie hätte er selbst den Code manipuliert? Aber das ist gar nicht die Frage. Es geht nicht um ihn. Er muss das Problem von der anderen Seite betrachten. Er muss sich in den Gegner hineinversetzen. Jeder hat seinen eigenen Stil. Die Frage lautet also: Wie wäre X vorgegangen? Und was weiß er über X? Hektisch streift Micah den Schlafsack wieder ab, richtet sich auf und macht sich ans Werk. X gehörte damals zum Team.

»Hast du es schon gelesen?«, dringt eine vertraute Stimme an sein Ohr.

Micah schreckt auf und schlägt mit einem Anflug von schlechtem Gewissen den Deckel seines Laptops zu. »Was?«

»Was?« Kyle mustert ihn irritiert. Er sieht aus, als würde er gerade vom Fitnessstudio kommen. Der frische Geruch von Duschgel schwebt in der Luft. Dann lacht er plötzlich laut und dröhnend los. »Dass wir für den Friedenspreis nominiert sind, Kumpel!«

»Aha?«

Sein Partner redet. Aber irgendwie dringen seine Worte nicht richtig zu Micah durch. Die Müdigkeit umgibt ihn wie eine undurchdringliche Wolke. Alles schmerzt. Seine Knie sind steif vom Sitzen. Er ist keine zwanzig mehr. Vielleicht lässt nicht nur sein Körper, sondern auch sein Verstand langsam nach. Zumindest scheint dieser lange Nachtschichten nicht so klaglos zu tolerieren wie früher. Verwirrung ist die Folge.

»Sag mal, seit wann bist du eigentlich hier?«, erkundigt sich Kyle.

»Ich weiß nicht«, stammelt Micah. Er starrt auf den Schlafsack, der unordentlich neben ihm auf dem Boden liegt, dahinter in einer ordentlichen Reihe leere Mate-Limo-Flaschen. Hat er überhaupt geschlafen? »Wie spät ist es?«

»Gleich elf.«

»Welcher Tag?«

Sein Partner grinst spöttisch. »Oh, das erinnert stark an alte Zeiten. Heute ist Sonntag.« Er legt seine Jacke über einen der Sitzsäcke. »Hat Isabel dich rausgeworfen?«

»Was? Nein! Ich hatte nur ... ich musste ... Ach, ich hatte eine Idee und wollte sie überprüfen.«

»Im alten Back-up-System?« Kyle deutet auf ein paar Tapes, die um Micah herum verteilt liegen.

»Es war nur eine Idee.« Micah zögert. Soll er Kyle nicht doch einweihen? Besser wäre es. Bestimmt. »Kam dir im Fall Ravi Korrapati damals irgendwas eigenartig vor?«

Kyles Miene verrät nichts. »Eigenartig? Er war ein Kinderschänder, der sich als Journalist getarnt hatte, und Teil der rechten Szene. Schockierend, ja. Aber wieso eigenartig?«

»Ach, nichts. Ich bin gerade die alten Log-Files durchgegangen. Auf der Kassette mit den Daten vom 27. Mai ist mir aufgefallen, dass bestimmte Routinen im Programmcode offenbar mehrfach ersetzt wurden.«

Sein Partner zieht eine Augenbraue hoch. »Muss ich dich jetzt verstehen?«

»Eigentlich besaß dafür niemand die Zugriffsrechte.«

»Echt, Micah, ich habe keine Ahnung, wovon du redest.«

»Ich kann mich nicht daran erinnern, die Zugriffsrechte erweitert oder jemandem übertragen zu haben.«

»Und was heißt das für Normalsterbliche?«

Kyles Stimme klingt leicht genervt. Sein rechter Fuß wippt vor Micahs Knie auf und ab. Normalerweise ist er die Ruhe selbst. Kühl wie ein Eisberg, insbesondere wenn er vom Sport kommt.

»Du weißt doch«, versucht Micah die Situation vor fünf Jahren zu erklären. »Wir standen alle unter Zeitdruck. Wegen des Investors. Vielleicht war ich daher ein bisschen paranoid. Jedenfalls waren solche Veränderungen am Algorithmus nur mit Root-Zugriff, also im Grunde nur mit meiner persönlichen Erlaubnis möglich.«

»Okay. Root-Zugriff. Was war das noch?«

»Niemand außer mir konnte den Programmcode ändern.«

Kyle hebt theatralisch die Hände. »Na, dann kann ja nichts Schlimmes passiert sein. Wo ist das Problem?«

Er lächelt, aber sein Blick scheint Micah mit Fragen zu durchbohren. Plötzlich ploppen ebensolche Fragen in Micahs Kopf auf. Wie Gedankenblasen in einem Comic. Was tut Kyle hier? Im Loft? An einem Sonntag? Sein Partner war der Erste, der sein Büro ins neue Gebäude verlegt hatte, noch bevor dort der Fahrstuhl in Betrieb genommen wurde und die letzten Malerarbeiten erledigt waren. Doch jetzt steht er hier und mustert Micah, als würde er eine Entschuldigung erwarten. Nur wofür?

Micah beschließt, das Gefühl zu ignorieren. »Wahrscheinlich nichts. Mach dir keine Gedanken. Ich hatte nur diese Idee.« Er streckt seine Beine, was höllisch schmerzt. »Verdammt. Vielleicht sollte ich nach Hause gehen. Isabel macht sich bestimmt Sorgen.«

Kyle grinst. Erleichtert? Jedenfalls reicht er ihm die Hand und zieht ihn mit einer Leichtigkeit auf die Beine, als würde

Micah im Körper eines kleinen Kindes stecken. »Hast du eigentlich gehört, was ich dir gerade gesagt habe?«

»Was hast du gesagt?«

»Dass wir für den Friedenspreis nominiert sind!«

»Oh, ja. Das ist gut.« Ist er deswegen gekommen? Aber woher wusste er, wo er Micah finden würde?

Kyle stöhnt amüsiert. »Micah, mein Lieber. Das ist die beste PR, die wir uns wünschen können.«

»Gut.«

Micah dreht den Oberkörper vorsichtig hin und her, schiebt die Schultern vor und zurück und streckt den Nacken, während Kyle ihn beobachtet und schließlich missbilligend den Kopf schüttelt.

»Die Preisverleihung ist in einem Monat. Wenn du den Tag noch erleben möchtest, rate ich dir, endlich mit Sport anzufangen.«

»Ja, müsste ich mal.«

Kyle tippt etwas in sein Handy. »So, ich habe dir die Kontaktdaten einer mega Fitnesstrainerin geschickt. Mach heute noch einen Termin. Ja?«

»Ja, ja.«

»Du wirst es nicht bereuen.«

Bestimmt meint er es nur gut. Im Moment ist Sport allerdings das Letzte, um das Micah sich kümmern kann. Seine Uhr zeigt acht verpasste Anrufe, drei allein von Isabel. Alle innerhalb der letzten Stunde.

»Ich glaube, ich werde mal heimfahren und ein bisschen schlafen«, erklärt er müde. »Wegen des Preises rufe ich dich später an. Okay?«

Kyle nickt, wobei er es irgendwie schafft, gleichzeitig auch den Kopf zu schütteln. Er lehnt an der Wand neben der Tür. Mit den Händen in den Hosentaschen schaut er geduldig zu, wie Micah seinen Schlafsack in die Tasche stopft, den Laptop in den Rucksack schiebt, das Kabel aufrollt und die Tapes nach Datum sortiert zurück ins Regal stellt. Es scheint, als habe Kyle alle Zeit der Welt.

Egal. Kyles Zeit ist nicht Micahs Problem. Micah schnappt sich seine Jacke und will schon gehen. Erst im Treppenhaus dreht er sich noch einmal um. Es ist schon etwas merkwürdig. Ebenso wie viele andere Kleinigkeiten in den letzten Tagen.

»Was machst du eigentlich hier?«, fragt er, immer noch ein bisschen benommen.

»Ach, nur ein blöder Alarm.«

»Was für ein Alarm?«

Kyle winkt ab, als wäre es nicht weiter wichtig. Sein breites Grinsen wirkt überzeugend. Trotzdem trommeln seine Finger nervös auf dem Display der Alarmanlage. »Sieh du lieber zu, dass du nach Hause kommst«, sagt er und macht einen Schritt vor, sodass sein Körper nun die Alarmanlage verdeckt.

Micah wendet sich ab. Aber eine Erklärung ist das nicht. Und was die Klarheit angeht, ist er noch keinen Schritt weitergekommen.

13

»Hier?«, hört Micah eine Stimme sagen.

Er ist wieder im Loft. Aber nicht allein. Jemand hat die Etagentür geöffnet. Wahrscheinlich geht es bereits auf zweiundzwanzig Uhr zu. Die letzten Kollegen sind schon vor Stunden gegangen. Oder war das gestern? Sein Herz hämmert wild. Gleichzeitig kann er vor Erschöpfung kaum die Augen offen halten. Den gewohnten Platz auf dem Boden der Chill-Ecke hat er längst gegen einen deutlich bequemeren Sitzsack eingetauscht. Einen Unterschied macht es trotzdem nicht. Egal, wie er die Beine legt, stellt oder übereinanderschlägt, es fühlt sich alles falsch an. Das Problem liegt nicht in seiner Haltung. Falsch sind die Ergebnisse seiner Recherche und das, was gerade im System passiert.

»Ich dachte, Cyb-Systems sitzt jetzt in diesem modernen Glasklotz in der Innenstadt.« Es ist Lotta! Den Geräuschen ihrer Schritte nach, bewegt sie sich auf ihn zu.

»Nur ein Teil der Firma. Natürlich der größte und wichtigste«, erklärt Isabels Stimme, nicht ohne ein Maß spitzer Ironie, das sogar durch Micahs Schleier aus Erschöpfung dringt. Woher kennt Isabel Lotta? Und was machen die beiden hier? »Das Management mit Controlling, Public Relations, HR, Sales und natürlich die Strategen der neuesten Entwicklungen.«

»Was tut ihr hier?«, fragt Micah laut in den spärlich beleuchteten Raum. Eine Störung kann er jetzt nicht gebrauchen.

Die kurzen blonden Haare seiner Freundin erscheinen hinter den Pflanzen, die die Chill-Ecke vom übrigen Büro trennen. Ihnen folgt der restliche Kopf. »Du kannst deine Sachen da ablegen«, sagt sie zu Lotta und deutet auf einen Stuhl. Dann schaut sie endlich auch ihn an. »Zu Hause habe ich dich in den letzten Tagen so gut wie gar nicht mehr gesehen. Da dachte ich, wenn mein Freund nicht zu mir kommt, gehe ich eben zu ihm.« Sie spricht schnell und ungewöhnlich aufgedreht. Was verunsichert sie? »Gibt es einen Grund, warum du im Dunkeln sitzt?«

Im nächsten Moment schaltet sich die indirekte Beleuchtung ein und erfüllt das Loft mit blendender Helligkeit. Blinzelnd, sein Gesicht gegen den grellen Schein schützend, erkennt Micah, dass Isabel sich bereits abgewandt hat und auf dem Weg in die Teeküche ist. An ihrer Hand baumelt eine große Tüte, aus der es nach Take-away-Dinner riecht.

»Wird hier immer noch alles programmiert?« Lotta schaut sich skeptisch um.

»Zum Teil. Im Loft arbeiten wir nach wie vor an neuen Lernstrategien«, erklärt er mechanisch und hievt sich mühsam auf die Beine. Selbst sein Körper wehrt sich gegen die ungeplante Unterbrechung.

Lotta starrt ihn an. Verwunderlich ist es nicht. Er ahnt, wie er aussieht. Blass, unrasiert. Verwahrlost. Wahrscheinlich hat er auch schon angefangen, mit sich selbst zu sprechen. Doch darum geht es gerade nicht.

»Unser Ziel ist es, den Code weiter zu verbessern«, fährt er mechanisch fort, als säße er frisch gestylt im Aufnahmestudio. Doch dann verlassen ihn die klaren Worte. Es gibt zu viele andere Gedanken, die durch seinen Verstand spuken. »Rückgang der Straftaten um neunzig Prozent«, brabbelt er. »Künstliche Intelligenz. Muss sensibler werden.«

Lotta mustert ihn stumm, bis ihm die Phrasen selbst durcheinander vorkommen. Sinnlos und albern.

»Wollen wir zusammen essen? Dann kannst du uns dabei erklären, wie wir dir helfen können«, ruft Isabel aus der Teeküche. »Immerhin bin ich dafür durch die halbe Stadt gefahren, habe Lotta in der Redaktion abgeholt und hierher gebracht.«

Lotta presst kurz die Lippen aufeinander, entscheidet sich dann aber für ein gewinnendes Lächeln. Aus irgendeinem Grund wächst in Micah das Gefühl, in eine Ecke gedrängt zu werden.

»Mir helfen?«, echot eine harte Stimme, die offenbar ihm gehört. »Wie das? Ihr habt doch gar keine Ahnung von Computern. Netzwerken. Algorithmen.«

Sie sollen wieder gehen. Ihn in Ruhe lassen. Er muss arbeiten. Weitersuchen. Auch wenn er selbst nicht einmal mehr weiß, wonach.

Mit ausgebreiteten Armen geht er langsam auf sie zu. Versucht sie fortzuscheuchen. Wie eine Schar Gänse. Doch in diesem Moment trifft ihn Isabels Blick. Ihre Augen sind weit geöffnet. Sie schimmern feucht. Verletzt?

Was tut er da? Er freut sich ehrlich, sie zu sehen. Selbst wenn er nicht weiß, was sie hier macht oder wie sie ihm helfen kann, erfüllt allein ihre Gegenwart den riesigen Raum mit einem Gefühl von Glück. Also deutet er mit letzter Kraft auf den großen Konferenztisch, an dessen Ende das Firmenlogo durch unsichtbare Beamer an die Wand gestrahlt wird. Die schützende, zu einem C geformte Hand.

»'tschuldigung. Ich meine … schön, dass ihr da seid«, murmelt er wider besseres Wissen.

Lottas Blick kann er nicht deuten. Aber Isabel lächelt. Eindeutig erleichtert. Er spürt ihre Wärme, als würde im Loft die Sonne aufgehen.

»Besteck und Getränke sind im Küchenschrank«, fügt er hinzu.

Vielleicht hilft es ihm ja, mit jemandem über das Problem zu reden. Reden verschafft Klarheit. Klarheit braucht er dringend. Es kann jedenfalls nicht schaden.

Doch wo fängt er an? Wie war das noch? Sein großer Plan, die Strategie, mit der er am Montagmorgen im Loft aufgeschlagen ist? Heute … Heute ist Freitag! Gerade vier Tage später, und seine Idee besteht nur noch aus Fetzen. Ein unübersichtliches Wirrwarr aus verschiedenen Strängen. Das Schlimme dabei ist, dass jedes Detail, das er entdeckt, mehr Fragen aufwirft, als es beantwortet. Nichts passt zusammen. Immer tiefer versinkt er im Strudel einer chaotischen Suche. Angefangen mit dem Tape vom 27. Mai.

Wie er Kyle gesagt hat, belegten die Einträge in den Log-Files eindeutig, dass jemand Teile des Algorithmus zunächst überschrieben und dann wieder in den Ausgangszustand zurückgesetzt hatte. Die Frage war, warum?

Nachdem er durch Kyle unterbrochen worden war, dachte Micah den restlichen Sonntag über die Bedeutung seiner Entdeckung nach. Doch als er am Montagmorgen endlich wusste, wie er vorgehen wollte, und bereits vor allen anderen zurück im Büro war, war das betreffende Tape aus seinem Fach verschwunden. Das allein war seltsam. Einem Impuls folgend, überprüfte Micah die Aufzeichnungen der Alarmanlage. Außer ihm und Kyle hatte niemand die Räume betreten. Zunächst widerwillig, dann immer gezielter nutzte er die folgenden Tage, um nach vergleichbaren Auffälligkeiten zu suchen.

Dabei traten zwei scheinbar voneinander unabhängige Ergebnisse zutage. Zum einen stellte sich heraus, dass, wer auch immer die Daten geändert hatte, mit beachtlicher Regelmäßigkeit vorgegangen war. Zuletzt in der Woche vor Ravis Festnahme. Die Person loggte sich mit wechselnden Namen jedes Mal von einem anderen Rechner im Loft ein. Die Gemeinsamkeit der Aktivitäten bestand allein in der Tatsache, dass die Person immer an einem Sonntag zugriff, fast jedes Mal gegen dreizehn Uhr. Der Algorithmus wurde kurzzeitig verändert und schließlich wieder in seinen Ausgangszustand zurückgesetzt. Dafür kam nur ein Mitglied des Teams infrage.

Das zweite Ergebnis hatte mit Kyle zu tun. Um keine unnötigen Fragen aufzuwerfen, schaute sich Micah erst am Montag nach Feierabend das nächste Tape an. Nachdem alle Mitarbeiter das Loft verlassen hatten, war er noch einmal zurückgekehrt. Wieder erschien Kyle im Loft. Dieses Mal unter dem Vorwand, dass er zufällig Micahs Wagen auf dem Parkplatz gesehen hatte und noch einmal wegen dieses Friedenspreises mit ihm reden wollte. Es hätte tatsächlich ein Zufall sein können, wenn Micah seinen Wagen nicht genau an diesem Tag zur Inspektion in die Werkstatt gebracht hätte und mit dem Fahrrad ins Büro gekommen wäre. Kyle hatte also gelogen. Warum? Gab es tatsächlich einen Alarm? Einen Alarm, der Kyle warnte, sobald jemand das Loft außerhalb der Arbeitszeiten betrat? Es war die einzig logische Erklärung.

Mehr taumelnd als gehend folgt Micah Isabel und Lotta

in die Teeküche, wo Isabel gerade etwas in ihrem Handy sucht.

Handy! Das Wort hallt in seinem Kopf wider. Mikrofon! Kamera! Mobile Daten! Einem Impuls folgend, will er Isabel das Gerät entreißen. Doch seine Hand stoppt abrupt in der Luft. Seine Freundin starrt ihn an, als hätte er ausgeholt, um sie zu schlagen. Was macht er hier? Verstört lässt Micah den Arm wieder sinken.

»Könnt ihr eure mobilen Geräte in Folie einwickeln?«, bittet er matt und deutet mit dem Kopf auf eine Rolle Alufolie, die er gestern aus dem Supermarkt mitgebracht hat.

»Warum?« Isabels Stimme schrillt ungewöhnlich hell.

»Tu's einfach«, drängt Lotta. »Wir müssen vorsichtig sein.« Sie zögert kurz. Dann fügt sie hinzu: »Auch wenn wir uns treffen. Du kannst nicht einfach in der Redaktion aufkreuzen.«

Isabel schaut verwirrt von Lotta zu Micah und wieder zu Lotta.

»Und die Fitnessuhr«, ergänzt er.

»Seid ihr jetzt alle paranoid geworden?«, fragt Isabel leise. »Micah?«

»Ich hoffe es«, gibt er zu.

Das ist die Wahrheit. Wie soll er erklären, was ihm in den letzten Tagen aufgefallen ist? Wie soll er der Frau, die er über alles liebt, gestehen, dass er womöglich den größten Fehler seines Lebens gemacht hat? Ein solider Verfolgungswahn wäre als Diagnose die Lösung aller Probleme. Was ist schon ein übergeschnappter Erfinder im Vergleich zu dem Schaden, den Cyb anrichten könnte? Besser nicht weiterdenken. Vielleicht lässt sich alles erklären. Vielleicht ist er wirklich nur verrückt. Durchgedreht auf der Höhe seines Erfolges. Er wäre nicht der Erste.

»Das hat mit Paranoia wenig zu tun. Sie hören mit, Isabel, das musst du doch wissen?«, droht Lotta das Gespräch an sich zu reißen. »So kommt Cyb-Systems an die ganzen Daten.«

»Es ist nur eine Vorsichtsmaßnahme«, fällt Micah ihr ins Wort.

Isabel lässt Handy und Uhr noch demonstrativ von der Hand baumeln, als würde sich alles in ihr dagegen sträuben. Er kann sie verstehen. Ihr Gespräch letzten Samstag über die Smartspeaker war vielleicht noch amüsant. Doch nun wird auch ihr klar geworden sein, dass es ihm ernst ist. Es muss sie verwirren. Die Technik ist längst zu einer Selbstverständlichkeit geworden, die kaum einer hinterfragt. Sie ist die Grundlage seiner Arbeit. Ihres Wohlstands. Isabels Freiheit.

Sie hat das Essen bezahlt, wahrscheinlich kontaktlos, das Navi programmiert und unterwegs Nachrichten verschickt. Für den, der es wissen will, ist es kein Geheimnis, wo sie sich gerade aufhält. Kameras, Mikrofone, GPS-Tracker haben ihren Weg verfolgt. Überall. Auf den Straßen, in den Geschäften, öffentlichen Gebäuden und U-Bahnen. Smart City, Smarthome, das Internet der Dinge. Dem System gewähren wir Zutritt in unsere Wohnzimmer, Arbeitszimmer, Schlafzimmer. Berufsleben und Freizeit. Ein dicht gewebtes, allwissendes Netz aus smarter Überwachungstechnologie. Getragen von dem Versprechen, die Menschheit zu entlasten, sie zu unterstützen und zu schützen. Natürlich. Zumindest ist das die Idee. Gewesen. Damals.

»Bitte, Isa. Vertrau mir«, sagt er leise.

Die Worte kann er kaum aus dem Mund pressen, so verlogen erscheinen sie ihm jetzt. Sie starrt ihn an. Die Augen groß und verletzlich, tiefe Seen in einem blassen Gesicht.

»Du machst mir Angst«, flüstert sie.

Micah ist sich nicht sicher, wen oder was sie meint. Cyb? Die Gefahr, die in einem System lauert, das er gebaut hat? Oder ihn selbst? Doch welchen Unterschied macht es schon? Stumm nimmt er sie in den Arm, nur um den Griff wieder zu lösen, als hätte er sich verbrannt.

»Ich verstehe nicht, was gerade passiert«, schluchzt sie. »Oder vielleicht verstehe ich es auch und will es nicht. Es ist alles so durcheinander. Seit letzter Woche, seit dieser Sendung bist du ein anderer Mensch.«

Aus den Augenwinkeln sieht Micah, dass Lotta ihm knapp zunickt, kurz und etwas unbeholfen Isabels Rücken tätschelt und sich dann aus der Teeküche zurückzieht.

»Bist du deswegen hier?«, fragt er. Seine Stimme klingt rau.

Tränen laufen über ihre Wangen. »Seit Tagen isst du kaum, du schläfst nicht, und ich kann dir nicht helfen, weil du nicht mehr mit mir redest.«

»Hast du deshalb Lotta ausfindig gemacht und mitgebracht?«

»Ja. Bei ihr laufen die Fäden zusammen. Oder?« Sie zögert. Dann fügt sie leise hinzu: »Und ich hoffe, dass Ravi unschuldig ist. Selbst wenn das bedeutet, dass …« Ihre Worte brechen ab.

»Ich weiß«, flüstert er, unsicher, ob er sie umarmen soll oder gerade er derjenige ist, den sie jetzt am wenigsten braucht. Um etwas Sinnvolles zu tun, beginnt er, Gabeln und Löffel abzuzählen. Hilft ihr, Gläser und Getränke auf den Tisch zu tragen. Er merkt nicht einmal, dass er statt voller Flaschen das Leergut auf den Tisch stellt. Schweigend versammeln sie sich, verteilen die Mehrwegverpackungen, löffeln mechanisch ihren Inhalt, was auch immer es ist. Erst als alle Teller leer sind, hat Micah endlich die Kraft zu sprechen.

Er redet und redet. Er hat keine Ahnung, ob Lotta oder Isabel seinen Ausführungen folgen können. Ob überhaupt irgendjemand versteht, was er zu sagen hat. Es ist nicht alles logisch, was er erklärt. Die Reihenfolge ist an einigen Stellen durcheinandergeraten. Aber sein Redeschwall lässt sich nicht mehr aufhalten. Die Wörter strömen nur so aus ihm heraus. Wie aufgestautes Wasser.

»Es sieht aus, als hätte jemand über Wochen heimlich zusätzliche Daten in das System eingepflegt und dabei Cybs Bewertungsfunktion unterwandert«, endet er schließlich.

»Was? Was heißt das?« Isabels Haut hat die Farbe von Papier angenommen.

Micah kann ihr nicht ins Gesicht sehen. Stattdessen fixiert er einen Tropfen Öl auf der Tischplatte. Das Öl glänzt auf dem dunklen Holz. Es reflektiert das Licht in allen Farben. Schillernd wie ein Traum.

»Das frage ich mich auch«, stammelt er mit letzter Kraft.

Zurück bleibt eine grässliche Stille. Lottas Schweigen brodelt vor unterdrückter Wut. In Micah dröhnt die Leere. Er weiß nicht, was er noch sagen soll. Die Worte sind verflossen. Verschwunden mit der Illusion. Er fühlt sich nur noch ausgebrannt. Benutzt und betrogen. Allein Isabels Hand, die sich leise in die seine geschoben hat, hält ihn noch im Jetzt und Hier.

»Kyle Kerner?«, schlägt Lotta sachlich vor.

Micah schüttelt den Kopf. »Von technischen Dingen hat er keine Ahnung.«

»Hast du das mit diesem Alarm überprüft, von dem er gesprochen hat?«

»Ja. Die Alarmanlage sendet eine kurze Textmessage direkt an sein Handy, sobald jemand nach zwanzig Uhr die Tür öffnet.«

»Warum?« Lottas Augen funkeln durch die Gläser ihrer Brille.

Micah schnaubt. Warum wohl? Die Antwort ist so offensichtlich, dass er sie kaum laut aussprechen muss. Jemand hat mit seinem Code gespielt. Vermutlich finden sich die entsprechenden Spuren irgendwo auf den Tapes.

»Heißt das, wir können im Loft nicht weiterarbeiten, ohne dass es auffällt?«, fragt Isabel.

Micah grinst müde. »Nein. Das heißt, ich musste das Programm umschreiben, sodass der Alarm jetzt statt auf Kyles auf mein eigenes Handy geleitet wird.«

»Wenn wir von Herrenstein zunächst außen vor lassen, wissen wir zwei Dinge«, murmelt Lotta.

»Von Herrenstein hatte überhaupt keinen Zugriff«, stellt Micah fest.

Doch Lotta beachtet ihn nicht. Sie hat aus ihrem Rucksack mehrere alte Kladden gezogen, aus denen unzählige bunte Haftnotizen und abgerissene Zettel ragen. Nun blättert sie durch die Seiten. Als sie endlich gefunden hat, wonach sie sucht, kritzelt sie mit einem angeknabberten Kugelschreiber etwas dazu.

»Erstens: Kyle ist in die Sache verwickelt. Zweitens: Er hat einen Helfer aus dem Kreis der Programmierer. Richtig?« Sie sieht von ihren Unterlagen auf.

Lottas etwas altertümliches Durcheinander aus analogen Aufzeichnungen und Haftnotizen mag einen anderen Anschein vermitteln, aber ihre Fragen sind verdammt zielgerichtet und strukturiert.

»Eine andere Erklärung habe ich nicht«, stimmt Micah

widerwillig zu. Er hasst den Gedanken. »Allein hätte Kyle das nie geschafft.«

»Nun, dann müssen wir uns wohl fragen, wer sein zweiter Mann ist«, stellt Lotta ungerührt fest.

»Ich habe keine Ahnung. Dieser zweite Mann hat sich eine oder vielmehr mehrere neue Identitäten zugelegt.«

»Reichen die Aufzeichnungen der Alarmanlage fünf Jahre zurück?«, fragt Isabel schüchtern.

Micah, der eigentlich noch etwas anderes sagen wollte, verstummt. Das ist eine gute Frage. Auf den Ansatz ist er selbst noch gar nicht gekommen. Die ganze Zeit ist er das Problem nur aus Sicht eines Programmierers angegangen. Doch Isabel hat recht. Das ist nur die halbe Wahrheit. Hinter jedem User steht eine reale Person. Jemand, der Büroräume betritt und wieder verlässt, isst und schläft.

»Nein. Leider. Die Schließanlage wurde erst vor vier Jahren installiert.« Mühsam unterdrückt er ein Gähnen.

»Vielleicht gibt es noch andere Daten, die belegen, wer an diesen Sonntagen vor fünf Jahren hier gewesen ist«, drängt sie plötzlich voller Eifer. Micah vermutet, dass es die Wendung gegen Kyle ist, die seine Freundin beflügelt. »Möglicherweise hat er oder sie ja noch etwas anderes gemacht. E-Mails gecheckt, telefoniert, Essen bestellt. So was.«

»Ja, die Idee ist gut«, stimmt Lotta zu.

Beide schauen Micah erwartungsvoll an, als wüsste er die Antwort. Natürlich könnte er es überprüfen. Sollte er auch. Sofort. Gleich. Wenn er nur nicht so müde wäre. Die Augen fallen ihm zu. Er ahnt, dass er nicht mehr klar denken kann. Nur ein paar Minuten ruhen. Vielleicht kann er sich danach wieder konzentrieren.

Als Micah die Augen öffnet, scheint helles Tageslicht durch die Fenster. Er selbst schaukelt in einer der Hängematten im Loft ohne jede Erinnerung, wie er hierhergekommen ist. Sein Blick fällt auf den gegenüberstehenden Sessel. Lottas Jacke liegt über Isabels Mantel. Als sie kamen, war Freitag. Wie viel Zeit ist seitdem vergangen?

Erschrocken schwingt er die Beine aus der Hängematte, bleibt mit dem linken Fuß hängen und stürzt auf den Boden. Haben die beiden ohne ihn weitergemacht? Warum um Himmels willen haben sie ihn nicht geweckt? Zu schnell richtet er sich auf, kämpft den schwarzen Schleier vor seinen Augen zurück und tappt in Richtung der Stimmen.

»Ich habe schon wieder eine dieser Abrechnungen gefunden«, hört er Isabel sagen.

»Welcher Monat?« Das muss Lotta sein.

Isabels Antwort kann er nicht verstehen.

»Genau. Der fehlte noch.« Wieder Lotta.

Der große Konferenztisch ist begraben unter Stapeln aus Unterlagen, die seine neuen Assistentinnen offenbar nach irgendeinem System ordnen. Als er näher tritt, schaut Isabel auf.

»Oh, Micah! Haben wir dich geweckt?«

Lotta grinst. »Geht es dir besser?«

»Was macht ihr da?«, fragt er. »Wie viel Uhr ist es? Was sind das für Unterlagen?« Sein Mund ist trocken. Er greift nach einem Glas, von dem er vage vermutet, dass er es letzte Nacht hier abgestellt hat, und kippt einen klebrigen Schluck schal gewordener Cola hinunter. Sein Blick fällt auf die bedruckten Papiere. Zahlen, Tabellen, Gewinnprognosen.

»Sind das alte Geschäftszahlen? Wo habt ihr die her?«

»Aus dem Keller. Der Karton stand hinter alten Bürostühlen und anderem Kram. Lotta meinte ...«

»Aus dem Keller? Woher wusstet ihr das? Wo war der Schlüssel?«

Micah sieht sich um. Er muss dringend wieder an den Rechner. Was wollte er zuletzt überprüfen? Richtig. Ob jemand – und wenn ja, wer – sonntags E-Mails abgerufen hat. Das war es.

Ihm gegenüber lacht Isabel unbekümmert. »Im Schreibtisch da drüben. Oberste Schublade. Weißt du, wer das alles ausgedruckt hat?«

Micahs Blick flackert in eine Ecke des Büros, die sich unter Katies Einfluss in den letzten Jahren in eine grüne Oase verwandelt hat. Eine Drachenpalme, mehrere Grünlilien und etwas mit wild rankenden Blättern bevölkern Connys verwaisten Schreibtisch.

»Kyle«, stammelt Micah abwesend. »Er war der Einzige, der ab und zu etwas ausgedruckt hat. Wahrscheinlich hat jemand das ganze Papier irgendwann in den Keller verbannt.«

Er schluckt. Das, was auch immer Lotta und Isabel gerade tun, ist bestimmt lieb gemeint. Aber er braucht endlich wieder Ruhe. Er muss dringend weiterarbeiten.

»Danke für eure Hilfe«, stammelt er. »Ihr müsst jetzt gehen.«

»Weißt du, was das ist?«, fragt Isabel, ohne seine Aufforderung zu beachten.

»Geschäftszahlen«, antwortet er knapp und fügt einer guten Idee folgend hinzu: »Nehmt das Zeug ruhig mit.«

Doch weder Lotta noch Isabel reagieren.

»Schon«, bestätigt Isabel ruhig. »Aber nicht von CybSystems.«

»Nein, von Plan B«, ergänzt Lotta. »Und dafür hätte ich jetzt gerne eine Erklärung. Du hast behauptet, ihr habt keine Firma, die so heißt.« Ihre Augen funkeln. »Erinnerst du dich? Ist nur ein paar Tage her.«

»Ja, genau«, bestätigt Micah nicht minder gereizt. »Und jetzt komm mal wieder runter.«

»Micah«, schreitet Isabel beschwichtigend ein. »Ich weiß ja nicht, warum. Aber hier sind diese Unterlagen.«

»Zeig mal.« Micah beugt sich über den Tisch. »Warum liegen in unserem Keller Ausdrucke mit den Geschäftszahlen einer anderen Firma?«, murmelt er.

»Genau das haben wir uns auch gefragt«, stimmt Isabel zu.

»Plan B ist eine Tochterfirma von Cyb-Systems«, beharrt Lotta. »Kyle hat monatlich die Miete für Geschäftsräume in der Weserstraße überwiesen und zwar vom Cyb-Systems Firmenkonto.«

Lotta zeigt aus dem Fenster in eine ungefähre Richtung. »Dort, etwa zwei Straßen weiter. Kann ich deinen Rechner benutzen?«, fragt sie.

»Ja, natürlich. Wozu?«

»Mein Handy ist gerade in Alufolie gewickelt, und ich muss das Handelsregister checken.«

Sie zieht Micahs Laptop zu sich herüber und tippt Schlagworte in den Browser, während Isabel ihr über die Schulter schaut. »Da. Plan B ist eine Zweigniederlassung von Cyb-Systems.«

Micah schüttelt verwirrt den Kopf. »Nie gesehen, nie gehört.«

Lotta und Isabel tauschen einen Blick. Wahrscheinlich halten sie ihn für einen Idioten. Damit haben sie verdammt recht. Fachidiot. Informatik, das ist seine Welt. Mit

Nullen und Einsen kennt er sich aus. Nicht mit Firmenstrukturen.

»Wir haben eine klare Arbeitsteilung. Die Firma war immer Kyles Aufgabe. Er hat mir damit den Rücken freigehalten, während ich für den Code zuständig war«, entschuldigt er sich und merkt selbst, wie schwach es klingt. »Die Programmierer unterstehen meiner Aufsicht. Die Finanzen sind Kyles Metier.«

»Tja, dann frage ich mich allerdings, wer den Alarm unter deiner Aufsicht programmiert hat«, stellt Lotta sarkastisch fest. Micah springt auf und eilt hinüber zum Regal mit den Back-up-Tapes, während sie ungerührt fortfährt. »Und wer sonntags unter deiner Aufsicht die Änderungen eingebaut hat.«

»Mann, Lotta. Das haben wir jetzt verstanden«, hört Micah Isabel zischen, als er zurückkehrt.

Er hat eines der Tapes in das Laufwerk geschoben und gemountet, sodass die auf dem Tape gespeicherten Daten im System verfügbar sind, und tippt nun Befehle in seinen Rechner.

»HW oder JP?« Lotta schiebt ihre Brille zurecht und mustert ihn streng.

»Was?«, fragt Micah ohne aufzusehen, während seine Finger über die Tastatur fliegen.

»HW oder JP«, wiederholt sie ungeduldig und schwenkt einen der Ausdrucke. »Müssen Mitarbeiter sein. Sie stehen auf der Gehaltsliste von Plan B.«

Sie hält Micah die Abrechnung unter die Nase. Mit einer hastigen Bewegung schiebt er den Ausdruck zur Seite und verfolgt weiter die endlose Kette von Zeichen, die sich jetzt über seinen Bildschirm bewegen. Da! Da ist es, wonach er sucht. Sonntag, der 10. Juni, 13 Uhr 25 und 11 Sekunden.

»Es wurden Mails abgerufen. Mails an Hao Ding.«

Micah wird schwindelig. Er schließt die Augen und lässt die Erinnerungen ungefiltert auf sich einströmen. Er sieht Hao vor sich, und plötzlich ist alles so offensichtlich. Hao, der sich in den Meetings für einen beschleunigten Lernprozess ausgesprochen hat, unterstützt von Kyle, der Micah wegen des Investors bedrängte. Doch das änderte sich. Irgendwann. Wann? Irgendwann hatte Hao begonnen, sich in den Diskussionen zurückzuhalten. Auch der Druck durch Kyle ließ nach. Die Ruhe vor einem Sturm? Kurz bevor sich die Ereignisse überstürzten? Oder der Anfang von PLAN B?

»Hao«, flüstert Lotta. Sie kneift die Augen zusammen und formt noch einmal stumm den Namen, als wollte sie ihn in ihr Gedächtnis schreiben. Dann greift sie nach ihrem Kuli.

»Ihr wisst aber, dass nichts davon, was wir hier gefunden haben, Ravis Unschuld beweist«, warnt Micah.

Zumindest noch nicht.

Er tippt und liest und stöhnt. Nur am Rande seiner Aufmerksamkeit bemerkt er, dass Isabel aufgestanden ist, um das Geschirr wegzuräumen. Dass sie ihn mit Kaffee versorgt. Mit Broten und Schokolade. Dass sie zusammen mit Lotta weitere Unterlagen durchgeht und gelegentlich mit ihr tuschelt.

Micahs Aufmerksamkeit ist allein auf den Bildschirm gerichtet. Der Schrecken, der sich hier abzeichnet, wächst mit jedem Tastenschlag weiter an. Zahlen und Zeichen, die vor ihm über das Display rauschen. Sie mögen nicht Ravis Unschuld beweisen. Aber eines beweisen sie sicher. Cybs Künstliche Intelligenz wurde von Beginn an manipuliert. Mit kaltblütiger Regelmäßigkeit rief Hao sonntags gegen dreizehn Uhr nicht nur seine E-Mails ab, sondern speiste bewusst wieder und immer wieder gefilterte und vorsortierte Daten ein. Dafür unterwanderte er kurzzeitig Cybs Bewertungsfunktion und setzte sie anschließend wieder ein. Aber nicht nur das. Die Natur einer Künstlichen Intelligenz sieht vor, dass sie lernt. Immer weiter. Und immer mehr. Mit jeder neuen, von Haos Hand ausgewählten Information lernte Cyb dazu. Das Herzstück, die interne Bewertungsfunktion, passte sich unmerklich Woche für Woche ein bisschen mehr an die Vorstellung ihres menschlichen Lehrers an. Sie verlor ihre Unabhängigkeit. Ihre Unvoreingenommenheit. Ihre Unschuld.

»Gibt es noch weitere Fälle wie Ravis?«, zwingt sich Micah zu fragen.

Er hat das Gefühl, irgendwas würde seine Brust umklammern und langsam zudrücken.

Lotta schaut von den Unterlagen auf. Ihre buschigen dunklen Locken bewegen sich zustimmend auf und ab.

Auch Isabel sieht auf. Sie greift nach seiner Hand. »Du darfst Cyb nicht abschalten«, flüstert sie.

Ihr blond umrahmtes Gesicht nimmt er nur durch einen Nebelschleier wahr.

»Hörst du, Micah? Egal, was passiert.«

»Wie viele?«, stößt er hervor.

»Ich weiß es nicht«, antwortet Lotta leise. »Viele. Viel zu viele.«

14

Ravi

»Ravi ist da!«

Er hört Nikis Stimme, noch bevor er seine Nichte sieht. Im nächsten Moment stürmt sie um den alten Schuppen herum auf den Porsche Boxter zu und fällt ihm, kaum dass er ausgestiegen ist, um den Hals.

»Wo ist mein Geschenk?«

Er lacht. »Ich habe es nicht dabei.« Weil Niki schmollt, stupst er ihr auf die Nase. »Schuhe, gerade High Heels, muss man als junge Dame schließlich erst anprobieren. Oder etwa nicht?«

»High Heels?« Ravis Schwester kommt aus dem Haus. »Habe ich richtig gehört?«

In Kareenas Augen leuchtet die Freude, aber sie sieht müde aus. Wahrscheinlich arbeitet sie zu dieser Jahreszeit vom ersten Sonnenstrahl bis Sonnenuntergang in ihrem Garten. Ihre Jeans sind ausgeblichen, genauso wie das olivgrüne T-Shirt. Auch auf die Entfernung kann er erkennen, dass ihre Hände zwar sauber, aber rau sind und in kurzen stumpfen Nägeln enden.

»Mama, bitte!« Niki hingegen strotzt vor Lebensenergie. Sie trägt ebenfalls Jeans, allerdings neue, und ein Flanellhemd. Gut, dass High Heels zu jedem Outfit passen.

»Du bist erst zwölf. Wo willst du die Dinger überhaupt tragen? Ganz sicher nicht zur Schule.«

»Nein! Natürlich nicht. Zu Hause!«

Kareena schließt die Augen und schüttelt stumm den Kopf. »Schön, dass du da bist.«

»Und fast pünktlich«, ergänzt Ravi.

»Können wir jetzt endlich den Sooji Cake essen?«, drängt Niki. »Ich sterbe vor Hunger.«

Kareena guckt auf die Uhr und öffnet den Mund, als wollte sie noch etwas einwenden. Aber Ravi kommt ihr zuvor.

»Das ist eine sehr gute Idee.« Er folgt Niki ins Haus, aus dem der Duft von Kaffee, Kardamom und Zitronenschale weht.

»Soll ich dann mal draußen den Tisch decken?«, bietet er seine Hilfe an.

»Schon fertig«, ruft Niki und poltert mit der Kaffeekanne die Stufen hinter der Küche hinunter zur Terrasse.

Ravi schmunzelt und wendet sich seiner Schwester zu. »Wie geht es dir?«

Kareena, die gerade ein Tablett mit Honig und Chai-Tee für Niki belädt, sieht auf und wischt sich eine Strähne aus dem Gesicht.

»Eigentlich gut. Der Marktstand läuft super. Besonders samstags. Ich habe überlegt, das Angebot auszuweiten und neben frischem Obst und Gemüse auch ein paar indische Spezialitäten anzubieten. Was meinst du?«

»Du bist die beste Köchin der Welt. Aber wann willst du das noch machen?«

»Ich schlafe einfach ein bisschen weniger.« Sie lacht.

»Schlaf ist wichtig.«

»Geld auch. Ich muss den Wagen reparieren lassen. Der

Schuppen ist nicht mehr dicht. Und dann die ewig laufenden Kosten.«

»Kann ich dir nicht etwas leihen?«

Sie schnaubt. »Bist du jetzt unter die Großverdiener gegangen?«

»Nein. Ich arbeite weiterhin für Ruhm und Ehre.« Ravi grinst. »Aber meine Wohnung ist gemietet, und ich habe keine Verpflichtungen. Abgesehen von meinem alten Auto.«

»Weshalb du auch schon mit einem Bein auf der Straße stehst. Wenn mit der nächsten Welle wieder Journalisten entlassen werden, zeigt der Sozialplan auf dich.«

Er grinst unbekümmert. »Dann kann ich ja bei euch einziehen.«

»Hatten wir das nicht schon?«

»Ja, und du hast dich ganz wunderbar um mich gekümmert.«

»Immerhin hast du dein Abi geschafft.«

Ravi nimmt seine große Schwester in den Arm. »Ich kann nächstes Wochenende den Schuppen reparieren. Wirklich.«

Sie antwortet nicht. Stattdessen löst sie sich aus der Umarmung und schiebt ihn voran durch die Terrassentür.

»Jetzt gibt es erst einmal Kuchen, und dann packen wir den Dünger aus.«

Ravi lässt sich neben Niki auf die Gartenbank fallen und klaut sich ein Stück Kuchen. »Welchen Dünger?«, fragt er. Zu spät wird ihm klar, dass er etwas vergessen hat.

Neben ihm stellt Kareena das Tablett mit so viel Wucht auf dem klapprigen Tisch ab, dass die Tassen laut scheppern.

»Ravi, verdammt noch mal. Ich habe mich darauf verlassen.«

»Warum hast du mir denn nicht noch einmal getextet?«, versucht er eine Entschuldigung.

Seine Schwester bearbeitet wütend ihre Unterlippe, sagt aber nichts. Warum muss sie immer alles so ernst nehmen? Das Leben ist hart genug. Kann sie nicht einfach mal den Nachmittag genießen? Den Sonnenschein und das gemeinsame Kaffeetrinken. Offensichtlich nicht.

»Dann essen wir jetzt Kuchen, und ich fahre danach noch einmal los«, lenkt er ein.

»Und wohin? Es ist Samstagnachmittag. Der Großhandel hat seit gestern geschlossen.«

»Ach, das ist blöd. Tut mir echt leid. Dann nächste Woche?«

Seine Schwester bedenkt ihn mit einem Blick, unter dem sich seine Brust zusammenzieht. Niki schaut ihn gar nicht erst an. Verdammt! Das hat er gehörig vermasselt.

»Pass auf«, schlägt er daher versöhnlich vor. »Was hältst du davon, wenn Niki heute bei mir schläft und du dir mal einen schönen Abend machst? Du gehst ins Kino, in die Badewanne oder tust, was immer du eben so machst.«

»Dann werde ich wohl die Zeit nutzen und diesen blöden Dünger im Internet bestellen.«

»Ach was, das erledigen wir für dich.« Ravi zwinkert Niki zu. »Und für dich, meine Süße, gehen wir vorher einkaufen.«

Niki strahlt so, dass sich Kareenas zusammengekniffene Lippen sichtbar entspannen.

»Kann ich mich auf dich verlassen?«

»Na klar.«

Endlich lächelt seine Schwester, als würden für einen Moment alle Sorgen von ihr abfallen. »Danke!« Doch dann ziehen sich ihre Brauen wieder zusammen. »Aber, keinen

Blödsinn! Hört ihr? Keine Horrorfilme, das Handy wird über Nacht einkassiert, und was die High Heels angeht ...«

»Ma!«, stoppt Niki ihren Redeschwall.

Kareena seufzt, aber das Lächeln bleibt zum Glück. »Was auch immer.«

»Meinst du, deine Ma macht heute einen drauf?«, überlegt Ravi, als er später mit Niki in die Landstraße einbiegt.

»Wenn du im Bett Lesen als einen draufmachen bezeichnest.« Sie kichert. »Ist mir egal, Hauptsache, ich bekomme meine Schuhe.«

Ravi grinst. »Was für ein Glück, dass das Einkaufszentrum lange aufhat. Hast du schon eine Idee, wie sie aussehen sollen?«

Schon vor dem Schaufenster des ersten Schuhgeschäfts wird Ravi klar, dass er sich die Frage hätte sparen können. Niki weiß allem Anschein nach sehr genau, was sie sucht.

»So einen Absatz.« Sie zeigt auf ein Paar sündhaft teure Pumps mit Pfennigabsatz, die in der obersten Reihe stehen. Eines ist klar. Ravis Wiedergutmachung wird nicht billig. »Aber vorne anders, und glitzern müssen sie, so wie die da rechts.«

»Kannst du darauf überhaupt laufen?«

Statt einer Antwort verschränkt Niki die Arme und funkelt ihn wütend an.

»Okay, und sonst kannst du es wohl lernen«, gesteht Ravi ihr belustigt zu.

Wie sich jedoch herausstellt, ist das Problem nicht das Laufen, sondern die Schuhgröße.

»Die junge Dame hat zwar Größe 37, und Damengrößen beginnen bei 36. Aber ich fürchte, die Schuhe sitzen nicht richtig. Ihre Tochter hat sehr schmale Füße.«

Niki hustet gekünstelt. »Tochter!«

Sie hat über ihr Flanellhemd einen schwarzen Hoodie gezogen, aus dessen Kapuze nur ein paar helle Haarspitzen blitzen. Halb Rapper, halb Girlie stakst sie in einem Paar silberner Riemensandalen vor den Schuhregalen auf und ab. Kurz bevor sie Ravi erreicht, knickt sie um. Zum Glück erwischt er im letzten Moment ihren Arm und kann sie auffangen, bevor sie sich schon im Laden die Knöchel bricht. Die Verkäuferin holt hörbar Luft.

»Vielleicht käme dieses Paar infrage«, bietet sie an und hält Niki ein paar scheußliche, rosa glitzernde Sandalen mit einem kurzen breiten Absatz entgegen, die aussehen, als hätte sie sie gerade aus der Nachbarabteilung geholt. Das einzig Erfreuliche ist der Preis. »Es gibt sie auch in Gold und in Silber.«

»Das sind Kinderschuhe!« Niki verzieht angewidert das Gesicht, was Ravi ihr in diesem Fall nicht verdenken kann.

»Wir verkaufen sie durchaus auch an modebewusste Frauen.«

»Ich fürchte, die junge Dame sucht eher nach etwas Eleganterem«, bemerkt er und zwinkert Niki zu.

»Um ehrlich zu sein«, entgegnet die Verkäuferin pikiert, »empfehlen wir Schuhe über fünf Zentimeter Absatzhöhe nur nach einiger Übung. Insbesondere Kinder sollten grundsätzlich flache Schuhe tragen, etwa Ballerinas, damit sich die Sehnen nicht verkürzen, zumindest solange sich der Körper noch im Wachstum befindet.«

Als ob er etwas dafür könnte, wirft Niki ihm einen vorwurfsvollen Blick zu. Na schön.

»Ich denke, wir versuchen es noch mal woanders«, stellt Ravi fest.

Die Verkäuferin seufzt resigniert. »Versuchen Sie es mal

neben dem Drogeriemarkt im nächsten Gang. Der Geschäftsinhaber hat sich auf Tanzschuhe spezialisiert und führt, soweit ich gehört habe, auch einige Modelle mit hohem Absatz für junge Tänzerinnen.« Sie wirft ihm einen bedeutungsvollen Blick zu.

»Wir danken für den Hinweis«, entgegnet Ravi höflich. »Das werden wir gerne versuchen.«

Damit schiebt er Niki zum Ausgang.

Tatsächlich haben sie bei den Tanzschuhen mehr Glück. Niki fliegt auf ein Paar Sandalen, in deren Riemen kleine Strasssteinchen eingelassen sind.

»Es gibt sie zum Tanzen mit Rauledersohle und gegen Aufpreis auch mit straßentauglicher Ledersohle«, erklärt der Verkäufer mit deutlich mehr Begeisterung als seine Vorgängerin.

»Ich denke, du wirst sie hauptsächlich im Haus tragen, oder?«, erkundigt sich Ravi.

Niki wiegt den Kopf. »Im Moment vielleicht noch. Aber wenn ich anfange auszugehen ...«

»Dann sehen wir weiter.«

»Zur Not bringst du sie vorbei, und wir lassen sie neu besohlen«, bietet der Verkäufer geschäftstüchtig an.

Erleichtert registriert Ravi, dass Niki sich mit dieser Aussicht offenbar zufriedengibt. Der Preis ist auch so bereits völlig überhöht. Aber bevor sie noch drei weitere Geschäfte anlaufen müssen, zückt Ravi lieber seine Kreditkarte. Irgendwann muss er ja auch noch den Dünger bestellen. Hoffentlich wird das einfacher.

In Ravis Wohnung lässt Niki den Karton mit den neuen Schuhen schon im Flur fallen und stürmt durch bis ins Schlafzimmer.

»He, hast du ein Fotoshooting gemacht?«, ruft sie begeistert, als sie das rot bezogene Bett entdeckt, dem gegenüber nach wie vor die Kamera steht.

»So was in der Art. Ich bin nur noch nicht zum Aufräumen gekommen.«

»Der Spiegel ist mega!« Umgehend fördert sie ihr Handy zutage und macht ein Foto.

»Zeig das bloß nicht deiner Mutter«, warnt er lachend.

»Warum nicht?«

»Sie denkt vermutlich schon schlecht genug über mich.«

Seine Nichte grinst. »Sie hat recht. Nicht wahr?«

»Okay, junge Dame. Ich hole mir jetzt ein Bier und setze mich kurz an den Rechner, um für deine Ma die Sachen zu bestellen. Sie soll ja nicht denken, dass wir es wagen, Spaß zu haben. In der Zwischenzeit überlegst du dir, was wir den Rest des Abends machen. Einverstanden?«

Damit verlässt Ravi das Schlafzimmer Richtung Küche.

»Kann ich Musik anmachen?«, ruft Niki ihm hinterher.

»Was auch immer du magst, Süße.«

Kaum hat Ravi die Worte gesprochen, bereut er sie schon. Niki zögert keine Sekunde. So smart Smartspeaker auch sind, eine Qualitätskontrolle beinhalten sie nicht. Fürchterlicher Rap dröhnt durch die Wohnung. Ravi müsste sich die Ohren zuhalten, um dem Lärm zu entkommen – was wiederum dem Tippen auf der Tastatur nicht sehr förderlich wäre. Niki hat eindeutig einen anderen Geschmack und leider auch den Drang, mit ihrer schrecklichen Musik gleich die gesamte Welt zu beschallen. Besser, er beeilt sich mit der Bestellung, bevor die ersten Nachbarn klingeln.

Leider erweist sich das Angebot an Dünger im Internet als alles andere als übersichtlich. Ravi hat nicht die mindeste Ahnung, worauf er achten muss.

»Kannst du den Lärm mal runterdrehen?«, brüllt er gegen Nikis Gangsterrap an und ärgert sich im nächsten Moment selbst über seine Spießigkeit.

Seine Nichte hört ihn ohnehin nicht. Wie hält Kareena das nur aus?

Die Angaben auf den Webseiten sind widersprüchlich, in den Foren vertritt jeder der selbst ernannten Experten eine andere Meinung. Ravi bräuchte eine Empfehlung, jemanden, den er fragen kann. Kareena will er mit dem Thema nicht nerven. Sie braucht den freien Abend, was Ravi angesichts des Lärms gerade besser denn je versteht. Also lässt er Niki gewähren, schluckt seinen Unmut hinunter und konzentriert sich, so gut es unter diesen Umständen eben geht, auf die Auswahl des richtigen Produkts.

»Was ist dein WLAN-Passwort?«, unterbricht Niki seine Suche.

Ravi dreht sich gar nicht erst zu ihr um. Ohne vom Bildschirm aufzusehen, zeigt er zum Flur. »Hängt innen an der Tür zum Sicherungskasten.«

Ob Nitrat nun gut oder schlecht für Tomaten ist, darüber scheiden sich offenbar die Geister. Hilfreich ist allenfalls der Hinweis, dass man nicht unbedingt auf Fertigmischungen setzen muss, sondern viel Geld sparen kann, wenn man die Zutaten, es sind wohl Ammoniumnitrat und Phosphat, als Rohstoffe kauft und dann selbst kombiniert. Chemie war nie sein Ding. Aber besonders kompliziert klingt es nicht. Neben der Kostenersparnis ist der Vorteil, dass man mit einer überschaubaren Menge an Vorräten jede Sorte Dünger für verschiedene Gemüse- und Obstsorten anmischen kann, optimal und abgestimmt auf den eigenen Boden. Das Baukastenkonzept klingt überzeugend. Ravi ist sich ziemlich sicher, dass seine Schwester auf diese Idee noch nicht gekommen ist. Wenn er ihr helfen kann, in Zukunft Geld zu sparen, wäre das eine Unterstützung, die vielleicht das ein oder andere wiedergutmacht.

»Wollen wir zusammen Videos aufnehmen?«, hört er Niki von irgendwoher brüllen.

»Ich bin gleich so weit, Süße«, murmelt er.

Jetzt nur nicht den Gedanken verlieren, auch wenn gerade Salt-N-Pepa durch die Wohnung schallt. Wo hat Niki denn das aufgetrieben? *Push It* fällt doch bestimmt schon unter good-old Oldies?

»Fang schon mal ohne mich an«, ruft er, während Cheryl und Sandra in seinem Schlafzimmer rappen. *OOH, BABY, BABY*.

Nach einiger Recherche entscheidet er sich, neben Ammoniumnitrat auch, wie auf der Webseite empfohlen, Kalium, Magnesium und Phosphat zu bestellen sowie in kleineren Mengen Mangan, *AH, PUSH IT*, Eisen, *PUSH IT GOOD*, Molybdän und Bor. Angeblich gibt das den Karotten den richtigen Geschmack. Kann ja nicht schaden. Der günstigste Händler, *HOW TO BECOME NUMBER ONE*, der alle Stoffe vertreibt, *IN A HOT PARTY SHOW*, sitzt in Osteuropa, verspricht aber eine kurzfristige Lieferung. *AH, PUSH IT*.

Was steht da in kleiner Schrift am Rand? *YO, YO, YO, YO, BABY-POP*. Das Deutsch ist fürchterlich gebrochen, *YEAH, YOU COME HERE*, wahrscheinlich eine miese Online-Übersetzung. *GIMME A KISS*. Wenn es nur ein bisschen leiser wäre. Doch die Beats, die aus seinem Schlafzimmer schallen, blasen jeden klaren Gedanken aus seinem Hirn. *BETTER MAKE IT FAST*. Spätestens in drei Minuten wird Frau Mügge von unten schellen und sich beschweren. *OR ELSE I'M GONNA GET PISSSED. CAN' YOU HEAR THE MUSIC'S PUMPIN' HARD.* Ja, besser er macht wirklich schnell. Sobald das Zeug bestellt und bezahlt ist, kann er sich endlich um Niki kümmern. *NOW PUSH IT. PUSH IT GOOD.*

Zu spät bemerkt Ravi, dass er sich mit der Menge wohl gründlich vertan hat. *GET UP ON THIS.* Mist! *BOY, YOU REALLY GOT ME.* Hektisch klickt er auf den Link in der Bestätigungsmail. *SO I DON'T KNOW WHAT I'M DOING.* Doch aus irgendeinem Grund lässt sich nichts mehr ändern. Angeblich ist die Bestellung umgehend in den Versand gegangen. So ein Blödsinn. Ravi versucht erfolglos, die angegebene Telefonnummer zu erreichen. Alles, was er hört, ist die elektronische Ansage in einer Sprache, die er beim besten Willen nicht einordnen kann. Egal, nun ist es zu spät. Wie es aussieht, hat er gerade Düngemittel für die nächsten Jahrzehnte bestellt. Wahrscheinlich wird er einen Kleintransporter mieten müssen, um das Zeug zu Kareena zu bringen. Immerhin hat sich das Thema Düngemittel damit für den Rest seines Lebens erledigt, und das ist doch auch etwas wert. *AH, PUSH IT.* Egal. Der Rest des Abends gehört Niki.

Als Ravi, so entspannt es angesichts der Beschallung möglich ist, mit einer Flasche Bier zurück ins Schlafzimmer kommt, trifft ihn fast der Schlag. Niki hat alles, was beim Tanzen zu warm werden könnte, abgelegt. Sie steht in Jeans, BH und natürlich ihren neuen High Heels vor dem Spiegel und wiegt die Hüften. Als sie Ravi sieht, verfällt sie in wilde Posen und tänzelt um ihn herum.

»Mach mit«, fordert sie und greift nach seiner freien Hand.

Es ist so niedlich, dass er sich das Lachen verkneifen muss. Nachdem er die Lautstärke deutlich gedrosselt hat, setzt er sich brav in Bewegung. Gemeinsam tanzen sie durchs Schlafzimmer. Ravi singt laut und schief in Nikis Haarbürste. Niki missbraucht sein Bett als Trampolin – zum Glück zieht sie die High Heels vorher aus – und hopst auf der Matratze, bis ihre Wangen fröhlich glühen.

»Ich brauche was zu trinken«, japst sie schließlich. »Bring mir Champagner.«

»Wie du wünschst.«

Erleichtert über die Unterbrechung, verabschiedet sich Ravi mit einer stilechten Verbeugung und verschwindet kurz in der Küche.

»Champagner, meine Süße«, säuselt er, als er zurückkehrt, in der Hand ein gut gefülltes Sektglas mit Apfelschorle.

»Köstlich«, befindet sie und leert es in einem Zug. »Kann ich noch mehr haben?«

»Wenn du es deiner Mutter nicht verrätst.«

Als er mit dem nächsten Glas im Schlafzimmer erscheint, filmt Niki sich gerade beim Tanzen im Spiegel.

»Was machst du da?«

»Warte.« Niki tippt auf ihrem Display herum. »Ich habe ein Video hochgeladen.«

»Nicht dein Ernst.«

Mädchen und diese verdammten Sozialen Medien. Hoffentlich hat sie das Video wenigstens nur für ihre Freunde freigegeben. Er hat keine Lust, heute Abend den Erwachsenen raushängen zu lassen. Streng genommen hat er vermutlich selbst die Aufsichtspflicht verletzt. Besser, er sagt Kareena nichts davon, sonst flippt sie völlig aus. Aber reden sollte er mit seiner Nichte schon.

»Hältst du das für eine gute Idee?«, erkundigt er sich vorsichtig.

Leider könnte er genauso gut mit einer Wand sprechen.

»Was hast du?«, kichert sie unbekümmert, ohne auch nur das Handy wegzulegen.

Ravi seufzt innerlich und regelt mit einem kurzen Befehl die Musik hinunter. Immerhin die Smartspeaker hören auf ihn.

»Was soll das jetzt?« Komisch, nun klingt sie tatsächlich verunsichert.

»Lernt ihr in der Schule nichts über den Umgang mit Sozialen Medien?«, versucht er sich dem Thema zu nähern, was aber dummerweise dazu führt, dass seine Nichte umgehend zu schmollen beginnt.

»Du weißt schon, was du mit wem teilen kannst und was nicht«, erklärt er nun deutlich sanfter.

Niki hat sich aufs Bett fallen lassen und guckt vorwurfsvoll zu ihm auf, was, warum auch immer, in ihm dasselbe miese Gefühl hervorbringt, das auch Kareena regelmäßig erzeugt. Dabei hat er jetzt nichts falsch gemacht. Oder?

»Du klingst wie meine Mutter«, antwortet sie schnippisch.

»Schon gut«, lenkt er ein. »Was hältst du davon, wenn du mir einfach mal zeigst, was du hochgeladen hast?«

Das ist doch bestimmt ein pädagogisch wertvoller Ansatz. Aber Niki schüttelt stumm den Kopf. Sie sieht ihn nicht einmal an. Wenn ihn nicht alles täuscht, hat seine Nichte gerade ein ziemlich schlechtes Gewissen. Immerhin. Das bedeutet wohl, dass sie durchaus weiß, was geht und was nicht in Ordnung ist. Jetzt muss sie nur noch lernen, sich daran zu halten.

Innerlich muss Ravi schmunzeln. Niki ist schon okay.

Sie ist nicht auf den Kopf gefallen. Es ist nicht immer einfach, sich an Regeln zu halten. Wenn er ehrlich ist, muss er sich eingestehen, dass Letzteres selbst mit fünfunddreißig Jahren Lebenserfahrung komplizierter sein kann, als man meint.

»Was hältst du davon«, versucht er den Abend zu retten, »wenn wir uns zum Abendessen Pizza bestellen, uns danach mit einem Eis aufs Sofa legen und einen Film deiner Wahl angucken.«

»Egal welchen?«

»Einen Familienfilm.«

Niki kneift skeptisch die Augen zusammen, dann legt sie plötzlich den Kopf schief. Der Übermut ist verschwunden, und vor Ravi steht nur noch ein kleines, leicht verunsichertes Mädchen. »Musst du es Mama sagen?«, fragt sie leise.

»Nein. Es bleibt unser Geheimnis. Aber bis die Pizza kommt, räumen wir hier auf und beseitigen die Spuren unserer Verwüstung. Einverstanden?«

Niki schiebt die Unterlippe vor. »Danke«, murmelt sie.

15

Am Montagmorgen wartet Siebel schon im Flur der Redaktion auf Ravi.

»Besser knapp als gar nicht.« Er wedelt mit der neuen Heftausgabe vor Ravis Nase herum. »Das funktioniert! Hammerfotos! Preisverdächtig! Wenn die Story nicht unter die Haut geht, weiß ich es auch nicht!« Er lacht.

Tatsächlich hat Ravi nach dem ersten Versuch weitere Szenen mit anderen Models nachgestellt. Der Effekt war fast jedes Mal beeindruckend. Auch wenn die Bildunterschriften darauf verweisen, dass es sich bei den Fotos um nachgestellte Szenen handelt, keine Originalaufnahmen, ist die Wirkung unmittelbar.

»So! Nach dem Heft ist vor dem Heft. Wie kommst du mit dem Artikel zur Künstlichen Intelligenz voran?«

Ravi rümpft die Nase. »Ich habe dir schon gesagt, frag jemand anderes. Das Thema ist nichts für mich.«

»Wofür ist sich unser lieber Ravi zu schade?«, mischt sich Lotta ein. Sie hat sich mit dem Stuhl von ihrem Schreibtisch im Nachbarzimmer weggerollt und steckt jetzt ihren Kopf in den Flur.

»Künstliche Intelligenz«, antwortet Siebel. »Hab da einen Hinweis bekommen.«

»Ja, und ich hatte gesagt, dass ich das mache«, faucht Lotta. »Warum gibst du ihm meine Story?«

Siebel zuckt ungerührt die Schultern. »Macht es zusammen.«

»Keine Sorge, meine Hübsche, nicht mein Thema«, wendet Ravi ein.

»Was? Zu wenig Gefahr?« Offenbar hat sie den Streit im Sun Downer noch nicht vergessen. Sie stiert ihn über ihre Brille hinweg an, was sie mindestens zwanzig Jahre älter macht. Wenn sie so guckt, erinnert sie ihn stark an seine alte, verkniffene Schuldirektorin. »Keine Explosionen? Zu wenig Blut?«

»Nein. Ich vermisse einfach die Story. Der Hinweis«, Ravi lässt das Wort kurz ironisch in der Luft baumeln, »ist eine Randnotiz in einer Computerzeitschrift. Das ist Nerdy-Land. Das überlasse ich dir.« Ravi lässt seine Grübchen spielen, wohl wissend, dass er seine Kollegin damit triggert.

Es wirkt. Lotta presst zornig die Lippen aufeinander und wendet sich wieder an Siebel.

Doch der Chef kommt ihr zuvor. »Spottet nur. Solltet ihr irgendwann in meiner Position sitzen, und ich bezweifle, dass es jemals so weit kommen wird, dann werdet ihr noch sehen, dass sich die besten Storys hinter unscheinbaren Nebensätzen und kleinen Randbemerkungen verbergen.«

»Sollte es jemals so weit kommen, werden wir an deine weisen Worte denken.«

Ravi beobachtet amüsiert, wie Lotta gegen ihre Wut ankämpft. »Was ist mit deiner heißen Reportage über Waffen, Sprengstoff und geplante Anschläge?«, erkundigt sie sich bissig.

»Was für eine Reportage?«, fragt Siebel. Wie vermutet

hat er die Geschichte längst aus seinem Gedächtnis verbannt.

»Ravis Altherrenclub. Hast du jemals wieder von ihnen gehört?«

»Sie werden sich melden«, erwidert Ravi betont zuversichtlich – und hofft inständig, dass es stimmt.

Wenn sich in diesem Land Terroristen organisieren und unter dem Deckmantel *traditionsbewusste Bildungsbürger* agieren, erreicht die rechte Strömung eine neue Wucht. Natürlich wäre es nicht das erste Mal, dass eine intellektuelle Bewegung mit Verweis auf einen übergeordneten, vorgeblich unanfechtbaren Zweck jedes Mittel rechtfertigt und auch vor Gewalt nicht zurückschreckt. Trotzdem sagt ihm sein Instinkt, dass der Großvater mit seinen Getreuen alle terroristischen Gruppen der näheren Vergangenheit in den Schatten stellt. Er spürt geradezu, dass es sich lohnt, weiter zu recherchieren, die Fakten freizulegen und zu bohren, bis er an die Wurzel vorstößt. Vom ersten Gespräch ist ihm die sichere Ahnung geblieben, dass hinter der kultivierten Fassade weit, weit mehr steht, als er bislang gesehen hat, und garantiert mehr, als die Gruppe zu zeigen bereit ist. Aber das ist seine Story. Er wird sie allein aufklären, und irgendwann wird er als Erster darüber berichten.

»Bis sie sich melden und dir in einer verlassenen Tiefgarage geheime Anschlagspläne zuflüstern, kannst du dich dem KI-Thema widmen«, bestimmt der Chef. »Lotta, und du unterstützt Ravi dabei. Kannst noch eine Menge von ihm lernen.«

Lotta sieht aus, als würde sie gleich explodieren. Ihr Blick fährt zwischen Ravi und Siebel hin und her, als wüsste sie nicht, wen sie zuerst angreifen soll.

Doch für den Chef ist das Gespräch offenbar beendet. Er

drückt Ravi die aktuelle Ausgabe in die Hand und schiebt sich an Lotta vorbei den Flur entlang in Richtung seines Büros.

Ravi wirft Lotta einen letzten spöttischen Blick zu und schlägt das Heft auf, um sich endlich selbst von der Aufmachung seiner Story zu überzeugen. Das Bild eines braunhaarigen Mädchens auf einem roten Bettlaken füllt fast die gesamte erste Seite. Ravis Kehle entfährt ein heiserer Laut.

»Was ist das für ein Bild?«, flüstert er, leise zwar, aber mit unmissverständlichem Ernst.

Er spürt, wie ihm das Blut erst in die Beine stürzt, dann umdreht und hinauf in seinen Kopf schießt. Seine Schläfen pochen. Sein Mund ist ausgetrocknet.

»Welches Bild?«, erkundigt sich Siebel verwundert. Er steht schon in seiner Tür und dreht sich jetzt noch einmal um.

»Das!«

Ravi presst seinen Finger auf das Foto, das garantiert nicht aus seiner Wohnung stammt. Auch wenn der Begleittext etwas anderes behauptet, zeigt diese Aufnahme eindeutig das Zimmer in dem beschriebenen Bordell.

»Das sind die Bilder, die du mir geschickt hast«, erklärt Siebel, ohne sich die Mühe zu machen, genauer hinzusehen. Immerhin kommt er zurück.

»Nicht das hier.«

Der Chef betrachtet die Seite und wiegt den Kopf. Normalerweise bedeutet das, dass er verunsichert ist.

Ravi blättert hektisch vor und zurück. Er muss sich beherrschen, um nicht zu zittern. »Die anderen sind alle okay. Aber nicht dieses hier. Scheiße noch mal. Das ist eines der Originalfotos.«

Lotta steht langsam von ihrem Stuhl auf. Auch sie ist blass.

»Hast du die Druckfahne nicht gegengelesen?«, fragt sie tonlos.

Ravi schüttelt den Kopf. »Dafür war keine Zeit mehr.«

»Weil die Bilder noch nicht fertig waren, haben wir in der Korrekturfahne nur die Flächen markiert und sie später eingesetzt«, erklärt der Chef.

»Ach du Scheiße, und jetzt?«, fragt Lotta.

»Ja nix jetzt. Der Druck ist fertig. Die Hefte sind in der Auslieferung«, wiegelt Siebel ab, weicht aber ihrem Blick aus. »Ihr wisst, dass ein Rückruf unbezahlbar ist. Wegen eines einzigen Fotos.«

»Wegen eines einzigen Menschenlebens«, korrigiert sie.

»Das ist nicht einmal gesagt«, poltert er plötzlich. Doch Ravi nimmt es nur am Rande wahr. »Das Mädchen ist kaum zu erkennen. Und die Bildunterschrift weist explizit darauf hin, dass es kein Originalfoto ist.«

»Wenn sie die überhaupt lesen«, murmelt Ravi. Seine Gedanken rotieren.

Lotta schweigt. Ausnahmsweise. Sie kann es sich sparen. Ravi weiß sowieso, was sie denkt. Die kleine Streberin. Er kann sich ihre vorwurfsvolle Stimme bestens vorstellen. Er hätte ganz auf Nummer sicher gehen müssen. Bei so einem wichtigen Fall hätte er zur Not auch am Wochenende in die Redaktion kommen müssen. Er hätte die Fotos doppelt und dreifach checken müssen. Hätte, hätte, hätte.

Hat er aber nicht.

»Ich muss sie warnen«, haucht er. Auch wenn er keine Ahnung hat, wie. Etwas muss er tun. Etwas muss er zumindest versuchen.

»Und dann? Was hilft ihr deine Warnung? Sie kann nicht weg«, gibt Lotta vorsichtig zu bedenken. Ihre Stimme ist ungewöhnlich sanft.

Ravi merkt, dass seine Schultern hilflos zucken. Auch das noch. Wie in einem Nebel nimmt er wahr, dass der Chef sich am Kinn kratzt, dass Lotta Siebel durch ihre Brille mustert und irgendwo eine Lampe flackert.

Hat er es gewusst? Natürlich! Ravi hat ihm mehr als deutlich erklärt, welche Bilder er für die Ausgabe nutzen konnte. Und welche nicht. Hat er dieses Foto trotzdem gewählt, weil es einfach das beste war?

Ravi, Lotta und Siebel verharren. Die Zeit scheint stillzustehen. Ravi fängt sich als Erster. Er hat genug. Wortlos drängt er sich an Siebel vorbei, in Richtung Ausgang.

»Moment«, hört er den Chef in seinem Rücken rufen. »Hier ist was schiefgelaufen, mag sein, scheiße, das passiert! Trotzdem muss das nächste Heft fertig werden. Ich will einen Bericht zu dieser neuen Cyber-Firma. Angeblich haben sie einen finanzkräftigen Investor gewonnen.«

Doch Ravi hat bereits den Ausgang erreicht. »Nicht heute«, stößt er hervor.

»Verdammt, Ravi, denk nach. Das Mädchen zu warnen, bringt sie erst recht in Gefahr. Wenn ich du wäre, würde ich sie in Ruhe lassen.«

Ravi ahnt, dass Siebel recht hat. Trotzdem fühlt es sich falsch an. »Ich brauche einen Tag frei«, murmelt er. In ihm kocht die Wut. Vernünftige Arbeit wird er heute eh nicht abliefern.

Siebel schnauft verärgert, verzieht sich aber in sein Eckbüro.

»Ravi«, sagt Lotta leise. Sie ist ihm zur Tür gefolgt und legt ihre Hand auf seine Brust. Aller Spott ist aus ihrer

Stimme verschwunden. Selbst ihr Blick ist mitfühlend. Auch das noch!

»Der Chef hat recht. Scheiße passiert. Jedem von uns. Es kommt darauf an, trotzdem weiterzumachen.«

Ravi ringt sich ein Lächeln ab, das jedoch ziemlich höhnisch ausfällt.

»Sag mir, was ich tun soll. Ich habe gerade ein bisschen Leerlauf und kann schon mal mit der Recherche zu dieser Firma beginnen«, bietet sie an.

Er zwingt seine Grübchen hervor. »Lass mal, Hübsche. Es ist noch massig Zeit. Ich werde mich morgen selbst darum kümmern.« Er kann nicht anders. Ihr Mitgefühl ist mehr, als er ertragen kann. Als er die Glastür öffnet, legt er daher noch einen nach. »Der Chef hat recht. Das ist noch eine Nummer zu groß für dich.«

Damit lässt er Lotta stehen, widersteht dem Drang, sich noch einmal nach ihr umzusehen, und trabt die Treppe hinab. Erst als er hört, dass die Tür ins Schloss fällt, riskiert er einen Blick zurück.

Sie steht immer noch hinter dem trüben Glas, jedoch mit dem Rücken zum Treppenhaus, als wüsste sie nicht recht, was sie tun soll. Ihre Schultern hängen hinab. Sogar ihr Pferdeschwanz baumelt traurig über ihrem hübschen Nacken.

Was für ein beschissener Tag.

16

»Ich habe Ihre Reportage über die prekäre Situation gewisser junger Damen gelesen«, stellt der Großvater fest und schlägt die Beine übereinander.

Ravi hat ihm gegenüber Platz genommen und nippt an seinem Kaffee. Sein Handy liegt vor ihm auf dem Couchtisch in einer abhörsicheren Faraday Bag. Er ist geduscht und gestylt. Äußerlich deutet nichts an ihm darauf hin, dass er die halbe Nacht hinterm Steuer seines Wagens verbracht hat, zur tschechischen Grenze und zurück.

»Wie hat sie Ihnen gefallen?«, erkundigt er sich höflich.

»*Gut* ist in dem traurigen Zusammenhang sicherlich eine unpassende Bezeichnung«, überlegt der Großvater. »Sagen wir eher, die Reportage hat mir Ihre außergewöhnliche Begabung als Journalist erneut vor Augen geführt.«

»Also haben Sie nach dem Lesen spontan beschlossen, mich für heute einzuladen, um mir dieses Lob persönlich zu überreichen?« Ravi kann sich den Sarkasmus nicht verkneifen.

»In der Tat.«

Der ältere Mann schließt die Augen, als würde er über etwas nachdenken. Da Ravi nicht vorhat, ihn dabei zu unterbrechen, lehnt er sich in seinem Sessel zurück und lässt seine Gedanken schweifen.

Die Fahrt hätte er sich sparen können. Zufall oder nicht, die Mädchen waren verschwunden. Alle, ohne Ausnahme. Er kann nur hoffen, dass es sich um eine der regelmäßigen Umschiebungen handelt, die nicht in irgendeinem Zusammenhang mit seinem Artikel steht, und dass ihnen nichts passiert ist, wobei der letzte Gedanke angesichts ihrer Gesamtsituation eigentlich lächerlich ist. Minderjährige, die zur Prostitution gezwungen werden. Wie viel schlimmer kann es werden?

Vielleicht ist es ein gutes Zeichen, dass alle verschwunden sind, einschließlich derer, deren Fotos nachgestellt wurden. Ihre Nachfolgerinnen im Bordell wussten jedenfalls nichts oder hatten zu viel Angst, mit ihm zu reden. Am Ende musste Ravi seine Suche aufgeben. Was hatte Siebel gesagt? Scheiße passiert! Manchmal. Ihm selbst leider viel zu oft. Es wird Zeit, dass sich etwas ändert.

Gegenüber im Sessel wechselt der Großvater die Position seiner Beine.

»Ich würde gerne an unser letztes Gespräch anknüpfen«, beginnt er in seinem nachdenklichen Tonfall. »Wie ich Ihnen gegenüber bereits erwähnt habe, hoffen wir durch Sie eine gewisse Aufmerksamkeit für unsere Sache zu gewinnen, was natürlich im Umkehrschluss bedeutet, dass wir unsere schützende Blase verlassen müssen.«

»Ich weiß viel zu wenig, als dass ich Ihnen ernsthaft schaden kann.«

Der Großvater schmunzelt amüsiert. »Allerdings wissen Sie auch zu wenig, als dass es Sie drängt, über uns zu berichten. Habe ich recht?«

Was hatte Siebel noch gesagt? Nach dem Heft ist vor dem

Heft. So hart es klingt, aber das Leben geht weiter und mit ihm die Arbeit. Ravi ist wieder am Zug.

Statt einer Antwort lässt er seine Grübchen spielen und stellt befriedigt fest, dass es wirkt.

»Nun, Herr Korrapati, wie Sie offenbar ahnen, existieren durchaus Pläne, oder vielmehr: weitreichende Vorstellungen, wie wir unsere Vision vorantreiben können. Möglichkeiten gibt es viele. Die Wahl der Mittel ist jedoch eine Frage, über die wir uns nicht ganz einig sind.«

»Wer entscheidet das denn? Sind Sie nicht eine Art Anführer?«

»Nein, tatsächlich nicht. Wir verstehen uns als fundamentale Demokraten. Doch selbst in einer kleinen Gruppe ist es utopisch, auf Einvernehmen zu bauen oder davon auszugehen, dass jederzeit ein Konsens möglich ist. Am Ende müssen Entscheidungen getroffen werden. In dieser Hinsicht unterscheiden wir uns nicht von anderen Organisationen. Allerdings vermeiden wir aufgezwungene Anweisungen.«

»Mit *anderen Organisationen* meinen Sie was genau? Ich schätze mal, Sie haben keinen Eintrag ins Vereinsregister«, bemerkt Ravi ironisch. »Haben Sie Gremien? Mitgliedervollversammlungen? Parteitage? Oder gemeinsame Fackelläufe?«

»Wir treffen uns. Selbstverständlich. Meist finden diese Treffen in einem informellen Rahmen statt. Sie wären vermutlich enttäuscht.« Der Großvater nimmt sich Zeit, seine Brille zu säubern, bevor er fortfährt. »Sehen Sie, es gibt freilich keine Mitgliedsausweise oder, wie Sie in Ihrer ironischen Art suggeriert haben, eine festgelegte Struktur. Von außen betrachtet, könnte man uns womöglich mit einem Stammtisch verwechseln. Auch wenn ich persönlich diesen Begriff ablehne. Dennoch gibt es einige Parallelen. Meine Bekannten und mich verbindet eine gemeinsame Geisteshaltung, die wir in Bezug auf die Einzelheiten ausgiebig diskutieren. Es gibt keine verbindlichen Beschlüsse. Vielmehr bieten wir einander die Gelegenheit zum geistigen Austausch.«

Ravi lacht leise. »Bei allem Respekt, wollen Sie mir ernsthaft weismachen, Sie unterhalten sich nur? Und darüber soll ich berichten?«

»Nun ja, was der Einzelne für sich selbst aus diesen Unterhaltungen ableitet, das ist natürlich eine andere Sache. Und vielleicht für jemanden wie Sie interessanter.«

»Wie können Sie so auf ein gemeinsames Ziel hinsteuern?« Ravi ist selbst überrascht, wie sachlich er angesichts des Themas bleibt.

»Indem das Ziel feststeht und jeder im Rahmen seiner Möglichkeiten oder Neigungen durch individuelle Maßnahmen dazu beiträgt.«

Der selbst ernannte Großvater hat den Mund zu einem Schmunzeln verzogen, als würde er auf etwas warten. Ravi ist sich jedoch nicht sicher, ob er ihn gerade richtig verstanden hat.

»Sie und Ihre geistige Elite philosophieren, und was das gemeine Fußvolk daraus macht, damit haben Sie nichts zu tun?«

Der alte Mann lacht leise. »Nein, Herr Korrapati. So würde ich das nicht sagen. Es ist nur selbstverständlich, dass jeder für seine Taten auch die Verantwortung übernimmt.«

»Wie stehen Sie zu dem Vorwurf der geistigen Brandstiftung?«

Der Großvater lacht trocken. »Ja, so ein Begriff ist schnell bei der Hand. Doch überlegen Sie. Verfolgen wir nicht alle ein Ziel? Zuweilen jeder für sich allein oder auch in der Gemeinschaft. Sie zum Beispiel.«

»Ich?«

»Ja, Sie, ich, nahezu jeder Mensch. Ich würde sogar so weit gehen, zu behaupten, dass persönliche Ziele uns als Mensch ausmachen. Würden Sie mir nicht darin zustimmen, dass Ziele ein wesentliches Merkmal unserer Existenz sind und uns von niederen Lebensformen, sagen wir Tieren, unterscheiden. Sie und Ihre Kollegen, um ein Beispiel zu nennen, schreiben Ihre Artikel doch nicht ohne Hintergedanken. Sie möchten Ihr Magazin verkaufen, Ihren Lebensunterhalt bestreiten. Natürlich liegt Ihrer Arbeit auch eine gewisse Ideologie zugrunde.«

»Und die wäre?«, erkundigt sich Ravi. Er ist sich nicht sicher, ob ihm die Wendung des Gesprächs gefällt.

»Was ich meine«, sagt der Großvater, wobei er Ravi nun fest in die Augen schaut, »ist, dass man als Journalist bei der finanziellen Situation in der aktuellen Medienlandschaft wohl kaum des Geldes wegen arbeitet. Vielleicht möchte man eine Botschaft verkaufen. Vielleicht wiegen Sie sich in der Illusion, mit Ihrer Arbeit die Welt ein kleines bisschen besser zu machen. Lebenswerter. Psychologen würden darin vielleicht einen Machtgedanken erkennen. Andere ein Spiel.«

Ravi presst die Zähne zusammen. »Ich fürchte, wir weichen gerade vom Thema ab«, wendet er bewusst nonchalant ein.

»Dennoch erlauben Sie mir eine Frage. Die jungen Damen in Ihrer letzten Reportage, was geschieht nun mit ihnen?«

Ravi spürt einen kalten Schauder, der langsam seinen Rücken hinaufkriecht.

Der Großvater lächelt entgegenkommend. Nichts in seiner Stimme deutet auf einen Angriff, und doch treffen seine Worte wie Messer.

»Sie haben sicherlich lange und gut recherchiert, Kontakte aufgebaut und schließlich Ihr Wissen und Ihr Talent genutzt, um die Wahrheit ans Licht zu bringen. Sie haben in eindringlicher Weise auf ein Problem aufmerksam gemacht, von dem die Verantwortlichen viel zu lange ihren Blick abgewandt hatten. Verstehen Sie mich nicht falsch. Das ist ehrenwert. Doch, und das ist meine eigentliche Frage, was unterscheidet Sie von mir?«

Ravi räuspert sich. Seine Kehle kratzt. Rasch beugt er sich vor, um sich Kaffee nachzugießen. Doch sein Gesprächspartner kommt ihm zuvor.

»Entschuldigen Sie, ich habe in meinem Redefluss meine Aufgaben als Gastgeber vernachlässigt. Darf ich Ihnen auch noch ein Plätzchen anbieten?«

»Danke, nein.«

»Ich denke, Herr Korrapati, am Ende sind wir uns beide ähnlicher, als es auf den ersten Blick erscheinen mag. Sie und ich, wir beide sehen die Probleme, an der diese Gesellschaft krankt, und in beiden Fällen ist unsere Waffe das Wort.« Er wartet einen Moment, bevor er weiterspricht. »Sind wir deswegen Extremisten?«

»Was wissen Sie über die *Pläne* Ihrer Mitglieder?«, entfährt es Ravi.

Wieder umspielt dieses Lächeln das Gesicht des Großvaters. Außenstehende könnten es für wohlwollend halten. Ravi tippt eher auf Überheblichkeit.

»Aber Sie haben recht. Wir sind vom Thema abgekommen. Wir waren zu dem Ergebnis gekommen, dass Sie für einen Bericht umfangreicheres Material benötigen.«

Ravi nickt stumm.

»Jamal, ich glaube, so hat er sich Ihnen gegenüber vorgestellt, hat zugestimmt, sich mit Ihnen in kleinem Rahmen zu treffen. Sie werden Gelegenheit bekommen, mit anderen Mitstreitern zu sprechen und zu erfahren, auf welche Weise sie, jeder für sich, unserer Sache dienen.«

»Worüber sprechen wir hier? Sabotage? Attentate?«

Der Großvater hebt abwehrend eine Hand. »Davon habe ich nichts gesagt. Wie ich schon sagte, jeder von uns agiert nach eigenem Ermessen. Jamal hat lediglich angeboten, Ihnen weitere Einblicke zu gewähren. Er wird Sie kontaktieren.«

Ravi zögert. Soll Jamal ihn ernsthaft in ein Neonazi-Netzwerk einschleusen? Ihn? Einen indisch-stämmigen Mann? Auf der anderen Seite gibt es tatsächlich Menschen, die seinen Hintergrund gar nicht bemerken. Viele sehen nur das, was sie sehen wollen. Er ist gebildet, spricht ohne jeden Akzent, und wenn es nicht um Rassen, sondern kulturelle Differenzen geht, müsste ein integrierter Journalist wie er theoretisch sogar in das Weltbild dieser fragwürdigen Gruppe passen, Migrationshintergrund hin oder her.

»Was ist mit Ihnen?«, erkundigt sich Ravi stattdessen.

»Ich denke, meinen Standpunkt habe ich ausreichend dargelegt. Es ist nun an Ihnen, die Zusammenhänge zu unserer Gesellschaft in ihrer heutigen Form herzustellen und ein umfassendes Bild zu zeichnen.«

»Werde ich Sie noch einmal treffen? Möglicherweise ergeben sich Fragen oder Erklärungsbedarf.«

Der alte Mann erhebt sich und streicht einen Fussel von seinem Pullunder. Mit einer Geste bedeutet er Ravi, dass er ihn jetzt zur Tür begleiten wird.

»Das wird nicht nötig sein«, erklärt er, während er Ravi zum Abschied die Hand reicht. »Aus meiner Sicht gibt es nichts hinzuzufügen.«

Als Ravi die Wohnung verlässt und sein Mobiltelefon wieder einschaltet, erscheinen zwei Mitteilungen auf seinem Display. Kareena fragt, wann sie mit dem Dünger rechnen kann. Das muss warten. Noch ist die Lieferung nicht angekommen. Zudem hat Jamal bereits Zeit und Ort des nächsten Treffpunkts geschickt. Wenn Ravi pünktlich kommen möchte, bleiben ihm gerade zwanzig Minuten, kaum Zeit genug, um die Strecke zu schaffen, selbst wenn er fliegen würde. Auf keinen Fall bleibt ihm Zeit zu zögern. Ravi wendet sich nach rechts und joggt die Straße hinab, zurück zur Haltestelle. Die Bewegung tut gut. Sie bringt neuen Schwung in seine Gedanken.

Dieser verdammte Großvater! Wahrscheinlich blufft er, um Ravis Ehrgeiz und seine berufsbedingte Neugier zu wecken. Doch die Erkenntnis nützt wenig. Wenn Ravi ehrlich ist, ist es ihm gelungen. Mit seinen Andeutungen hat er Ravi zumindest kurzzeitig aus der Fassung gebracht. Er muss herausfinden, um was es bei der Sache geht. Wie weit sind der Großvater, Jamal und ihre Mitstreiter bereit zu gehen?

Ravi weicht einem Radfahrer aus, überquert die Straße und biegt links ein. Zweihundert Meter weiter erkennt er schon das weiße U auf blauem Grund. Wenn die Bahn innerhalb der nächsten Minuten kommt, könnte er es noch zum Treffen schaffen. Ravi beschleunigt das Tempo, erreicht die Treppenstufen und stoppt.

Verdammt! Genau das hat der Großvater gewollt.

Umgehend macht er kehrt. Er joggt nicht mehr, er rennt.

Zurück bis zur nächsten Ecke, rechts über die Straße und weiter.

Es ist doch kein Zufall. Die beiden bisherigen Treffen waren angekündigt und genau geplant. Warum plötzlich diese Eile?

Ravi rennt schneller! Da, der Häuserblock mit der Toreinfahrt und den Blumenkästen. Ein grauhaariger Mann tritt aus dem Eingang. Er trägt einen unauffälligen dunklen Mantel. Doch die aufrechte Haltung ist unverkennbar. Wann, wenn nicht jetzt? Es ist wahrscheinlich die letzte Gelegenheit, mehr über ihn herauszufinden. Selbst wenn Ravi dafür das Treffen mit Jamal verpasst, das ist es wert. Jamal ist ein kleiner Fisch. Es geht darum herauszufinden, wer die graue Eminenz im Hintergrund dieser ominösen und immer noch nicht klar zu fassenden Gruppierung ist. Wer steuert wen?

Der Großvater eilt mit ausschreitendem Schritt den Gehweg entlang, von Ravi weg. Die im Gespräch zelebrierte Gemächlichkeit ist von ihm abgefallen. Im Gegenteil scheint er bemüht, diesen Ort schnellstmöglich zu verlassen. Er eilt geradewegs die Straße hinab auf einen Taxistand zu, an dem zwei Fahrzeuge auf Kundschaft warten.

Es ist nicht einfach, genügend Abstand zu wahren. Doch wenn Ravi jetzt nicht aufpasst, endet diese Verfolgung, bevor sie beginnt. Ein wertvoller Faden wäre für immer verloren. Dumm, dass er keine Hilfe hat. Irgendein Gesicht, das dem Großvater nicht schon bekannt ist. Lotta wäre gut. Sie hat zumindest Erfahrung in verdeckter Recherche. Aber erstens ist sie jetzt nicht hier, und zweitens hat Ravi bei ihr mehr als bei allen anderen das Bedürfnis, sich zu beweisen. Diese Story ist eine große Sache. Sein Instinkt sagt ihm, dass er dranbleiben muss. Natürlich möchte das

Netzwerk dieses Großvaters Ravi vor seinen Karren spannen. Sie stellen sich eine aufsehenerregende Reportage vor, die nicht einmal wohlgesinnt sein muss, aber die Ideologie klar genug darstellt, um Gleichgesinnte wachzurütteln und in die Arme des Netzwerks zu treiben. Denn in einem haben sie alle recht – dieser Großvater denkt genauso wie Lotta: Ravi ist ehrgeizig. Eine Nominierung für den Reporterpreis, Kategorie *Investigativer Journalismus*, ist sein Traum. Diese Geschichte könnte die Fahrkarte sein. Eine mitreißende Story, der exklusive Einblick in die Hintergründe einer vielleicht gefährlichen Untergrundbewegung. Er zuerst, vor allen anderen Medien. Ja, es gibt Menschen, die diese Art Journalismus lieben. Verkaufen würde sich die Reportage wie warme Semmeln. Der Chef wäre begeistert. Wenn Ravi es auch noch so darstellen kann, als habe er unter Gefahr und Einsatz seines eigenen Lebens die dramatischen Bilder aus dem Kern eines potenziellen Terrornetzwerks geschmuggelt und das angesichts seines familiären Hintergrunds, würden sich Türen öffnen.

Doch in einem Punkt haben sie sich alle getäuscht. Ravi ist keine Marionette. Vielleicht ist er manchmal nachlässig. Aber er ist unabhängig. Eine Tugend, die guten Journalismus ausmacht. Es mag sein, dass er gerade die einzige Chance verpasst und sich Jamal nie wieder bei ihm meldet. Dann war es das mit der Reportage. Aber wenn nicht, wenn er sie tatsächlich schreibt, dann auf seine Weise. Und seine Weise beginnt damit, die Hintergründe sauber zu recherchieren. Wer sind diese Menschen, die ihn kontaktiert haben? Ist der Großvater der Kopf, oder ist auch er nur eine Figur in einem viel größeren Spiel? Es wird Zeit, dass Ravi es herausfindet.

Halb verdeckt von einem Briefkasten wartet er, bis sich

das Taxi mit dem Alten in Bewegung setzt. Dann sprintet er los.

Der Fahrer des zweiten Taxis hat den Motor schon gestartet, um vorzurücken, wartet aber, da sich gerade zwei junge Frauen mit Koffern nähern. Es ist nicht charmant, aber Ravi hat keine Wahl. Er drängt sich zwischen den Koffern durch, erreicht mit einem Meter Vorsprung vor den Frauen die Beifahrertür und wirft sich auf den Sitz.

»Was soll das?! Geht's noch?«, protestiert die größere der beiden.

Auch der Taxifahrer mustert Ravi für einen Moment irritiert, hat aber offenbar schon Schlimmeres in seinem Leben erlebt als unhöfliche Fahrgäste, die anderen den Platz klauen.

»Folgen Sie Ihrem Kollegen«, ruft Ravi.

Der Wagen setzt sich umgehend in Bewegung.

»Möchten Sie etwas von dem Fahrgast? Soll ich den Kollegen anrufen?«

»Bloß nicht! Bitte verfolgen Sie nur den Wagen. Ich möchte wissen, wo er hinfährt.«

»Dann nehme ich mal an, dass Sie dabei nicht auffallen wollen.«

»Das wäre gut.«

»Geht klar.«

Der Fahrer macht seine Sache gut – die Möglichkeit, dass hier irgendwas nicht ganz koscher ist, stört ihn allem Anschein nach nicht, im Gegenteil. Er scheint regelrecht Freude an der zweifelhaften Herausforderung zu haben. Geschickt lässt er andere Fahrzeuge zwischen sich und das Taxi vor ihnen einscheren, fällt ein wenig zurück und holt wieder auf, gerade bevor der Abstand zu groß zu werden droht. Ravi lehnt sich in seinem Sitz zurück. Auf seiner

Stirn perlt der Schweiß. Erst jetzt merkt er, dass er ziemlich außer Atem ist. Die Route führt quer durch die Stadt. Er befürchtet schon, dass sie am Bahnhof endet und eine Weiterreise im Zug unvermeidbar wird. Doch das Taxi biegt von der Hauptstraße ab, folgt dem Straßenverlauf einen Park entlang und erreicht eine Wohngegend, in der Villen umgeben von alten hohen Bäumen das Bild bestimmen.

Der Fahrer stoppt hinter einem parkenden Mercedes. Zwanzig Meter die Straße hinab steigt der Großvater aus seinem Taxi.

»Soll ich einen Moment warten?«, erkundigt sich der Fahrer. »Kann ja sein, dass Ihr Zielobjekt nur das Fahrzeug wechselt.«

»Ja, einen Moment. Aber ich denke, er wohnt hier.«

Ravi beobachtet, wie der Großvater durch ein Gartentor tritt und die Treppe zum Haus hinaufsteigt. Dort holt er etwas aus seiner Tasche, vermutlich einen Schlüssel, und verschwindet kurze Zeit später hinter der Tür. Wahrscheinlich rechnet er nicht damit, verfolgt zu werden. Aber sicher ist sicher.

»Könnten Sie für mich nach der Hausnummer gucken und nachschauen, ob irgendwo ein Name steht?«, bittet er den Fahrer.

Der Mann klettert aus dem Wagen und huscht die Straße hinab. Gefühlt zwei Sekunden später ist er zurück.

»Haben Sie Airdrop?«, erkundigt er sich und schickt Ravi ein Foto von einem geschmackvollen Messingschild mit Hausnummer und Klingelknopf.

»Stand auf dem Schild kein Name?«

Der Taxifahrer hebt bedauernd die Schultern.

»Schade. Aber ich danke Ihnen.«

»Keine Ursache. War mal was anderes als die üblichen

Fahrten zum Bahnhof. Kann ich Sie noch irgendwo hinbringen?«

»Nein. Das heißt ...« Ravi überlegt einen Moment.

Hinter der nächsten Kreuzung ist eine Bushaltestelle. Aber bis der Bus kommt, kann es dauern, und der bringt ihn allenfalls bis zur U-Bahn. Das Treffen mit Jamal hätte vor fünf Minuten stattfinden sollen.

»Wie lange brauchen wir bis zur Bahnhofstraße?«

Der Fahrer schiebt die Lippen vor. »Um diese Zeit? Fünfzehn Minuten? Ich kenne ein paar Schleichwege.«

»Dann los!«

Jamal anzurufen hat wenig Aussicht auf Erfolg. Aber vielleicht hat er Glück, und sein Gesprächspartner wartet noch auf ihn.

Nach exakt vierzehn Minuten und dreißig Sekunden stoppt das Taxi in der Nähe der Bahnhofstraße. Ravi bedankt sich mit einem großzügigen Trinkgeld.

»Danke«, freut sich der Fahrer.

»Und falls jemand fragt ...«

»... habe ich Sie nie gesehen.«

Grinsend schlägt Ravi die Beifahrertür zu und macht sich auf den Weg zum Treffpunkt. Auf halber Strecke kommt ihm jedoch ein Gedanke. Jamal, sofern er noch wartet, geht davon aus, dass er vom Treffen mit dem Großvater kommt. Abrupt bleibt er stehen, dreht sich um und eilt in die entgegengesetzte Richtung zum südlichen Eingang der U-Bahn. Es ist ein Umweg, jedoch mit einem entscheidenden Vorteil.

Als Ravi wie geplant die Haltestelle am nördlichen Ausgang in Richtung Treffpunkt verlässt, steht Jamal oben an der Treppe und winkt ihm zu. Das läuft besser als gedacht.

»Sorry. Tut mir echt leid«, entschuldigt sich Ravi. »Als ich deine Nachricht gekriegt hab, saß ich schon in der Bahn zur Redaktion. Ich musste erst noch umsteigen.« Er bemüht sich um einen bedauernden Gesichtsausdruck.

Jamal zuckt nur mit den Achseln. »Macht nichts. Wir müssen eh noch ein Stück fahren. Ich sag den Kumpels Bescheid, dass wir eine halbe Stunde später kommen. Ich hoffe, du hast Zeit mitgebracht.«

»Natürlich.«

Das entspricht zwar nicht der Wahrheit. Eigentlich hat er überhaupt keine Zeit. Nachdem er gestern nicht in der Redaktion war, sollte Ravi heute mit der ihm von Siebel aufgetragenen Recherche beginnen. Doch das muss jetzt warten. Blöd wäre nur, wenn Ravis Handy klingelt und der Chef dran ist. Oder Lotta. Aber nach seinem Abgang gestern ist beides unwahrscheinlich.

Sollte er sich melden? Alleingänge sind selten gut. Der Satz könnte von Lotta stammen. Ravi schnaubt laut, sodass Jamal ihn irritiert von der Seite mustert. Blödsinn. Er wird jetzt nicht zum Handy greifen. Sollen sie ruhig glauben, sein Kontakt zum *Altherrenclub* hätte sich aufgelöst. Nach dem Fiasko mit der Bordellgeschichte braucht Ravi einen Erfolg mehr denn je. Aber nicht überstürzt. Die Deckung wird er erst verlassen, wenn er alle Fakten zusammengetragen, die Reportage getippt und mit den passenden Fotos hinterlegt hat. Aber dann kommt er umso steiler aus der Kurve. Das hier wird seine Story. Vielleicht die größte seiner bisherigen Laufbahn. Dieses Mal lässt er sich von niemandem reinreden, keiner wird ihn zu vorschnellen Entscheidungen drängen oder ihn hintergehen.

Doch das ist es nicht allein. Das andere Problem ist, dass man nie vorhersehen kann, wie eine Recherche ausgeht.

Es kann schiefgehen. Die Möglichkeit besteht immer. Es kann sein, dass er seine Arbeit vorzeitig abbrechen muss. Dass er auf einen dummen Scherz reingefallen ist. Dass über Monate mühsam zusammengetragene Informationssplitter in der Tonne enden. Dann wird es bitter. Aber da kommt er durch. Sollte er feststellen, dass der liebe Großvater und seine Mannen doch nur harmlose Dampfplauderer sind, dann sei es so. Nichts, was ein Abend im Club und eine Nacht mit einer hübschen Begleitung nicht richten könnten. Hauptsache, keine Erklärungen. Kein elendes Mitgefühl. Oder der Anblick traurig hängender Schultern.

Von jetzt an herrscht Stillschweigen. Für die heimlichen Treffen wird er sich ab sofort eine Ausrede einfallen lassen.

»Warum grinst du so?«, fragt Jamal neben ihm.

»Ich grinse nicht.«

»Doch, du zeigst deine weißen Zähne wie ein Zirkuspferd. Glaubst du, das wird ein Spaß, oder was?«

Er führt Ravi zu einem alten, doch tipptopp gepflegten Corsa, der in einer Seitenstraße parkt, und öffnet die Türen.

»Natürlich nicht. Ich freue mich über dein Vertrauen.«

»Kannst du auch. Nur, dass du Bescheid weißt«, erklärt Jamal, während er den Corsa in den Stadtverkehr einfädelt. »Die Kumpel stehen nicht so auf …« Er zögert kurz, bevor er den Satz beendet. »… Journalisten.«

»Wissen sie, wer ich bin?«

Jamal lacht auf. »Nee, genau das meine ich ja.«

»Was hast du ihnen denn gesagt?«

»Ich habe gesagt, ich bringe einen Bekannten mit.«

»Und das ist okay?«

Jamal blinkt und steuert den Wagen stadtauswärts. »Klar, wenn einer mitmachen möchte. Wie soll es sonst funktionieren?«

Mitmachen! Das Wort hallt in Ravis Kopf wider, ohne dass er es greifen kann.

Sie haben die Autobahn erreicht. Zu seiner Verwunderung hält sich Jamal mit konstant achtzig stur auf der rechten Spur. Er hat das Radio eingeschaltet, deutsche Schlager der Siebziger dudeln aus den Lautsprechern, während er im Takt das Kinn vor und zurück wippen lässt.

»Ich steh einfach auf Udo Jürgens«, erklärt er, greift plötzlich blindlings hinter sich und zieht eine Papiertüte von der Rückbank.

»Hier!«

»Was ist das?«

»Guck mal rein, der Großvater möchte, dass du das aufsetzt.«

»So, so. Der Großvater. Ich dachte, ihr seid unabhängig.« Ravi starrt auf das winzige Stück dick gepolsterten Baumwollstoffs, das in der Tüte steckt. Eine Schlafmaske.

Jamal wendet den Blick nicht von der Fahrbahn. »Sind wir. Trotzdem hören wir auf seinen Rat. *Vertraue niemandem!*, sagt er. Ist eben von der vorsichtigen Sorte. Aber Ahnung hat er, muss man ihm lassen. Dem macht so leicht niemand was vor.«

»Vorsichtig? Kann man wohl sagen ...«, stimmt Ravi leichthin zu, macht jedoch keine Anstalten, die Maske aufzusetzen. Wahrscheinlich wird sein neuer Kumpel früher oder später darauf bestehen. Aber je später, desto besser wird er im Nachhinein den Treffpunkt rekonstruieren können. Fakten. Eine gute Story braucht Fakten.

»Außerdem soll ich darauf achten, dass du dein Handy wieder in diese abhörsichere Tasche steckst.«

»Mach ich, sobald wir da sind.«

Jamal sieht weiterhin stur auf die Straße. Aber er nimmt

den Fuß vom Gas. Die Tachonadel verlässt die 80er-Marke, fällt auf 70, 65. Der Lkw im Rückspiegel kommt bedrohlich nahe. Ein lang gezogener Hupton durchfährt jeden Nerv in Ravis Körper.

»Ich erwarte noch einen Anruf«, gibt er vor. Vergeblich.

»Jetzt«, verlangt Jamal knapp. Den Lkw ignoriert er.

So langsam wie es geht, ohne provozierend zu wirken, zieht Ravi die Faraday Bag aus seinem Rucksack und schiebt sein Handy hinein, wobei es ihm immerhin gelingt, unauffällig die Fitness-App zu aktivieren. In der abhörsicheren Hülle nützt die Trackingfunktion zwar wenig, aber vielleicht ergibt sich später die Gelegenheit, unauffällig den Verschluss zu öffnen. Einen Versuch ist es wert.

»Ach ja. Falls du eine Smartwatch trägst, kannst du sie gleich dazupacken«, verlangt Jamal, steigert das Tempo jedoch immerhin wieder auf gute siebzig Stundenkilometer.

Ravi gehorcht, verstaut die Faraday Bag in seiner Tasche und lehnt sich zurück. Doch die Ruhe währt nur kurz.

»... und jetzt die Maske.«

Es hat keinen Zweck. Entweder ist Jamal ein Profi, oder er hat strikte Anweisungen. Ravi tippt auf Letzteres. Im Grunde ist es egal. Er kann sich winden, wie er will. Am Ende hat er die Wahl, das Spiel mitzuspielen oder ohne Story auszusteigen. Dann allerdings besser sofort.

Die Entscheidung fällt auf Spiel. Ravi zieht die Maske über die Augen, widersteht dem Versuch, sie so aufzusetzen, dass eine Lücke bleibt, und befestigt die Gummis am Hinterkopf.

Im selben Moment gibt Jamal Gas.

Ravi wird in den Sitz gedrückt und zur Seite geschleudert, während das Auto offenbar die Spur wechselt, überholt, plötzlich in eine Kurve fährt, abbremst und erneut beschleunigt. Wie auf einer Achterbahn durch die Dunkelheit. Verdammt! Gut, dass ihm gewöhnlich nicht so leicht schlecht wird. Allerdings verhindert die Schlafmaske, dass er den Weg vorhersehen und die plötzlichen Bewegungen abfangen kann. Er fühlt sich wie ein nasser Sack, der im Sitz herumgeschleudert wird.

Haben sie gerade die Fahrtrichtung gewechselt? Ravi versucht den Weg, so gut es geht, nachzuvollziehen. Abbremsen, Abfahrt, direkt danach wenden und wieder eine Auffahrt. Geht es zurück Richtung Stadt? Ravi ist sich nicht sicher. Wieder wird er in den Gurt gedrückt, weil Jamal wohl bremst. Es geht in eine Kurve. Dann langsamer weiter mit einigen kurzen Stopps und abrupten Biegungen. Das könnte für Stadtverkehr sprechen. Sein Gehör hilft ihm kaum weiter, der verdammte Schlagersound ist zu laut. Nur ein entferntes Quietschen meint er einmal zu hören, vielleicht eine U-Bahn? Jamal beschleunigt erneut. Rechts, links, bremsen. Kurve. Wieder schneller.

Endlich, nach bestimmt zwanzig Minuten blinder Hetze, während der Ravi die Orientierung endgültig verloren hat, wird die Fahrt ruhiger.

»Gleich da«, verkündet Jamal. »Dann hast du es überstanden.«

Im Radio singt Juliane Werding. Jamal pfeift fröhlich mit, während er den Corsa über eine offenbar schlecht geteerte Straße lenkt. Als er endlich anhält und Ravi erlaubt, die Maske abzunehmen, parkt der Wagen vor einem alten Gehöft, das überall stehen könnte. Eine Mauer begrenzt die Sicht auf die Umgebung. Außer einem blaugrauen Himmel und ein paar Laubbäumen, deren Kronen von außen über die Backsteinziegel der Mauer reichen, kann Ravi nichts erkennen. Das Haus selbst sieht aus, als hätte es schon bessere Zeiten erlebt. Ein geducktes, einstöckiges Gebäude mit einer alten Tür, von der die blaue Farbe blättert. Die weißen Gardinen hinter den Scheiben sind zugezogen. Abgesehen von Jamals Wagen ist der Hof leer. Weder Geräte noch Fahrzeuge stehen herum. Allerdings führen Reifenspuren über den schlammigen Boden hinter einen Schuppen. Ravi vermutet, dass dort noch andere Autos parken.

»Tut mir echt leid. Aber das musste sein«, entschuldigt sich Jamal halbherzig und führt Ravi durch die von Schlamm bespritzte Haustür, einen Flur entlang und in eine düstere Küche mit abgegriffenen Möbeln.

Auf einer Eckbank sitzen drei Männer. Vor ihnen auf dem Tisch liegen Stadtpläne, technische Zeitungen und etwas, aus dem Kabel baumeln. Als Ravi und Jamal den Raum betreten, schauen sie auf. Ihre Gesichtsausdrücke reichen von überrascht bis ablehnend. Entweder teilen sie die vom Großvater vertretene Losung von der Gleichwertigkeit der Kulturen nicht so ganz, oder sie sind nur vorsichtig. Erfreut über Ravis Anwesenheit erscheint jedenfalls keiner von ihnen.

»Omar, Ali, Jussef«, stellt Jamal seine Kumpel vor.

Sehr witzig. Ravi nickt freundlich und mustert die Träger der Tarnnamen. Einen Migrationshintergrund kann man wohl ausschließen.

Stille.

»Wollt ihr Kaffee oder Saft?«, bietet Ali schließlich an. Er ist vielleicht Mitte vierzig und eindeutig der Älteste der Runde. In seinem Stoppelschnitt zeigen sich die ersten grauen Haare, und ein grausam gemusterter Polyesterpulli wölbt sich über seinem Bierbauch.

»Kaffee«, entscheidet Jamal. »Das ist …« Er wirft Ravi einen fragenden Blick zu.

»Hasan?« Es ist der erste Name, der Ravi einfällt.

»Setzt euch«, fordert Omar sie auf und rutscht ein gutes Stück zur Seite. Deutlich mehr, als nötig gewesen wäre.

Er ist etwa in Jamals Alter, trägt ein blau-weiß kariertes Hemd und akkurat geschnittene Haare. Jurastudent, geht es Ravi durch den Kopf. Omar schiebt ein Glas mit löslichem Kaffeepulver über den Tisch. Viel ist nicht mehr drin. »Heißes Wasser kommt gleich«, verspricht er und mustert Ravi aus zusammengekniffenen Augen. »Was kann der denn so?«

»Er soll den Wagen fahren«, wirft Jamal ein, bevor Ravi antworten kann.

Welchen Wagen?

»Das kann jeder.« Omar bleckt die Zähne. »Wir brauchen jemanden, der sich mit diesem Mist auskennt.« Er deutet auf die Elektronik auf dem Tisch.

Scheiße! Das ist mehr als Stammtischgerede.

»Ich dachte, dein Bruder macht das«, wirft Jussef ein.

Er ist etwas älter als Omar, vielleicht Ende zwanzig und trägt eine dick umrandete Brille, die ihm ein intellektuelles Aussehen verleiht.

»Dachte ich auch. Aber dann hat er es sich anders überlegt.«

»Wie, anders?«

»Na, anders eben.« Omar wendet sich an Ravi. »Also, was ist? Hast du Ahnung von Zündern, Hasan? Einen Führerschein haben viele.«

Zünder! Die machen echt ernst. Ravi ist für einen Moment zu geschockt, um zu antworten. Irgendwie hatte er ausgedehnte Diskussionen erwartet und langatmiges Pläneschmieden. Aber der Zünder kommt ihm reichlich konkret vor.

Zu seinem Glück lässt sich Jussef nicht so leicht abwimmeln. »Moment, das würde ich gerne zuerst klären.« Seine Augen fixieren Omar. »Dein Bruder ist Teil dieser Aktion. Kneifen ist nicht. Kannst du ihm gerne von mir ausrichten. Es sei denn, du ziehst es vor, dass ich … mit ihm rede.«

»He, jetzt bleib mal entspannt. Du bist hier nicht der Boss.« Omar hat sich kerzengerade aufgerichtet. Obwohl er leise spricht, ist seine Anspannung spürbar.

Es ist, als hätte jemand einen Schalter umgelegt. Plötzlich glühen Jussefs Augen. Nicht einmal die Brillengläser können ihren Zorn verdecken. »Aussteiger werden bestraft«, zischt er. »Die Regeln sind klar.«

»He, chill dein Leben. Mein Bruder war nie bei einem unserer Treffen. Er wurde nur angefragt. Und wenn er sagt, er macht nicht mit bei der Sache, kannst du das akzeptieren.«

Die anderen können es nicht sehen. Omar hält seine Hände unter dem Tisch verborgen. Nur weil er neben ihm sitzt, erkennt Ravi die roten Flecken, die nun auf den Handrücken brennen.

Bevor Jussef etwas erwidern kann, stellt Ali den Wasserkocher auf dem Tisch ab. »Es reicht«, stellt er ruhig klar. »So ein Job ist nichts für Männer, die zu Hause eine Familie haben.« Er sieht Jussef etwas länger als nötig an und wendet sich dann an Ravi. »Also, wie sieht es mit dir aus. Traust du dir das hier zu?«

»Ausgerechnet so einer«, zischt Jussef. »Was will der denn bei uns?«

Die anderen beachten ihn nicht. Ihre Augen haben sich auf Ravi gerichtet. Er kommt sich vor wie in einem Jobinterview. Offensichtlich ist das jetzt seine Bewährungsprobe. Leider hat er von Technik keine Ahnung. Von Bomben und Zündern schon gar nicht. Aber seine erste Reportage ist es nicht. Daher ist ihm zumindest eines klar: Das ist nicht der richtige Zeitpunkt, einen Mangel an Wissen zuzugeben. Im Gegenteil. Wenn er sich geschickt anstellt, kann er die Situation zu seinen Gunsten nutzen. Entschlossen greift er über den Tisch nach dem Zünder. Stumm mustert er das Ding von allen Seiten. Viel erkennen kann er nicht. Im Grunde ist es nicht mehr als ein Plastikröhrchen, aus dessen Ende zwei Kabel schauen.

»Also, ich hab ja keinen Röntgenblick. Um zu sehen, was ihr da zusammengelötet habt, muss ich es nach Hause mitnehmen.«

Jamal zieht hörbar Luft ein, und auch seine Kumpel betrachten Ravi abschätzend.

»Oder habt ihr vielleicht vernünftiges Werkzeug und ein Multimeter da?« Wenn das überhaupt die richtigen Tools sind. Ravi hofft, dass die anderen noch weniger mit seinem aufgeschnappten Werkzeugvokabular anfangen können als er selbst. Nun, es gilt zu bluffen. Also grinst er und lässt seine Grübchen spielen. Anscheinend erfolgreich. Zumindest Ali und Omar entspannen sich sichtbar. »Jetzt mal ehrlich«, fügt Ravi versöhnlich hinzu. »Ich bin auch nicht gerade wild drauf, Bomben in meiner Wohnung zu haben.«

Jussef starrt ihn weiterhin mit unbewegter Miene an.

Okay. Vielleicht sollte er Jussef einfach ignorieren. Um einen halbwegs versierten Eindruck zu machen, umwickelt Ravi den Zünder vorsichtig mit Küchenpapier, als wäre es die normalste Sache der Welt. Seine Hände würden das Ding am liebsten fallen lassen, doch er zwingt sich zur Ruhe. Hoffentlich kann es nicht einfach so hochgehen.

»Kann ich das Glas da benutzen?« Er deutet auf den Anrührkaffee. »Für den Transport.«

Ali brummt etwas, kippt aber das restliche Pulver in eine unbenutzte Tasse und schiebt Ravi das leere Glas über den Tisch.

»Ist das echt nötig?«, fragt Omar und beobachtet neugierig, wie Ravi das Glas sorgfältig in der Spüle auswäscht, abtrocknet und den in Küchenpapier eingewickelten Zünder darin verstaut. »Ich habe ihn einfach so transportiert. Dachte, falls er losgeht, dann besser nicht in einem geschlossenen Gefäß. Wegen des Drucks, meine ich.«

Scheiße! Stimmt das? Ravi versucht, sich nichts anmerken zu lassen. »Wenn das Ding losgeht, ist es eh schon zu spät, mit oder ohne Glassplitter«, antwortet Ravi. Blickkontakt! »In dem Glas ist die Wahrscheinlichkeit geringer, dass irgendwas Externes die Explosion auslöst. Verstehst du? Und ob ich jetzt auf der Rückfahrt aus Versehen dein halbes oder dein ganzes Auto wegsprenge, macht für mich nicht so den Unterschied.« Er grinst breit. Nur keine Unsicherheit zeigen.

Die anderen nicken zustimmend. Sogar Jussef.

Insgeheim hofft Ravi, dass Omar recht hat, so ein Zünder weitaus weniger empfindlich ist und die üblichen Actionfilme maßlos übertreiben. Immerhin ist er jetzt gut gepolstert und luftdicht verpackt. Als er die Kaffeedose in seiner Tasche verstaut, berühren seine Finger die Faraday Bag.

Ohne die möglichen Konsequenzen abzuwägen, öffnet er den Reißverschluss und spürt, wie das Handy aus der elektromagnetischen Absicherung heraus in die Tasche gleitet. Über den Tisch hinweg trifft ihn Jussefs Blick. Kühl und abschätzend. Hat er einen Verdacht? Hat der Reißverschluss geknarrt?

Innerhalb der übrigen Gruppe ist das Gespräch bereits weitergegangen. Aber Jussef starrt ihn an.

»Haben wir endlich das Datum?«, fragt jemand.

Hoffentlich ruft jetzt niemand an. Verdammt, Ravi hätte früher darüber nachdenken sollen, dass ohne Faraday Bag auch der Empfang wiederhergestellt ist. Kann er es unauffällig ausschalten? Seine Finger tasten sich durch die Tasche. Keine Chance. Vermutlich ist das Ding irgendwo zwischen Notizblock, Schlüsseln und Kleinkram verschwunden. Außerdem erinnert dieser Jussef ihn an einen Falken, so wie er starrt.

»Hasan?« In seiner Stimme knistert der Hass.

Jetzt richten sich auch die Augen der anderen auf ihn.

»Hör auf, in der Tasche rumzufummeln. Du machst mich nervös.« Jussef ist aufgestanden. »Omar, nimm unserem Neuling mal seine Tasche ab und leg sie draußen vor die Tür. Aber sachte! Und du, Jamal, setz dich endlich auf deinen Platz. Wir haben noch einiges zu besprechen. Ali hat etwas vorbereitet.«

Das war knapp. Nur wird es nicht besser. Während Ravi mit klopfendem Herzen Omar die Tasche aushändigt, breitet Ali einen Stadtplan auf dem Tisch aus und erklärt mithilfe einiger Figuren eine Mission, bei der es sich nur um einen Anschlag handeln kann. Von wegen Altherrenclub. Dieser Altherrenclub ist um einiges gefährlicher, als Ravi es sich gewünscht hätte. Das Ziel für die bereits geplante Aktion ist offenbar ein Bürohaus westlich der Innenstadt. Jetzt geht es nur noch um die Details. Die Diskussion beschränkt sich allein auf die Frage, ob vorab eine Bombenwarnung übermittelt werden soll. Während Jamal und Ali sich weigern, Menschenleben zu gefährden, kann es Jussef anscheinend nicht blutig genug werden.

Mit wachsendem Entsetzen folgt Ravi seinen Ausführungen. Es lässt sich nicht leugnen, der Mann hat seine

Hausaufgaben gemacht. Doch die Kaltblütigkeit, mit der er vorrechnet, welche Medienaufmerksamkeit Anschläge mit Todesopfern im Vergleich zu vereitelten Attentaten erhalten, lässt Ravi schaudern.

»Selbst Jahre später wird zum Jahrestag der Ermordeten und damit des Anschlags gedacht«, führt Jussef aus. »Ohne Tote verpufft die Aufmerksamkeit in dem Moment, wo ein neues Thema die Schlagzeilen macht. Wenn ihr richtig Pech habt, noch am selben Tag.«

»Jede Revolution braucht ihre Opfer«, stimmt Omar zu.

»Ja. Und was, wenn es deine Eltern trifft?«, wirft Jamal ein.

Jussef ist nun aufgesprungen. Mit wild aufgerissenen Augen beugt er sich über den Tisch, bis seine Nase fast Jamals Gesicht berührt. »Dann bin ich stolz darauf!«, verkündet er.

»He, komm mal wieder runter«, fordert Ali. »Wir wollen doch eines nicht vergessen. Wir hier«, er macht eine Handbewegung, die alle einschließt, »wir sind die Guten. Okay? Jeder von uns kämpft für dieselbe Sache.«

Als Jussef sich endlich, wenn auch widerstrebend, gesetzt hat, fährt er fort. »Ich schlage vor, wir stimmen ab. Ganz demokratisch. Alle einverstanden?« Ali blickt in die Runde. »Gut. Dann also per Handzeichen. Wer ist für eine Bombenwarnung?«

Ali und Jamal heben die Hände.

»Wer setzt auf möglichst viele Opfer?«

»Selbstverständlich!«, ruft Jussef.

Omar hebt den Arm.

»Gleichstand«, stellt Ali fest und wendet sich direkt an Ravi. »Was ist los? Keine Meinung?«

»Ja, Hasan. Was ist mit dir?«, stimmt Jussef ein.

Ravi spürt, wie sich seine Nackenhaare aufrichten. »Ich? Heißt das, ich bin dabei?«

»Wenn du das nicht weißt, solltest du nicht hier sein.« Jussefs Falkenaugen fixieren ihn, dass Ravi kaum zu atmen wagt.

»Lass ihn in Frieden«, murmelt Jamal halbherzig.

»Wir fragen ihn ja nur nach seiner Meinung.« Omar hat neben Jussef Position bezogen und die Arme verschränkt. »Also sag schon. Wo stehst du, wenn es hart auf hart kommt?«

Ravi bemüht sich um einen klaren Gedanken. Er muss seine Rolle spielen. Auf der anderen Seite ist er Journalist. Ein Ermittler, in gewisser Weise, und damit dazu verpflichtet, nach Möglichkeit nur zu beobachten, ganz sicher jedoch keinen Einfluss zu nehmen. Nur dafür stehen die Zeichen gerade denkbar schlecht.

»Ich würde menschliche Opfer vermeiden«, versucht er es. »Zumindest vorerst.«

»Damit ist es entschieden«, stellt Ali fest.

»Scheiße, ich lass mir doch nicht von ein paar Feiglingen die Revolution verbauen«, braust Jussef auf.

»Du hast einer Abstimmung zugestimmt und darauf bestanden, dass Hasan seine Meinung sagt. Find dich damit ab.« Ali hat sich bereits wieder seinen Straßenkarten zugewandt.

»Die Revolution besteht aus mehr als nur einem Anschlag«, tröstet Omar. »Unsere Chance kommt noch.«

Die anderen setzen sich zurück an den Tisch. Ali verteilt Aufgaben.

»Omar, du übernimmst die Objektüberwachung. Das nächste Mal möchte ich wissen, wer wann wo das Gebäude betritt. Wann die Menschen zur Arbeit kommen und in die

Mittagspause gehen. Wer für die Security zuständig ist. Ob und wo es in der Lobby oder vor dem Eingang Kameras gibt. Alles klar?«

Omar signalisiert mit einem Grunzen seine Zustimmung.

Das ist gut. Vielleicht ist der Zeitplan doch nicht so knapp, wie Ravi befürchtet hat. Wenn sie erst noch das Objekt observieren wollen, bleibt ihm Zeit. Zeit, die Behörden zu warnen – und davor weitere Informationen zu sammeln.

»Jussef, du kümmerst dich um die Sozialen Medien. Für den Moment reicht es mir, wenn du eine Liste mit geeigneten Foren, Gruppen und anderen Kanälen zusammenstellst. Halte dich erst einmal zurück mit eigenen Posts. Okay?«

»Warum die Zurückhaltung? Wir brauchen Anhänger. Je schneller unsere Themen viral gehen, desto besser.«

Alis Hände ruhen auf seinem Bauch. »Das ist richtig, muss aber koordiniert mit anderen Gruppen erfolgen. Also bitte ich dich um Geduld. Du kannst ja hier und da schon die Stimmung einfangen, ein bisschen zum sozialen Unmut beitragen. Ich möchte nur nicht unser gesamtes Potenzial verballern. Klar?«

Jussef brummt etwas, was jedoch nicht nach übermäßigem Protest klingt.

Ali wendet sich an Jamal. »Wir sind klar, oder? Dann ist Hasan ab sofort in deinem Zuständigkeitsbereich.«

Ravi spürt Jamals Ellbogen in seinen Rippen. Scheiße, jetzt gibt es kein Zurück.

»Traust du dir das zu?«, erkundigt sich Ali nun direkt. »Zusammen mit Jamal bist du jetzt unser Mann für die Sprengladung. Er kümmert sich um den Sprengstoff, du übernimmst den Zünder.«

»Alles klar«, erklärt Ravi fest, während das Herz in seiner

Brust trommelt. Er kann es nicht fassen. Er ist dabei! Eingeschleust in ein Terrornetzwerk, das im Begriff ist, einen Anschlag auszuführen. So einfach war das.

Erst im Hinausgehen trifft ihn wieder dieser Falkenblick. Während Omar ihm seine Tasche reicht, zischt Jussef leise in sein Ohr: »Nur, dass das klar ist. Dabei ist dabei. Aussteiger mögen wir gar nicht.«

17

Kyle

Der Abend im Sun Downer letzte Woche war auch für Kyle ein Augenöffner in jeder Hinsicht. Wäre er religiös, würde er ihn als Erweckungserlebnis bezeichnen. Eine Erleuchtung. Das trifft es gut. Cyb hat eine gesellschaftliche Relevanz, die den rein finanziellen Erfolg des Unternehmens weit übertrifft. Seine Kapazitäten in Bezug auf Industriespionage, Betrug, Diebstahl und Steuerdelikte sind unbegrenzt. Die Künstliche Intelligenz deckt Interessenprofile auf und ermittelt die Urheber. Ein Abgleich zwischen vorgegebenen Einnahmen und tatsächlichen Ausgaben in Kombination mit auffälligen Reisen und Kontakten, Cyb wird sie finden. Doch Hao hat recht. Gewaltdelikte, Vergewaltigungen und Kindesmissbrauch sind Cybs stärkstes Argument. Dass der Code nicht nur theoretisch, sondern tatsächlich hinter die Fassade jedes scheinbar unbescholtenen Menschen gucken kann, weckt das Interesse ihrer Abnehmer. Solche Verbrechen sind ein Armutszeugnis für eine entwickelte Gesellschaft. Cybs Potenz gerade in diesem Bereich erzeugt Begehrlichkeiten bei Politikern und lähmt jeden Widerspruch. Cyb muss auf den Markt. Je schneller Kyle das Programm verkaufen kann, desto besser. Für das Land und natürlich auch für die Firma.

Er hat bereits einige Zahlen jongliert. Mit den zu erwartenden Einnahmen bei einem bundesweiten Einsatz können sie nicht nur ihr Darlehen schneller als kalkuliert zurückzahlen. Sie können selber investieren. Der Algorithmus steht schließlich nicht für sich allein. Er ist auf Daten angewiesen, die erhoben, gespeichert und verarbeitet werden wollen. Was liegt näher, als in den notwendigen Auf- und Ausbau der Infrastruktur zu investieren? Kameras, Datennetze, IT-Knoten und Rechenzentren sind nur der nächste Schritt. Ihm folgen Systeme für Smarthome-Anwendungen und Smart-City-Funktionen. Zum Abschluss die Investition in eine eigene, umfassende Social-Media-Plattform. Die Krönung der Schöpfung. Der Ort, wo Meinungen gemacht, verbreitet und abgeschöpft werden. An Visionen hat es Kyle nie gemangelt. Nun ist es an der Zeit, sie umzusetzen. Think Big!

Tatsächlich geht es ihm seit dem Abend im Sun Downer deutlich besser. Das schlechte Gewissen, das sich mit der heimlichen Gründung von PLAN B eingeschlichen hatte, hat sich offenbar einen anderen Wirt gesucht. Kyles Seele ist wieder rein und unbeschwert wie eh und je. Zum ersten Mal seit Monaten ist er heute Morgen im Fitnessstudio gewesen. Zehn Kilometer auf dem Laufband und ein paar Gewichte ergeben zwar nur ein leichtes Work-out, aber legen durchaus die Weichen für einen guten Start in einen erfolgreichen Tag.

Trotz des Umwegs über das Fitnessstudio ist Kyle der Erste im Loft. Er hat bereits zwei Tassen Kaffee getrunken und die neuen Finanzdaten gecheckt, als auch Conny auftaucht, gefolgt von Micah. Von den anderen Cyberfreaks fehlt noch jede Spur.

»Gut, dass du schon da bist«, freut sich Micah bereits an

der Tür. Er verzieht sein rundes Gesicht zu einem verlegenen Informatikergrinsen.

Plötzlich ist Kyles schlechtes Gewissen wieder voll da. Wenn Micah nur nicht so verdammt arglos wäre.

Ohne seine Sachen abzulegen, schlendert sein Partner zu ihm herüber, missbraucht Kyles Schreibtisch als Po-Stütze und trommelt mit den Fingerspitzen gegen die Kante des Bildschirms. Kyle hasst es, wenn Micah seinen Schreibtisch so belagert. Leicht genervt stellt er die Vase auf die andere Seite und zieht Ausdrucke mit neuesten Zahlen unter den Schenkeln seines Partners hervor.

»Warum druckst du den ganzen Mist überhaupt aus?«, wundert er sich.

»Nenn mich altmodisch. Aber manche Zahlen brauche ich noch schwarz auf weiß.«

»Die guten oder die schlechten?«

Kyle schnaubt. Als gäbe es schlechte Zahlen. Die Wahrheit ist jedoch, dass er natürlich nicht annähernd so altmodisch ist, wie er sich gibt. Zwischen den ganzen Ausdrucken, die er in letzter Zeit anhäuft, lassen sich die Unterlagen von PLAN B ideal verbergen. Ungewöhnliche Software oder Vorgänge im IT-Netzwerk könnten trotz sorgfältiger Zuteilung von Zugriffsrechten einem der Freaks irgendwann auffallen. Gerade als Eigentümer von Cyb-Systems ist das Kyle durchaus klar. Sei es nur im Rahmen von Wartungsarbeiten oder IT-Sicherheitsüberprüfungen. In der elektronischen Datenverarbeitung ist nichts vor unbefugtem Zugriff hundertprozentig sicher. Aber, und das ist die eigentliche Ironie an der Sache, genau das macht die herkömmliche Papierablage umso sicherer. Jemand wie Micah würde nie auf die Idee kommen, ausgedruckte Seiten nach geheimen Informationen zu durchforsten.

»Ich muss mal mit dir über etwas reden.« Micah spricht leise und behält dabei Conny im Blick, die am anderen Ende des Lofts damit beschäftigt ist, den Kühlschrank aufzufüllen. »Ist dir an Hao in letzter Zeit etwas aufgefallen?«

Kyle zieht scharf die Luft ein und zwingt sich, im nächsten Moment wieder so entspannt auszuatmen, als hätte er nur ein Niesen unterdrückt. Ganz so arglos ist Micah wohl doch nicht. Mit dieser Frage hat Kyle jedenfalls nicht gerechnet. Das ist nicht gut. Dünnes Eis?

»Hao? Nein. Wieso?«, gibt er die Frage zurück. Gut, dass er heute Morgen schon ausreichend geschwitzt hat. So fällt es ihm leichter, Ruhe zu bewahren.

»Tja, ich weiß auch nicht.« Micah fährt sich durch seine dunklen Haare. »Keine Ahnung. Es kommt mir vor, als wäre er nicht ganz bei der Sache.«

»Kannst du ein bisschen konkreter werden?«

»Es ist ja nur ein Gefühl. Ich habe den Eindruck, dass sein Eifer irgendwie nachgelassen hat.«

Kyle wartet stumm, während sein Partner das Trommeln gegen den Monitor wieder aufgenommen hat. Immerhin ist die Vase jetzt vor ihm sicher. Die Vase – und die Ausdrucke, natürlich.

»Er geht früher als sonst. Er diskutiert weniger. Zum Beispiel in den Team-Meetings, weißt du?«

Manchmal erinnert Micah Kyle an einen kleinen Welpen. Unsicher, Schutz suchend und herzerweichend tapsig.

»Letzteres müsste dich doch freuen«, wendet er ein.

Sein Partner schaut ihn verwirrt an. »Wieso?«

»War er nicht immer gegen dich?«

»Nein, also ja. Dieser ewige Streit um seinen *Plan B*. Aber darum geht es doch. Diskussionen sind das, was wir hier fördern wollen.«

Kyle atmet langsam aus. So schlimm wie befürchtet ist die Situation offenbar nicht. Jedenfalls hat Micah keinen konkreten Verdacht, was die Sache deutlich einfacher macht.

»Arbeitet er nicht genug?«, hakt er daher nach.

»In Stunden schon. Soweit ich das sehe. Ich meine, wir kontrollieren das ja nicht so genau. Meinst du, ich sollte die Log-in-Zeiten überprüfen? Ich beobachte nur, dass er in letzter Zeit oft früher als alle anderen geht.«

»Vielleicht hat er private Termine. Eine Freundin?« Kyle zeigt seine weißen Zähne. »Es wäre doch möglich, dass er mehr Freizeit mit ihr verbringen möchte.«

Micah wiegt den Kopf. »Weiß nicht. Erzählt hat er jedenfalls nichts.«

»Er ist eben nicht der Gesprächigste.«

Aus den Augenwinkeln meint Kyle zu sehen, dass sich Conny auffällig langsam bewegt, so als würde sie sich bemühen, keinen Lärm zu machen. Lauscht sie ihrem Gespräch? Sicher ist er sich nicht. Doch Vorsicht schadet nie.

»Conny, hat Hao eine Freundin?«, geht er in die Offensive.

»Hao?« Sie schaut aus der Küche herüber, als hätte sie die Frage niemals erwartet. Trotzdem weiß sie offensichtlich sehr genau, um was es geht. »Nicht dass ich wüsste. Auf der anderen Seite würde er es auch nicht unbedingt erzählen, oder?«

Kyle wirft Micah einen bedeutungsvollen Blick zu.

»Das erklärt vielleicht die Arbeitszeiten. Aber nicht sein Verhalten in den Diskussionen«, murmelt sein Partner jetzt so leise, dass nur Kyle ihn versteht.

»Vielleicht hast du ihn ja von deinem Ansatz überzeugt.« Als wäre das Thema damit für ihn erledigt, steht Kyle auf, klopft Micah auf die Schultern und lacht laut.

Micah lacht nicht. Er schweigt nachdenklich. Immerhin löst er sich vom Schreibtisch und trottet stumm hinüber zu seinem eigenen, wo er seinen Laptop andockt und mit der Arbeit beginnt.

Kurze Zeit später taucht auch Hao im Büro auf. Auf Kyle macht er einen ziemlich normalen Eindruck. Still, arbeitsam, ansonsten unauffällig. Doch Micah hat recht. Während im Team-Meeting Katie, Tom und Ilyas ausgiebig über eine neue Trainingsroutine diskutieren, hält sich Hao auffällig zurück. Kyle, der die Diskussion wie üblich von seinem angestammten Platz am Ende des Konferenztisches aus verfolgt, muss zugeben, dass Hao kein einziges Mal auf eine verkürzte Umsetzung drängt oder eine alternative Methode vorschlägt. Sein Gesicht gleicht einer Maske. Er lauscht dem Gespräch und macht stumm Notizen auf seinem Tablet. Nur wenn er tatsächlich direkt angesprochen wird, antwortet er wortkarg und bezieht keine klare Position.

Umso wortreicher begrüßt er Kyle nach dem vermeintlichen Feierabend in den Räumen von PLAN B.

»Wir haben eine Goldvene entdeckt.«

»Goldader«, korrigiert Kyle, während er sich unter Haos ausschweifenden Gesten hinwegduckt, um seinen Schreibtisch zu erreichen. Es erstaunt ihn immer wieder, dass Hao nahezu fehlerfrei Deutsch spricht. Nur selten vertut er sich im Wort. So wie jetzt.

»Hast du Alkohol getrunken?«, erkundigt Kyle sich, als er seine Jacke ablegt.

»Nein. Energydrinks.«

»Das erklärt es.« Seufzend lässt er sich in seinen bequemen Schreibtischstuhl fallen. »Also, was gibt's?«

»Sieh es dir an. Alles aus Ravis Wohnung.« Hao nickt bedeutungsvoll und verschwindet.

Während Kyle sich durch die neuen Files arbeitet, wird ihm abwechselnd heiß und kalt. Zweimal steht er auf. Einmal, um ein Fenster aufzureißen und frische Luft in seine Lungen strömen zu lassen, dann wieder fröstelnd, um es zu schließen. Eine Goldader? Verdammt richtig. Ihm schwirrt der Kopf. Er starrt auf die neuen Daten und will am liebsten nichts mehr über diesen Typen wissen. Der Kerl widert ihn an. Trotzdem, und das ist das eigentlich Perverse, verspürt er verborgen hinter all der Abscheu eine fast unbändige Neugier, mehr zu erfahren, sich durch den Dreck zu wühlen und tiefer in diesen menschlichen Abgrund einzutauchen.

»Hao!« Statt zu seinem Handy zu greifen, brüllt er über den Gang.

Hao, vollgepumpt mit Energydrinks, wirkt wie ein agiles Kaninchen. Nahezu augenblicklich steht er vor ihm.

»Ja?«

»Die Videos? Das ist nicht das Mädchen von letzter Woche, oder? Wer ist die Neue?«

»Nein. Seine Nichte. Niki Korrapati, zwölf Jahre alt. Das Audio ist top. Ich habe es in den Ordner gelegt. Hast du es gehört?«

Kyle verzieht die Lippen. »Er hat die Kleine mit Sekt abgefüllt. Ist das alles, was wir haben?«

Hao wiegt den Kopf. »Im Moment? Ja. Aber es kommt bestimmt noch was dazu. In den nächsten Tagen.«

»Wie meinst du das?«

»Wir haben im Internet weitere Köder ausgelegt. Passend

zu unseren Beobachtungen. Jetzt warten wir wieder. Wie Tiger an einer Wasserstelle. Watering-Hole-Taktik. Besonders geschickt stellt er sich nicht an. Eher dumm wie eine Antilope.« Hao lacht laut. Es scheint ihm Spaß zu machen. »Er benutzt weder VPN-Tunnel noch das Darknet. Er macht es uns echt leicht. Wir haben zwei seiner Passwörter gephisht. Nicht mehr lange, dann wissen wir alles über ihn, können seine E-Mails lesen, seine Nachrichten und seinen Kalender. Wir wissen, wo er ist und was er tut.«

Tatsächlich belegen allein Haos bisherige Rechercheergebnisse, dass ihre Zielperson Ravi sich außer mit minderjährigen Frauen mit ungefähr allem beschäftigt, was in den Bereich organisierte Kriminalität fällt. Bomben, Missbrauch, Betäubungsmittel. Gut, er ist Journalist. Das könnte einige seiner Suchanfragen im Internet erklären. Gestern erschien tatsächlich eine Reportage über ein Bordell, in der er sich empört gibt und über die Missstände aufklärt. Auf der anderen Seite ist das ein Freibrief. Die perfekte Deckung. Seine Nichte hatte gewiss nichts mit dem Artikel zu tun, ebenso wenig wie die kurzen und reichlich freizügigen Tanzclips, die sie über sein WLAN hochgeladen hat. Das Cover eines Journalisten erlaubt es ihm, nahezu jedes Thema offen zu recherchieren. Interessanterweise scheinen jedoch längst nicht alle Suchanfragen in Bezug zu seinen Artikeln zu stehen. Es macht eher den Eindruck, als würde er umgekehrt über die Themen schreiben, die ihn privat interessieren. Besser gesagt, als würde er zweifelhafte Interessen mit beruflicher Notwendigkeit rechtfertigen. Verdammt clever.

»Eine Goldader, das ist er«, stimmt Kyle Hao zu. »Und die beuten wir jetzt aus. Kannst du deine Ergebnisse in Relation zu Cybs Potenzial setzen und daraus eine Präsentation basteln? Hau ein bisschen auf die Kacke, aber nicht zu viel. Insbesondere sollten wir den Eindruck vermeiden, wir hätten in irgendeiner Form Gesetze übertreten.«

»Wie soll das denn gehen? Wir haben sein privates Netzwerk gehackt!«

»Schon, aber nur, um die darauf folgende Datenrecherche im Internet zu vereinfachen. Weil wir wussten, wonach wir suchen mussten, oder?« Kyle wirft Hao einen bedeutungsvollen Blick zu.

Sein Mitarbeiter senkt zustimmend den Kopf. »Wir konnten Fallen auslegen und Filter anpassen. Wir wussten, was er mag.«

»Genau. Aber das lassen wir natürlich weg. Stell es so dar, als wären diese Fallen und Filter typische und natürlich ausbaufähige Features von Cyb. Es muss so aussehen, als wäre uns die Zielperson zufällig ins Netz gegangen. Und erst im letzten Moment haben wir unsere Befugnisse minimal ausgedehnt und seine Smartspeaker abgehört. Verstehst du?«

Haos Gesicht gleicht wieder einer Maske, sodass Kyle beim besten Willen nicht erahnen kann, was sein Chefprogrammierer gerade denkt.

»Reicht nächste Woche?«, fragt er.

Kyle rechnet kurz nach. Sie hätten noch etwas Zeit.

»Diese Woche«, drängt er trotzdem. »Freitag.« Je schneller, desto besser. »Melde dich morgen bei Conny krank. Dann hast du Zeit.«

Kyle brennt die Aufregung in den Fingern. Er muss unbedingt von Herrenstein eine Nachricht schicken, ihm einen Köder vor die Füße werfen, aus dem das Blut noch tropft. Das wird dem alten Herrn gefallen. Aber Hao hat Kyles Büro immer noch nicht verlassen.

»Ist was?«, fragt Kyle irritiert.

»Was machen wir dann?«

»Wie meinst du das?«

Hao wiegt den Kopf. »Wie wir die Daten, unsere Daten von PLAN B, in Cyb implementieren.«

Kyle erstarrt. Den Investor und diverse Politiker zu überzeugen, ist das eine. Micah ist eine andere Hausnummer.

»Das wird unser nächster und wichtigster Meilenstein«, gibt er zu.

»Die Zeit ist knapp«, vermutet Hao. »Trotzdem müssen wir kleine Schritte machen. Jedes Mal nur einen Teil der Daten übertragen. Verstehst du? Sonst wird er misstrauisch. Micah muss den Prototyp entdecken. Nicht wir.«

Kyle spürt, wie ihm das Blut in die Beine sackt. Eigentlich war das ja von Anfang an klar. Hat Hao es etwa bislang schleifen lassen?

»Das ist deine Aufgabe«, entgegnet er scharf. »Wenn wir die Abnehmer mit der Präsentation überzeugen, steht Cyb-Systems unter Zugzwang.«

Innerlich spielt er bereits die Möglichkeiten durch. Er könnte Micah die Wahrheit sagen. Doch seinem Partner wäre es zuzutrauen, dass er sofort aussteigt und mit einem Tastendruck alles zerstört, für das Kyle gekämpft hat. Er könnte Hao opfern, ihm die Schuld geben. Ändern würde es wenig. Micah würde das System vermutlich auf null setzen und damit riskieren, alle Rechte an von Herrenstein zu verlieren. Nein, stimmt nicht! Das würde Micah nicht tun. Sobald er die bislang unerwähnten Feinheiten des Vertrags erkennen würde, würde er den Code zerstören. So oder so hätte Kyle verloren. Selbst wenn er Micah durch irgendwelche juristischen Raffinessen ausbooten und die Kontrolle über die Firma übernehmen könnte, hätte Kyle nicht gewonnen. Ohne Micah kein Cyb-Systems. So einfach ist das. Er braucht Micah, und zwar unschuldig. Sein kindlicher Glaube an das Gute im Code ist das Rückgrat seiner Marketingstrategie. Mehr noch. Das Rückgrat ihrer Firma. Micahs Glaube wird die Basis für das Vertrauen der Gesellschaft bilden. Ihr Vertrauen in Micahs durch und durch ehrliche Person und in seine bedingungslose Integrität wird letztendlich den Erfolg von Cyb-Systems erst ermöglichen.

Scheiße! Kyle braucht eine Lösung.

Irritiert stellt er fest, dass Hao ihn beobachtet. In Kyle wächst das unangenehme Gefühl, dass sein Mitarbeiter gerade viel zu gut weiß, was er denkt. Er hasst es, durchschaut zu werden.

»Was ist?«, fragt er barsch.

»Ich wollte sicher sein, dass du es verstehst«, erklärt Hao.

»Und?«

»Ich habe Vorkehrungen getroffen. Von Anfang an. Ich habe alle Informationen von PLAN B schon an Cyb transferiert. Immer nur ein bisschen. Über Monate. Jetzt sind sie ein Teil der großen Menge. Sie liegen verborgen zwischen allen anderen Trainingsdaten. In drei Tagen nehme ich die letzten Daten mit ins Loft. Cyb wird dann bald einen Treffer melden.«

Kyle merkt, dass eine unglaubliche Welle der Erleichterung seinen gesamten Körper erfasst, und muss sich zusammenreißen, um wieder Herr der Lage zu werden.

»Gut«, erklärt er, als hätte er nie etwas anderes erwartet. »Wichtig ist, dass wir erfreut, am besten überrascht erscheinen. Sonst verraten wir uns.«

Hao nickt bedächtig und verlässt endlich den Raum.

Doch im Spiegelbild der Glasscheibe kann Kyle erkennen, dass sein Mitarbeiter die Maske abgelegt hat und zufrieden lächelt.

18

Es ist so weit. Die große Präsentation von Cyb-Systems soll in einem kleinen, informellen Rahmen stattfinden. Von Herrenstein hat daher zu einem *privaten Abendessen unter Freunden* eingeladen, wie er es nennt. Ein paar bekannte Gesichter aus Gesellschaft und Politik, er selbst und natürlich Kyle, jeweils mit Partner. Alles in allem etwa fünfzehn geladene Gäste plus Anhang. Wer nichts von diesem Abend weiß, ist Micah.

»So weit zum kleinen Kreis«, entfährt es Kyle.

Er wirft einen letzten Blick auf die Einladungskarte aus Büttenpapier, die offenbar jeder der Gäste erhalten hat. Galant überlässt er Tina den Vortritt und erklimmt hinter ihr die Treppen zum Eingang der Gründerzeitvilla, wo eine ältere Dame, vermutlich die Haushälterin, ihnen die Tür öffnet. Von Herrenstein erwartet sie im Salon.

»Es freut mich, dass Sie es einrichten konnten«, begrüßt er Kyle gerade so, als hätte Kyle nicht seit Monaten auf genau diesen einen Moment hingearbeitet. »Wie schön, bei dieser Gelegenheit auch Ihre bezaubernde Gattin kennenzulernen.« Er reicht Tina die Hand. »Vielleicht möchten Sie mit einem Aperitif beginnen.«

Mit ihren hohen Absätzen überragt Tina von Herrenstein um mindestens einen Kopf. Wie ein Schuljunge muss er zu ihr aufsehen. Dennoch scheint ihn dieser Umstand nicht im Mindesten zu verunsichern. Auf sein Zeichen hin reicht ihnen eine Gestalt in schwarzer Kleidung zwei Sektgläser.

Von Herrenstein ist derweil übergangslos beim geschäftlichen Teil des Gesprächs angekommen. »Ich habe mir vorgestellt, dass wir mit Ihrer Präsentation bis nach dem Essen warten. So sind wir alle entspannt und geistig offen für die technischen Möglichkeiten, die uns demnächst erwarten.«

»Welche Gäste sind bereits über das Projekt unterrichtet?«, erkundigt sich Kyle.

»Jeder der Anwesenden. Zumindest über das grobe Thema Ihres Vortrags, so wie Sie es der Einladung entnehmen können. Mehr jedoch nicht. Sehen Sie, ich schätze die Vorfreude.« Von Herrenstein wendet sich wieder an Tina. »Wissen Sie, was für mich früher das Traurigste an Weihnachten war?«

Kyle stellt beruhigt fest, dass seine Frau gespannt die Augen aufreißt, als würde sie diese Frage brennend interessieren. Von Herrenstein macht eine kunstvolle Pause, bevor er fortfährt.

»Der Moment, wenn alle Geschenke geöffnet waren.« Er verzieht den Mund. »Verstehen Sie, warum?«

»Weil danach alles vorbei war?«, rät sie artig.

»Genau. Wochenlang hatte ich mich auf diesen Moment gefreut. Ich hatte meine Wunschliste geschrieben, gerätselt und meine Eltern bedrängt, mir zu verraten, was sie mir schenken würden. Natürlich vergeblich. Dann kam der große Augenblick. Meine Mutter hat es zelebriert.« Von Herrenstein schwelgt offenbar in verklärter Erinnerung.

Dabei schließt er die Augen, als würde er alles noch einmal erleben. »Wir versammelten uns vor der Tür zum Wohnzimmer. Meine Schwester spielte Geige, ich begleitete sie auf der Flöte. Es duftete nach Tannen, Orangen und Zimt. Durch das Milchglas in der Wohnzimmertür fiel der Schein der Kerzen. Dann läutete meine Mutter das Glöckchen. Mein Vater öffnete die Tür und gab den Blick frei auf den schönsten aller Bäume. An den Zweigen glitzerten Christbaumkugeln. Um den Baum verteilt lagen die verschnürten Geschenke. Ich konnte es kaum erwarten, meines zu öffnen. Die Erwartung. Die Freude. Und dann, plötzlich war alles vorbei.« Er schüttelt bekümmert den Kopf, den Mund schmerzlich verzerrt.

»Mit Cyb wird es anders«, lenkt Tina das Gespräch zurück auf das eigentliche Thema des Abends.

Von Herrenstein, aufgeschreckt aus seiner Erinnerung, schenkt ihr ein Lächeln, das in seinem Gesicht jedoch deplatziert wirkt. Soweit Kyle sich erinnern kann, hat er seinen Investor nie zuvor glücklich gesehen. Zufrieden, ja. Amüsiert. Aber nicht glücklich. Vermutlich kommt es nicht häufig vor.

»Ja, da sagen Sie etwas. Die heutige Präsentation ist tatsächlich nicht das Ende. Sie ist erst der Anfang unseres gemeinsamen Projekts.« Er wartet einen Moment, als wollte er seinem Gedanken dadurch mehr Ausdruck verleihen. Tina und Kyle nicken verständnisvoll. »Kommen Sie«, fährt er fort. »Ich mache Sie mit den übrigen Gästen bekannt. Unseren Innenminister, Herrn Kübler, haben Sie gewiss schon erkannt.«

Eines muss Kyle ihm lassen, von Herrenstein ist der geborene Gastgeber. Charmant stellt er ihm und Tina die anderen Gäste vor, die sich untereinander anscheinend alle bereits mehr oder weniger gut kennen. Innenminister Kübler ist der ranghöchste anwesende Vertreter der aktuellen Politik. Doch auch zwei Staatssekretäre aus Kanzleramt und Justizministerium sind unter den geladenen Gästen, sowie der Chefredakteur eines Fernsehsenders und die Abteilungsleiterin eines nicht näher bezeichneten Sicherheitsdienstes. Kyle vermutet den Inlandsnachrichtendienst. Nachdem die Vorstellungsrunde überstanden ist, bittet von Herrenstein zu Tisch. Für die Dauer des Essens plätschert die Unterhaltung weiter dahin, wobei von Herrenstein geschickt hier und da das Gespräch auf die innere Sicherheit bringt, auf die Gefahr von eingewanderten Extremisten verweist und in sanften Tönen die Notwendigkeit beschwört, die besonders schutzbedürftigen Mitglieder der Gesellschaft nicht aus den Augen zu verlieren.

»Was ist er hauptberuflich? Puppenspieler?«, flüstert Tina Kyle ins Ohr.

Amüsiert beobachtet sie, wie ihr Gastgeber wortgewandt sogar die Abteilungsleiterin des Nachrichtendienstes so um seine etwas zu kurz geratenen Finger wickelt, dass sich ihre bislang spröde Mimik plötzlich aufhellt und sie so herzlich lacht, dass ihr eigener Ehemann verwundert von seinem Rinderfilet aufsieht.

»Ob man als Puppenspieler genug Geld verdient, um sich dieses Haus zu leisten?«, gibt Kyle zu bedenken.

»Es kommt ganz auf das Talent an, würde ich sagen.«

»Hauptsache, er lässt meine Frau nicht für sich tanzen.«

Tina lacht. »Da kannst du dich beruhigt zurücklehnen.« Sie tätschelt seine Hand. »Sein Charme ist zwar nett zu beobachten, erinnert mich aber sehr an Seife.«

»Seife?« Kyle zieht eine Augenbraue hoch.

»Ja. Weißt du, was das traurigste Erlebnis meiner Kindheit war?« Tina wartet gar nicht erst seine Reaktion ab. »Ein in edles Seidenpapier verpacktes Stück Seife. Ein Geschenk von Tante Hilly. Es roch so gut. Also wickelte ich es vorsichtig aus und konnte gar nicht anders, als hineinzubeißen.«

Kyle muss das Lachen mit seiner Serviette zurück in den Hals drängen. »Du hast in die Seife gebissen? Wie alt warst du?«

»Vielleicht drei oder vier.«

»Und dann?«

»Ich konnte es nicht fassen, dass etwas, das so traumhaft roch, gleichzeitig so scheußlich schmeckte. Also habe ich noch ein zweites Stück abgebissen und mich dann fürchterlich übergeben.«

»Faszinierend.«

»Seitdem bin ich bei Seife vorsichtig.«

»Okay. Wenn von Herrenstein dich an Seife erinnert, woran denkst du dann bei mir?«

Eigentlich sollte es nur ein Flirt sein. Doch statt mit einer gefälligen Antwort sein Ego zu polieren, zögert seine Frau.

»Schwierige Frage.«

»Warum?«

»Weil ich dich immer noch nicht richtig einschätzen kann.«

»Wir sind seit sieben Monaten verheiratet«, wendet Kyle leicht verärgert ein, obwohl das natürlich albern ist.

»Du bist eben wie Chili-Schokolade. Einerseits süß, ein bisschen scharf und in jeder Richtung ungewöhnlich. Aber wenn man zufällig auf das falsche Stück beißt ...«

Tina bricht ab, denn am anderen Ende des Tisches hat von Herrenstein das Wort ergriffen. Kyle wendet sich unwillig von ihr ab. In seiner Brust spürt er wieder dieses Ziehen. Sie hätte ihn mit allem Möglichen vergleichen können. Wodka, wenn es etwas Kulinarisches sein muss. Kalt, klar und stark. Natürlich ist Schokolade aus der Perspektive einer Frau wohl positiv belegt. Obwohl süß nicht gerade ein Attribut ist, mit dem er sich selbst schmückt. Scharf wie Chili schon eher. Aber was wollte sie mit dem angefangenen Satz sagen? Wenn man zufällig auf das falsche Stück beißt? Ja, dann kann es ganz schön unangenehm werden. Das Leben ist ein Haifischbecken. Fressen und gefressen werden. Beißt man auf eine Chilischote, verbrennt man sich. Aber nur im ersten Moment. Denn dem Schmerz folgt Klarheit. Je mehr Kyle darüber nachdenkt, desto besser gefällt ihm der Vergleich. Chili-Schokolade. Warum nicht? Aber wieso klingt es aus Tinas Mund eigenartig? Gar nicht wie ein Kompliment.

Hat sie ihn etwa schon satt? Muss er anfangen, sich innerlich zu wappnen? Vorzubeugen, um am Ende nicht wieder allein dazustehen? Abserviert?

»Liebe Freunde«, beginnt von Herrenstein seine Ansprache. »Ich freue mich, dass Sie meiner zugegebenermaßen kurzfristigen Einladung gefolgt sind. Ich denke, Sie werden es nicht bereuen.«

Kyle leert sein Weinglas, doch gegen den miesen Geschmack in seinem Mund hilft es wenig. Er winkt einem Kellner, ihm noch einmal nachzugießen. Immerhin ist er jetzt gewarnt. Was auch geschieht, es wird ihn nicht unvorbereitet treffen.

»Wie Sie wissen«, hört er ihren Gastgeber dozieren, »haben wir, also Herr Kerner und ich, ein kleines Programm für Sie vorbereitet. Ich möchte an dieser Stelle nicht zu viel verraten, außer, dass ich hoffe, dass die gleich folgende Präsentation Sie ebenso beeindrucken wird wie mich, als Herr Kerner mir die ersten Ausschnitte gezeigt hat. Ich muss zugeben, dass ich abgesehen von diesen wenigen Eindrücken selbst noch nicht weiß, was uns heute erwartet. Gewissermaßen wird es also für uns alle eine Überraschung werden. Eine lang ersehnte Überraschung. Darf ich das so sagen?«

Er hebt sein Glas in Kyles Richtung, sodass die meisten Augen nun auf ihm ruhen.

Kyle neigt dankend den Kopf. »Meine Mitarbeiter haben bis zuletzt die aktuellen Erkenntnisse eingearbeitet, um Sie heute in den Genuss zu versetzen, Zeuge einer großartigen Idee zu werden. Es ist ein Traum, der wahr geworden ist. Eine Möglichkeit, wie wir gemeinsam«, er lässt die letzten beiden Worte einen Moment über der Tafel schweben, »diese Gesellschaft auf ein neues Level heben können.«

»Ich sollte vorab eine Warnung aussprechen«, übernimmt von Herrenstein wieder das Wort. »Was Sie sogleich sehen und hören werden, ist nichts für schwache Nerven. Zudem muss ich Sie bitten, dass ich mich vorerst auf Ihre Diskretion verlassen kann. Diese Bitte umfasst sowohl die Inhalte unserer Präsentation als auch die im Anschluss sicherlich folgenden Gespräche. Was heute in unserer Runde besprochen wird, bleibt in unserer Runde.« Er wartet einen Moment, um jedem die Gelegenheit zu geben, seine Zustimmung zu signalisieren. »Nun, ich weiß ja aus langjähriger Erfahrung, dass ich mich auf Sie verlassen kann.« Von Herrenstein erhebt sich, deutet eine Verbeugung an und macht eine einladende Geste. »Daher lade ich Sie nun ein, Herrn Kerner und mir in das Nachbarzimmer zu folgen, wo wir alles Weitere vorbereitet haben.«

Kyle folgt umgehend seinem Beispiel. Er steht auf und hilft Tina, ihren Stuhl zurückzusetzen.

»Viel Glück«, flüstert sie und drückt seine Hand, als wäre nichts geschehen.

Kyle küsst ihre Wange, bemüht, den Schein des glücklichen Paares zu wahren, bevor er an den übrigen Gästen vorbeischreitet und seinen Platz am eigens dafür aufgebauten Rednerpult einnimmt. Er wartet, entspannt, eine Hand in der Hosentasche, bis alle einen Platz gefunden haben und das Gemurmel verebbt.

»Sie sehen aus wie du und ich«, beginnt er, während sich die Lampen verdunkeln.

Hinter ihm auf der Leinwand erscheinen die Fotos sympathischer Menschen. Sie sind jung und alt, männlich, weiblich und von unterschiedlicher Herkunft. Erst als das Foto von Ravi Korrapati erscheint, hält die Diashow abrupt an. Auch Kyle verharrt für einen kurzen dramatischen Moment, bevor er fortfährt. Jede Silbe betonend wiederholt er den Namen. Ravi Korrapati. Dann erst breitet er den Fall nach und nach vor seinem staunenden Publikum aus.

Hao hat seinen Job gut gemacht. Kyle spürt die im Raum wachsende Spannung wie ein Knistern in der Luft. In den Augen des Innenministers spiegelt sich vordergründiges Entsetzen gepaart mit unverhohlener Sensationslust. Einer der beiden Staatssekretäre presst die Hand vor die Lippen. Sogar der Chefredakteur hat den Mund aufgerissen. Vor ihren Augen und Ohren verwandelt sich innerhalb weniger Minuten ein sympathischer Mitbürger in einen widerwärtigen Unmenschen. Kyle nimmt nur aus den Augenwinkeln wahr, dass Tina blass geworden ist und ein wenig verloren auf ihrem Platz kauert, die Arme eng um ihren schlanken Oberkörper geschlungen, als würde sie ein Frösteln unterdrücken.

Nachdem er das Schreckensbild eines Menschen, dieses

Menschen, in all seinen Facetten gezeichnet hat, wendet sich Kyle der technischen Seite zu. Die Abteilungsleiterin des Nachrichtendienstes beugt sich in ihrem Sitz vor. Kyle spürt ihren Blick, während er die Fähigkeiten beschreibt, die der Cyb-Code bereits heute hat, und die Möglichkeiten, die sich erst bieten, würde man, selbstverständlich unter den strengen Auflagen des Datenschutzes, für weitere Maßnahmen die gesetzlichen Voraussetzungen schaffen.

Er führt sein Publikum sanft, doch zielgerichtet in eine neue Welt. Aus einzelnen Maßnahmen webt er ein digitales Netz, das für den Einzelnen kaum wahrnehmbar zu einer utopischen Gesellschaft führt, in der alle in Frieden und Sicherheit miteinander leben, sich entfalten und arbeiten können.

Im Saal ist es still. Nur ein leises Seufzen ist zu hören. Soweit Kyle es orten kann, stammt es von Küblers Ehefrau, die versonnen vor sich hin schaut, als würde sie diese Welt lieber heute als morgen errichten. Er beendet seinen Vortrag mit einem Foto des gesamten Cyb-Teams, das er vor zwei Wochen im Loft hat machen lassen. Es zeigt eine Gruppe engagiert wirkender junger Menschen. Hao, rechts im Bild, verzieht keine Miene. Doch Katie, Ilyas und Tom stehen eng beieinander und grinsen in die Kamera. Kyle, ganz in Schwarz gekleidet, hält sich im Hintergrund. Der Blick des Betrachters gleitet umgehend von ihm weiter zu Conny, die fröhlich lacht, als wären alle Sorgen von ihr abgefallen. Doch das eigentliche Zentrum des Bildes beherrscht Micah. Sein dunkler Haarschopf rahmt die sanften braunen Augen ein. Um seinen Mund spielt ein glückliches Lächeln.

Als die Beleuchtung wieder aufhellt, hat sich fast das gesamte Publikum zu Standing Ovations erhoben. Selbst

Tina applaudiert ihm. Von Herrenstein eilt auf Kyle zu, um ihn persönlich zu beglückwünschen.

»Sehr gute Arbeit. Besser hätte es nicht laufen können«, raunt er und klatscht demonstrativ in seine Richtung.

Kyle lächelt bescheiden, in seinen Ohren klingen die Wortfetzen der nun aufkommenden Gespräche:

»Manchen sieht man es nicht an ...«

»... nur objektive Fakten! ...«

»... wichtig, dass die Auswertung vorurteilsfrei erfolgt ...«

Ravis Herkunft scheint in diesem Kreis nicht unerheblich zu sein. Sollen sie darüber diskutieren. Es ist Kyle egal. Cyb schert sich nicht um Rasse oder Hautfarbe. Im Gegensatz zu jedem menschlichen Ermittler liefert der Code seine Hinweise unabhängig von optischen Faktoren.

Den Rest des Abends verbringt Kyle Seite an Seite mit seiner bezaubernden Ehefrau. Doch während er neben ihr steht, charmant plaudernd Glückwünsche entgegennimmt und Fragen zu Cyb-Systems beantwortet, schreiten seine privaten Pläne unaufhaltsam voran. Irgendwo in ihm haben Zweifel die Hoheit über seine Gedanken und Gefühle übernommen. Der Anfang vom Ende kam schneller als erwartet und leider früher als erhofft. Teure Geschenke, die er sich endlich leisten kann, werden seine Frau vielleicht noch eine Weile bei der Stange halten und den Abschied hinauszögern. Doch die Uhr tickt. Das Ende ist angezählt.

»Herr Kerner, das war sehr beeindruckend, aber wie verhindern Sie, dass Ihr Code missbraucht und gegen Unschuldige eingesetzt wird?« Vor Kyle steht eine ältere Dame mit mausgrauen Haaren und so vielen Gesichtsfalten, als sei ihre Haut noch nie mit einer Nachtcreme in Berührung gekommen.

»Unschuldige?«, wiederholt er unelegant und löst den

Blick von Tina. Aus bitterer Erfahrung weiß er längst, dass jeder Versuch, das nahende Ende abzustreiten, zum Scheitern verurteilt ist. Nicht mehr als eine lächerliche Illusion. Besser, er bereitet sich darauf vor. Innerlich. Vor allem jedoch nach außen hin. An die Alte gewandt fährt er fort: »Ihre Sorge ist natürlich nachvollziehbar. Aber ich kann Ihnen versichern, dass Herr Dr. Marow gerade hierauf besondere Sorgfalt verwendet. Er wollte mit Cyb einen Code schaffen, der allein auf Verbrechen programmiert ist.« Er untermalt seine Aussage mit einem gewinnenden Lächeln. »Eben weil Cyb kein Mensch ist, ist er in dieser Hinsicht nicht manipulierbar.«

Es wirkt. Offenbar zufrieden wackelt die Schreckschraube ihrer Wege.

»Gut pariert«, lobt von Herrenstein leise im Vorbeigehen.

»Nichts als die Wahrheit«, entgegnet Kyle, was genau betrachtet sogar stimmt. Fast zumindest.

Der Investor schmunzelt. »Linksliberale Juristin, Menschen wie sie sind unsere wahren Herausforderungen.«

Kyle nickt. Linksliberale Juristen, untreue Ehefrauen, zögerliche Geschäftspartner. Die Liste der Herausforderungen ist lang.

19

Micah

»Micah, ich hatte keine Wahl!«, behauptet Kyle mit Nachdruck.

Obwohl Micah viel zu erschöpft für eine detaillierte Beobachtung ist, stellt er fest, dass sein Partner ungewöhnlich erregt ist. Er ist vom Stuhl aufgesprungen und steht nun mit kampflustig vorgebeugtem Oberkörper hinter seinem Schreibtisch. Seine Hände umklammern die Tischplatte, sodass die Knöchel hell unter der gebräunten Haut hervortreten. Sogar seine Wangen schimmern in einem leichten Rosa.

»Du hättest mit mir reden können.«

Es ist Montagmorgen. Sie stehen in Kyles Büro, einem herrlichen, lichtdurchfluteten Raum in der obersten Etage des Cyb-Buildings mit Blick über die gesamte Stadt.

Bis gestern Nacht haben Micah, Isabel und Lotta die Beweise zusammengetragen. Es gibt keinen Zweifel. Kyle hat ihn hintergangen. Sein Partner. Kyle, der einzige Mensch, der Micahs große Idee von Anfang an tatsächlich verstand. Sie zumindest verstehen sollte. Oder eben auch nicht. Micah könnte kotzen. Ob vor Erschöpfung oder weil Kyles Getue ihn einfach nur unendlich anwidert. Er hat keine Ahnung. Er weiß gar nichts mehr. Es ist alles nur verwirrend.

Wenn jemand wusste, wie mächtig der Code ist, dann doch Kyle. Wie oft hat Micah ihm erklärt, dass sie ihre Vision nur umsetzen können, wenn sich Cyb frei entwickelt? Egal, wie lange es dauert. Hatte Kyle ihm nicht zugehört? Oder war seine unfassbare Gier am Ende größer gewesen? Dieses verdammte Geltungsbedürfnis. So oder so hätte er mit Micah reden können, reden müssen. Er hat diesem Mann vertraut!

»Wirklich?«, zischt Kyle. »Ich habe es versucht. Bei Gott, ich habe es versucht. Immer wieder habe ich dir gesagt, dass wir schneller arbeiten müssen. Aber du warst viel zu verbohrt.«

»Es ging um den Code«, brüllt Micah zurück. Auch er ist aufgesprungen und fährt nun herum, als sich hinter ihm die Bürotür öffnet.

»Ich ... äh, ich habe geklopft«, stammelt Conny.

Sie starrt Micah mit offenem Mund an, als wäre ihm ein zweiter Kopf gewachsen. War sie früher auch so stark geschminkt? Zumindest erinnert er sich nicht daran, dass sie knallroten Lippenstift getragen hätte oder enge Oberteile, die ihr Dekolleté derart betonen.

»Geht es dir nicht gut?«, fragt sie.

Nein, es geht mir verdammt noch mal nicht gut, würde er am liebsten schreien. Uns allen geht es so was von nicht gut. Er weiß gar nicht mehr, was er fühlen soll. Die Wut auf Kyle, die unglaubliche Enttäuschung und die tiefen Verletzungen werden nur noch von einem anderen Gefühl übertroffen, und das ist die schiere Panik. Cyb ist nicht sicher! Er, Micah, hat der Welt seinen größten Albtraum verkauft. Sie haben ihm vertraut, aber er hat sie alle getäuscht. Politiker ebenso wie die Menschen auf der Straße. Er muss sich nur vorbeugen und aus den bodentiefen Fenstern gucken.

Dann kann er sie sehen, weit unten. Wie Ameisen huschen sie tief zu seinen Füßen über die grauen Straßen, im sicheren Vertrauen, dass Cyb für sie sorgt. Dass Micahs Code sie beschützt. Das hat er ihnen versprochen. In zahlreichen Talkshows und Zeitungsartikeln, in Podiumsdiskussionen und Interviews. In seiner Naivität hat er sie überzeugt. Er hat sie mitgerissen. Wie Lemminge in den Abgrund. Denn jetzt ist sie da. Die totale Überwachung. Seine größte Sorge. Überwachung ohne jeden Nutzen. Von welchem Preis hatte Kyle gesprochen? Dem Friedenspreis? So ein Hohn!

Micah öffnet den Mund, um Conny zu antworten. Nein, es geht ihm nicht gut, will er sagen. Doch sein Mund ist wie ausgetrocknet. Die nicht ausgesprochenen Worte kleben an seinem Gaumen, verstopfen seine Kehle und rauben ihm den Atem.

Nein, es geht ihm nicht gut, möchte er schreien, er will weinen, während die Enttäuschung seine Brust zusammenzieht, sein Herz durchbohrt und bis in die Lungenspitzen sticht.

Nein, es geht ihm nicht gut, stammelt er tonlos, weil die Schuld seine Stimme raubt.

Doch Conny hat die Tür bereits wieder geschlossen.

»Jetzt beruhige dich mal«, fährt Kyle ihn an. »Es ist ja nicht so, als würde mir Cyb nicht am Herzen liegen.«

»Am Herzen?« Mehr als ein höhnisches Lachen kann er für seinen Partner gerade nicht aufbringen. »Welches Herz?«

»Vielleicht können wir vernünftig bleiben und über die Sache reden«, schlägt Kyle vor. Er deutet knapp auf seine neue Ledersitzecke und zieht die Hand im nächsten Moment wieder zurück, als hätte er sich verbrannt.

»Klar, servierst du mir vielleicht noch einen Milchshake?«

Ohne Micahs Zynismus zu würdigen, lässt sich Kyle in einen der Sessel fallen. Widerstrebend folgt Micah dem Beispiel. Für einen Moment schweigen beide. Micahs Blick gleitet zur bodentiefen Fensterfront. Er schweift über die schöne und zugleich schreckliche Aussicht auf die Stadt, über den Park mit den alten Bäumen, die historischen Straßen, über die modernen Regierungsgebäude – über die Kameras, Gesichtsscanner und Trackingdevices. Die Luft ist heute so klar, dass der Horizont sich weit hinaus ins Umland erstreckt, als würde ihnen die gesamte Welt zu Füßen liegen.

»Wir mussten die Entwicklungsphase beschleunigen. Sonst wäre alles umsonst gewesen. Wäre dir das etwa lieber?«

»Natürlich!«

Kyle mustert ihn fragend. Liegt da nicht sogar ein Hauch von Spott in seinem Blick? Du bist zu gut für diese Welt, hat Kyle manchmal behauptet. Rückblickend bekommt der Satz eine ganz neue, bittere Bedeutung.

»Meine Idee basierte auf einem perfekten Code, frei von jedem menschlichen Irrtum«, stößt Micah hervor.

»Ich weiß. Du bist ein Idealist, und dafür bewundere ich dich. Doch der perfekte Code stand nicht zur Auswahl. Die Auswahl war ein sehr guter, wenn auch nicht ganz perfekter Code. Oder gar keiner.« Da Micah nicht antwortet, fährt Kyle fort. »Die Daten, die wir eingespeist haben, wurden vorher sorgfältig ausgewertet. Das verspreche ich dir.«

Kyle hebt demonstrativ die Hand wie zum Schwur. Lächerlich! Warum ist Micah vorher nie aufgefallen, dass Kyle jede Gelegenheit nutzen muss, sich aufzuplustern. Selbst jetzt und hier. Doch eines nach dem anderen. Fakten. Zunächst braucht Micah Fakten.

»Woher stammen die Daten?« Jetzt, immerhin jetzt, muss er zumindest das Ausmaß des Schadens verstehen. Das Ausmaß dessen, was er angerichtet hat.

»Ist das wichtig?«

»Ja, natürlich ist das wichtig!«

»Micah, ehrlich. Es ist ja nicht so, als hätte Cyb-Systems ein perfektes System verdrängt. Was wir heute als selbstverständlich empfinden, die Sicherheit auf den Straßen, die Ehrlichkeit im Steuersystem, glücklich und sicher spielende Kinder, das war vor gar nicht allzu langer Zeit ein Luxus. Ja, wir hatten Verbrechensbekämpfung. Im Nachhinein, nicht präventiv. Die Polizei rühmte sich mit einer Aufklärungsquote bei Straftaten von etwas über 50 Prozent. Du kennst doch die Zahlen. Heute kann Cyb mehr Verbrechen verhindern, als früher überhaupt aufgeklärt wurden.«

Natürlich. Kyle Kerner, Meister der Ausreden.

»Weißt du auch, wie viele Unschuldige wegen uns im Gefängnis sitzen? Wie viele Leben wir zerstört haben?«

Sein Partner, in Gedanken lässt Micah das Wort ironisch nachklingen, seufzt leise. »Micah, das wird immer gerne behauptet. Und ja, vielleicht stimmt es. Vielleicht ist irgendwo unter unzähligen Verhafteten auch einer, der unschuldig ist.«

Micah holt Luft, doch Kyle redet einfach weiter.

»Das gab es immer. Es gab immer die Fälle, bei denen nach zwanzig Jahren Haft plötzlich der entscheidende Beweis auftauchte. Aber glaubst du nicht, dass diese Fälle durch unser System, durch deinen genialen Code, seltener geworden sind?«

Micah zuckt hilflos mit den Achseln. Um ehrlich zu sein, weiß er nicht mehr, was er glauben soll. Kyle hat ihn rücksichtslos hintergangen. Trotzdem, und das ist das, was am meisten schmerzt, hat er tatsächlich recht. »Jetzt wollen sie uns auch noch diesen Preis geben«, flüstert er. Seine Stimme zittert. »Als hätten wir ihn verdient.«

»Genau! Denn das haben wir.« Kyle schaut ihn fest an. »Wir haben die Welt verbessert. Tatsache ist, dass CybSystems die Welt ehrlicher und sicherer gemacht hat.«

»Ja, natürlich. Aber ...«

»Ich weiß auch, dass hinter jedem Einzelfall eines unschuldig Verurteilten ein Schicksal steht«, lenkt Kyle ein. »Im Krieg spricht man von Kollateralschäden. Die sind unvermeidbar. Das weiß jeder große Staatsmann. Aber viele sind es hier nicht. Unser Beweissystem baut stärker als früher auf objektiven Daten auf, anstelle von irgendwelchen subjektiven Zeugenaussagen. Außerdem darfst du nicht vergessen: Auch Schuldige schwören oft bis zuletzt auf ihre Unschuld und schieben alles auf einen Fehler im System. Das vergessen diese Verschwörungsspinner gerne.«

»Also hast du hinter meinem Rücken PLAN B gegründet? Zusammen mit Hao.«

Kyle dreht die Handflächen nach oben, als würde allein die Geste die Frage beantworten.

»Wer wusste davon?«

Micah kommt sich vor wie ein Roboter. Kyles Gestik und Mimik prallen einfach an ihm ab. Soll Kyle doch die Kiefer aufeinanderpressen, als hätte er Mühe, sich zu beherrschen. Dann wieder seine blendend weißen Zähne zeigen, als hätte er, Kyle, alles unter Kontrolle.

»Hao und ich.«

»Wer noch?«

»Niemand.«

Ohne darüber nachzudenken, springt Micah auf und reißt die Tür zum Vorzimmer auf.

»Conny«, ruft er hinaus. »Was weißt du über PLAN B?«

»Micah, bitte«, beschwichtigt Kyle ihn hinter seinem Rücken.

»Was ist PLAN B?«, fragt Conny zurück. Ihr Gesicht ist bleich. Sie starrt Micah hilflos an. »Soll ich dir vielleicht einen Tee machen?«

Er schüttelt unwirsch den Kopf, macht zwei Schritte an ihrem Schreibtisch vorbei und steht auf dem Gang. »Ihr alle«, brüllt er, und verschiedene Köpfe fahren erschrocken herum. Allesamt neue, junge Mitarbeiter. »Wer von euch hat bei PLAN B mitgemacht?«

Sie starren ihn an. Sie schütteln die Köpfe. Ihre Lippen bewegen sich stumm. Jemand eilt den Gang hinab und drückt hektisch die Tasten für den Fahrstuhl.

Neben Micah erscheint Kyle in der Tür.

»Keine Sorge«, ruft er. Er winkt ihnen zu, als wäre alles in bester Ordnung. »Nur eine kleine Wette. Conny, kannst du uns bitte einen Tee bringen und etwas zum Knabbern?«

Damit zieht er Micah zurück in sein Büro und drückt die Tür hinter ihm fest ins Schloss.

»Was willst du?«, zischt er. Offenbar ist er jetzt doch verärgert, der große Kyle. »Willst du alles zerstören? Dann nur zu.« Er weist auf die Tür. »Erzähl allen, der Cyb-Code ist nicht so toll, wie ihr glaubt. Nicht sicher. Sorry, ein System Error. Oder was auch immer. Und dann?«

»Dann schalten wir ihn ab.«

Kyle lacht plötzlich auf. »Im Ernst? Glaubst du wirklich, irgendjemand würde Cyb wieder abschalten?«

Micah zuckt mit den Achseln. »Wir haben alle getäuscht.«

»Na und? Die Welt will getäuscht werden.«

Kyle hat wieder seine Lieblingsrolle angenommen. Wie eine zweite Haut. Micah beobachtet Kyles Schauspiel, seine makellosen Züge. Der große Showman und daneben er, der farblose Informatikstudent.

»Überleg mal, was die Konsequenzen wären. Politiker müssten zurücktreten. Unzählige Menschen würden ihren Job verlieren, nicht nur bei Cyb-Systems, sondern bei unseren Zulieferern, Vertragspartnern und so weiter. Schaltet man das System von jetzt auf gleich ab, würde die Gewalt rasant zunehmen. Schon mal *The Purge* gesehen? Und am Ende würde irgendein schlauer Anwalt Cyb-Systems, den Staat und natürlich uns persönlich auf Schadensersatz verklagen. Klingt das für dich sinnvoll?«

Kyle lächelt sein souveränes Managerlächeln, das auf Micah gerade alles andere als überzeugend wirkt. Im Gegenteil. Am liebsten würde er ihm die weißen Zähne ausschlagen. Micah merkt, dass sich die Finger seiner rechten Hand zu einer Faust verkrampfen. Leider ist er sich nur zu gut der Tatsache bewusst, dass er bei einer schlagkräftigen Auseinandersetzung mit Kyle umgehend den Kürzeren ziehen würde. Und ändern würde es nichts.

»Wenn du aber mal für einen Moment von deinem hohen Ross der Ideologie herabsteigen könntest«, fährt Kyle deutlich sanfter fort, »wirst du feststellen, dass wir – hier unten in der Realität – Kompromisse eingehen müssen.«

»Ich wollte die Welt verbessern.«

»Das hast du getan. Die Auszeichnung mit dem Friedenspreis ist der beste Beweis. Die Welt liebt dich. Die Menschen danken dir. Du hast Einfluss. Du kannst etwas bewegen. Warum willst du das alles zerstören?«

Micah schweigt. Desillusioniert. Seine Gedanken kreisen um das eine Wort. Abschalten! Die vollständige Zerstörung des Codes. Auf der anderen Seite, und er hasst diesen Gedanken, hat Kyle nicht ganz unrecht.

»Denk auch mal daran, wie viel Gutes du mit dem Geld tun kannst, das du mit Cyb-Systems verdienst«, säuselt sein Partner nun. »Die Stiftung ist eine wunderbare Idee. Damit ermöglichst du unzähligen Kindern eine Ausbildung. Was passiert mit ihnen, wenn dein Geldstrom versiegt?«

»Wir müssen noch einmal von vorne anfangen«, murmelt Micah mehr zu sich selbst. Der Gedanke hat tatsächlich etwas Tröstendes.

»Und Isabel?«, fragt Kyle. »Hast du an sie gedacht? Glaubst du als kleiner Nerd, der du vor ein paar Jahren noch warst, hättest du so eine Frau bekommen?«

»Lass Isabel aus dem Spiel.«

»Wieso? Hast du immer noch nicht verstanden, dass alles zusammengehört? Dass das ganze Leben miteinander verwoben ist? Die ganze verdammte Welt? Du kannst nicht einfach die Zeit zurückdrehen, den Code löschen und weitermachen wie bisher. Von vorne anfangen? Was soll das denn heißen?«

»Das heißt, dass wir Cyb noch einmal ganz neu aufsetzen müssen.« Plötzlich ist Micah alles klar. So einfach ist es. »Wir schaffen eine neue Künstliche Intelligenz. Cyb-2. Wir lassen sie wieder bei null anfangen. Alles neu erlernen. Im Prinzip wie vorher. Nur, dass wir jetzt über eine viel größere Datenmenge verfügen und natürlich auch die Prozesse schneller ablaufen. Alte Fehler können wir von vorneherein vermeiden. Der neue Lernprozess würde sich dadurch verkürzen.«

Micah ist Kyle zurück zur Sitzecke gefolgt und hat wieder Platz genommen. Es gibt eine Lösung. Als Conny vorsichtig die Tür öffnet und ein Tablett mit Teetassen und getrockneten Früchten in Schokoladenmantel vor ihnen auf dem Tisch abstellt, hat er bereits einen vielversprechenden Ansatz gefunden. Die Hoffnung treibt das Blut in seine Wangen und ins Gehirn. Es könnte klappen.

»Wenn es sein muss, lassen wir eben den alten Code für eine begrenzte Zeit parallel laufen und schalten dann irgendwann auf den neuen um. Das wäre mein Kompromiss. Wie bei einem gewöhnlichen Update«, überlegt Micah, als sie den Raum wieder verlassen hat. »In der Statistik wird man wahrscheinlich einen kleinen Knick erkennen. Aber das können wir erklären.« Die Hoffnung ist der Aufregung gewichen, wie immer, wenn eine neue Idee ihn durchströmt.

»Wem willst du etwas erklären?«, fragt Kyle irritiert.

»Na, allen. Eine öffentliche Bekanntmachung.«

»Dir ist schon klar, dass wir mit zu viel Ehrlichkeit innerhalb kürzester Zeit das Vertrauen der Bevölkerung verlieren, oder?«, erkundigt sich Kyle.

»Möglich. Aber Ehrlichkeit ist unsere Basis.« Micah fährt sich ungestüm durch die Haare. »Wir müssen eine Kommission schaffen, die die alten Fälle aufarbeitet und nach berechtigten Zweifeln scannt. Nur so können wir uns einen Überblick verschaffen, wie groß das Problem tatsächlich ist, und entstandenes Unrecht wiedergutmachen. Dafür richten wir einen Fonds ein.«

Ihm gegenüber nippt Kyle schweigend an seiner Tasse. Seit wann trinkt er Tee? Sein Gesicht verrät keine Regung. Hoffentlich denkt er über die Vorschläge nach. Eigentlich ist die Idee mit der Kommission sogar sehr gut. Damit wird das Ausmaß der Fehler objektiviert. Cyb-Systems erhält nicht nur einen Überblick über den Umfang der Katastrophe, also ein Verhältnis von unschuldig Verurteilten zur Gesamtheit aller verhinderten Verbrechen. Daneben gewinnt er selbst als Programmierer unschätzbar wichtige Daten zur Fehlerfortpflanzung und damit zur Fehlertoleranz, also zur Resilienz ihres Systems.

»Darum kümmere ich mich persönlich«, beschließt Micah, da Kyle sein Pokerface immer noch nicht abgelegt hat. Micahs Stimme ist fest und klar. »Das übrige Vorgehen sollte aber eine eigens dafür eingerichtete und vor allem unabhängige Institution übernehmen.«

Kyle zieht scharf die Luft ein, doch Micah schneidet ihm das Wort ab. »Vielleicht können wir eine öffentliche Kommission verhindern, indem wir zunächst firmenintern eine unabhängige Arbeitsgruppe bilden. Ich denke, Tom könnte sich dazu schon mal Gedanken machen. Er ist der richtige Mann.«

Micah spürt, wie die Energie zurück in seine Glieder fährt. Wie seine Gedanken aufklaren. Ihn durchströmt ein plötzlicher Tatendrang. Alle Müdigkeit ist von ihm abgefallen. Sobald er zu Hause ist, wird er Lotta bitten, den Kontakt zu Ravi herzustellen. Nein, erst wird er Isabel umarmen und ihr sagen, wie sehr er sie liebt. Dann aber muss er Lotta anrufen.

Wenn es tatsächlich Punkte gibt, in denen Beweise fingiert wurden, weiß das niemand besser als Ravi. Oder ob Gesprächsmitschnitte zu früh unterbrochen oder zu spät aufgezeichnet wurden. Mit diesem Wissen kann er gezielt nach den Fehlerquellen und Unsauberkeiten in der Beweisführung suchen.

Er spürt Kyles Blick auf sich ruhen. Besser, er erklärt diesen Teil seines Plans zunächst nicht. Es ist ohnehin nur eine von vielen Baustellen. Die große Herausforderung liegt in der Entwicklung einer neuen Künstlichen Intelligenz. Hier wird er wieder mit Katie zusammenarbeiten. Wie in alten Tagen.

Micah stellt seine leere Teetasse zurück aufs Tablett und erhebt sich aus seinem Sessel. Er fühlt sich leicht, beinahe beschwingt. Sogar seine Wangen ziehen sich zu einem breiten Grinsen auseinander. Vielleicht steht ihm ein schwieriger Weg bevor. Vor allem der Gang an die Öffentlichkeit wird eine Herausforderung sein. Aber das lässt sich nicht vermeiden. Am Ende werden sie gestärkt aus der Situation hervorgehen.

Ihm gegenüber stemmt Kyle seine Hände auf die Armlehnen und erhebt sich ebenfalls. Er macht einen erschöpften Eindruck. Sein Mund verzieht sich zu einem Lächeln, doch seine Augen liegen in tiefen, müden Höhlen.

»Gemeinsam schaffen wir das«, spricht Micah ihm Mut zu.

Kyle spitzt zustimmend die Lippen. »Vielleicht gönnst du dir vorher ein paar Stunden Schlaf und eine heiße Dusche«, schlägt er vor und reicht ihm zum Abschied die Hand.

20

Kyle

Als Micah endlich das Büro verlassen hat, nicht ohne sich von Conny zu verabschieden, lässt Kyle sich in seinen Schreibtischstuhl fallen, streckt die Arme über den Kopf und schließt für einen Moment die Augen. Er atmet tief ein, als könne er die frische Luft von draußen durch die dicken Glasscheiben hinein in seine Lungen saugen. Als er die Augen wieder öffnet, gleitet sein Blick über die historischen Fassaden der alten Gebäude, die Straßenzüge mit ihren Sicherheitskameras, die modernen Hauptstadtbauten bevölkert von Größen aus Wirtschaft und Politik. Am Rande der Stadt die Firmenzentrale seines Vaters. Wie unbedeutend sie von hier oben erscheint. Für einen Moment genießt er den Anblick der Welt zu seinen Füßen. Dann wendet er sich ab und greift zum Telefon.

»Hast du mitgehört?«, fragt er knapp, als Hao nach dem ersten Klingeln antwortet. »Gut. Du weißt, was zu tun ist. Kümmere dich darum.«

21

Ravi

Jamal setzt Ravi am Eingang zur U-Bahn ab. Sie kommen gerade vom dritten Treffen der Gruppe, das Ravi genutzt hat, um den anderen die Funktionsweise des Zünders zu demonstrieren, wenn auch nicht im wörtlichen Sinn. Vielmehr hat er Zeichnungen und ominöse Kurven vor den staunenden Mitgliedern ausgebreitet und wiederholt, was ihm Jurek, ein Kontakt aus einer früheren Recherche, kurz zuvor eingetrichtert hatte. Zum Glück verfügen weder Jussef noch die anderen über technischen Hintergrund, sonst wäre sein planloses Gefasel sicherlich schnell aufgeflogen. Doch dank Jureks eindrucksvoller Messkurven und Tabellen konnte Ravi sein Cover erst einmal festigen.

Es ist ein riskantes Spiel auf Zeit. Der geplante Zeitpunkt für den Anschlag scheint noch eine Weile hin, so wie er die Andeutungen verstanden hat, bleibt ihm noch mindestens ein Monat. Dann muss er die Behörden einschalten. Das ist klar. Aber diesen Moment gilt es hinauszuzögern. Nur ein bisschen, nur so lange, bis er ein wenig mehr Informationen eingeholt hat. Und dafür muss er tiefer in die Gruppe.

Seine Cover-Identität verfügt mittlerweile über eigene Accounts auf verschiedenen Social-Media-Plattformen, wo er sich mit Kanälen verknüpft hat, die er dem Großvater, Jussef oder deren gleichgesinnten Freunden zuordnet. Um den Schein zu wahren, hat er selbst hier und da kleine Beiträge gepostet oder zu bestimmten zweifelhaften Gruppierungen in den USA verlinkt. Schwieriger war es, die Accounts so aussehen zu lassen, als wären sie nicht gerade erst eröffnet worden. Tatsächlich hat sich Jurek auch hier als große Hilfe erwiesen und Ravi geholfen, einen vor Jahren zu Recherchezwecken erstellten Account wieder zu aktivieren und mit Leben zu füllen. Vielleicht hilft es, auf Dauer seine Akzeptanz in der Gruppe zu steigern, zumindest so weit, dass er beim nächsten Mal endlich ohne diese alberne Maske und die lästigen Täuschungsmanöver mitfahren kann. Die Geodaten, die sein Handy im ersten Versuch aufgezeichnet hat, haben sich leider als Schrott erwiesen, und heute hat sich keine Gelegenheit ergeben, die Position des Treffpunkts zu bestimmen. Falls das Spiel mit der Maske nicht aufhört, sollte er sich für eines der nächsten Treffen ein zweites Handy besorgen, das den Weg aufzeichnet, während er sein eigenes brav in der Faraday Bag sichert.

»Wir sehen uns«, ruft Ravi über die Schulter und schlägt die Beifahrertür zu. Er wartet, bis Jamal angefahren ist, und trabt dann die Treppe hinab zur U-Bahn.

Als Ravi in der Redaktion ankommt, klebt auf seinem Schreibtisch eine Notiz: »Wenn du eine Sekretärin brauchst, frag gefälligst Susi.«

Auch ohne Unterschrift ist die Urheberin dieser Nachricht nicht schwer zu ermitteln. Amüsiert macht sich Ravi mit einem kleinen Umweg über die Küche auf den Weg zu Lottas Büro.

»Guten Morgen, Hübsche. Welche schleimige Schnecke ist dir denn über den Nacken gekrabbelt?«

»Fang endlich an, sauber zu recherchieren«, faucht sie. »Schnecken krabbeln nicht, du Idiot. Was hast du da?« Sie deutet auf die Tasse in seiner Hand.

»Kakao. Man sagt, Schokolade beruhigt die Nerven.« Demonstrativ schwenkt er die Tasse vor Lottas Nase, sodass der Duft warmer Schokolade die Luft erfüllt.

»Mistkerl«, faucht sie. Doch es ist unschwer zu erkennen, dass sie ein Grinsen unterdrückt.

»Na, nimm schon. Dann geht es dir besser, und du kannst mir erzählen, was ich verpasst habe.«

»Du würdest weitaus weniger verpassen, wenn du einfach mal ans Telefon gehen würdest. Wieso bist du nicht erreichbar? Und warum glauben die Leute, dass sie dann bei mir anrufen können?«

»Punkt eins: Ich hatte einen Termin, bei dem ich nicht gestört werden wollte«, sagt er laut und fügt in Gedanken hinzu: Zumal ich mein verdammtes Handy in eine abhörsichere Hülle stecken musste. »Punkt zwei: Weil sie sich freuen, deine liebliche Stimme zu hören.«

»Bullshit. Du hast deiner Schwester meine Nummer gegeben.«

»Das auch. Aber was soll ich tun, wenn ich Anrufe erwarte und sie selbst nicht annehmen kann? Was wollte sie denn?«

»Dünger! Sie fragt, wie lange sie noch warten muss.«

Ravi lacht. »Wenn sie noch einmal anruft, kannst du ihr ausrichten, dass ich ihn heute abholen und später vorbeibringen kann. Sie wird sich freuen. Ich habe etwas mehr bestellt und dafür extra einen Transporter bei Sixt reserviert.«

»Das kannst du ihr auch schreiben.«

»Wozu sollte ich?«

Statt einer Antwort verdreht Lotta genervt die Augen, trinkt aber einen großen Schluck Kakao und lehnt sich plötzlich zurück. Ein Lächeln legt sich auf ihr Gesicht. »Oh! Der ist gut. Was ist das? Ist das Zeug legal?«

Ravi lässt seine Grübchen spielen. »Ich habe mir erlaubt, deine Kakaovorräte in der Küche aufzustocken und um echte Trinkschokolade zu ergänzen.«

»Danke«, sagt sie überrascht. Doch im nächsten Moment spannt sich ihr Rücken wie der eines Raubtiers kurz vor dem Angriff. »Okay, genug davon. Was willst du?«

»Nichts«, entgegnet Ravi, was tatsächlich nicht gelogen ist.

Ihm war einfach danach. Als er auf dem Rückweg zur Redaktion einen kleinen Delikatessenladen für Schokolade passierte, musste er an sie denken. Warum auch immer. Seine Lieblingskollegin ist sie gewiss nicht. Eigentlich ist sie eine moralische Nervensäge. Er muss nur an seinen letzten Abend im Sun Downer denken. Eine elende Besserwisserin. Auf der anderen Seite hat sie sich in den letzten Tagen als überraschend hilfsbereit und sogar ziemlich fähig erwiesen. Ravi würde nicht gerade sagen, dass ihm die Streberin, denn das ist sie zweifellos, ans Herz gewachsen ist. Aber eine gute Trinkschokolade schadet ihrer Beziehung sicherlich nicht.

»Also, wo warst du schon wieder?«, hakt sie nach.

»Danke für die Unterlagen zu dieser Firma«, umgeht er die Antwort.

Lotta wirft ihm einen vielsagenden Blick zu. »Ich werde es noch herausbekommen«, prophezeit sie. »Also, was hältst du davon?« Sie deutet auf einen Stapel Computerausdrucke, die sie zwischen die Pappen einer Umlaufmappe mit der Aufschrift *Cyb-Systems* geschoben hat.

Ravi zieht sich einen Stuhl heran. »Von deiner Recherche oder dieser Firma?«

Lotta verdreht die Augen. »Dass meine Recherche gut ist, weiß ich. Die Firma, meine ich. Cyb-Systems.«

»Ich kann sie nicht richtig einordnen«, muss er zugeben. »Könnten Weltverbesserer mit einer rosaroten Utopie sein. Oder das Böse in Person.«

»Das ist genau die Frage, die ich mir stelle, seitdem ich mich mit ihnen beschäftige. Auf ihrer Webseite beschreiben sie in blumigen Worten die Idylle einer sicheren Zukunft. Aber Priester oder Philosophen sind sie nicht gerade. Im Handelsregister sind sie als Softwareunternehmen eingetragen. Ihr Ansatz für eine sichere Zukunft ist also wahrscheinlich irgendein Algorithmus, und ihr Ziel ist es, Geld zu verdienen.«

»Nur sagen sie nichts darüber, wie sie das anstellen wollen.« Ravi lässt den Drehstuhl hin und her kreisen. Es hilft nicht beim Denken. »Ihr Webauftritt trieft vor guten Absichten. Aber an manchen Stellen schrillen mir echt die Alarmglocken: Die behaupten, sie könnten Verbrechen verhindern.«

Lotta richtet sich abrupt auf. »Verhindern? Du meinst aufklären, oder?«

»Wieso? Nein, ich meine, sie hätten verhindern geschrieben.«

Sie knallt die zum Glück mittlerweile leere Tasse auf den Tisch. »Wo steht das? Wie konnte ich das nur übersehen?«

»Warte!« Ravi tippt etwas in sein Handy. »Hier! So steht es in der Pressemitteilung von heute Morgen.«

Er liest selbst noch einmal den kurzen Text und streckt ihr dann das Display entgegen. Sie hat recht. Es ist schon seltsam. Ein kühler Schauder hat ihn erfasst. Vielleicht verbringt er einfach zu viel Zeit mit diesem Großvater, Jamal und den anderen. Paranoia kann anstecken. Lotta, die sich über das Display gebeugt hat, schaut auf.

»Was ist?«, fragt sie.

»Leide ich unter Verfolgungswahn, oder ist das jetzt spooky? Ich meine, in solchen Dingen bin ich ehrlich kein Fachmann. Ein Algorithmus ist nichts anderes als ein Computerprogramm, oder? Wie soll ein Algorithmus Verbrechen verhindern?«

»Es ist spooky«, stimmt sie zu und liest vor. »Gemeinsam schaffen wir eine neue Gesellschaft. Gemeinsam mit wem?«

»*Minority Report*«, murmelt er.

»Was?«

»Wie dieser alte Science-Fiction-Film. Da geht es um Verbrechensbekämpfung. Also, genau genommen geht es um die Verhinderung von Verbrechen durch Vorhersagen, Visionen und so.« Wie bei Cyb-Systems? Bei dem Gedanken muss er sich schütteln.

»Ich hab mal geschaut, was ich über die Mitarbeiter im Netz finden kann.« Lotta deutet auf ihren Bildschirm, auf dem jetzt ein Foto von Micah Marow erscheint. »Ich habe ihn von vorne und hinten durchleuchtet und auch seinen Partner, Kyle Kerner. Nette, unbescholtene Menschen. Marow spendet für Amnesty International und den Tierschutz. Die Uni hat er mit Bravour abgeschlossen. In den Sozialen Medien postet er Utopien von einer besseren Welt und Cartoons von Gary Larson. Ganz der nette Junge von nebenan.« Lotta rückt ihre Brille zurecht, als könnte sie sich mit dieser Geste selbst überzeugen. »Trotzdem passt da etwas nicht zusammen.«

»Vielleicht ist er ein Arschloch mit einer guten PR-Abteilung«, schlägt Ravi vor.

»Da wäre er nicht der Erste.«

»Was hältst du von Kerner?«

»Eher weniger. Ein bisschen zu schmierig für meinen Geschmack.«

»Findest du?« Ravi beobachtet sie amüsiert und überfliegt die Suchergebnisse, die ihm Lotta auf ihrem Bildschirm geöffnet hat. »Okay, er kommt aus einem wohlhabenden Elternhaus und war auf der Uni eher Durchschnitt. Aber, wenn du mal deine Vorurteile ablegst, musst du zugeben, dass ihn das nicht automatisch zu einem schlechten Menschen macht.«

Sie legt den Kopf schief. »Nein, vielleicht nicht.«

Ravi fällt zum ersten Mal auf, dass sie Sommersprossen hat. »Wusstest du, dass Kerner Anfang zwanzig von seiner Freundin verlassen wurde, weil sie dachte, sein älterer Bruder würde die bessere Karriere machen?« Lotta grinst.

»Wo hast du das denn ausgegraben?«

Seine Kollegin wühlt in einem Zettelhaufen. »Hier«, ruft sie und wedelt mit einem Ausdruck in seinem Gesicht herum, ein Screenshot von irgendeinem Social-Media-Account. »Jemand hat es vor ein paar Monaten im Internet gepostet, anlässlich Kerners Hochzeit.«

»Willkommen im digitalen Zeitalter«, neckt Ravi. Er tippt die Stichworte Kerner und Ehefrau in sein Handy ein. »Die kenne ich«, stellt er überrascht fast, als das Handy ein Bild des Paares auf einer Galaveranstaltung ausspuckt.

»Eine Ex von dir?«, erkundigt sich seine Kollegin spitz.

»Nein. Nicht *kennen* kennen. Mal gesehen. Sie waren

letztens zusammen im Sun Downer. Du müsstest sie auch gesehen haben. Sie saßen bei uns in der Nähe.«

Lotta betrachtet das Bild genauer. »Stimmt. Ha! Der Mann hat meinen Sekt bezahlt.«

»Er hat dir einen Sekt spendiert, und du hast ihn nicht einmal erkannt?« Ravi bedenkt Lotta mit einem spöttischen Blick, der sie sofort erröten lässt. »Dabei recherchierst du seit Tagen seine Firma. Na, miese Ablage, miese Recherche.«

»Das ist unfair«, wehrt sie sich. »Der Abend war vor Beginn meiner Recherche.«

Ravi zuckt die Achseln. »Abgesehen davon, ein fremder Post ist keine Tatsache.«

Doch Lotta hat sich wieder gefangen und grinst nun noch breiter als vorher. Ihre großen Augen leuchten sogar durch die Brillengläser. Mit Kontaktlinsen könnte sie recht hübsch aussehen.

»Ein Post allein ist vielleicht keine Tatsache. Es sei denn, Kerner selbst hat ihn kommentiert.«

»Kommt darauf an. Was kommentiert denn der Herr?«

Lotta liest von ihrem Zettel ab. »Gib ihr noch ein Jahr, dann wird sie merken, dass sie auf den Falschen gesetzt hat. Drei Smileys mit Dollarzeichen in den Augen.«

»Immerhin ist er von sich überzeugt«, stellt Ravi fest.

Sie zwirbelt ihre Locken. »Ich frage mich nur, warum. Bislang hat Cyb-Systems keinen Penny eingenommen.«

»Wovon bezahlen sie dann ihre Mitarbeiter?«

»Das ist die Frage. Siebel meint, sie hätten einen einflussreichen Investor.«

»Hat er gesagt, wen?«

Sie schüttelt den Kopf. »Nein, der Chef hüllt sich in Schweigen.«

»Dann fasse ich mal zusammen«, beginnt Ravi seine Aufzählung. Er kommt sich vor wie in einer Zeitschleife. »Wir haben eine Firma, von der niemand genau weiß, was sie tut. Aber wir wissen, dass einer der beiden Inhaber Andeutungen bezüglich zukünftigem Geldsegen macht. Die jüngste Pressemitteilung trägt nicht gerade zur Aufklärung bei. Aber sie erzeugt eindeutig unser Unbehagen.«

»Unter normalen Umständen würden wir nichts davon ernst nehmen und uns nach neuen Themen umsehen«, gibt Lotta zu.

»Also, warum machen wir weiter?«, hakt Ravi nach. Seine Kollegin schweigt, sodass er seinen Gedanken selbst zu Ende bringt. »Weil unser Chef erst Andeutungen macht und sich danach in Schweigen hüllt.«

»Er weiß mehr«, vermutet sie.

Da muss er ihr zustimmen. Siebel mag nicht die Karriere gemacht haben, die er sich erträumt hat. Doch dumm ist er nicht. Ganz im Gegenteil.

»Ich würde sagen, wir fangen da an, wo die Spur beginnt.«

»Siebel?«, fragt Lotta, und in ihrer Stimme schwingt Unsicherheit mit. »Das kannst du vergessen. Der will keinen Ärger bekommen und wird keinen Mucks mehr sagen.«

Ravi grinst und spürt, wie seine Grübchen Lottas Blick einfangen, obwohl er es nicht einmal beabsichtigt hat.

»Trotzdem will er, dass jemand den Fall bearbeitet. Sonst hätte er ihn uns nicht gegeben. Leider neigt er im Alter dazu, kalte Füße zu bekommen.«

»Nur, was tun wir gegen kalte Füße?«, fragt sie.

»Ihn an seine bessere Seite erinnern. Tief in seinem Inneren schlummert ein Bluthund mit Prinzipien. Darauf kannst du dich verlassen. Siebel hat es vielleicht irgendwann vergessen. Aber im Grunde seines Herzens ist er immer noch ein Ehrenmann.«

Lotta lehnt sich zurück und lacht plötzlich laut auf. »Du, gerade du, appellierst an die Ehre des Chefs? Das möchte ich sehen.«

»Komm mit und lerne«, pariert Ravi und springt auf.

Er spürt, wie das Blut durch seine Adern rauscht. Eigentlich hatte er die Cyb-Geschichte innerlich als langweilige Pflicht abgehakt. Doch gerade ist etwas in ihm erwacht. Er kann nicht einmal genau sagen, was den Reiz ausgelöst hat. Doch eines ist sicher. Sein eigener Bluthund hat eine Fährte aufgenommen, und die beginnt in Siebels Büro. Mit Lotta auf den Fersen stürmt er den Gang hinab.

Als Ravi und Lotta sein Büro betreten, reißt sich Siebel das Headset vom Kopf.

»Was ist denn da draußen los? Hier geht schon den ganzen Tag das Telefon«, bellt er.

»Zu welchem Thema?«, erkundigt sich Ravi.

Er reckt sich über Lotta hinweg, die im Türrahmen stehen geblieben ist und ihm den Weg versperrt.

»Irgendetwas in den Sozialen Medien. Ein Hashtag, der viral gegangen ist. #TeenSchänder. Hast du davon was mitbekommen?«

Was Lotta tut, kann Ravi von hinten nicht erkennen. Er jedenfalls schüttelt den Kopf.

Siebel stöhnt. »Irgendwie werde ich das Gefühl nicht los, dass es mit deiner Bordellstory zusammenhängt.«

Das klingt ausreichend seltsam. Energisch schiebt sich Ravi an Lotta vorbei. »Was habe ich mit diesem Hashtag zu tun?« Er bedient sich an Siebels Lakritz und lässt sich kauend auf einen der Besuchersessel fallen.

Siebel zuckt die Achseln. »Wenn es das nicht ist, was willst du dann von mir?«

»Wir sind auf der Suche nach Wahrheit und Weisheit.«

Der Chef wendet sich Lotta zu, die mit verschränkten Armen in der Tür stehen geblieben ist und das Schauspiel beobachtet. »Hast du die Falle erkannt?« Er wartet gar nicht darauf, dass sie verneint. »Wahrheit und Weisheit. Ein klassisches Paradoxon, würde ich mal behaupten. Die Wahrheit ist selten besonders weise.«

Ravi steckt sich ein weiteres Lakritz in den Mund und wartet.

»Seit deiner großartigen Bordellgeschichte sitzt mir die Chefetage im Nacken. Und jetzt kommt auch noch dieser Social-Media-Mist. Sie wollen deine Quellen«, sagt Siebel.

»Die du ihnen aber nicht gibst«, entgegnet Ravi.

»Nicht geben kann, trifft es wohl eher, solange du sie unter Verschluss hältst.«

Ravi grinst. »Nur, um dich nicht in Bedrängnis zu bringen.«

»Aber, Chef, du würdest doch nicht …«, wirft Lotta von der Tür aus ein.

»Also, um was geht es?«, fragt Siebel, ohne auf Lottas Einwurf einzugehen.

»Die Wahrheit über Cyb-Systems. Was weißt du?«

Siebel verschränkt die Arme. »Ah, daher weht der Wind. Sorry. Da muss ich dich enttäuschen. Ich weiß gar nichts.« Er wendet sich an Lotta. »Und nur für den Fall, dass das noch nicht klar ist. Ich bin nur der Redaktionsleiter. Für die Recherche seid ihr selbst zuständig.«

»Komm schon, du weißt mehr, als du zugibst«, drängt Ravi. »Sonst hättest du den Fall doch Paul gegeben. Oder einem anderen Zeilenschinder.«

Siebel langt nach der Schale mit Lakritz und durchwühlt sie mit den Fingern. »Wo sind die Schnecken?«

Provozierend langsam rollt Ravi ihm gegenüber die letzte Lakritzschnecke auseinander und beginnt sie vom Ende aus in den Mund zu saugen. Siebel beobachtet ihn wütend.

»Paul hat genug zu tun«, brummt er.

Ravi schweigt. Lotta verlagert ihr Gewicht, sagt aber nichts.

Erst als die Stille drückend wird, räuspert sich Siebel. »Viel weiß ich nicht«, fängt er widerstrebend an.

Aus den Augenwinkeln sieht Ravi, dass Lotta die Augen aufreißt. Er hofft, dass sie ihn jetzt nicht unterbricht.

Der Chef rutscht bereits langsam auf seinem Stuhl nach vorn und beugt sich über den Tisch. »Okay, das bleibt jetzt unter uns«, sagt er leise. »Sagen wir, ich kenne jemanden, der jemanden kennt. Es spielt auch keine Rolle, wer es ist. Wichtig ist, dass es um Überwachungstechnologie geht und dass, wer auch immer hinter Cyb-Systems steht, sehr gute Kontakte in die höchsten Regierungskreise hat.«

»Kerner?«, fragt Ravi.

Siebel schüttelt den Kopf. »Nein, es muss noch jemand anderen geben. Jemand mit viel Einfluss, der hinter Kerner steht. Wer es ist, weiß ich nicht. Ich weiß nur, dass er einige Zeit in China verbracht hat. Schon mal was vom Social-Credit-System gehört?«

»Totale Überwachung über das Internet, Punkte für vorbildliches Verhalten und Punktabzug für Steuer- und Verkehrsdelikte?«, sagt Ravi.

Der Chef brummt. »Nicht nur für Steuer- und Verkehrsdelikte. Aber darum geht es nicht. Wenn die Gerüchte stimmen, ist das chinesische Social-Credit-System nichts im Vergleich zu dem, was Cyb-Systems plant.«

»Die Verhinderung von Verbrechen durch totale Überwachung«, fasst Ravi seine Befürchtung zusammen.

Siebels Gesicht ist steif. Aber Ravi hat den Eindruck, dass sein Chef kaum merklich nickt.

»Ich verstehe nur nicht, wie das funktionieren soll. Okay, was in China bewertet wird, ist gruselig. Aber immerhin sind es nachvollziehbare Fakten. Einkäufe bei Alibaba, Posts auf Weibo oder wie auch immer Twitter dort heißt. Verkehrssünden auf den Straßen von Shanghai. Daraus lässt sich kaum eine Vorhersage über die Zukunft basteln.«

Ravis Blick wandert von Siebel zu Lotta. Doch beide ziehen es offenbar vor zu schweigen.

»Jetzt mal im Ernst ...«

»Ich weiß es nicht, Ravi«, gibt sein Chef zu. »Vielleicht ist an der ganzen Sache nichts dran. Um ehrlich zu sein, hoffe ich das sogar. Es würde eine Menge Ärger ersparen.«

»Wem?«

»Uns. Dir vor allem, wie ich dich kenne.«

»Ach komm, was soll uns denn passieren? Wir Journalisten sind doch die vierte Gewalt. Sagst du selbst immer. Lotta, hat er dir den Vortrag nie gehalten? Medien als ...«, fängt Ravi an.

Aber Lotta fällt ihm genervt ins Wort: »... die vierte Gewalt neben der Exekutiven, Legislativen und Judikativen. Spar dir deine Belehrungen, Ravi, und lass den Chef ausreden.«

Siebel schüttelt müde den Kopf. »Ja, genau.« Seine Stimme klingt ungewöhnlich nachdenklich. »Das waren wir. Die Wahrer von Recht und Ordnung.« Seine rechte Hand beschreibt einen Kreis, als wollte sie aussprechen, was sein Mund nicht sagt: Bla, bla, bla.

»Eben! Da sagst du es«, stellt Ravi fest, Siebels Gestik ignorierend.

»Ich fürchte nur, dass uns die fünfte Gewalt aus Lobbyisten und Meinungsmachern in den Sozialen Medien gerade den Rang abläuft.«

»Darüber machst du dir Sorgen?«

Der Chef starrt an ihm vorbei, als hätte er Ravis Frage gar nicht gehört. »Die müssen sich nicht mit Neutralität und Objektivität rumärgern. Fake News und Verschwörungen klicken sich besser als jede Wahrheit.«

Lotta öffnet den Mund, doch Ravi unterbricht sie.

»Wo sollen wir anfangen?«, fragt er leise.

Siebel schaut ihm direkt in die Augen. »Da, wo alle Fäden zusammenlaufen. Und das ist immer noch das Geld.«

Ravi steht langsam auf und bedeutet Lotta, ihm zu folgen.

»Dann mal los«, sagt er.

Doch in diesem Moment vibriert in seiner Hosentasche das Handy. Jamal verlangt ein weiteres Treffen. Jetzt. Sofort. Verdammt!

»Ich überlege mir eine Strategie«, verspricht er Lotta auf dem Weg zurück zu ihrem Büro. »Ich muss nur noch mal kurz weg.«

Er schaut sie nicht an. Er weiß auch so, dass sie es nicht versteht. Er spürt ihren Blick in seinem Rücken. Er fühlt, wie sie ihm verwundert hinterherschaut, als er den Gang entlangeilt und ohne jede weitere Erklärung durch die Glastür verschwindet. Vielleicht sollte er sie doch in die Sache mit dem Großvater einweihen. Das Ding wird langsam kritisch. Irgendwann muss er anfangen, Zwischenergebnisse zu dokumentieren, selbst wenn er erst wenig über die Mitglieder weiß. Zudem sollte zumindest eine

Person wissen oder wenigstens nachvollziehen können, was er tut. Dass er gerade dabei ist, eine Terrorzelle zu unterwandern. Nur für den Fall. Morgen. Morgen wird er sich hinsetzen, alles aufschreiben, was bislang geschehen ist, und dafür sorgen, dass Lotta und Siebel einen Link zu dem File bekommen. Aber nicht jetzt. Jetzt drängt die Zeit.

22

Statt Jamal wartet Ali an der Haltestelle auf ihn. Das Auto, dasselbe, mit dem ihn bis jetzt Jamal immer abgeholt hat, steht mit laufendem Motor in zweiter Reihe am Straßenrand und blockiert die rechte Fahrspur.

»Was ist los? Wo ist Jamal? Warum die Eile?«, begrüßt Ravi ihn.

»Steig ein«, fordert Ali.

Obwohl Ali offensichtlich unter Zeitdruck steht, wartet er, bis Ravi sein Handy in den Flugmodus geschaltet, es in die abhörsichere Tasche gelegt und sich selbst die Maske aufgesetzt hat. Erst dann fährt er los.

»Wir haben beschlossen, den Anschlag vorzuverlegen«, erklärt er knapp. Ravi kann die Anspannung in seiner Stimme hören.

»Ich dachte, das Zielobjekt muss erst ausgekundschaftet werden. Hatten wir das nicht erst heute Morgen beschlossen?«

»Es gibt ein neues Ziel.«

»Auf Anweisung des Großvaters?«, fragt Ravi in die Dunkelheit.

Er hört, wie Ali kurz die Luft einzieht, bevor er antwortet. »Wir operieren unabhängig.«

Ravi spürt die Unruhe. Irgendetwas stimmt nicht. Wenn er nur diese Maske nicht tragen müsste, könnte er vielleicht aus Gesten und Mimik etwas schließen. So ist er allein auf sein Gehör angewiesen.

»Wann soll es denn losgehen?«, erkundigt er sich vorsichtig.

Alis Antwort ist knapp: »Heute.«

Ravi wird in den Sitz gepresst und zur Seite geworfen, als der Wagen beschleunigt und sich in eine Rechtskurve legt. Erschrocken holt er Luft. Verdammt! Das ist viel zu früh! Seine Recherchen sind noch lange nicht abgeschlossen und, was viel schlimmer ist, er hat keinen Rückzugsplan. Wie zum Teufel soll er jetzt die Polizei alarmieren?

Während Ravi gegen die Tür geschleudert wird, hat er das beißende Gefühl, den Absprung verpasst zu haben. Er hat zu lang gewartet. Sein Magen droht sich umzustülpen. Instinktiv greift er nach dem Handgriff. Doch seine Hände sind so feucht, dass sie kaum Halt finden. Ravi zwingt sich durchzuatmen. Panik wird ihn nicht retten. Im Gegenteil. Er braucht einen kühlen Kopf. Ali, der mit seinen Fahrmanövern beschäftigt ist, hat seinen Schock hoffentlich nicht bemerkt. Noch könnte er aussteigen. Jetzt und hier. Er kann Ali unter einem Vorwand bitten, ihn abzusetzen. Ein alberner Gedanke schießt ihm durch den Kopf. Er hat heute gar keine Zeit für einen Anschlag. Er muss erst den Mietwagen und dann den Dünger am Depot abholen und zu Kareena bringen. Na, die Ausrede wird Ali und seine Truppe sicher nicht überzeugen. Aber selbst wenn er irgendwie aus diesem Auto rauskommt, was kann er tun? So wie es aussieht, kennt er weder das Zielobjekt noch die geplante Tatzeit. Er hat keine Ahnung, wie die Aktion ablaufen soll. Nicht einmal, wo sich die Gruppe trifft oder wie ihre Mitglieder heißen. Nichts, aber auch gar nichts kann er der Polizei verraten. Alles, was er an Hinweisen zu bieten hat, sind Personenbeschreibungen, die Adresse der Wohnung des konspirativen ersten Treffs und das Kennzeichen von Jamals Auto. Ravi bezweifelt allerdings, dass diese Informationen weit führen. Ganz sicher nicht kurzfristig. Der Wohnungseigentümer wusste nichts von dem Treffen. Und das Kennzeichen? Ravi vermutet stark, dass es entweder gestohlen oder gefälscht ist. Natürlich ist die Polizei nicht dumm. Aber Ermittlungen kosten Zeit. Ironischerweise ist das Einzige, das Ravi einigermaßen sicher sagen kann, dass der Zünder voll funktionsfähig ist. Geradezu idiotensicher. So viel konnte Jurek ihm verraten.

Gedanken pochen gegen seine Schädeldecke. Je länger er darüber nachdenkt, desto mehr wird ihm klar, dass er die Gruppe maßlos unterschätzt hat. Vielleicht ist alles nur ein Zufall. Vielleicht mussten sie tatsächlich ihre Pläne kurzfristig ändern, und es entspricht sogar der Wahrheit, dass sie unabhängig vom Großvater agieren. Doch, und diese Möglichkeit muss er einfach in Betracht ziehen, wenn die plötzliche Terminverschiebung von Anfang an geplant war, war sie ein genialer Schachzug. Wie versprochen bekommt Ravi seine Story. Doch verhindern kann er nichts.

Stopp! Eine Spur gibt es. Es gibt eine Fährte, von der die Gruppe nichts ahnt. Ravi kennt die Identität des Großvaters. Nicht seinen Namen. Aber immerhin seine Anschrift. Während Ali den Wagen in die nächste 180-Grad-Wendung schleudert, ist es der Gedanke, an den er sich klammert.

Nach wie vor mit Übelkeit ringend, muss Ravi sich jedoch eingestehen, dass die Polizei niemals schnell genug in der Lage wäre, die Verbindung zu einem potenziellen Terrornetzwerk zu ermitteln, die Pläne für den Anschlag sicherzustellen und die Explosion der Bomben zu verhindern. Und wenn das nicht geschieht, ist der Rest ohnehin egal.

Während Ali endlich das Tempo des Wagens drosselt, ergibt sich Ravi seinem Schicksal. Niemand weiß, wo er ist. Von sich aus wird er keinen Kontakt aufnehmen können. Alles, was er nun tun kann, ist, mitspielen, wach bleiben und auf eine Gelegenheit hoffen, den Anschlag irgendwie zu vereiteln. Immerhin hätte er dann in der Tat das Material für eine preiswürdige Reportage. Gegen seinen Willen dringt bitteres Lachen aus seiner Kehle.

»Unser Hasan freut sich schon«, kommentiert Ali Ravis Laune, als sie die Küche betreten, in der Omar, Jamal und Jussef bereits warten.

»Gut, dann kannst du den schon mal nehmen.« Omar schiebt ihm einen Autoschlüssel über den Tisch zu, an dem ein oranger Anhänger baumelt.

»Kaffee?«, bietet Ali an. Jetzt erst stellt Ravi fest, dass seine Haare deutlich kürzer sind als am Morgen. Genau genommen ist sein Schädel kahl. Offenbar wurde er zur Feier des Tages frisch rasiert. Nur den Pullover mit dem scheußlichen Muster trägt er immer noch.

Ravi schüttelt den Kopf. Kalter Schweiß rinnt über seinen Rücken.

»Was ist damit?«, presst er hervor und deutet auf den Schlüssel.

»Ich dachte, du bist der Fahrer«, kommentiert Jussef mit unverhohlenem Spott. Demonstrativ cool nimmt er seine Nerdbrille ab und reinigt die Gläser mit einem Tuch.

»Dann wäre es hilfreich, wenn ihr mich endlich in die Pläne einweiht. Ist das nur mein Gefühl, oder haltet ihr mich bewusst dumm?« Ravi spricht zwar mit allen, schaut jedoch Jussef an. Seine Wut drängt zumindest für den Moment die Übelkeit zurück.

Jussef starrt zurück. »Ich traue dir keinen Meter. Hier bist du immer noch ein Fremder«, quetscht er aus zusammengebissenen Zähnen hervor.

»Komm schon, Jussef, ich hab dir doch seine ganzen Instagram-Posts gezeigt ...«, fängt Omar an.

»Und? Was heißt das schon?«

»Na, dass er im Herzen längst zu uns gehört.«

Jussef will offensichtlich etwas erwidern, aber Ali kommt ihm zuvor.

»Nun ist aber gut. Ab sofort sind wir ein Team. Eure Streitereien könnt ihr euch für heute Abend aufheben. Jetzt haben wir dafür keine Zeit. Der Countdown läuft. In drei Stunden und fünfzehn Minuten schlagen wir zu.«

»Okay, was ist bis dahin noch zu tun?«, fragt Jamal.

»Der Transporter ist beladen. Jussef und Omar haben gerade den Zünder befestigt.« Er deutet mit dem Kopf auf die Wagenschlüssel, die vor Ravi auf dem Tisch liegen. »Sie brechen in einer halben Stunde mit Omars Auto auf und nehmen ihre Positionen ein.«

»Wer filmt?«, fragt Jamal.

»Ich«, verkündet Jussef.

»Wenn die beiden weg sind, machen wir uns fertig. Hasan fährt den Transporter. Ich mache den Beifahrer. Du, Jamal, folgst uns in deinem Wagen bis zum Parkplatz. Du weißt ja Bescheid. Noch Fragen?«

»Wo fahre ich den Transporter hin?«, fragt Ravi.

Er sieht, dass Jussef Ali einen warnenden Blick zuwirft.

Ali bleibt sachlich. »Keine Sorge, ich bin dein Navi. Dafür sind Beifahrer ja da.«

»Ihr müsst mir langsam sagen, was Sache ist«, drängt Ravi.

»Machen wir.« Im Gegensatz zu Jussef bleibt Ali die Freundlichkeit in Person. »Heute Abend, wenn alles vorbei ist, gehörst du dazu. Dann erzählen wir dir alles. Keine Geheimnisse mehr. Versprochen.« Damit steckt er selbst den Wagenschlüssel ein und streicht sich über den Bauch. »So, wie sieht es aus: Möchte jemand noch ein Stück Kuchen zum Kaffee?«

»Die Planänderung kommt etwas überraschend«, beginnt Ravi seinen Versuch.

Omar und Jussef haben bereits das Haus verlassen, während Ali ihre Abfahrt durch das Fenster beobachtet hat.

»Ich muss vorher noch was erledigen. Jamal, setz mich in der Stadt ab, dann stoße ich später dazu«, schlägt Ravi vor.

Jamal und Ali wechseln einen kurzen Blick, aus dem er nicht schlau wird.

»Also gut. Ich hab einen Transporter voller Chemikalien für eine andere Aktion vor meiner Haustür stehen«, versucht er es. Warum nicht so weit wie möglich bei der Wahrheit bleiben? »Wenn ich das Zeug nicht loswerde und den Transporter rechtzeitig an die Vermietung zurückbringe, melden die ihn vielleicht als gestohlen. Wenn die Polizei einmal hinter mir her ist, dann haben sie unsere Aktion auch bald im Visier.«

»Lass mal, Hasan«, antwortet Ali völlig unbeeindruckt. »Das können wir riskieren.«

»Okay. Dann rufe ich kurz die Autovermietung an, dass

sie den Wagen erst morgen zurückkriegen.« Als wäre es das Selbstverständlichste auf der Welt, rückt Ravi seinen Stuhl zurück.

Doch bevor er aufstehen kann, landet Alis Hand ruhig, aber sehr bestimmt auf seiner Schulter. »Regel das heute Abend.« Er betrachtet ihn mit einer Miene, die Ravi unter anderen Umständen als verständnisvolles Lächeln bezeichnet hätte. Jetzt geht sie ihm unter die Haut. »Wir wollen doch auf den letzten Metern kein Risiko eingehen.«

Auf der anderen Seite vom Tisch schafft es Jamal endlich, den Blick von seinen Fingern zu lösen, die er in den letzten Minuten ausgiebig studiert hat. »Wie sieht es aus? Wollen wir uns langsam an die Arbeit machen?«, nuschelt er.

»Das ist doch mal eine gute Idee«, stimmt Ali zu. »Du übernimmst den Wagen. Putzzeug ist im Schuppen. Und denk auch an die Reifenspuren.«

»Kann ich den Trecker nehmen?«

»Schlüssel steckt. Ravis Rucksack kannst du auch gleich mitnehmen und in den Transporter legen. So kann er ihn nicht vergessen, nicht wahr?«

Jamal verlässt die Küche. Ravi hört ihn im Flur kurz verharren. Vermutlich hebt er seinen Rucksack auf. Dann entfernen sich die Schritte. Die Haustür klappert, und Jamal ist zusammen mit Ravis letzter Hoffnung verschwunden. Was bleibt, ist eine drückende Leere.

»Dann werden du und ich uns wohl um das Haus kümmern«, verkündet Ali vergnügt.

Es klingt, als wäre er endlos weit entfernt. Doch seine gute Laune überwindet jede Distanz und dringt wie ein spitzer Pfeil in Ravis Bewusstsein. Verliert dieser Mann nicht einmal angesichts eines bevorstehenden Attentats seine Frohnatur? Wie kann man nur so abgestumpft sein?

Apathisch beobachtet Ravi, wie Ali unter der Spüle Haushaltshandschuhe, Reiniger, Lappen und zwei Eimer hervorkramt.

»Dann wollen wir mal«, flötet er, während er heißes Wasser einlaufen lässt und mit einem guten Schuss Essigreiniger mischt. »Aber nicht schludern. Wir wollen das Haus schließlich sauber und ordentlich hinterlassen.« Er achtet darauf, dass Ravi die Handschuhe überstreift – »Ist auch besser für die Haut.« – und drückt ihm einen Schrubber in die Hand. »Weiß ja nicht, ob jemand wie du Ahnung vom Putzen hat. Na, mit den Böden kannst du nicht viel falsch machen. Alles klar? Den Rest mache ich lieber selbst. Wenn du eine Frage hast, sag Bescheid.«

Aus irgendeinem Grund ist Wischen eine sehr befriedigende Arbeit. Ravi beginnt mit dem Boden im Bad und arbeitet sich langsam in den Flur vor. Er hat keine Eile. Im Gegenteil. Es scheint, als würde er nicht nur den Dreck von den Böden entfernen, sondern, so albern es auch klingt, seine Seele reinigen. Mit jedem Schwenk des Schrubbers verschwindet ein Krümel Hoffnungslosigkeit. Was hat Lotta gesagt? Scheiße passiert. Es kommt darauf an, trotzdem weiterzumachen. Wie recht diese kleine Nervensäge doch hat. Vielleicht kann er Ali im Auto überwältigen, den Transporter mit der explosiven Ladung abseits parken, wo eine Detonation kein Menschenleben fordert, und den Schlüssel wegwerfen. Oder durch seinen Fahrstil die Polizei auf sich aufmerksam machen. Irgendetwas wird sich ergeben. Irgendwie wird er es schaffen. Und dann wird er diese verdammte Geschichte zu einer druckreifen Story verarbeiten.

»Wie kommst du voran?«, erkundigt sich Ali. Er wirft einen Blick aus der Küchentür.

»Bin gleich fertig. Dann noch der Küchenboden. Wie sieht es bei dir aus?«

»Ich bin hier durch und mache jetzt im Bad weiter.«

Während Ravi zunächst den Küchenboden fegt, rattern Gedanken durch seinen Kopf. Ali hat das benutzte Geschirr gespült, alle Flächen gewischt und sogar die Fensterscheiben geputzt. Die Küche glänzt trotz ihres Alters wie in einer Werbung. Fehlen nur noch die Spezialeffekte. Fingerabdrücke werden sich hier jedenfalls keine mehr finden. Jamal ist noch draußen im Hof. Die Autos hat er offenbar umgeparkt und auf der Straße abgestellt. Durch das Tor erkennt Ravi den Kotflügel des Corsas. Jamal selbst sitzt auf einem Traktor und lenkt das Ungetüm in engen Schleifen über alle Reifenspuren hinweg. Im Bad betätigt Ali mehrfach die Klospülung. Für einen kurzen Moment ist Ravi tatsächlich allein. Schnell streift er sich die Handschuhe ab und presst seine Fingerkuppen auf die Fensterbank, auf den Tisch und dann mehrfach wild auf eine der Küchenfronten. Falls er irgendwann seine Geschichte belegen muss, beweisen die Fingerabdrücke immerhin, dass er hier gewesen ist. Was nun? Sein Blick fällt auf den zusammengefegten Dreck zu seinen Füßen. Ein paar dicke dunkle Haare liegen zwischen den Staubmäusen. Vielleicht stammen sie von Jussef! Ravi schiebt den Dreck in die Ecke tief unter der Küchenbank. Dann stülpt er sich rasch wieder die Handschuhe über, stellt die Stühle umgedreht auf den Tisch und beginnt, den Boden zu wischen. Alles, bis auf die eine Ecke unter der Sitzbank.

»Na, habe ich dich unterschätzt?«, hört er Alis Stimme von der Tür aus.

Ravi fährt zusammen.

Doch Ali hat wieder die Lippen vorgeschoben und nickt

beeindruckt. »Sogar die Stühle hast du hochgestellt. Wie 'ne echte Putze. Bist du dann so weit?«

Er leert seinen Putzeimer in die Spüle. Mit strenger Miene lässt er den Blick durch den Raum gleiten, bis er den Küchenschrank erreicht.

»So was. Da gibt man sich Mühe, aber etwas übersieht man immer.«

Er stapft zurück in den Flur und kommt mit einem Lappen wieder.

»Da hätte ich doch fast einen ganzen Schrank vergessen.« Er lacht, während er sorgfältig Ravis Fingerabdrücke entfernt. »Na, wir sind wohl alle keine guten Hausmänner. Obwohl«, er blinzelt ihm zu. »Na, bei dir bin ich mir da gar nicht mehr so sicher.«

Damit lässt er Ravi voran in den Flur treten, verwischt hinter ihnen die letzten Fußspuren und stopft Ravis Handschuhe zusammen mit den Putzlappen in einen Müllsack.

»Jamal ist auch schon fertig. Dann können wir pünktlich losmachen.«

Jamal wartet bereits vor dem Tor neben den Autos. In der Hoffnung, irgendein Merkmal in der Landschaft zu entdecken, das Aufschluss über ihre Position geben könnte, sieht Ravi sich um. Doch die Gegend vor dem mintgrünen Hoftor ist genauso nichtssagend wie der Hof selbst. Flaches Land, Felder, Wiesen, Grasbüschel und ein paar unauffällige Bäume. Der Hof selbst sieht von außen auch nicht anders aus als von innen. Alter Backstein. Sonst nichts. Sie könnten überall sein.

»Na, dann wollen wir mal!«, ruft Ali.

Jamal schweigt. Wortkarg verstaut er Müllsack und Putzsachen in seinem Corsa und lässt den Motor an. Immerhin einer, der das hier nicht auf die leichte Schulter nimmt.

»Wir nehmen den da«, erklärt Ali überflüssigerweise und deutet auf den Transporter einer Mietfirma, der hinter dem Corsa parkt. Ein Transporter, wie Ravi ihn selbst für heute gemietet hat. Welch eine Ironie.

»Kannst du so ein Ding fahren?«, fragt er und lacht, beinahe verlegen. »Dumme Frage. Du hast ja als Fahrer angeheuert. Die Aufregung geht an keinem von uns spurlos vorbei. Nicht wahr? Wirst sehen, heute Abend geht es uns allen besser.«

Mit einem unverhohlenen Schnaufen klettert er auf den Fahrersitz.

»Ich dachte, ich fahre«, wirft Ravi ein, während er sich auf den Beifahrersitz schwingt, wo sein Rucksack bereits wartet.

Ali reicht ihm die Schlafmaske. »Klar. Ich übernehme nur das erste Stück.«

Während Ravi die verhasste Maske aufsetzt, lässt Ali den Transporter anrollen. Es geht um Kurven und Biegungen, mal schneller, mal langsamer. Immerhin hat er einen angenehmeren Fahrstil als Jamal, sodass Ravi nicht wie ein Sack hin und her geschleudert wird. Orientieren kann er sich trotzdem nicht. Nach drei Wendungen gibt er auf. Besser, er konzentriert sich auf eine andere Möglichkeit.

Der Rucksack steht neben seinen Knien. Vorsichtig zieht er ihn auf seinen Schoß. Leider kann Ravi wegen der blöden Maske nicht sehen, wohin Ali gerade guckt. Unauffällig wischt er sich mit dem Arm unsichtbare Schweißperlen von der Stirn. Ganz nebenbei verrutscht der Sichtschutz und gibt einen winzigen Spalt frei. Jetzt nur keine auffälligen Kopfbewegungen. In der Hoffnung, dass sein Fahrer sich auf den Verkehr konzentriert, öffnet Ravi den Reißverschluss und lässt seine Hand in den Rucksack gleiten.

Durch den Spalt erkennt er das graue Gewebe der Faraday Bag. In der nächsten Kurve schafft er es, auch diesen Reißverschluss zu öffnen. Auf seiner Stirn perlen nun echte Schweißtropfen. Dafür sind seine Lippen umso trockener. Die Fitness-App hat er vorsorglich schon vor dem Treffen gestartet. Jetzt muss er es nur schaffen, das Handy aus der abhörsicheren Hülle zu befreien. Seine Fingerspitzen berühren das Display.

»So!«, ruft Ali plötzlich und stoppt den Wagen.

Vor Schreck reißt Ravi die Hand aus dem Rucksack. Das Handy rutscht aus der Faraday Bag und landet in seinem Schoß. Verdammt! So gut es geht, versucht er das Telefon zwischen seinen Schenkeln zu verbergen. Zum Glück scheint Ali nichts zu bemerken.

»Kannst die Maske jetzt abnehmen. Damit lenkt es sich schlecht«, tönt er gut gelaunt. »Ab hier übernimmst du.«

Ist das die Gelegenheit, auf die er gewartet hat? Wenn er schnell ist, kann er vielleicht wegrennen. Oder den Wagen übernehmen, wenn Ali aussteigt, um den Platz zu tauschen. Ravi reißt sich die Maske vom Gesicht. Sein Blick fällt aus dem Fenster, gleitet über Ali, der immer noch die Haushaltshandschuhe trägt, und in den Rückspiegel.

»Besser, oder?«, erkundigt sich Ali.

Ravi schweigt bestürzt. Er sitzt in der Falle. Quer vor ihnen parkt Jamals Corsa. Seine Kotflügel berühren fast die Motorhaube des Transporters. Auch nach hinten kann er nicht ausweichen, denn Ali hat den Transporter vor einer Wand geparkt. In beiden Seitenspiegeln kann Ravi die mit Graffiti beschmierte Mauer erkennen. Ein grünes Alien grinst ihm von rechts entgegen. Links bilden regenbogenfarbene Buchstaben den Schriftzug »All we have is now«.

»Rutsch du rüber, ich gehe außen rum«, bestimmt Ali,

während Jamal lässig mit den Händen in den Hosentaschen vor seiner Tür Wache schiebt.

An Flucht ist nicht zu denken. Ravis Verzweiflung weicht einem schrecklichen Verdacht. Das Spiel ist abgekartet! Die Frage ist nur, wozu? Welches Ziel verfolgen Jamal und Co? Steckt der Großvater dahinter? Oder operiert diese Gruppe tatsächlich so unabhängig, wie sie behauptet? Wut steigt in ihm auf. Wut auf diese menschenverachtende Bewegung. Wut auf Lotta, die ihn gewarnt hat. Vor allem aber Wut auf sich selbst. Wie konnte er sich nur so in die Ecke manövrieren? Oder manövrieren lassen?

Was auch immer. So leicht wird er es ihnen nicht machen. Während Ali um das Auto herumgeht, rutscht Ravi nach links und verstaut das Handy wieder im Rucksack. Umständlich stellt er den Fahrersitz ein und versteckt dabei die leere Faraday Bag unter dem Sitz. Das Telefon ist angeschaltet, die Fitness-App aktiviert. Er überlegt, ob er es wagen soll, einen Notruf abzusetzen, da öffnet Ali schon die Beifahrertür. Mist. Ravi quetscht den Rucksack hinter seinen Sitz.

»So, wo geht es lang?«, fragt er, während Jamal draußen den Weg freigibt.

»Vom Parkplatz runter, zweite rechts.«

Ruhig weist Ali ihm den Weg. Den Schildern nach nähern sie sich der Innenstadt. In der Ferne kann er die hohen Gebäude des Finanzsektors erkennen. Doch anscheinend sind die Banken nicht das Ziel. Ali lässt Ravi vorher abbiegen.

»Wir sind tatsächlich zu früh dran«, freut er sich, als sie an einer roten Ampel stoppen. Er reibt sich sogar die Hände. »Wer hätte das gedacht? Weißt du was? Wenn wir jetzt mit dem Transporter ewig vor dem Zielobjekt warten, fallen wir am Ende irgendeinem Polizisten auf. Wir warten lieber hier und trinken in Ruhe einen Kaffee. Fahr mal auf den Parkplatz da vorne und halt neben diesen Dingern für alte Klamotten.«

Wie befohlen steuert Ravi den Wagen auf den Parkplatz der Ausländerbehörde und lenkt ihn in die freie Parkbucht hinter den Altkleidercontainern, die unmittelbar neben der Treppe zum Eingang stehen.

»Und wo kriegen wir jetzt den Kaffee her?«, fragt Ravi.

Ali kramt aus der Hosentasche ein paar Münzen. »Hier«, sagt er und drückt sie Ravi in die Hand. »Sollte reichen. Da drin ist bestimmt ein Kaffeeautomat. Bring mir einen mit, ich passe auf den Wagen auf.«

So einfach?

»Milch und Zucker?«

»Genau. Aber mach schnell.«

Da er im Transporter erhöht sitzt, kann Ali nicht sehen, wie Ravi im Aussteigen den Rucksack hinter dem Sitz herauszieht, bevor er die Tür zuschlägt. Sein Herz rast. So schnell wie es geht, aber unauffällig, ohne zu rennen, erklimmt er im Schutz der Altkleidercontainer die Treppe und erreicht die Eingangshalle.

Die Halle ist voll. Mit einem Blick verschafft sich Ravi einen Überblick über die Situation. Natürlich. Es ist Montag, früher Nachmittag. Entsprechend viele Menschen aller Nationalitäten sitzen gelangweilt auf den Stühlen. Ein älterer Herr mit grüner Wollmütze füllt an einem Tisch ein Formular aus. Der Pförtner in blauem Hemd liest hinter einer Glasscheibe die Zeitung, während eine junge Mutter, deren Haar unter einem Kopftuch verborgen ist, ihre beiden Kinder mit Süßigkeiten bei Laune hält. Wahrscheinlich warten sie darauf, dass die rote Leuchtanzeige über der Tür endlich ihre Nummer anzeigt.

Der Kaffeeautomat steht keine fünf Meter von Ravi entfernt, rechts vom Eingang, als hätte Ali es gewusst. Wieder beschleicht Ravi das Gefühl, dass hier irgendwie zu viele Zufälle aufeinandertreffen. Nun, die Einzelheiten wird er später herausfinden. Jetzt zählt etwas anderes. Er muss die Polizei informieren und zwar schnell. Ravis Knie sind weich. Seine Hände zittern. Aber das ist egal. Durch das Fenster neben dem Automaten kann er den hinteren Teil des Transporters sehen, den Teil, in dem die Bombe liegt. Leider ist die Fahrerkabine durch die Container verdeckt. Hoffentlich kommt Ali nicht auf die Idee, ihm zu folgen. Sicherheitshalber wirft Ravi ein paar Münzen in den Automaten und drückt auf eine Taste. Im Ausgabefach landet ein Plastikbecher. Im nächsten Moment tröpfelt eine braune Brühe hinein, Kaffee mit Milch und Zucker.

Jetzt aber schnell. Das Handy ist irgendwo im Rucksack. Ravi zerrt am Reißverschluss und flucht. Natürlich muss das dämliche Ding sich ausgerechnet jetzt verhaken. Er reißt am Griff, zieht ihn vor und zurück mit dem einzigen Ergebnis, dass das Ding abreißt. Verdammt. Leises Piepen kündigt an, dass der erste Kaffee fertig ist. Ravi späht aus dem Fenster. Der Transporter steht noch an Ort und Stelle. Von Ali ist nichts zu sehen. Schnell zieht er den Becher aus dem Fach, stellt ihn auf dem Automaten ab und drückt wahllos die nächste Taste. Dem Geruch nach hat er süßen Zitronentee erwischt. Ravi wendet sich um. Er muss den Pförtner um eine Schere bitten, damit er seinen Rucksack aufschneiden kann, oder sinnvoller noch, direkt von seinem Anschluss aus die Polizei anrufen.

Ravi dreht sich zum Pförtner um, als von draußen Geschrei hereindringt. Eine Frauenstimme ruft aufgeregt in einer fremden Sprache. Schnell wirft er einen Blick aus dem Fenster. Zwei junge Männer mit slawischen Zügen stehen auf der Treppe und zeigen auf den Parkplatz, wo gerade ein Mannschaftswagen der Polizei vorfährt. Hinter den Männern eilen Beamte in Uniform die Stufen herauf.

Ravis Herz pocht. Dieses Mal vor Erleichterung. Was auch immer die Polizei hier tut, die Beamten sind seine Rettung. Rasch wirft er sich den Rucksack über die Schulter, greift, ohne darüber nachzudenken, nach dem frischen Kaffee und stürmt aus der Tür, den Beamten entgegen.

Im selben Moment wird er zu Boden geworfen. Ein Knie presst sich in seinen Rücken. Jemand reißt seine Hände nach hinten. Ravi hört das metallische Klicken einrastender Handschellen und spürt kalten Stahl, der gegen seine Handgelenke drückt.

Über ihm verkündet eine Stimme: »Zielperson angetroffen und festgenommen.«

Er will etwas sagen. Doch eine kräftige Hand drückt seinen Kopf gnadenlos gegen den Asphalt. Vor seiner Nase rollt ein leerer Becher durch eine hellbraune Lache. Es riecht nach Kaffee.

»Der Transporter«, haucht Ravi mit der wenigen Luft, die trotz des Knies in seinen Lungen geblieben ist. »Eine Bombe!«

Niemand reagiert. Dunkelblaue Hosenbeine versperren ihm die Sicht. Schwer zu sagen, wie viele es sind. Ravi kann nicht erkennen, ob sie auch Ali erwischt haben. Jamal, Jussef und Omar. Hoffentlich!

»Ich bin von der Presse«, stößt er mit aller Kraft hervor. Doch seine Stimme gleicht einem Röcheln.

Es hilft nicht. In dem Chaos auf Treppe und Parkplatz gehen seine Worte einfach unter. Polizisten eilen hin und her. Funkgeräte knacken. Ravi meint, eine blecherne

Stimme zu hören, die Informationen zu einer Sprengladung durchgibt.

»Parkplatz und Gebäude räumen.«

Dem Himmel sei Dank! Hauptsache, der idiotensichere Zünder wird unschädlich gemacht, bevor alles in die Luft geht.

Was für ein fulminantes Ende, auch wenn er selbst dabei gerade keine heldenhafte Figur abgibt. Das ist nebensächlich. Das alles bestimmende Gefühl ist Erleichterung. Ravi wird hochgerissen, vorwärts geschoben, die Treppen hinabgestoßen. Überall sind Polizisten. Sie haben bereits begonnen, den Parkplatz von Menschen und Schaulustigen zu räumen. Andere hasten an ihm vorbei die Stufen hoch, um auch die Menschen aus dem Gebäude in Sicherheit zu bringen. Er selbst wird in einen der Einsatzwagen verfrachtet. Das ist gut. Aus dem Fenster hat er eine wunderbare Sicht auf das Geschehen. Der Bluthund in ihm hat bereits seine Gedanken übernommen. Innerlich macht er sich Notizen, formuliert die gehetzte Stimmung der Einsatzkräfte in Worte. Er findet Sätze für die verschreckten Reaktionen der Passanten. Sie ordnen sich zu Passagen und Absätzen. »Sie sehen aus wie du und ich, verstecken sich hinter bürgerlichen Fassaden.« Er beginnt die Geschichte mit dem ominösen Großvater, einem respektablen Mitglied der Gesellschaft. »Doch ihr Ziel ist der Umsturz, die Zerstörung unserer Werte.« Enden wird die Story im Chaos eines vereitelten Anschlags, auf dem Parkplatz der Ausländerbehörde.

Aber wo ist Ali? Ravi späht aus dem Fenster. Er dreht sich um, so gut es trotz Handschellen geht, schaut aus der Heckscheibe und zur anderen Seite. Entdecken kann er ihn nicht.

»Haben Sie den anderen?«, erkundigt er sich bei einer jungen Polizistin, die zu seiner Bewachung abgestellt ist. »Etwa Mitte vierzig, rasierter Kopf, geschmacklos gemusterter Pullover.«

Die Frau starrt ihn verständnislos an.

»Woher wussten Sie von dem Anschlag?«, drängt er weiter. »Hat meine Kollegin Sie angerufen? Lotta Schwarz?«

Die Polizistin schweigt. Auf ihrem Gesicht liegt Verwirrung. Ravi versucht, einen klaren Kopf zu bewahren. Nein. Lotta kann es nicht gewesen sein. Es sei denn, sie hat mehr mitbekommen, als er dachte. Aber wer dann? Hat einer der anderen die Gruppe verraten? Omar vielleicht. Ausschließen würde Ravi das nicht. Wenn ja, muss er ihn unbedingt sprechen. Als Aussteiger verfügt er über einen Schatz an Hintergrundwissen.

»Ich bin von der Presse«, erklärt er der Polizistin. »Wo ist mein Rucksack? Im Portemonnaie finden Sie meinen Ausweis.«

Es hilft nichts.

»Bitte«, sagt er höflich und mit aller Ruhe, die er aufbringen kann. »Sie können in meinem Büro anrufen. Lassen Sie sich mit dem Redaktionsleiter verbinden. Thomas Siebel.«

Sie kneift die Augen zusammen und presst die Lippen fest aufeinander, als wollte sie dadurch Entschlossenheit demonstrieren. Doch ihre wippenden Füße und die mit dem Funkgerät spielenden Hände bezeugen das Gegenteil.

»Das ist alles ein Missverständnis«, versucht es Ravi und merkt selbst, wie abgedroschen die Phrase klingt.

Immerhin führt sie zu einer Reaktion.

»Das müssen Sie später auf der Wache klären«, erwidert

seine Bewacherin. Ihre Augen suchen den Innenraum des Einsatzwagens ab. Vielleicht nach einer Antwort. »Ich bin nicht befugt, Ihnen Auskunft zu geben«, erklärt sie schließlich. Dann wendet sie sich ab.

23

Micah

»Ich kann und werde Cyb nicht abschalten«, erklärt Micah fest und schaut sich im nächsten Moment erschrocken um.

Doch sowohl die anderen Insassen als auch ihre Besucher sind viel zu sehr mit sich selbst und ihrer eigenen begrenzten Zeit beschäftigt. Die Wachen stehen unbeteiligt an den Wänden. Sein Gespräch mit Ravi Korrapati scheint auf kein allzu großes Interesse zu stoßen. Wahrscheinlich war es trotzdem eine blöde Idee herzukommen. Irgendjemand hat ihn bestimmt erkannt, wenn nicht einer der Besucher, dann zumindest das Wachpersonal am Eingang, denen er und Lotta ihre Ausweise vorlegen mussten, damit die Daten zusammen mit ihren Fotos von der Sicherheitskamera gespeichert werden konnten.

Der Besuchsraum der Justizvollzugsanstalt erinnert Micah an den Speisesaal einer Jugendherberge aus einer früheren Zeit. An weißen Holztischen sitzen Insassen und plaudern mit ihren Verwandten und Freunden. Niemand spielt mit einem Handy oder checkt die Hinweise auf seiner Smartwatch. Alle tragen Alltagskleidung. Auch Ravi wurde in Jeans und einem lässigen Hemd hereingebracht. Er sitzt ihnen gegenüber und nippt an einem Kaffee. Als er die Tasse kippt, erkennt Micah auf ihrem Boden das Logo von Herrn Kerners Firma. Hätte Kyle sich anders verhalten, wenn damals nicht dieser Praktikant das Design seines Vaters gestohlen und nach Asien verkauft hätte?

Ravi mustert Micah spöttisch. »Der Code ist ein Monster. Zeugt es nicht von maßloser Selbstüberschätzung, ein Monster zähmen zu wollen?«, sagt er.

Trotz seiner sportlichen Kleidung sieht er alt aus und weit weniger charismatisch, als Micah ihn aus dem Prozess in Erinnerung hat. Seine Haare sind schlecht geschnitten. Die Haut ist fahl, und seine Augen haben ihren Glanz verloren.

»Könnt ihr zwei bitte endlich aufhören zu streiten?«, mischt sich Lotta ein.

Sie hat sich für ihren Besuch sichtlich herausgeputzt und, wenn Micah nicht alles täuscht, sogar Make-up aufgelegt. Sie wirkt angespannt. Ihr Blick gleitet zwischen Micah und Ravi hin und her.

»Wir haben dreißig Minuten , von denen ihr ganze zehn für euer albernes Männergehabe verdaddelt habt.«

Micah atmet tief ein. Was diesen Ravi betrifft, ist er sich nicht einmal mehr sicher, ob er ihm überhaupt helfen möchte. Aber es geht ja um das große Ganze, beschwört er sich selbst und zwingt sich zu einer neutralen, wenn auch nicht allzu verbindlichen Miene.

»Ich kann Ihnen nur anbieten, dass ich nach Hinweisen suche«, erklärt er. »Offenbar ist Ihre Kollegin von Ihrer Unschuld überzeugt. Sie behauptet, die im Prozess verwendeten Gesprächsmitschnitte seien unvollständig. Können Sie das bestätigen?«

»Ich? Sie haben doch die Daten abgehört. Wenn etwas herausgeschnitten wurde, muss es ja bei Ihnen liegen.«

Am liebsten würde Micah spätestens jetzt aufstehen und gehen. Lotta mag vor langer Zeit dem Charme dieses Typen erlegen sein. Aus welchen Gründen auch immer. Vielleicht, nein, ganz sicher glaubt sie aus reinem und vollem Herzen an seine Unschuld. Micah selbst ist Ravi samt seinem Zynismus alles andere als sympathisch. Wenn er die Hilfe ablehnt, soll es ihm nur recht sein. Angesichts der bevorstehenden Aufgaben ist es nur schade um die Zeit, die sie mit diesem Besuch in der JVA verschwendet haben. Das Schicksal dieses verlebten Schnösels kann ihm egal sein, fast zumindest, würde es nicht eine potenzielle Fehlfunktion seines Codes betreffen. Die Möglichkeit bereitet ihm bereits jetzt ein schlechtes Gewissen, was objektiv sinnlos ist, da er die Auswirkungen der Manipulation noch gar nicht abschätzen kann. Bislang gibt es nur vage Indizien für Kollateralschäden. Was für ein scheußliches Wort. Doch hier, am Tisch gegenüber von Ravi, fällt ihm der Unschuldsgedanke zunehmend schwerer.

»Was soll das, Hübsche?«, richtet Ravi seinen Zorn nun gegen die hilflos auf ihrem Stuhl hin und her rutschende Lotta.

Vielleicht ist er eben nur ein arrogantes Arschloch, dessen Daten zwar entgegen der Richtlinien in Cyb eingespeist wurden, wobei es damit keinesfalls einen Unschuldigen getroffen hat.

»Wieso sollte ich mich ausgerechnet dem da«, er deutet auf Micah, »anvertrauen? Hast du es noch nicht begriffen? Ich bin schuldig. Das wissen alle anderen offensichtlich besser als du und ich.«

»Ravi, bitte«, fleht Lotta. Ihre Stimme klingt, als ob sie gleich in Ohnmacht fällt. Mehr ein Hauchen als Sprechen. »Wenn uns jemand helfen kann, dann Micah.«

Ravi grinst blöd, was zwei spöttische Grübchen auf seinen Wangen auftauchen lässt. »Sicher. Und warum sollte er das tun? Der großartige Erfinder des Codes. Unser aller Retter.«

»Es geht nicht nur um Sie«, unterbricht Micah ihn, bevor er weiteres Salz in Lottas Wunden streuen kann. »Sollte mein Code einen Fehler enthalten, muss ich es wissen.«

»Um es vertuschen zu können?«

Micah öffnet den Mund, um etwas Passendes zu erwidern. Soll er doch im Knast verrotten. Allein für die Art, wie er Lotta behandelt, hätte er es verdient. Er müsste sich gar nicht erst umdrehen, um zu wissen, dass sie jetzt weint. Stumme, verzweifelte Tränen rinnen über ihre Wangen. Am liebsten würde er sie in den Arm nehmen. Doch wahrscheinlich täte er ihr damit keinen Gefallen. Im Zweifel würde Ravi es umgehend nutzen, um sie weiter zu verletzen. Doch Arschloch hin oder her. Wenn Micah Cyb retten möchte, muss er jetzt sachlich bleiben.

»Ich verstehe, dass Sie mir nicht trauen«, beginnt er und fährt fort, bevor Ravi ihn unterbrechen kann. »Aber es war Lotta, die mich um Hilfe gebeten hat. Ich bin mir selbst nicht sicher, ob sie sich nicht in Ihnen täuscht. Vielleicht sind Sie genauso schuldig, wie es im Prozess den Anschein hatte.«

Ihm gegenüber verschränkt Ravi in einer eindeutigen Geste aggressiver Ablehnung die Arme. Großkotzig stellt er die Beine auseinander und lehnt sich in seinem Stuhl zurück. Doch in seinem Blick flackert plötzlich etwas auf, das Micah an früher erinnert. Er ist sich nicht sicher, was es ist. Aber auf merkwürdige Weise spiegelt Ravis aggressives Verhalten seine eigene Verletzlichkeit. Wie ein Negativ. Die Angst vor Ablehnung. Die Angst, enttäuscht zu werden.

Schnell schluckt Micah den Gedanken an Kyle hinunter. Vielleicht verstecken sich hinter Ravis nach außen getragener Feindseligkeit auch nur Verzweiflung und Schmerz.

»Ich habe Ihrer Kollegin versprochen, alles mir Mögliche zu tun, um jeden Zweifel auszuschließen. Das bedeutet nicht nur, dass ich mir die Beweise und Indizien Ihres Prozesses erneut anschaue. Ausschlaggebend für Cybs Analyse ist die im Code enthaltene Bewertungsfunktion. Wie sie genau funktioniert, ist im Moment nicht weiter wichtig. Hier könnten wir jedenfalls ansetzen. Zudem möchte ich überprüfen, wo die Daten damals herkamen.«

»Was bitte meinen Sie mit *wo*? Mein Handy, mein Computer, meine Smartspeaker? Was weiß ich? Sie haben sich in meine Wohnung gehackt, meine Privatsphäre verletzt und wie ein Geier ausgebeutet.«

»Eben nicht. Wir konnten nur im Rahmen der damals geltenden Datenschutzbestimmungen arbeiten. Das bedeutet, wir durften erst nach einem fundierten Anfangsverdacht mit entsprechender polizeilicher Befugnis und nach richterlichem Beschluss in Ihr privates Netzwerk eindringen. Unsere Erfassung erstreckte sich zunächst nur auf öffentlich zugängliche Informationen.«

»Ja, ja. Cyb-Systems, die Unschuldslämmer. Das durfte ich mir schon im Verfahren anhören. Mein Verteidiger hat sich Ihren *richterlichen Beschluss* sogar vorlegen lassen.« Ravis ironischer Tonfall lässt keinen Zweifel daran aufkommen, was er von diesem Beschluss hält.

»Die Formalitäten wurden selbstverständlich eingehalten«, gibt Micah etwas steif zurück. »Allerdings frage ich mich heute, was den Anfangsverdacht ausgelöst hat. Unser Ansatz, also Lottas und meiner, ist, herauszufinden, ob Ihr digitaler Fußabdruck allein dafür ausreichte. Oder ob jemand gezielt nach Informationen im Netz gefahndet hat, weil er bereits mehr wusste, als er eigentlich hätte wissen dürfen.«

»Muss ich das jetzt verstehen?«

»Was ich meine, ist, dass wir mit den damaligen Möglichkeiten das Internet zwar grob scannen, aber bei Weitem nicht alle Daten erfassen konnten«, erklärt Micah nun deutlich ruhiger. Zum Glück haben sie endlich eine sachliche Ebene gefunden, was das weitere Gespräch hoffentlich vereinfachen wird. Trotzdem fällt es ihm schwer, Ravi direkt in die Augen zu schauen. »Es ist wie bei der Suche nach der Nadel im Heuhaufen. Natürlich haben wir nicht blind gestochert, sondern gezielt nach verdächtigen Prozessen gefahndet. Trotzdem bleibt so eine Suche in den öffentlich zugänglichen Daten eine sehr komplexe Aufgabe. Es sei denn, jemand wusste vorher schon sehr genau, wonach er suchen musste. Das kann etwas sein wie der Hinweis auf einen Post in Social Media. Angenommen, ich weiß vorher, wo ich suchen muss oder nach welchen Stichworten, ist es deutlich leichter, diesen Post auch zu entdecken.«

»Ravi, es gibt Anzeichen dafür, dass in der Firma ein Innentäter …«, flüstert Lotta, bevor Micah sie unterbrechen kann.

»Nicht hier«, zischt er. *Schon gar nicht gegenüber deinem Ravi,* würde er am liebsten hinzufügen, verbeißt sich aber den letzten Kommentar.

Doch es ist bereits zu spät. Ravi hat sich vorgebeugt. Die Grübchen um seinen Mund haben nichts von ihrem Spott verloren. Doch in den Augen glimmt der schwache Schimmer eines Funkelns.

»Was Sie sagen, ist, dass sich jemand in mein persönliches Netzwerk gehackt, zufällig den Abend mit meiner Nichte belauscht und dann gezielt nach den geteilten Videos im Netz gesucht hat?«

»Zum Beispiel. Danach hätte er den Fund als Zufallstreffer deklarieren können«, bestätigt Micah.

Offenbar muss Ravi diese These erst einmal verdauen.

»Es würde vieles erklären«, sagt er schließlich. »Ich habe mich immer gefragt, wie die Sache mit der Bombe aufgeflogen ist.« Er fasst sich an den Kopf. »Jetzt spreche ich auch schon so. *Aufgeflogen*. Als hätte ich etwas zu verbergen gehabt.« Er stößt ein höhnisches Lachen aus. »Wenn alle Welt in dir nur einen pädophilen, rechtsnationalen Terroristen sieht, glaubst du es irgendwann selbst. Hashtag #TeenSchänder. Weißt du noch, dass Siebel mich gefragt hat, ob ich was damit zu tun hätte? Nichts, dachte ich. Dachte ich wirklich. Bis zum Prozess mit den Demonstranten vor der Tür.«

Lotta starrt auf ihre Hände. »Und die Bombe?«, fragt sie, ohne ihn anzusehen.

»Ich kann nur sagen, was ich auch vor Gericht ausgesagt habe. Von Herrenstein hat mich benutzt.«

»Von Herrenstein ist …« Lotta verstummt unter Micahs Blick. Dieses Mal gerade noch rechtzeitig.

»Wussten Sie, dass Sie, also Ihre Person, als eine Art Fallbeispiel fungiert hat?«, erkundigt sich Micah vorsichtig. »Es gab eine Präsentation vor Politikern und anderen Entscheidungsträgern, um Cyb-Systems zu vermarkten. Ihr Fall wurde quasi als Prototyp vorgeführt.«

Ravi zuckt mit den Schultern. »Sollte mich das wundern? Der ganze Prozess diente doch nur der öffentlichen Demonstration Ihres Codes. Eine einzige groß angelegte Werbekampagne.«

Micah nickt widerstrebend, was ihm immerhin die Zeit gibt, den Kloß in seinem Hals so weit hinunterzuschlucken, dass er weitersprechen kann. »Nach Ihrer Verurteilung wurde verschiedenen Politikern anhand Ihres Beispiels das Potenzial meines Codes durch ein kurzes Video verdeutlicht. Doch das ist nicht der Kern des Problems.« Micah senkt die Stimme in der Hoffnung, dass Lotta und Ravi dadurch begreifen, dass das, was er ihnen nun zu sagen hat, auf keinen Fall für fremde Ohren bestimmt ist. Zum Glück kann er sich sicher sein, dass hier im Besucherraum zwar die üblichen Überwachungskameras installiert sind, aber keine Mikrofone. Der Raum hat aus juristischen Gründen keine Mikros, und sowohl für Insassen als auch ihre Besucher sind elektronische Geräte jeder Art verboten. Lottas und seine eigenen mobilen Geräte liegen gerade in einem Schließfach draußen vor der Sicherheitskontrolle.

»Das Auffällige ist, und wir haben es heute Morgen selbst erst herausgefunden«, fährt er leise fort, »dass zumindest Teile dieses Infomaterials, genauer die Audiomitschnitte, älter waren.«

Ravi runzelt die Stirn. Lotta schaut ihn verständnislos an.

»In alten Datenbanken haben wir Dokumente gefunden, die offenbar für eine weitere Präsentation zusammengestellt worden waren«, erklärt Micah langsam. »Und zwar schon drei Tage vor Ihrer Verhaftung.«

Lottas Pferdeschwanz fliegt herum. »Die, von der ich dir damals im Wald erzählt habe? Die von dem Foto? Warum hast du mir nichts davon gesagt?«, zischt sie.

Micah presst umgehend seine Hand auf ihren Arm. »Isabel hat in den Papieren, die ihr gefunden habt, noch etwas entdeckt«, erklärt er schnell. »Ich bin dem sofort nachgegangen. Gerade, bevor du mich abgeholt hast.«

Einer der Wachleute schaut bereits herüber. »Ihre Zeit ist gleich um«, bemerkt er.

Micah lächelt verbindlich und deutet mit der Hand an, dass er verstanden hat.

Ravi ist blass geworden. »Dann stimmt es«, murmelt er. Die Worte stolpern einzeln aus seinem Mund. »Dann hatte ich recht. All die Jahre. Es war ein abgekartetes Spiel.«

»Es beweist nicht Ihre Unschuld«, warnt Micah leise.

»Nein, aber es lässt endlich Zweifel zu.« Ravi starrt auf seine Hände. Dann schaut er plötzlich auf. Sein Blick bohrt sich in Micahs Augen. »Weiß meine Schwester davon?«

Micah schluckt. »Nein. Sie sind der Erste. Sie und Lotta. Ich denke, dabei sollten wir es vorerst belassen. Ich möchte Ihnen auch keine Hoffnung machen. Bis auf diesen einen Hinweis habe ich bislang nichts finden können, was auch nur annähernd darauf hindeutet, dass der Prozess fingiert war.«

»Was ist mit dem verschwundenen Tape?«, raunt Lotta.

»Es gibt Anzeichen dafür, dass jemand das System manipuliert hat. Ja«, stimmt er ihr zu. Ganz geheuer ist ihm dieser Ravi noch nicht. »Aber das ist nicht dasselbe wie eine Manipulation der Beweise.«

Lotta greift nach seiner Hand. Ihre Finger sind kalt, und die Hoffnung in ihren Augen sticht wie ein Messer in sein Herz. »Du wirst sie finden«, flüstert sie durch einen Schleier aus Tränen.

Der Wachmann tritt an ihren Tisch.

»Die dreißig Minuten sind um«, stellt er fest. »Bitte verabschieden Sie sich jetzt.«

Ravi steht auf, langsam, als würde er es bedauern.

»Ravi, wo sollen wir suchen?«, fragt Lotta.

»Findet das Gehöft. Sucht in der Küche nach Fingerabdrücken und Haaren.«

»Was ist mit den Mitschnitten?«, ergänzt Micah. »Die nicht im Prozess verwendeten Daten sind im System nur verschlüsselt hinterlegt. Gibt es noch andere Aufzeichnungen?«

»Vielleicht hat Niki etwas.«

Der Wachmann deutet demonstrativ auf seine Uhr.

»Niki? Ihre Nichte?«, fragt Micah.

Ravis Schultern sind eingefallen, seine Haltung längst nicht mehr die des sportlichen Junggesellen. Doch seine Stimme ist jetzt klar und ein Hauch von Zärtlichkeit weht über dem Namen. »Sie ist ein tolles Mädchen.«

»Du kannst dich auf uns verlassen«, verspricht Lotta. »Wir holen dich hier raus.«

Ravi lächelt müde. »Kommt wieder!«, bittet er.

Dann wendet er sich ab und folgt dem Wachmann zurück zu den Zellen.

24

»Was wissen wir über das Gehöft?«, fragt Lotta zum bestimmt fünften Mal. Gemeinsam sitzen sie in Micahs und Isabels Apartment. Ihre mobilen Geräte liegen in einer Metallkiste, die Lotta im Baumarkt besorgt hat.

»Gar nichts«, stellt Micah leicht genervt fest, ohne von seinem Bildschirm aufzusehen. Mechanisch greift er nach einer Flasche Mate-Limo.

Abgesehen von dem Vormittag in der JVA ist der Tag bislang gar nicht schlecht verlaufen. Ohne auf irgendwelche Verschwörungstheorien einzugehen, hat er seinem Loft-Team die Idee gepitcht, Cybs Künstliche Intelligenz basierend auf den heute verfügbaren Möglichkeiten neu aufzusetzen. Erstaunlich, dass er nicht eher auf die Idee gekommen ist. Die Resonanz fiel so gut aus, dass Katie bis zum Abend einen Plan der ersten Arbeitsschritte skizzieren konnte.

Nun wartet eine lange Nacht zum Fall Ravi. Das Problem ist, dass die vor Micah, Isabel und Lotta liegenden Aufgaben so klar zu benennen wie unmöglich umzusetzen sind, zumal ihre Ziele nicht gerade deckungsgleich sind. Dass Lotta Ravi rehabilitieren will, ist nur die halbe Wahrheit. Darüber hinaus, dessen ist sich Micah mittlerweile sicher, trachtet sie heimlich und mit fatalistischem Eifer danach, Cyb im Anschluss an Ravis Rettung in einem gigantischen Feuerwerk für immer zu zerstören. Koste es, was es wolle. Jeder Versuch, ihr zu erklären, dass Cyb nicht für sich allein steht, sondern einen festen Bestandteil der heutigen Gesellschaft darstellt und sein unüberlegtes Abschalten umgehend einen Zusammenbruch der öffentlichen Ordnung auslösen würde, möglicherweise mit weitaus gravierenderen Konsequenzen, war bislang zwecklos. Dummerweise kommt er ohne Lottas Hilfe nicht weiter. Um Kyles Einfluss dauerhaft einzudämmen, muss Micah zunächst das volle Ausmaß der Situation erfassen, wobei er auf jede Unterstützung angewiesen ist. Lotta verfügt nicht nur über Kontakte. Offenbar hat sie auch reichlich Erfahrung in investigativer Recherche. Ob und wie Ravis private Daten bereits vor dem richterlichen Beschluss ausspioniert wurden und vor allem, in welchem Umfang, kann er nur zusammen mit ihr herausfinden. Sie müssen irgendwie der Spur von PLAN B folgen. Das ist jedoch alles andere als einfach.

Auf der Suche nach den alten und hoffentlich noch unverschlüsselt gespeicherten Daten gräbt Micah sich durch die Tiefen des digitalen Codes. Neben ihm am Tisch gehen Lotta und Isabel den Hinweisen in der realen Welt nach. Sie suchen auf Karten nach plausiblen Orten, wo der Hof liegen könnte, und klicken sich im Internet durch Immobilienseiten. Eigentlich würden sie sich perfekt ergänzen. Doch die Luft zwischen ihnen knistert wie vor einem Sommergewitter. Vielleicht liegt es daran, dass alle gerade etwas angespannt sind. Zudem tut der Genuss koffeinhaltiger Limonade sein Übriges. Aus den Augenwinkeln bemerkt Micah, dass Lotta gerade eine weitere Flasche öffnet. *Bitte nicht.*

»Was, wenn Ravi doch schuldig ist?«, stellt Isabel die Frage, die ihr wahrscheinlich schon seit Tagen auf der Seele brennt.

Sofort spannen sich Lottas Schultern. »Er. Ist. Unschuldig«, zischt sie. »Wie kannst du das infrage stellen? Gerade du?«

Isabel schweigt. Doch Micah weiß genau, was sie denkt. Sie beugt sich über einen Block, den sie mit einem wilden Muster aus durchgestrichenen Bleistiftnotizen, dunklen, schattenhaften Figuren und ratlos rankenden Blumengirlanden verziert hat.

»Irgendwas muss Ravi doch über den Hof erzählt haben. Vielleicht nur eine Kleinigkeit. Aber etwas, das uns bei der Suche hilft«, fragt sie schließlich versöhnlich.

Lotta schüttelt ihre braunen Locken. »Alles, was ich weiß, ist, dass der Hof maximal eine halbe Stunde außerhalb der Stadt liegt. Abgeschieden und mit einer Backsteinmauer umgeben.«

»Wir brauchen ein Bild oder zumindest eine Skizze. Kannst du Ravi darum bitten?«

»Ravi sitzt im Knast«, entgegnet Lotta, wobei sie jedes einzelne Wort überbetont.

»Und selbst wenn? Was würde dir ein Bild nutzen?«, schaltet sich Micah ein.

»Ich kann es veröffentlichen. Schon mal was von Schwarmintelligenz gehört?«, ruft Isabel. Sie war noch nie der ruhige und besonnene Typ. Jetzt erinnert sie ihn an ein Kaninchen auf Speed. Micah vermutet stark, dass sie vor allem versucht, ihren eigenen düsteren Gedanken zu entkommen.

»Ja. In Bezug auf Ameisen«, gibt er zurück.

Wahrscheinlich wäre es weitaus sinnvoller, Ravis

Schwester zu kontaktieren, als die Zeit mit diesem Gehöft zu verbringen. Es kann überall und nirgends sein. Aber selbst wenn sie es finden, wäre es überaus unwahrscheinlich, fünf Jahre alte Fingerabdrücke sicherzustellen. Man braucht kein Studium in Forensik, um zu ahnen, dass solche Spuren vermutlich von begrenzter Lebensdauer sind. Doch er ist froh, dass Isabel dabei ist. Deswegen schweigt er.

Zwischen ihr und Lotta herrscht eine eigenartige Energie, die in Wellen auf und ab schwingt. Mal stacheln sie sich gegenseitig an und sind kaum zu bremsen. Dann kippt plötzlich die Stimmung, und sie keifen sich an wie zwei bissige Hündinnen. So gut es geht, versucht Micah, ihr Geplänkel zu ignorieren. Er versteht beide. Jede wird von eigenen Sorgen getrieben. Von den eigenen Hoffnungen. Und Erinnerungen. Immerhin bemühen sie sich zusammenzuarbeiten.

»Ich weiß nicht, ob Schwarmintelligenz der richtige Begriff ist«, gibt seine Freundin zu. »Ich meine ja nur, dass wir nicht allein suchen müssen. Im Internet gibt es diese Foren, wo gelangweilte Menschen die blödesten Fragen beantworten. Egal, ob es um Abzeichen auf militärischen Uniformen irgendeiner Bananenrepublik geht oder darum, den genauen Aufnahmezeitpunkt eines Fotos anhand des Sonnenstands zu berechnen.«

Lotta zieht hörbar Luft ein. »Hast du vielleicht vergessen, gegen wen wir ermitteln?«

»Nein. Wieso?«

»Liebe Isa, der Feind liest mit. Gerade im Internet. Was auch immer du postest, alle deine Suchanfragen, einfach alles wird getrackt.«

»Aber doch nur, wenn es um drohende Verbrechen

geht.« Seine Freundin wirft Micah einen Hilfe suchenden Blick zu.

»Das ist das, was die uns die ganze Zeit verkaufen.« Lotta bebt vor mühsam unterdrückter Wut. Selbst ihre Haare scheinen zu zittern. »In Wirklichkeit …«

»Ihr könnt euch über einen der Firmenrechner einloggen«, schlägt Micah schnell vor. Auch wenn er bezweifelt, dass die Lokalisierung des Gehöfts viel bringt, ist er Isabel für jede Hilfe dankbar. »Dann fällt der Verdacht nicht sofort auf euch.«

Lotta schüttelt betont langsam den Kopf. »Aber wir können Ravi nicht anrufen und fragen. Ins Gefängnis kannst du entweder schreiben, und zwar klassisch per Schneckenpost, oder es beim nächsten Besuch persönlich besprechen. Beides dauert mindestens eine Woche, zumal die Briefe auch noch von den Vollzugsbeamten gelesen und kontrolliert werden.«

»Vielleicht können wir selbst eine Skizze anfertigen«, schlägt Isabel vor. »Micah, was meinst du?« Doch bevor er antworten kann, richtet sie sich erneut an Lotta. »Hast du keine Beschreibung in deinen Aufzeichnungen? Gibt es irgendein hervorstechendes Merkmal?«

»Ja, doch. Da war was. Viel ist es nicht.«

Isabel will nach einer von Lottas Kladden greifen, doch Lotta ist schneller. Besitzergreifend presst sie das Notizheft an ihre Brust.

»Stopp!«, warnt sie. »Das sind immer noch meine Aufzeichnungen. Außerdem kenne ich sie fast auswendig. Ich such dir die Stelle.«

Micah wendet sich ab. Er ahnt, dass Lottas Augen gerade aufflackern, während sie ihre Brille zurechtrückt. Die Stimmung schwingt wieder ins Manische. Das Rascheln der

Seiten verrät, dass sie hastig blättert. Micah versucht angestrengt, seine Konzentration auf Bildschirm und Tastatur seines Laptops zu richten. Normalerweise fällt es ihm nicht schwer, die Welt um sich herum auszublenden. Im Moment funktioniert es nicht ansatzweise.

»Hier!« Lotta hat anscheinend die entsprechenden Notizen gefunden. »Schau mal, Micah.«

Sie lässt sich nicht davon beirren, dass er nicht einmal von seinem Laptop aufsieht, sondern hält ihm die Kladde unmittelbar unter die Nase. Gelbe Klebezettel rutschen heraus und flattern über seine Tastatur.

»Da steht es. Heruntergekommener Vierseitenhof mit Backsteinmauer. Einstöckiges Wohnhaus, blaue Haustür, Schuppen.«

»Ich möchte euch ja nicht entmutigen«, wendet er ein, während er Lottas Zettel zur Seite schiebt. »Aber diese Beschreibung trifft auf hundert Höfe zu. Vermutlich gibt es einen Grund, warum die Polizei der Spur nicht gefolgt ist.«

»Was ist das?«, fragt Isabel und deutet auf einen der Zettel. »Mintfarbenes Hoftor? Mint? Nicht grün? Das ist doch was, oder?«

Micah drückt die Entertaste und stöhnt auf. »Mist!«

Warum funktioniert das nicht? Er bräuchte jetzt einen Moment Ruhe zum Nachdenken. Doch neben ihm schraubt sich der Eifer zu einem arbeitswütigen Orkan hoch.

»Hört mal. Es bringt doch nichts, wenn wir jeden Hinweis zu dritt besprechen«, wendet er vorsichtig ein. »Wollt ihr euch nicht zusammen um dieses Gehöft kümmern? Dann suche ich nach digitalen Spuren. Außerdem muss einer von uns Kontakt mit Kareena und Niki aufnehmen.«

»Na, Lotta. Sie kennt sie doch«, stellt Isabel fest.

Aus den Augenwinkeln erkennt Micah, dass Lotta plötzlich verlegen mit ihren Locken spielt. »Ich habe es versucht.« Sie lässt von ihren Haaren ab, um ihre gelben Klebezettel umzusortieren. »Ravis Schwester will nicht mit mir reden. Sie hat mir sogar den Kontakt zu Niki untersagt. Sie behauptet, sie hätten alle Videos von damals gelöscht.«

»Vielleicht kann ich es versuchen«, bietet Isabel an.

»Könnt ihr das bitte untereinander klären?«, schlägt Micah vor. »Irgendetwas stimmt gerade mit dem Fernzugriff nicht.«

»Was?« Lotta hustet Mate-Brause über den Tisch.

»Ich habe Schwierigkeiten, mich einzuloggen«, erklärt er. »Keine Ahnung, warum. Ich kann es von hier aus nicht erkennen.« Irritiert fährt er sich durch die Haare. »Vielleicht muss ich noch mal ins Loft fahren. Da habe ich andere Möglichkeiten.« Und vor allem Ruhe.

Er versucht es erneut, dieses Mal mit dem Umweg über ein zweites System. Wieder endet der Weg in einer Fehlermeldung.

»Das ist seltsam.«

»Du kannst dich nicht in deine eigene Firma hacken?« Lotta wischt die klebrigen Tropfen von ihren Unterlagen.

Aus irgendeinem Grund scheint sie dieser Umstand zu belustigen. Na, super.

»Aus Sicherheitsgründen haben wir für absolute Notfälle ein oder zwei Hintertüren eingebaut«, erklärt er knapp. »Sie stehen nur einer sehr, sehr kleinen Gruppe ausgewählter Mitarbeiter zur Verfügung und lösen umgehend einen Alarm aus.«

Sie guckt ihn fragend an. »Und?«

»Ohne vorherige Absprache schreckt ein solcher Alarm unsere Security auf und zieht umständliche Erklärungen nach sich. Das würde ich im Moment lieber vermeiden.«

»Nein, ich meine hacken. So richtig«, erläutert sie ihre Frage noch einmal und öffnet eine weitere Flasche Koffeinnachschub. *Du lieber Himmel!*

»Nein«, antwortet er gedehnt. »Wenn ich mich in das System hacken kann, können andere es auch. Folglich wären unsere Daten nicht mehr sicher.«

Es reicht nicht. Über Lottas Gesicht hüpft ein aufgedrehtes Fragezeichen. Sie öffnet den Mund. Er ahnt, dass sie gleich weiterbohrt. Also erklärt er es lieber sofort.

»Das heißt, sollte ich jemals von einer Schwachstelle erfahren oder sie zufällig entdecken, würde ich sie umgehend patchen, also reparieren, wenn du so willst. Okay?«

Sie zieht die Nase kraus. Ruhe gibt sie deswegen noch lange nicht. »Ich dachte, Hacker können alles.«

»Vor allem sichern sie als Erstes ihr eigenes System. Sicherheit hat bei Cyb oberste Priorität. Wir gehen kein Risiko ein. Verstehst du?«

Für einen Moment scheint sich Lotta tatsächlich mit dieser Antwort zufriedenzugeben. Doch so kommt er nicht weiter.

»Was machst du da?«, fragt Isabel verwundert, als er beginnt, seine Sachen einzupacken.

»Ich fahre für ein paar Stunden ins Loft. Ihr könnt mitkommen und eure Frage an die Schwarmintelligenz in die Gänge bringen. Aber dann schlage ich vor, dass wir uns trennen und später unsere Ergebnisse vergleichen. Einverstanden?«

Isabel beobachtet ihn bestürzt. »Stören wir dich?«

»Ja. Nein. Na ja. Ein bisschen vielleicht«, gibt er zu und ergänzt: »Wichtig ist, dass wir jetzt so schnell wie möglich vorgehen. Daher ist es sinnvoll, dass wir die Aufgaben unter uns aufteilen. Ich bin mir nicht sicher, wie viel Zeit uns noch bleibt.«

Eigentlich hat er Letzteres nur gesagt, um Isabel und Lotta nicht zu verletzen. Doch einmal ausgesprochen kommt es ihm vor, als läge in den Worten mehr Wahrheit, als er sich bislang hat eingestehen wollen. Was, wenn seine Probleme beim Einloggen kein Zufall sind? Und all die anderen Dinge.

Isabel springt so abrupt von ihrem Stuhl auf, dass Mephisto aus dem Tiefschlaf erwacht und bellend um ihre Beine hetzt. »Was zum Teufel meinst du damit? Uns bleibt keine Zeit?«

»Schsch!«

Er kann es nicht vermeiden. Sein Blick gleitet automatisch zu den Smartspeakern. Einem Impuls folgend steht er auf, geht an Isabel vorbei und nimmt die Akkus aus den Lautsprechern. Seine Augen wandern zum Fernseher. Vielleicht ist er paranoid. Aber sicher ist sicher. Zumindest, solange der Fall Ravi nicht geklärt ist und Cyb kein Update erhalten hat. Nachdem er auch das TV-Gerät und die meisten Küchengeräte vom Strom getrennt hat, kehrt er zum Tisch zurück. Hoffentlich reicht das. Oder funktionieren die eingebauten SIM-Karten und WLAN-Adapter auch ohne äußeren Strom? Per Akku, Air Charge oder weiß der Himmel, wie.

»Hast du noch dein altes Vintage-Radio?«, fragt er leise.

Isabels Stirn hat sich in Falten gelegt, aber sie nickt stumm.

»Gut, hol es und lass es laufen, während wir uns unterhalten.«

»Warum?«

Er deutet vage auf den Rauchmelder, der unmittelbar

über ihrem Tisch an der Decke hängt. »Ich weiß es nicht. Bestimmt ist es albern. Aber ...«

Er fährt sich mit der Hand durch die Haare. Den Satz beendet er nicht. Was soll er auch erklären? Er glaubt ja nicht einmal selbst an diesen Unsinn.

Isabel mustert ihn. Ihr Gesicht spiegelt so viele unterschiedliche Gefühle, dass Micah sie in den Arm nimmt.

»Die verbauten Platinen enthalten Mikrofone«, erklärt er sachlich und fährt schnell fort. »Mach dir keine Sorgen. Natürlich sind sie nicht aktiviert. Vermutlich wurden die Platinen mit Mikro nur deshalb verbaut, weil der Hersteller auf irgendein Standardbauteil zurückgegriffen hat. Das ist oft preiswerter als eine individuelle Anfertigung. So ein Standardteil enthält dann unter Umständen zusätzliche Features, die man gar nicht braucht.«

Er verstummt, als er Lottas Blick auffängt. Sie hockt auf ihrem Stuhl, die Knie angezogen, und spielt mit ihren Locken.

»So weit zu unserer Sicherheit«, murmelt sie.

25

Kyle

»Kannst du deine Gespielinnen nicht woanders treffen?«, keift Tina. »Muss es unbedingt das Hotel unseres Golfclubs sein?«

Sie steht mit verschränkten Armen in der Tür zu dem, was Kyle gerne das *Herrenzimmer* nennt. Von seinem Ledersessel aus betrachtet er sie. Eines muss er ihr lassen. Sie sieht nach wie vor ausgesprochen gut aus. Doch auf dieses ewige Gezicke kann er gerne verzichten. Vielleicht sollte er endlich die Scheidung einreichen. Eines ist klar. Die Zeit, die er mit seinen Gespielinnen verbringt, ist deutlich erfreulicher. Wobei der von Tina gewählte Plural irreführend ist. Eigentlich ist es derzeit nur Stella, wenn man von Conny absieht. Conny zählt nicht.

»Alle haben dich mit diesem Flittchen gesehen. Peinlicher geht es nicht.«

Kyle hebt kunstvoll eine Augenbraue. Peinlich ist Stella gewiss nicht. Sicherlich ist sie nicht die hellste Kerze am Baum, doch zumindest die heißeste. Als Model für Victoria's Secret macht sie durchaus einiges her. Zudem hat sie fast immer gute Laune, und wenn nicht, helfen kleine Zuwendungen.

»Schatz, ich habe gerade andere Sorgen.«

Mit sanftem Stöhnen erhebt er sich aus seinem Sessel. Tina kneift die Augen zusammen. Doch bevor sie noch mehr sagen kann, schließt er die Tür vor ihrer Nase und wendet sich wieder seinen Gedanken zu.

Hao hat Bericht erstattet. Offenbar hat Micah begonnen, den Fall Ravi Korrapati wieder auszugraben. Eigentlich muss Kyle sich keine Sorgen machen. Die Sachlage war offensichtlich. Alles, was er getan hat, war, Cyb auf den Vorgang anzusetzen, bevor die KI es selbst entdeckt hätte. Trotzdem gefällt ihm Micahs neu erwachtes Interesse nicht. Warum hat sein Partner diesen abgewrackten Reporter im Gefängnis besucht?

Natürlich konnten seine Mitarbeiter Micahs Fährte bis vor die Tore der JVA verfolgen. Die Bilder der vor dem Eingang angebrachten Sicherheitskameras zeigten, dass er die Anstalt gemeinsam mit dieser Aktivistin aus der Talkshow betrat. Danach brach der Kontakt zu Micahs Handy für etwa fünfundvierzig Minuten ab, bis er wieder auf der Straße vor der Anstalt war. Auf dem Weg zum Auto sprachen beide über Ravi. Die Aufnahmen aus dem Mikro einer in der Funkzelle eingeloggten Smartwatch waren zwar verrauscht, aber kombiniert mit den von einer Verkehrskamera aufgezeichneten Lippenbewegungen verrieten sie zumindest so viel. Die KI nahm zudem einen auf starke innere Anspannung deutenden Gesichtsausdruck wahr.

Hat der Besuch mit Micahs Plänen für eine Cyb-Neuauflage zu tun? Wozu muss er den Dreck alter Fälle aufwühlen und sogar ins Gefängnis marschieren, um diesen Verbrecher zu treffen? In der Öffentlichkeit! Sicher steckt diese dumme kleine Aktivistin dahinter. Vielleicht sollte er sie mit auf seine Liste besonderer Personen setzen. Nur zur Sicherheit. Morgen wird er eine entsprechende Anweisung ausgeben. Persönlich selbstverständlich und ohne Zeugen. Es gibt durchaus gute Gründe dafür, dass sowohl sein Privathaus, das Hotel im Golfclub sowie sein Büro in der Hauptniederlassung von der üblichen Überwachungstechnologie ausgenommen sind.

Zurück zu Micah. Es wird Zeit, dass er die Zügel anzieht. Hao wird ihn ab sofort noch schärfer überwachen und seine spezielle Datenerfassung auf Micah ausrichten. Insbesondere auf sein Handy, das Loft, seine Wohnräume und selbstverständlich auf alles, was er im Cyb-Netzwerk treibt. Bei Letzterem muss Hao wenn nötig hier und da korrigierend eingreifen. Nach Möglichkeit allerdings, ohne dass Micah Verdacht schöpft.

26

Micah

Zwei Tage später brummt Micahs neues Handy, wobei die Bezeichnung neu nicht ganz zutreffend ist. Das Handy ist ein uraltes Gerät mit einer Prepaidkarte auf den Namen irgendeines Fremden, das er gestern gegen Barzahlung von einem reichlich dubiosen Händler in einem An-und-Verkauf-Shop erstanden hat. Sicherheitshalber hat er gleich drei gekauft, für jeden im Team Ravi eines. Damit sollte zumindest vorübergehend eine einigermaßen abhörsichere Kommunikation möglich sein. Das heißt, zumindest nicht eindeutig zuordenbar, insbesondere, wenn sie texten und nicht sprechen. Nur für den Fall.

Das Display kündigt an, dass Isabel am Apparat ist. Soweit zum Texten. Getrieben von einer bösen Vorahnung nimmt er den Anruf an.

»Ich glaube, ich werde verfolgt«, keucht sie. Ihre Stimme zittert, als würde sie mit den Tränen kämpfen.

Automatisch wirft Micah einen Blick über seine eigene Schulter. Dabei ist er im Loft. Hier verfolgt ihn niemand. Außer ihm arbeiten nur Katie und drei weitere Mitarbeiter gerade an der Idee, die KI neu aufzubauen. Zwei von ihnen hängen mit ihren Laptops in der Chill-Ecke. Katie sitzt an ihrem Schreibtisch. Ihr bunter Haarschopf lugt hinter dem

Bildschirm hervor. Micah steht auf und schaut sich um. Den dritten Kollegen kann er nirgendwo entdecken. Wahrscheinlich ist er gerade in der Teeküche. Oder im Bad.

»Wo bist du?«, fragt er so leise, dass das Mikro seines Rechners nicht anspringt. Tief einatmen, mahnt er sich dabei stumm. Er darf jetzt nicht in Panik verfallen. Zumindest er selbst muss einen kühlen Kopf behalten.

»In der Innenstadt.«

»Wieso glaubst du, dass dir jemand folgt? Ist er in der Nähe? Kannst du ihn sehen?«

»Wir haben das Gehöft gefunden. Irgendein Freak, er nennt sich *envyme* oder *enmevy* oder so, hat mir vor ein paar Stunden getextet und den Tipp gegeben. Kurz nachdem du weg warst. Lotta hat mich abgeholt. Wir sind sofort losgefahren, raus Richtung Norden. Etwa zwanzig Kilometer und dann über die Landstraße. Ich habe vergessen, wie der Ort heißt.«

Es ist unglaublich. Selbst in einer Notfallsituation kann sie sich nicht kurz fassen.

»Okay. Ihr seid also dem Tipp gefolgt.«

»Ja. Ich habe alles zu Hause gelassen. Mein richtiges Handy, Smartwatch, Tablet. Alles. Lotta hatte nur eine Kamera dabei. Eine ganz alte. Ich glaube, sie funktioniert sogar noch mit echten Filmen. Jedenfalls ohne besondere Funktionen. Wir wollten uns ja nur einen ersten Eindruck verschaffen. Nachsehen, ob es das richtige Gehöft ist. Und natürlich ein paar Fotos machen. Verstehst du?«

»Ja. Aber was ist jetzt mit den Verfolgern?«

»Wir sind rausgefahren und haben uns umgeguckt. Es war alles genau so, wie Ravi es beschrieben hat. Das mintfarbene Tor, die blaue Haustür.«

»Isa, das kannst du mir später erzählen.«

»Ich bin nur so durcheinander«, schluchzt sie. »Plötzlich war das Auto da. Wie aus dem Nichts.«

»Was für ein Auto? Hast du das Nummernschild?«

»Lotta hat alles aufgeschrieben. Sie hat auch Fotos gemacht. Ein graublauer Mercedes, glaube ich. Oder ein BMW. Vielleicht war er auch schwarz. Er parkte an der Straße, als wir vom Hof kamen. Micah, da ist sonst nichts. Nichts, weit und breit. Verstehst du? Sie haben auf uns gewartet.«

»Habt ihr die Personen erkannt?«

»Nein, wir sind so schnell wie möglich in Lottas Wagen gestiegen und losgefahren. Wir wollten einfach nur weg.«

»Okay. Und die Verfolger? Wo sind sie jetzt?«

»Hinter uns her. Aber ich glaube, Lotta hat sie abgehängt. Sie ist wie eine Besessene quer durch die Stadt gerast. In ein Parkhaus rein und wieder raus, über einen Parkplatz und in ein anderes Parkhaus. Dann hat sie mich abgesetzt.«

»Wo bist du jetzt?«

»Innenstadt. Habe ich das nicht gesagt? Ich habe gedacht, unter vielen Menschen falle ich weniger auf.«

»Gut gemacht.«

»Ja.« Isabel zögert. »Allerdings fallen auch alle, die mir folgen, kaum auf. Ich weiß ja nicht einmal, wie sie aussehen.«

»Pass auf, du setzt dich jetzt einfach in ein Café. Ich hole dich ab.«

»Würdest du das tun?« Ihre Stimme droht zu brechen.

»Natürlich.«

»Ich weiß selbst, wie albern es klingt. Ich meine, sie haben uns ja nicht bedroht. Also nicht mit Waffen oder so. Sie waren einfach nur da.«

»Alles wird gut. Das verspreche ich«, versichert Micah

mit aller Zuversicht, die er aufbringen kann. »Wo soll ich hinkommen?«

Er hört, wie Isabel die Nase hochzieht. Dann nennt sie ihm ein Café. Es liegt in der Nähe des Lofts, keine fünfzehn Minuten Fußweg entfernt.

Als Micah im Café ankommt, sitzt Isabel an einem Tisch im hinteren Bereich, gleich neben der Tür zu den Toiletten. Vor ihr stehen zwei leere Grappa-Gläser. Zu ihren Füßen liegt Mephisto. Als er Micah erkennt, lässt er erfreut den Schwanz über den Boden wedeln. Dann sieht ihn auch Isabel. Sie springt auf und fällt ihm um den Hals.

»Danke!«, schluchzt sie und presst ihren Kopf an seine Brust. »Ich bin so froh, dass du da bist.«

»Wo ist Lotta? Und wieso um alles in der Welt hast du den Hund mitgenommen?«, flüstert er, nachdem sie sich einigermaßen beruhigt hat.

»Ich glaube, Lotta ist zur Redaktion gefahren. Ja, da wollte sie hin. Und Mephisto war unsere Tarnung. Als harmlose Spaziergänger. Immerhin mussten wir ein fremdes Grundstück auskundschaften, von dem wir nicht einmal wussten, ob es wirklich verlassen war.«

Mephisto brummt treuherzig.

»Hast du irgendwelche Informationen über eure Verfolger? Konntest du sehen, wie viele es waren?«

Isabel schüttelt den Kopf.

»Habt ihr etwas herausgefunden?«

Sie drückt Micahs Hand, während sie ihre andere in Mephistos Fell vergräbt. »Das Gehöft sieht aus, als hätte es niemand in den letzten Jahren betreten. Total isoliert. Keine Autos oder Reifenspuren. Darauf hat Lotta geachtet. Es gab nicht einmal Nachbarn, die wir hätten fragen können.«

Die Kellnerin serviert einen weiteren Grappa für Isabel, dazu für jeden einen starken Espresso.

»Lotta wollte unbedingt in das Haus einbrechen. Aber ich konnte sie davon abhalten. Um keine Spuren zu zerstören, verstehst du? Sie war ziemlich sauer deswegen. Aber dann kam dieser dunkle Wagen, und wir hatten ganz andere Probleme.«

»Wie sah es denn aus?«

»Das Haus? Nach dem, was wir durch die Fenster erkennen konnten, ist zwar alles alt und etwas heruntergekommen, aber ziemlich sauber.« Sie macht eine kurze Pause, um ihren Grappa hinunterzukippen, und fährt dann fort. »Das ist doch schon was, oder?« Im nächsten Moment fällt der Stolz über ihre unerwartete Entdeckung wieder in sich zusammen. »Wie haben sie uns gefunden, Micah? Wir haben für die Suchanfrage doch extra das WLAN im Loft benutzt.«

Er seufzt. Sein Blick fällt auf Mephisto, der mit geschlossenen Augen Isabels Zärtlichkeit genießt. An seinem Halsband hängt ein winziger GPS-Tracker. Er will etwas sagen, doch verbeißt es sich gerade noch rechtzeitig. Selbst Handys, Tracker und die mittlerweile in den Keller verbannten Smartspeaker sind nur die Spitze eines gigantischen Eisbergs. Allein hier im Café bewacht eine Kamera die Tür, eine zweite die Theke. Um sie herum sitzen Menschen. Sie machen Videocalls, posen für Selfies, teilen ihre Bilder online und verschwenden keine Gedanken an ihre persönlichen Daten oder die jener Personen, die sich gerade zufällig im Hintergrund bewegen. Cyb-Systems hingegen nährt sich von all diesen frei zur Verfügung gestellten Informationen. Algorithmen ordnen die Gesichter mühelos realen Personen zu und scheren sich nicht darum, ob einer dieser Menschen bewusst oder zufällig im Bild erscheint, seine Stimme extra oder ungewollt mit aufgezeichnet wird. Daneben bietet das Internet of Things unzählige Angriffspunkte. Selbst im eigenen Haus. Die Einstellung von Heizung und Lampen geben Aufschluss über das Schlafverhalten. Alarmanlage und Schließsystem registrieren das Verlassen des Gebäudes. Ist eine Person einmal registriert bei Meldebehörden, Führerscheinstellen oder natürlich über ihre Social-Media-Accounts, lässt sich ihre Bewegung fast lückenlos durch die gesamte Stadt verfolgen. Sicherheitskameras mit Gesichtserkennung tracken Gesichter, Verkehrssysteme die Nummernschilder oder gleich die IDs der Fahrzeuge. Außerhalb dicht besiedelter Gebiete gibt es zwar weniger Kameras, dafür sendet das Auto seine Position an jeden, der weiß, wie man die Daten erfasst. Fest verbaute SIM-Karten gehörten schon zur Pflichtausstattung – lange vor Cyb-Systems. Mit dem Bordcomputer verbunden, können sie lückenlos Gespräche aufzeichnen, Bewegungsprofile erstellen und sämtliche Funktionsdaten des Fahrzeugs auslesen.

Selbst Gesichtsmasken, Stimmenverzerrer oder ähnliche Hilfsmittel werden nicht mehr lange nutzen. In Cybs geheimer Entwicklungsabteilung arbeiten Techniker derzeit an Konzepten, Personen anhand ihrer spezifischen Körperbewegungen oder ihres Sprachrhythmus zu identifizieren. Jene Verschwörungsanhänger, die Trackingchips in Impfdosen vermuten, kann Micah nur belächeln. Die Realität hat ihre Fantasie längst überholt.

Isabels und Lottas ominöse Verfolger hatten sicherlich viele Möglichkeiten. Aber vielleicht haben sie auch einfach nur die Antwort dieses envyme mitgelesen – oder schlicht gewusst, vor welchem Gehöft sie warten mussten.

»Jemanden zu verfolgen ist heute eine Kleinigkeit«, antwortet er schließlich.

Viel schwieriger ist es, sich unbemerkt zu bewegen.

Isabel mustert ihn. »Das macht dir Sorgen, nicht wahr?«

»Nicht die Technik an sich«, antwortet er vorsichtig. »Aber dass jemand diesen Aufwand tatsächlich betrieben hat, um euch physisch zu verfolgen, ist zumindest ungewöhnlich.«

Für einen Algorithmus mag diese Aufgabe einfach sein. Doch ein menschlicher Verfolger geht immerhin das Risiko ein, selbst erkannt und womöglich noch als Stalker angezeigt zu werden. Das hingegen lässt nur zwei Schlüsse zu. Entweder hält sich ihr Verfolger für unantastbar. Dann könnte er sich den Blödsinn allerdings auch sparen. Oder der Wunsch, sie einzuschüchtern, überwiegt das Risiko, selbst enttarnt zu werden.

Immerhin haben drei Grappas und ein Espresso Isabels Nerven gefestigt. Sie lächelt sogar, als sie Lotta entdeckt, die sich bepackt mit Taschen einen Weg vom Eingang zu ihrem Tisch bahnt.

»Ich habe in der Redaktion einen Kollegen gefunden, der mir die Fotos entwickeln konnte. Er hat direkt Abzüge gemacht.« Sie lässt sich auf einen freien Stuhl fallen und knallt einen braunen Umschlag auf den Tisch. »Total Oldschool.«

»Hast du schon etwas über unsere Verfolger herausgefunden?«, erkundigt sich Isabel aufgeregt.

»Schsch!«, zischt Lotta, aber sie grinst breit. »Klar. Schaut her. Hier, das Nummernschild. Hat mich ein paar Anrufe gekostet«, flüstert sie und hält Isabel und Micah den Umschlag hin, sodass sie hineinspähen können. Das Foto zeigt ein anthrazitfarbenes, ziemlich teuer aussehendes Auto. »Der Wagen gehört zur Flotte eines Fahrdienstleisters. Natürlich war der Mitarbeiter sehr diskret. Also habe ich behauptet, dass mir der Fahrer einen Spiegel abgefahren hat, und ich die Firma anzeige, wenn wir uns nicht einigen.« Sie wirft ihre Haare zurück. »Dann habe ich ihnen das Nummernschild durchgegeben. Sofort war da dieses Schweigen. Und dann Tuscheln. Dabei fiel ein Name: von Herrenstein.«

»Von Herrenstein? Bist du sicher?«, hakt Micah nach. Unauffällig sieht er sich um. Ein Mann zwei Tische weiter fängt seinen Blick auf und schaut schnell zur Seite. Gehört er zu den Verfolgern? Micah senkt vorsichtshalber die Stimme. »Saß er selbst im Auto?«

Lotta scheint die Frage nicht gehört zu haben: »Ihm gehört der Wagen. Das Ganze läuft unter dem Begriff *Teileigentum*.« Mit ihren Fingern zeichnet sie Anführungsstriche in die Luft. »Besitzer stellen ihre Luxusschlitten zeitweise einer Agentur zur Verfügung, um Kosten zu sparen. Oder Ressourcen zu schonen. Was weiß ich.«

»War er nun im Wagen?«, will Micah wissen.

Lotta schüttelt den Kopf und wühlt in den Bildern, bis sie ein anderes Foto findet. In der Vergrößerung sind hinter der Windschutzscheibe verschwommen zwei Personen zu erkennen. Ein junger Mann mit zur Seite gekämmtem Pony sitzt hinter dem Steuer. Das Gesicht des Beifahrers ist hinter einer dunklen Brille verborgen. Unscharf erkennt man über der Oberlippe einen dunklen Schatten. Vielleicht ein Schnauzer?

»Kennst du sie?«, fragt Isabel.

»Nein.« Micah schüttelt bedauernd den Kopf. Alles, was er sagen kann, ist, dass es sich bei beiden Personen garantiert nicht um von Herrenstein handelt. »Für einen digitalen Gesichtsabgleich ist die Aufnahme wahrscheinlich zu unscharf.«

»Dann endet die Spur hier«, stöhnt Lotta und presst wütend die Lippen aufeinander.

»Du könntest sie bei deinem nächsten Besuch Ravi zeigen«, schlägt Isabel vor. »Zusammen mit den Fotos vom Gehöft.«

»Nein. Habe ich doch schon gesagt. In den Knast kannst du nicht einfach etwas mitnehmen.«

»Aber wir müssen uns ganz sicher sein, bevor wir die Polizei hinzuziehen.«

Sofern die Polizei überhaupt der richtige Ansprechpartner ist, fährt es Micah durch den Kopf. Allein der Gedanke ist verstörend.

»Die Polizei?«, giftet Lotta im selben Moment. Sie bemüht sich, leise zu sprechen, sodass die unterdrückte Wut ihre Worte zischen lässt. »Isabel, kannst du bitte mal deine rosarote Brille ablegen? Die Polizei ist Teil unseres Problems. Deswegen wollte ich ja eben selbst auf Spurensuche gehen.«

»Nächstes Mal fahren wir zusammen hin«, wirft Micah ein. Die Situation beruhigt er damit nicht.

»Welches nächste Mal?«, faucht Lotta, nicht mehr ganz so leise. In ihrer Stimme schwingt ein kaum überhörbares Schluchzen. »Sie werden uns nicht mehr in die Nähe lassen.«

Isabel betrachtet sie bestürzt. Intuitiv greift sie nach Lottas Hand, doch sie schüttelt sie ab.

»Seit fünf Jahren versuche ich, Beweise für Ravis Unschuld zu finden. Und jetzt hat sich wieder eine Spur in Luft aufgelöst. Wieder eine Hoffnung weniger.« Lotta hält den Blick fest auf ihre Finger gerichtet.

»Es tut mir leid«, haucht Isabel.

Lotta schnaubt. »Mein Fehler. Ich hätte euch da nicht mit reinziehen sollen.«

Die Leere, die sie ausstrahlt, wandert langsam um den Tisch. Sie umschließt Isabel, die Trost darin sucht, Mephistos Fell zu streicheln. Sie kriecht über Micahs Nacken in seinen Kopf, vertreibt jede Hoffnung und hinterlässt eine verschwommene graue Vorahnung.

»Und du?«, wendet sich Isabel plötzlich an ihn, als würde sie nach einem Strohhalm greifen.

»Ich?«, schreckt er von seinen Gedanken auf.

»Ja. Wie lief es bei dir?«, fragt sie.

Bei ihm? Soll er ihr erzählen, was er erlebt hat? Sein Blick trifft den seiner Freundin. Sie blickt ihn an voller Verzweiflung. Mit Schuldgefühlen in den Augen. Soll er ihr etwa sagen, dass die seltsame Erfahrung, die sie mit Lotta gerade in der realen Welt erlebt hat, sich quasi parallel im digitalen Netz abgespielt hat? Im Computersystem von Cyb-Systems?

»Nicht gut«, gibt er nach einigem Zögern zu. »Gar nicht gut, um ehrlich zu sein.«

Lotta, die bereits ihre Sachen eingesammelt hat und aufgestanden ist, setzt sich stumm zurück auf ihren Stuhl.

»Ich wollte es euch gestern sagen.« Micah schiebt sich unsicher ein paar Haarsträhnen aus der Stirn. Der Mann vom Nachbartisch steht auf und geht zur Theke, um zu bezahlen. Wahrscheinlich ist er doch nur zufällig hier. »Aber dann ... Egal. Also, Tatsache ist, ich stoße auf Schranken. Immer neue. Immer ein bisschen anders. Aber immer wieder.«

»Wie meinst du das?« Lotta beugt sich vor.

»Ich weiß es nicht. Aber ich habe das starke Gefühl, nach

und nach den Zugriff auf mein eigenes System zu verlieren. Ich meine, erst war nur das eine Tape verschwunden. Also physisch weg. Ihr erinnert euch.« Micah macht eine nichtige Handbewegung. »Hätte ein blöder Zufall sein können. Anfang der Woche wollte ich mir die Personalakten anschauen, um mehr über PLAN B herauszufinden. Die Mitarbeiter müssen ja irgendwo geführt werden. Herausgefunden habe ich, dass Kyle neben Hao zwei weitere Angestellte persönlich rekrutiert hat.«

»HW und JP«, flüstert Lotta.

»Möglich. Sie wurden kurz nach der Markteinführung von Cyb wieder entlassen. Als ich ihre Namen überprüfen wollte, waren die Personalakten nicht mehr abrufbar. System Error. Irgendein Fehler. Erst habe ich mir nichts dabei gedacht und die Jungs in der IT gebeten, mir den Zugang wieder einzurichten. Kaum war er eingerichtet, hatte ich ihn auch schon wieder verloren. Als Nächstes habe ich den digitalen Zugriff auf bestimmte Systemdateien eingebüßt. Wieder dasselbe Spiel. Seit heute Morgen kann ich mich nicht einmal mehr in den Mailserver einloggen. Außerdem hat jemand den Alarm der Schließanlage wieder umgeleitet. Dieses Mal auf eine Nummer, die ich nicht kenne.«

»Kannst du das nicht wieder ändern?«, fragt Isabel.

»Schon. Aber es fällt auf. Es ist, als würde ich verfolgt. Vielleicht sehe ich Gespenster. Aber je tiefer ich in das System eindringe ...«

»... desto stärker wächst der Widerstand«, ergänzt Lotta.

»Als wollte sich das Netzwerk gegen dich wehren?«

»Vielmehr, als wollte sich jemand im Netzwerk gegen mich wehren«, korrigiert er. »Langsam kommt es mir vor, als würde mir dieser Jemand permanent auf die Finger schauen, alle meine Schritte beobachten und nach und nach immer höhere Schranken einziehen.«

»Das System wendet sich gegen uns.« Lotta nickt, als hätte sie nichts anderes erwartet.

»Hör endlich auf, ständig gegen *das System* zu wettern«, entgegnet Isabel ungewöhnlich scharf. »Es sind Kyle und seine Leute.«

»Das ist dasselbe!« Lotta wirft trotzig ihre Haare zurück.

Micah schweigt.

»Aber warum sperrt er dich nicht komplett?«, fragt Isabel.

Ihre Hand wandert zurück in seine. In die vermeintliche Sicherheit. Am liebsten würde er sich von ihr abwenden. Doch er drückt ihre Hand, spürt ihre Finger und ihre weiche Haut.

»Gute Frage«, stimmt er leise zu. Der Espresso kratzt in seiner Kehle.

Dabei ist die Antwort einfach. Lotta hat im Grunde recht. Was auch immer Kyle, Hao und PLAN B unternommen haben, sie wollen um jeden Preis verhindern, dass es an die Öffentlichkeit gelangt. Dabei gehen sie extrem diskret vor. Sie schüchtern ein. Sie blockieren Zugänge. Verhalten sich nach außen hin jedoch unauffällig. Gerade so, dass sie jederzeit alles abstreiten können. Der dunkle Wagen stand nur zufällig vor dem Gehöft. Bei Micahs Zugangsdaten muss ein unbeabsichtigter Fehler unterlaufen sein. Und so weiter. Subtil. Trotzdem verdammt zielgerichtet. Typisch Kyle!

Vermutlich versucht er, eine direkte Konfrontation zu vermeiden. Zumindest für den Moment. Gründe dafür gibt es genug. Solange er Micah nicht sperren lässt, kann Hao seine Schritte im Netzwerk beobachten und daraus ableiten, was er bereits weiß oder vorhat. Vielleicht hat Kyle die Hoffnung nicht aufgegeben, ihn noch umzustimmen. Eine leise Lösung zu finden. Im gegenseitigen Einvernehmen. Ohne schlechte Presse. Ohne Verlust seiner Reputation. Aber vielleicht hat er auch längst einen neuen Plan gefasst. Plan C. Einen Plan, der vorsieht, Micah auf andere Weise kaltzustellen.

Isabel schaut durch ihre Ponyfransen zu ihm auf, als könnte ausgerechnet er sie retten. Als hätte er die Macht, alle Probleme zu lösen. Dabei hat er längst die Kontrolle verloren. Über seine eigene Firma. Über seinen eigenen Code. Ohne es zu merken, ist er in einem Sumpf gelandet, in dem andere darüber entscheiden, was wann und wie passiert. Die Bitterkeit lässt ihn erschaudern. Wütend beißt er die Zähne aufeinander. Kälte erfasst seine Brust. Doch seine Hände schwitzen. Seine Wangen glühen. Er hätte es von Anfang an wissen müssen. Stattdessen hat er sich einem Traum hingegeben. Dem Traum von einer besseren Welt. Was für ein Hohn! Statt seine Firma zu kontrollieren, hat er sich wie der Rest der Welt in Kyles Gesäusel gewiegt. Isabels Bewunderung genossen. Sich von der Liebe der Öffentlichkeit berauschen lassen. Er – ausgerechnet er – hat der scheinbaren Sicherheit seines eigenen Codes vertraut.

Micahs Hand schließt sich fester um Isabels Finger. Es wird Zeit, dass er es sich selbst eingesteht. Kyle ist nicht länger sein Partner. Vielleicht ist er es nie gewesen. Im Gegenteil. Kyle ist sein Gegner im Kampf um die Kontrolle von Cyb-Systems. Um die Rettung seines Traums. Dem Traum einer ganzen Nation.

Was auch immer passiert, Kyle wird sich jeder Veränderung in den Weg stellen. Für Cyb-2 kann Micah nur allein kämpfen. Viele Chancen bleiben ihm nicht mehr. Der Krieg hat längst begonnen. Es wird Zeit, dass er sich ihm stellt.

»Ich möchte nicht, dass ihr euch weiter in Gefahr begebt«, sagt er laut. Mindestens drei Handys im Umfeld sollten seine Worte jetzt mithören. »Cyb ist gut. Vielleicht funktioniert der Code nicht 100 Prozent wie gehofft, aber so schlecht ist er nicht. Ich fahre euch jetzt nach Hause, und ihr vergesst diesen ganzen Mist mit Ravi Korrapati.« Er wendet sich an Isabel. »Und du, Schatz, kannst dich schon mal um das Abendessen kümmern. Ich mache heute früher Schluss.«

Isabel und Lotta starren ihn an, während er ganz nebenbei einen Stift aus der Tasche zieht und unauffällig die kurze Message auf seine Serviette kritzelt: *Auf in den Kampf!*

27

Früh am nächsten Morgen betritt Micah die in Glas und Holz gefasste Lobby der Hauptniederlassung im Stadtzentrum. Mit einem knappen Gruß passiert er den Empfang, betritt einen der bereitstehenden Fahrstühle und lässt sich hoch in die siebte Etage tragen. Die wenigen Kollegen, die ihm begegnen, grüßen höflich und nehmen keine weitere Notiz.

Conny, die in alter Gewohnheit noch im Mantel die Kaffeemaschine einschaltet, dreht sich nur überrascht um.

»Guten Morgen, Micah. Das ist aber ein seltener Anblick«, freut sie sich.

Sie deutet auf die offen stehende Bürotür, hinter der sich ein tadellos aufgeräumter Schreibtisch zeigt. Ein kunstvoll arrangierter Blumenstrauß spiegelt sich in der glänzenden Oberfläche aus poliertem Holz. Die Vase kommt Micah bekannt vor. Heute steht so ein Ding auf jedem Empfangstresen.

»Kyle ist noch nicht da. Freitags kommt er meist später.«

»Kein Problem, ich muss nur eben …« Ja, was genau muss er nur eben in Kyles leerem Büro erledigen? Das hätte er sich vorher überlegen sollen. »Wegen der Vase.« Entschlossen betritt Micah das Büro, hebt die Vase an und betrachtet fachmännisch die winzige Markierung, die mit einem Stempel in den Boden eingedrückt wurde. Tatsächlich stammt die Vase noch aus der Produktion von Kyles Vater. Conny beobachtet ihn verwirrt.

»Es ist eine Überraschung für Kyle«, winkt Micah ab. »Ich muss etwas nachgucken.«

Gegenüber Lotta hat Micah zwar behauptet, dass das IT-Netz von Cyb-Systems gegen jede Art von Hack gesichert sei, doch das ist nur die halbe Wahrheit. Plumpes Knacken von Passwörtern oder das Ausnutzen einer bislang unbekannten Schwachstelle sind lediglich eine Gruppe von Möglichkeiten, in ein Netzwerk einzudringen. Die zweite, elegantere Methode nennt sich Social Engineering. Im Grunde ist es einfach. Kenne deinen Gegner, und nutze seine Schwächen. Was Kyles Schwäche angeht, muss Micah nicht lange nachdenken. Als Firmenchef mag ein gewisses Maß an Arroganz wichtig sein. In der IT-Sicherheit ist Arroganz tödlich. Obwohl Kyle selbst nicht die geringste Ahnung vom Programmieren hat, bestand er von Anfang an darauf, die Berechtigung für alle digitalen Prozesse zu erhalten. Micah konnte ihm hundertmal die Risiken eines solchen Root-Accounts aufzählen. Kyle wollte den Zugang – allein aus Prinzip. Und eben Arroganz. Micah blieb nichts anderes übrig, als irgendwann entnervt nachzugeben – mit der einzigen Bedingung, dass Kyle für die tägliche Arbeit wie jeder andere einen normalen Zugang nutzt, während er sein persönliches Passwort für den Root-Zugriff zwar allzeit griffbereit, aber in einem versiegelten Umschlag verwahrt. Micah ist sich nicht einmal mehr sicher, ob Kyle sich noch daran erinnert. Sicher ist er sich hingegen, dass der Umschlag nach wie vor in Kyles Safe liegt.

»Conny, würde es dir etwas ausmachen, mir einen Tee zu machen?« Micah fährt sich durch die Haare und schaut ihr offen in die Augen. »Ich habe heute Morgen noch nicht einmal gefrühstückt.«

»Soll ich dir eben was vom Bäcker holen?«, bietet sie umgehend an.

Er schenkt ihr ein Strahlen, das er nicht einmal vortäuschen muss. »Das wäre toll. Hat er Schokocroissants?«

»Natürlich. Aber die besten gibt es in der französischen Bäckerei, ist nur eine Straße weiter.«

»Das ist zu viel verlangt!«

»Unsinn! Wo du schon hier bist.«

»Dann bring dir auch was mit, und wir frühstücken zusammen«, schlägt er vor.

Conny strahlt. Sie strahlt, während sie ihre Tasche sucht. Sie strahlt, als sie das Telefon auf ihr Handy umleitet, und sie strahlt immer noch, als sie in Richtung der Aufzüge verschwindet. Micah sitzt derweil an Kyles Schreibtisch. Nach außen gibt er den Charmeur. Er winkt Conny hinterher, tut, als würde er Kyle eine kurze Notiz hinterlassen, und fühlt sich wie der letzte Mistkerl. Hoffentlich wird nie herauskommen, dass Conny ihm gerade den Zugang ermöglicht hat. Kyles Zorn kennt keine Gnade. Mit einem Ziehen im Magen beobachtet er, wie sich die Fahrstuhltür schließt. Dann springt er auf. Mit wenigen Schritten erreicht er die Bürotür und schließt sie zu. Jetzt beginnt die eigentliche Arbeit.

Kyles Safe verbirgt sich hinter einem nichtssagenden, aber gewiss sündhaft teurem abstrakten Gemälde, das die Wand neben der Tür einnimmt. Der Klassiker. Micah stellt das Tableau neben sich auf den Boden und betrachtet das Schloss. Der Code ist eine achtstellige Ziffernfolge. Theoretisch ergeben sich daraus eine Milliarde Möglichkeiten. Sie durchzuprobieren würde Tage verschlingen und die Zeit, die Conny zum Bäcker und zurück braucht, auf jeden Fall übersteigen. Theoretisch. Allerdings wählen die wenigsten Menschen eine zufällige Ziffernfolge. Micah entscheidet sich für das Raten. Kyles Hochzeitsdatum, Tinas Geburtstag und das Gründungsdatum von Cyb-Systems erweisen sich als falsch. Der Safe bleibt verschlossen. Conny hat mittlerweile die Lobby erreicht. Micah hat das Bild der Kamera vor den Fahrstühlen auf Kyles Bildschirm umgeleitet. Sicher ist sicher. Also dann noch einmal ganz plump. Micah stellt die nächste Ziffernfolge ein und muss trotz der prekären Situation grinsen, als das Schloss leise aufspringt. Das war klar. Er hätte es sich gleich denken können. Das eigene Geburtsdatum. Wahrscheinlich geht Kyle auch davon aus, dass dieser Tag ihm zu Ehren irgendwann ein Feiertag wird. Mindestens. In seiner Arroganz ist der Mann zuverlässig bis zum Schluss.

Micah öffnet die schwere Tür und blickt ins Dunkel. Im Safe befinden sich ein Stapel mit Unterlagen, zwei oder drei samtgefasste Schachteln mit dem Emblem eines Juweliers und, der Himmel weiß warum, mehrere dicke Bündel Banknoten. Auf die Dinge, die ihn nicht interessieren, verschwendet Micah keine Zeit. Er braucht das Passwort. Das heißt, er sucht einen braunen Briefumschlag. Allerdings sind die Dokumente vermutlich ebenfalls wichtig, sonst würde Kyle sie nicht im Safe verwahren. Den Stapel mitnehmen kann Micah leider nicht, ohne dass es auffällt, und zum Lesen bleibt keine Zeit. Er kann die Papiere nur rasch mit dem Handy scannen. Doch als er den Stapel anhebt, um ihn auf den Schreibtisch zu legen, rutscht ein schwarzes Gehäuse heraus und landet knapp neben seinen

Füßen. Im ersten Moment vermutet Micah das verschwundene Tape. Doch dazu ist es zu klein. Als er sich bückt, erkennt er, dass es sich um eine externe Festplatte handelt. Micah dreht das schwarze Ding in den Händen. Es hat keine Beschriftung. Aber eines ist klar. Was auch immer auf der Platte ist, wenn Kyle sie eingeschlossen hat, wird es dafür einen sehr guten Grund geben. Entweder handelt es sich um ein Back-up wichtiger Daten. Oder die Festplatte enthält Werte, die Kyle vor jedem denkbaren Zugriff schützen muss. Bitcoins, zum Beispiel. Oder Informationen.

In aller Eile zieht Micah seinen Laptop aus dem Rucksack und schließt die Festplatte an. Hoffentlich hat er genug freien Speicher. Während die digitalen Inhalte durch das Kabel wandern, breitet Micah so viele der Papierdokumente wie möglich nebeneinander auf Kyles Schreibtisch aus und scannt eines nach dem anderen per App. Es dauert ewig. Wenn ihm nur nicht so heiß wäre. Sein Blick fällt aus dem Fenster. Leider kann er weder die Straße noch die Bäckerei von hier oben aus sehen. Er muss sich einfach beeilen und hoffen, dass es reicht. Laut Timer sind bereits über vier Minuten verstrichen. Auf dem Bildschirm betritt eine Traube von Mitarbeitern den Fahrstuhl nach oben. Weder Conny noch Kyle sind unter ihnen. Aber Micah kann nicht die ganze Zeit den Bildschirm im Auge behalten. Der Umschlag mit dem Passwort ist noch nicht aufgetaucht. Weiter! Die Festplatte surrt leise vor sich hin, während Micah die nächste Charge Dokumente auf dem Schreibtisch ausbreitet. Da! Zwischen zwei notariellen Urkunden erscheint endlich der braune Umschlag. Er ist tatsächlich noch versiegelt, was zumindest bedeutet, dass weder Kyle noch Hao das Passwort benutzt haben, um Micah zu blockieren. Darüber kann er später nachdenken. Jetzt braucht er den Key. Er will gerade den Umschlag aufreißen, als sein Blick einen silbernen Brieföffner streift. Warum nicht? Je weniger Spuren er hinterlässt, desto besser. Vorsichtig schiebt er die dünne Spitze in die Lasche an der dem Siegel gegenüberliegenden Kante. Wenn er den Kleber löst, kann er den Umschlag vielleicht öffnen und später wieder verschließen. Er bewegt die Spitze, doch das Papier droht zu reißen. So wird das nichts. Was er jetzt braucht, ist Wasserdampf.

Als Conny den Knopf für den Fahrstuhl drückt, hat Micah bereits eine große Tasse dampfenden Tee für sich selbst und einen Milchkaffee für Conny auf Kyles Beistelltisch arrangiert.

»Ich habe uns den Tisch gedeckt«, stellt er fest, als sie das Büro betritt, und hofft, dass er einigermaßen galant wirkt oder zumindest nicht annähernd so verkrampft, wie er sich gerade fühlt. »Schokocroissants mit Blick auf die Stadt. Voilà.«

Sein Hunger ist längst verflogen. Die Anspannung der letzten Viertelstunde hat sich in Form kleiner Schweißflecken auf seinem Shirt manifestiert. Immerhin ist die Erleichterung, mit der er sich nun um das gemeinsame Frühstück bemüht, nicht gestellt. Er nimmt Conny die Tüte ab, verteilt die Backwaren auf Teller und rückt ihr einen Stuhl zurecht. Unauffällig inspiziert er hinter ihrem Rücken das Büro. Das Bild hängt wieder gerade an der Wand. Der leere Schreibtisch zeigt nicht einen Fussel, der Bildschirm ist schwarz. Der Umschlag mit dem Passwort liegt wieder verschlossen im Safe, zusammen mit der Festplatte und allen Dokumenten.

»Kyle wird nicht erbaut sein, wenn er erfährt, dass ich

um diese Zeit schon Pause mache«, kichert Conny vergnügt, während sie an ihrem Milchkaffee nippt.

»Also, von mir wird er es nicht erfahren«, verspricht Micah, was vermutlich seine erste ehrliche Aussage an diesem Morgen ist.

Er zwinkert ihr verschwörerisch zu, was Conny dazu veranlasst, die Lippen aufeinanderzupressen und mit einem imaginären Reißverschluss zu versiegeln. Er kann nur hoffen, dass er sich auf sie verlassen kann und ihm seine blöde Ausrede zumindest einen Vorsprung verschafft.

Als Micah wie üblich gegen neun Uhr im Loft erscheint, ist er sich sicher, genügend Aufregung für einen gesamten Tag überstanden zu haben. Doch der Schrecken hat gerade erst begonnen.

Um möglichst umgehend die erbeuteten Dokumente zu sichten, überlässt er es seinem Team, unter Katies Leitung, das Cyb-Update zu planen. Ausgestattet mit einem großen Pott Tee ruft er die ersten Scanfiles auf und lehnt sich zurück. Demonstrative Normalität. Erstaunlicherweise beruhigt sie sogar seine aufgewühlten Nerven.

Die Dateien enthalten auf den ersten Blick nichts Ungewöhnliches. Kaufurkunden für Grundstücke, den Vertrag mit von Herrenstein als stillem Teilhaber und ein paar andere Dokumente, wie eine Vereinbarung für den Fall des vorzeitigen Ausscheidens eines der Teilhaber aus der Firma. Kyle hat noch nie etwas dem Zufall überlassen. Für das Szenario eines Ausscheidens ist vorgesehen, dass der ausscheidende Partner beziehungsweise seine Erben mit einem großzügigen Barvermögen entschädigt werden. Die Anteile an der Firma werden hingegen unter den verbliebenen Eignern aufgeteilt, sodass Cyb-Systems weiterhin handlungsfähig bleibt. Micah will gerade die übrigen Files schließen, viele sind es eh nicht mehr, und sich den Daten der Festplatte zuwenden, als sein Blick ein Dokument mit der Bezeichnung *Anhang A* streift. Welcher Anhang A? Überrascht stellt er die Tasse ab und lehnt sich vor. Wie sich herausstellt, regelt *Anhang A* neben dem Tod weitere Gründe für ein mögliches Ausscheiden aus der Firma. Explizit sind das gesetzliche Vergehen, die eine Gefängnisstrafe nach sich ziehen, Privatinsolvenz, freiwilliger Rücktritt und/oder der Verlust der Geschäftsfähigkeit. Das hat Micah ganz sicher nicht unterschrieben. Ungeregelt bleibt zudem, wer insbesondere Letzteres feststellt. Hoffentlich nicht Cyb.

Beunruhigt ruft er das nächste File auf.

Nur entfernt registriert er Katies Stimme, die aus dem Gemurmel am Konferenztisch herüberdringt. Ihre Worte kann Micah nicht verstehen. Doch er hört, dass sie über irgendetwas kichert. Unbekümmert. Fröhlich. Während sich vor seinen eigenen Augen gerade ein Bild aufbaut, das seine schlimmsten Erwartungen übertrifft. Wieder und wieder muss er trocken schlucken. Der Tee ist längst kalt. Doch neuen zu holen, scheint ihm unmöglich. Wie gebannt starrt Micah auf den Bildschirm. Er wischt sich den Schweiß von der Stirn. Versucht den aufkommenden Schwindel zurückzudrängen. Er muss sich verdammt noch mal zusammennehmen. Vor ihm liegen zusätzliche Absprachen. Keines dieser Dokumente trägt seine Unterschrift. Nie, niemals hätte er solchen Vereinbarungen zugestimmt.

WENN-DANN ist das Erste, das ihm dazu einfällt. Diese simple Beziehung beim Programmieren drängt sich in seine Gedanken. Als wäre es so erstaunlich, dass sich die zugrunde liegende Logik ins reale Leben übertragen lässt. Eigentlich ist es nur logisch. *WENN* Sachverhalt A zutrifft, *DANN* folgt B. Unweigerlich. Immer. Immer, wenn.

Egal, wie Micah das Verhältnis zu Kyle bislang nach außen dargestellt hat, es war nie etwas, das er als enge Freundschaft bezeichnet hätte. Geschäftsfreunde trifft es eher. Dass Kyle von Beginn an seine eigene, karrieregetriebene Agenda verfolgte, war klar. Humanistische oder gar idealistische Züge sucht man bei Kyle vergebens. Trotzdem hatte Micah immer geglaubt, dass verborgen unter der makellos geschniegelten Oberfläche ein Mensch sitzt, der irgendwie versucht, die geschäftliche Niederlage seines Vaters zu rächen. Auf diesen empfindsamen Menschen hatte er gebaut, während ihre Beziehung von dem gemeinsamen Ziel geprägt war, Cybs Entwicklung und Umsetzung voranzutreiben. Wenn auch aus unterschiedlichen Gründen. Insofern gab es durchaus ein wechselseitiges Vertrauen. Zumindest dachte Micah das. WENN er weiß, welches Ziel sein Partner verfolgt, WENN er abschätzen kann, welchen Einsatz Kyle dafür zu zahlen bereit ist, DANN kann er sich auf ihn verlassen. Das Fatale daran ist allerdings, dass das DANN vom WENN abhängt. Leider beweisen die sich vor ihm öffnenden Dokumente, dass sich Micah im WENN gründlich getäuscht hat. In seiner eigenen dummen Überheblichkeit hat er Kyles Sucht nach Erfolg, seine Gier nach Macht und Einfluss massiv unterschätzt.

Mit jeder Zeile, die Micah liest, mit jedem neuen File, das er öffnet, steigt sein Entsetzen. Aus Gewohnheit nippt er am kalten Tee. Doch die Abscheu schnürt ihm die Kehle zu, sodass er den Schluck zurück in die Tasse spuckt. An alles hat Kyle gedacht. Für jeden Fall vorgesorgt. Micah gewissenlos gegen von Herrenstein ausgespielt.

Offensichtlich ist von Herrenstein alles andere, aber nicht der nette Gentleman, den er nach außen gerne spielt. Als Gegenleistung für seinen Einstieg bei Cyb-Systems hat er sich neben den Firmenanteilen bestimmte Zielvereinbarungen vertraglich zusichern lassen. Anscheinend soll Cyb eine Quote bei den gemeldeten Verdachtsfällen erfüllen. Was für eine Quote es sein soll, wird nicht näher erläutert. Zumindest nicht in den Micah vorliegenden Dokumenten. Es scheint bestimmte Delikte zu betreffen, was allein schon verwerflich ist. Von Herrenstein muss es jedoch sehr wichtig gewesen sein. Immerhin war er im Gegenzug offensichtlich bereit, zusätzliche Investitionen ohne Anteilsübertragung zu tätigen.

Micahs Herz rast. Vor ihm liegt der Beweis für die bewusste Einflussnahme, wenn nicht gar Manipulation des Codes. Was ihm jedoch fehlt, ist der Zusammenhang mit dem Fall Ravi. Micahs Kopf pocht. Sein Verstand spuckt neue, immer abstrusere Theorien aus. Seine Nerven stehen unter Hochstrom. Er schreckt wie aus einer Trance auf, als plötzlich sein Telefon klingelt. Kyle!

Für den Bruchteil einer Sekunde überlegt Micah, ob Kyle ihm bereits auf der Spur ist. Verfolgt er, was Micah an seinem Rechner tut? Nein! Das ist unmöglich. Natürlich hat Micah den sonst üblichen Verbindungsaufbau zum Netzwerk heute Morgen unterdrückt. Was will sein Partner dann? Unsicher starrt er auf das Display. Doch das Klingeln hört nicht auf. Aus den Augenwinkeln erkennt er, dass Katie sich bereits zu ihm umdreht.

»Ja«, beantwortet er knapp den Anruf.

»Oh, hallo, Micah. Alles in Ordnung?«, säuselt Kyle vom anderen Ende. Seine Stimme klingt völlig normal. »Du warst heute Morgen in der Zentrale.«

Verdammt! Hat Conny geplaudert? Unwahrscheinlich. Vielleicht hat ihn jemand gesehen. Kyle hat auch nur nach der Zentrale gefragt. Dass Micah in seinem Büro war, weiß er also nicht unbedingt. Das heißt, er hat ihn nicht getrackt – oder wenn, dann gibt er es nicht zu. Micah beschließt die Frage zu ignorieren.

»Alles gut. Was gibt's?«

»Ich müsste dich persönlich sprechen. Bist du heute Nachmittag im Loft?«

Scheiße! Das Letzte, was er jetzt will, ist ein Gespräch mit Kyle.

»Schlecht.«

Kyle antwortet mit einem Schweigen.

»Wir haben gerade viel zu tun«, erklärt Micah daher mit Blick auf Katie und sein Team.

»Ich brauche nur zehn, fünfzehn Minuten.«

»Heute nicht. Wie wäre es Montag?«

»Nein. Morgen! Morgen spätestens.« Micah hört, dass Kyle nachdenkt und dann anfügt: »Ich komme nach dem Training bei dir vorbei.«

Bevor er etwas einwenden kann, hat Kyle aufgelegt.

Scheiße! Ohne genau zu wissen, warum, hat Micah das Gefühl, dass die Zeit bereits gegen ihn arbeitet. Dabei hat er das gestohlene Passwort noch nicht einmal eingesetzt. Mit einem Rumoren im Bauch schließt Micah die gescannten Dokumente und öffnet den Ordner mit den von der externen Festplatte übertragenen Daten. Im nächsten Moment weiß er, warum Kyle sie im Safe eingeschlossen hat. Fotos, Videos und Audiofiles. Kurz. Knapp. Kompromittierend. Teilweise ekelhaft. Nur wenige begnügen sich damit, allein einen Verdacht zu schüren. Die meisten sind eindeutig. Explizit. Micah wird schlecht. Nur mit Mühe kann er die Galle hinunterschlucken, die wieder und wieder in seiner Speiseröhre aufsteigt. Das beste Detektivbüro der Welt hätte diese Informationen nicht ausgraben können. All diese kleinen, aber ausgefeilten Details. Nicht ohne die Hilfe eines sehr, sehr mächtigen Algorithmus. Und nicht ohne dessen Befugnisse rücksichtslos zu überschreiten.

Kyle hat offenbar alles zusammengetragen, was er finden konnte. In Ordnern sortiert. Mit Namen versehen. Von Herrenstein. Innenminister Kübler. Weitere prominente Personen des öffentlichen Lebens. Sogar Tina. Und Micah.

Den bitteren Geschmack der eigenen Magensäfte auf der Zunge klickt er sich durch die Folder. Die Fotos von Herrensteins lassen an Detailschärfe nichts vermissen. Offenbar wurden sie heimlich während eines Urlaubs in Südamerika aufgenommen. Sie zeigen ihn zusammen mit einem jungen Mann bei eindeutigen Handlungen. Tinas Ordner enthält die schriftlichen Berichte verschiedener Psychologen und Therapeuten. Sein eigener Ordner hingegen ist leer. Das heißt, er ist nicht ganz leer. Statt Fotos oder Dokumenten enthält er einen weiteren Unterordner. Die Bezeichnung ist nur ein Name. Isabel.

Mit zitternden Fingern klickt Micah auf das Symbol und erstarrt. Das Loft versinkt. Schreibtische, Menschen und Pflanzen verschwimmen in einem Wirbel aus grauschwarzen Schlieren.

Kyle und Hao haben seinen Code missbraucht und nicht einmal vor Isabel haltgemacht. Die Bilder sagen alles. Alles, was Micah nie gewusst, ja nicht einmal geahnt hat. Oder doch?

Isabel! Er kennt sie seit drei Jahren. Fast umgehend zog sie bei ihm ein. Seitdem ist nichts mehr, wie es war. Nicht, dass Micah davor unglücklich gewesen wäre. Er hatte immer seine Arbeit, sein Team, ein paar alte Freunde. Doch mit Isabel waren die Tage sonniger, die Nächte wärmer und das Leben bunter. Micah arbeitete weniger, verbrachte mehr Zeit zu Hause oder zusammen mit ihr. Plötzlich machte nicht nur die Arbeit Sinn, sondern auch das damit verdiente Geld. Isabel sprühte vor Ideen, es auszugeben, sogar sinnvoll auszugeben, nicht nur für Spielereien.

Micah kann kaum atmen, was den Schwindel in seinem Kopf noch verstärkt. Das Erste, das seinem unterversorgten Hirn einfällt, ist die totale Verweigerung. Das, da auf dem Bildschirm, ist nicht seine Freundin. Der Verweigerung folgt die Einsicht, der Einsicht die Wahrheit. Hat er es geahnt? Natürlich hat er sie nie gefragt, hat bestimmte Themen gemieden. Vielleicht wollte er es einfach nicht wissen. Zu spät dafür.

Und jetzt?

Micahs erster Impuls ist, aufzuspringen, zurück in die Zentrale zu fahren, Kyles Büro zu stürmen und irgendwie, zur Not mit Gewalt, die Festplatte an sich zu bringen und zu zerstören. Aber was dann? Wer sagt, dass Kyle nicht noch eine Kopie besitzt? Ganz sicher tut er das. Bei solchen Dingen geht sein Partner kein Risiko ein. Die Kopie kann überall sein. Bei Kyle zu Hause, in einem Bankschließfach oder wer weiß wo versteckt. Mit hämmerndem Herzen sinkt er zurück auf seinen Stuhl und japst nach Luft. Er atmet tief ein und aus, bis das Loft wieder aufklart. Schreibtische, Menschen und Pflanzen wieder ihren gewohnten Platz einnehmen. Er wieder denken kann.

Selbst wenn er es schafft, alle Kopien zu vernichten. Die Bilder in seinem Kopf löscht er damit nicht. Es ist, als hätte ihm Kyle den Boden unter den Füßen weggerissen. *WENN-*

DANN. Und sein Vertrauen in Isabel? Basiert es nur auf einer Illusion? Sie mag die Liebe seines Lebens sein. Gewesen sein? Ehrlich war sie nicht. Vielleicht liebt sie ihn nicht einmal. Vielleicht ist er nur einer von vielen. Nicht, dass sie ihn betrügt. Aber vielleicht hätte sie jeden genommen, der sie einigermaßen anständig behandelt, jeden mit ihrem unbeschwerten Lachen bezahlt.

Micah unterdrückt einen Schmerzensschrei. Er hat verloren. Er hat seinen Partner verloren. Er hat seine Freundin verloren. Er hat seinen großen Traum verloren. Alles an einem Tag. Warum musste er nachforschen? Warum konnte er nicht alles einfach belassen? Er war doch glücklich.

Jetzt spürt er nur noch Schmerz. Schmerz und Hass. Hass auf Kyle. Und auch auf Lotta. Er könnte schreien.

Doch dann siegt der alte Idealismus. Was auch immer er jetzt tut. Wie auch immer er die Weichen für die Zukunft stellt. Er darf niemals aufgeben. Das Problem ist Kyle. Das belegen die Bilder auf seinem Display. Wer sich Kyle in den Weg stellt, wird der Öffentlichkeit zur Schlachtung hingeworfen. In Micahs Fall bedeutet es, dass er damit jede Chance einbüßt, noch irgendeinen positiven Einfluss auf Cybs weitere Entwicklung zu nehmen. Vielleicht nicht heute. Vielleicht noch nicht morgen. Aber sobald der Tag kommt, an dem Kyle Micah nicht mehr braucht, ist er draußen. Das Einzige, was er jetzt noch tun kann, ist, Zeit schinden. Sich selbst unabdingbar machen. Zumindest so lange, bis er Cyb-2 angelernt hat, die KI gegen weitere Manipulation gesichert ist und das Update aufgespielt. So, nur so kann er zumindest seinen Traum retten.

Blödsinn!, ermahnt er sich. Wach auf! Er macht sich immer noch etwas vor. Nichts kann er retten. Was ihm, Micah, noch bleibt, ist Schadensbegrenzung. Die totale

Überwachung ist längst Realität. Lotta hat recht. Cyb – oder das, was Kyle und Hao aus Cyb gemacht haben – dient vor allem sich selbst. Er, Micah, kann nur noch versuchen, das Schlimmste zu verhindern. Doch wie soll er das schaffen?

Micahs Puls rast. Seine Gedanken springen. Er muss sie fokussieren. Zu viele Entscheidungen sind zu fällen, zu viele Fragen zu klären. Als Erstes die Zeit. Wie viel Zeit bleibt ihm? Bis zur Preisverleihung! Natürlich. Kyle ist dieser Preis verdammt wichtig. Wahrscheinlich verspricht er sich neue grenzüberschreitende Aufträge. Das verschafft Micah ein Zeitfenster. Bis zur Verleihung wird sein Partner keinen unnötigen Angriff wagen. Solange muss er Kyle in Sicherheit wiegen und selbst im Hintergrund am Update arbeiten.

Für einen kurzen Moment erlaubt er sich, tief einzuatmen und sein Gehirn mit dem dringend benötigten Sauerstoff zu versorgen. Dann rasen die Gedanken erneut. Die Preisverleihung ist in wenigen Wochen.

Allein die Vorstellung, in dieser Zeit ein Update, besser noch Cyb-2 zu erschaffen, ist völlig absurd. Und selbst wenn. Was wird dann aus ihm? Was geschieht mit Isabel? In seiner Brust sticht die Erinnerung an den blumig-frischen Duft ihrer Haut. An das unbesorgte Strahlen in Augen unter blonden Ponyfransen. Und an ihre Hoffnung auf eine bessere, gerechtere Welt. Kein Wunder, dass sie sich in das Projekt in Bangladesch gestürzt hat, das Frauen und Mädchen eine Ausbildung ermöglicht. Angesichts ihrer Vergangenheit.

Warum hat sie nie mit ihm darüber gesprochen? Hatte sie Angst, er würde sie ablehnen? Vielleicht hatte sie damit sogar recht.

Isabel sagte, sie hätte die Schule nicht beendet, weil sie

arbeiten musste, nachdem ihre Mutter krank geworden war. Aus irgendeinem Grund war Micah davon ausgegangen, dass sie gekellnert hatte. Als sie sich vor drei Jahren begegneten, wollte sie gerade ihr Abi auf der Abendschule nachmachen und parallel eine Ausbildung im Hotel abschließen. Zumindest hatte sie das behauptet, als er sie auf Bens Party traf.

Vielleicht stimmt es, vielleicht auch nicht. Im Grunde ist es nicht mehr wichtig. Selbst wenn ihm Isabels Vergangenheit egal wäre, ist der Rest der Welt weniger tolerant. Die Öffentlichkeit liebt Sensationen. Sie suhlt sich in den vermeintlichen Abgründen gefallener Stars. Die Fotos auf Kyles Festplatte werden so oder so Isabels Leben zerstören. Und das nur, weil sie seine Freundin ist. Weil Kyle Micah über Isabel unter Druck setzen kann. Und wird. Das Perverse ist, dass dieser Hebel viel besser wirkt als alles, was Kyle jemals über Micah selbst hätte ausgraben können. Wenn er Isabel aus der Sache raushalten will, gibt es nur eine Lösung. Micah muss Kyle davon überzeugen, dass es sich nicht lohnt, dass Isabel ihm im Grunde egal ist.

Das sollte sie doch auch sein, nach dem, was er gerade gesehen hat. Weiß der Himmel, warum sein Kopf wie in einer Blase schwimmt, als er sein Handy zückt. Seine Finger zittern so stark, dass er kaum ihre Nummer eingeben kann.

Während er dem Klingeln lauscht, leuchten Katies bunte Haare zwischen den Blättern einer Palme auf und bewegen sich auf ihn zu. Bitte nicht!

»Geh ran, geh ran, geh ran!«, beschwört er seine Freundin.

Isabel antwortet im selben Moment, in dem Katie zusammen mit einem neuen Kollegen neben seinem Schreibtisch erscheint. Die beiden sind offenbar bester Laune. Katie grinst so breit wie ein kleines Mädchen vor dem Weihnachtsbaum. Sorglos gute Laune strömt aus jeder ihrer Poren. Micah wedelt mit der Hand. Signalisiert, dass er gleich Zeit für sie hat. Gleich. Nur nicht jetzt. Er wendet sich ab.

»Hast du Lust, mich auf ein Eis im Park zu treffen?«, fragt er laut in den Hörer.

Vom anderen Ende der Leitung dröhnt Isabels Schweigen. Vermutlich hält sie die Luft an, während sie überlegt, was passiert ist. Warum er sie gerade ausgerechnet mit dem offiziell registrierten Handy anruft.

»Um fünfzehn Uhr passt es gut«, sagt sie schließlich langsam. »Ich wollte sowieso mit dem Hund rausgehen.«

»Wir treffen uns vor der Eisdiele«, presst Micah hervor, während er schon auflegt und sich zu Katie umdreht. Vielleicht ist er wirklich nicht gemacht für diese Welt. Ausgerechnet er, der Mann, der Multimillionär, Schöpfer der totalen Überwachung, kommt sich gerade vor wie der letzte Idiot.

»Was sind das für Bilder?«, fragt Katie. Sie starrt auf den Monitor.

Er zeigt noch eines der Bilder aus Kyles Dossier. Auf dem Foto verlässt Ravi gerade ein Bordell an der tschechischen Grenze. In der Tür hinter Ravi steht eine sehr junge Frau in Spitzenwäsche und hohen Schuhen. Sie hat langes kastanienbraunes Haar und Isabels jugendliches Gesicht. Mit letzter Kraft drückt Micah die Tasten. Bringt den Bildschirm in den neutralen Ruhezustand.

»Ja, das habe ich mich auch schon gefragt«, murmelt er. Eine passende Ausrede fällt ihm ohnehin nicht ein. Stattdessen zwingt er sich, tief einzuatmen, sein Gehirn mit

Sauerstoff zu versorgen und die davonrasenden Gedanken wieder einzufangen. »Was kann ich für dich tun?«

Sie schüttelt sich kurz und kräftig wie ein nasser Hund, als wollte sie ihre ursprünglichen Gedanken wieder hervorrütteln. »Wir haben eine geniale Idee, die wir dir unbedingt pitchen möchten.«

»Klar.« Micah schluckt die Galle, die sich in seinem Mund gesammelt hat, hinunter. Schafft es sogar zu lächeln.

»Ich glaube, wir können Cyb innerhalb weniger Wochen komplett überarbeiten. Wir müssen nur …«, beginnt sie.

Innerhalb weniger Wochen? Innerhalb weniger Wochen! Obwohl der Gedanke an Isabel ihm das Herz abklemmt, spürt Micah etwas anderes in ihm aufsteigen. Hoffnung. Innerhalb weniger Wochen. Kann das reichen? Die Preisverleihung ist in sechzehn Tagen. Hoffnung ist ein spröder Strohhalm. Aber im Moment ist das alles, was bleibt. Micah muss es versuchen. Wer nicht wagt, hat garantiert verloren. Und verlieren ist keine Option.

»Vielleicht setzen wir uns alle zusammen an den Konferenztisch, und ihr erzählt es gleich der ganzen Runde«, schlägt er vor und geht voran. Nur weg von den fürchterlichen Bildern. Weg von dem Schrecken. Und dem, was heute Nachmittag unweigerlich folgt.

28

Acht Stunden später hockt Micah verborgen im Schatten des nächsthöheren Treppenabsatzes und beobachtet, wie Katie als Letzte das Loft verlässt. Er hat sich noch nie so einsam gefühlt. Das Treffen mit Isabel im Park war schrecklich. Es war alles, nur kein süßes Eis in der Sonne. Vernunft hin oder her.

Kaum zu glauben, dass der Abend im TV-Studio gerade einmal zwei Wochen her ist. Zwei Wochen, in denen Lotta Schwarz sein Leben nach und nach zerstört hat. Gerade war er noch ein gefeierter Held. Jetzt ist alles verloren.

Mit klaren, lauten Worten hat er publikumswirksam mit Isabel Schluss gemacht. Mindestens drei Handys haben die Szene im Park gefilmt und wahrscheinlich umgehend gepostet. Hoffentlich – in diesem Fall. Der große Micah Marow trennt sich von seiner Freundin. Peinliche Szene im Park. Oder vielleicht ein Hinweis. Ladies aufgepasst: Micah Marow ist wieder Single.

Allein schon wegen der Handys sprach er seine Gründe nicht laut aus. Kyle wird, sofern er sich die Szene später ansieht, auch so verstehen. Kein Grund, Isabel mehr als nötig bloßzustellen.

»Ich weiß es«, zischte er und reichte ihr das Eis. Amarena-Kirsche. Ihre Lieblingssorte. »Ich weiß, dass du Ravi von früher kennst, nicht wahr? Das ist der wahre Grund, warum du dich so in die Sache gestürzt hast. Deine eigene Vergangenheit.«

Isabel sagte nichts. Sie schüttelte stumm den Kopf, nickte dann doch und starrte ihn an, blasser als das Sahnehäubchen auf der Waffel.

Micah hatte das Gefühl, als würde ihm der Schmerz die Seele aus der Brust reißen. Trotzdem trieb er sich weiter.

»Pack deine Sachen. Lass den Schlüssel auf dem Küchentisch liegen. Den Wagen kannst du meinetwegen behalten.«

Nur das Nötigste. Kurz und knapp. Mehr Worte waren nicht nötig, um drei glückliche Jahre für immer zu zerstören. Was für eine Welt hatte er geschaffen?

Micah drehte sich von Isabel ab und ging. Grußlos. Nicht einmal von Mephisto verabschiedete er sich. Er schrie nicht. Er weinte nicht. Er rannte nicht noch einmal zurück. Stattdessen ignorierte er den sinnlosen Wunsch, sich auszusprechen und noch einmal von vorne zu beginnen.

So wie das Eis in Isabels Hand schmolz, über ihre Finger tropfte und vor Mephistos Schnauze rote Flecken auf dem grünen Gras hinterließ, verrann seine letzte Kraft. Er beeilte sich zurückzukommen. Zurück ins Loft, in die vertraute Umgebung, wo er sich für den Rest des Nachmittags hinter seinem Bildschirm versteckte.

Während er gerade im zugigen Treppenhaus sitzt und wartet, packt Isabel vermutlich ihre Sachen. Sie wird Mephisto ins Auto heben und abfahren. Zurücklassen, was bis heute Morgen ihr gemeinsames Zuhause war. Seine Aktion muss sie völlig überrumpelt haben. Vor lauter Entsetzen hat sie nicht einmal geweint. Aber die Erinnerung an ihren Blick schmerzt schlimmer als alles bisher Dagewesene.

Vorbei! Besser ein Ende mit Schrecken als ein Schrecken ohne Ende. So heißt es doch. Nur einfacher macht es gar nichts.

Immerhin ist Micah ab sofort auf sich allein gestellt. Und das ist gut so. Kyle kennt keine Grenzen. Er geht weiter. Immer weiter. Selbst über Leichen. Deshalb darf Micah nicht nur Isabel nicht länger mit hineinziehen. Auch nicht Katie. Nicht einmal Lotta. Wenn er grandios scheitert, dann zumindest allein.

Kaum ist Katie um die nächste Treppenwindung verschwunden, löst Micah sich aus dem Schatten, huscht die Stufen hinab und schiebt sich hinter ihrem Rücken durch die zuschlagende Eingangstür. Er spürt den Luftdruck, als hinter ihm die Tür ins Schloss fällt. Ein leiser Piepton signalisiert, dass die Alarmanlage nun scharf geschaltet ist. Die Tür ist verriegelt. Er ist im Büro. Allein in der Nacht. Und ohne Zeugen. So weit, so gut.

Katies Idee, Cyb-2 neu aufzubauen, ist tatsächlich phänomenal. Sie greift das Problem von einer völlig neuen Seite an. Nur reichen sechzehn Tage nicht. Nicht bei einem so komplexen System wie Cyb. Nicht einmal mit Nacht- und Wochenendschichten. Es sei denn, und auch das ist reine Spekulation, Micah kann herausfinden, welche Daten genau manipuliert wurden. Dann könnten sie sich vielleicht auf diesen eingegrenzten Teil des Algorithmus konzentrieren. Dann gibt es eine Chance. Es ist nur ein Strohhalm. Aber besser als nichts, und zum Glück hat er Kyles Passwort.

Natürlich gleicht sein Einsatz einer offenen Kriegserklärung. Auf in den Kampf! So, wie Micah es gestern auf die Serviette gekritzelt hat. Sobald er das Passwort einsetzt, gibt es kein Zurück. Es wird auffallen. Er wird auffallen. Sobald die IT-Sicherheitsleute morgen früh wieder ihre Arbeit beginnen, werden die Alarmglocken läuten. Aber wenn alles gut geht, bleibt ihm immerhin diese Nacht. Eine Nacht, um die Manipulation aufzuklären, sie mit Katies Idee zu reparieren und Cyb-2 zu sichern. Eine einzige Nacht für die Rettung seines Traums, um alles wiedergutzumachen.

Nein, gut wird es nicht. Aber er muss es versuchen. Er hat nur diese eine Chance. Besser wird es nicht.

Micah lässt die Jacke neben seinem Schreibtisch einfach auf den Boden fallen. Er setzt sich an seinen Platz und öffnet den Laptop. Für einen kurzen Moment zögert er. Dann fliegen seine Finger über die Tastatur. Er tippt. Kyles Passwort. Enter.

Mit einem Klick steht ihm das gesamte IT-Netz von Cyb-Systems zur Verfügung. Hier, irgendwo in den Tiefen des Codes, in den archivierten Log-Files und den immerzu laufenden Prozessen muss die Wahrheit schlummern. Langsam, aber stetig dringt er tiefer. Seine Finger rattern mit seinen Gedanken um die Wette. Mate-Brause unterdrückt die Müdigkeit. Hier ein Hinweis. Da eine verdächtige Routine. Je tiefer er sich gräbt, desto weiter dringt er in die Vergangenheit. Bis zu den ersten Monaten von Cyb-Systems und PLAN B.

Er liest, tippt und denkt nach. Zwischendurch vergleicht er auffällige Funde mit den Log-Files auf den Tapes. So verdichten sich Ungereimtheiten zu Hinweisen. Hinweise reifen zu Hypothesen. Hypothesen zu Fakten. Dann ist Micah da. Dort, wo alles begann. Bei von Herrenstein, seinem Einfluss auf PLAN B und bei der Auswahl von Haos eingespeisten Daten.

Die Quote. Die mit von Herrenstein vertraglich vereinbarte Quote bezieht sich offenbar auf die Art der Verbrechen, zumindest in den ersten Jahren. Um Cyb in seinen Kreisen zu vermarkten, bestand von Herrenstein darauf, dass der Code sich zunächst ausschließlich auf bestimmte Delikte konzentrierte. Während Micah mit seinem Team Cyb beibrachte, eine große Bandbreite unterschiedlichster Straftaten von Geldwäsche bis Steuerhinterziehung, von Betrug bis zu Gewaltverbrechen zu erkennen, speiste Hao bei seinen sonntäglichen Aktionen allein Daten mit Fokus auf Kindesmissbrauch, Drogenhandel und Bandenkriminalität ein. Allesamt verabscheuungswürdige, niederträchtige Taten, deren Bekämpfung sich gut vermarkten ließ. Keine Finanz- oder Wirtschaftsdelikte, obwohl Cyb gerade hierfür prädestiniert ist. Kein White Collar Crime, das womöglich Personen in gewissen einflussreichen Kreisen in Bedrängnis gebracht hätte.

Micahs Gedanken rotieren. Das allerdings erklärt die hohe Aufklärungsrate bei Gewaltverbrechen im Vergleich zu Steuerhinterziehung. Von wegen unser Land ist ehrlicher, als wir dachten. Wir hatten eine Quote!

Woher Hao die einzelnen Fälle nahm, wird jetzt auch klarer. Offensichtlich hat er sehr gezielt Daten erhoben, basierend auf Informationen, die jemand ihm persönlich übermittelte. Möglicherweise sogar, ohne dass Kyle davon wusste. Den Anfang machte Ravi Korrapati.

Im Grunde war es ein einfacher, iterativer Prozess. Insgesamt 128 vermeintlich schuldige Personen wurden auf diese Weise ausgewählt und ohne jeden richterlichen Beschluss überwacht. Anders ausgedrückt, gehackt. Wenn genug Vorwissen über die Zielperson vorlag, konnte PLAN B sich daranmachen, individuelle Fallen im Netz aufzustellen, deren Ergebnisse dann wieder genutzt wurden, um einen richterlichen Beschluss zu erwirken, der die totale Überwachung legalisierte.

Micah überfliegt die Datensätze. Ravi Korrapati, Baschar al-Masri, Burat Acar, Tarak Attia, Kumail Malik … Unter den 128 Fällen befindet sich kein einziger Tatverdächtiger ohne Migrationshintergrund. Was hat das zu bedeuten? Liegt es an der speziellen Auswahl der Delikte? An der Quote? Oder …

Micah spürt, wie ihn ein Schauder erfasst.

Er wechselt die Systeme und betrachtet noch einmal die Daten auf Kyles Festplatte. Der Ordner *von Herrenstein* enthält einige Fotos. Die aus Südamerika. Aber auch alte Fotos aus jüngeren Tagen. Von Herrenstein als Jugendlicher in einer Gruppe Gleichgesinnter. Alle tragen Uniform. Sie blicken finster in die Kamera, den rechten Arm zum Gruß gestreckt. Mit was für einem Menschen haben sie sich da eingelassen?

Dem Schauder folgt Atemnot, als sich die einzig logischen Erklärungen in Micahs Hirn zu einem Bild formen. Dank von Herrensteins nicht ganz so stiller Teilhaberschaft verfolgt Cyb unbemerkt eine eigene, ganz bestimmte Agenda. Eine Agenda basierend auf nationalistischer Ideologie.

Wie ein unbeteiligter Zuschauer beobachtet Micah sich selbst, wie er sich mit beiden Händen vom Tisch abstößt und aufspringt. Erstaunlich, zu welchen Emotionen er nach diesem Tag noch fähig ist. In einem ersten Impuls will er das nächstbeste Fenster aufreißen. Seine Finger umfassen bereits das kühle Metall des Griffs, als ihm einfällt, dass das Fenster die Alarmanlage triggern würde. Umgehend zieht er die Hand zurück. Die schöne, kühle Nachtluft würde ohnehin nichts ändern. Der Sauerstoffmangel ist das Symptom, nicht die Ursache. Die Enge in seiner Brust hat andere Gründe.

Auf die leere Straße blickend versucht Micah sich zu sammeln. Für Panik ist jetzt keine Zeit. Die drängende Aufgabe ist, diese Informationen und vor allem die auf ihnen aufbauende Erfahrung aus Cybs Gedächtnis zu entfernen. Na bitte, amüsiert sich der Beobachter in ihm. Er scheint tatsächlich abzustumpfen. Der Vorteil daran ist, dass es das Denken erleichtert. Und darum geht es nun.

Das einfache Löschen der hundertachtundzwanzig Datensätze hilft genauso wenig, wie einem Menschen zu erklären, dass seine krankhafte Angst vor Spinnen irrational ist und auf alten Kinderfantasien basiert. Wissen ist nebensächlich. Die Angst bleibt. Das System hat sie verinnerlicht. Ob Mensch oder Maschine. Genau hier setzt Katies Idee an. Statt einer zeitintensiven Neuauflage, ein Cyb-2, konzentriert sich ihr Vorschlag darauf, Cyb-1 zu therapieren. Eine Art Expositionstherapie für die Künstliche Intelligenz. Heilen statt ersetzen.

Micah kehrt an den Schreibtisch zurück. Seine Hände schweben zitternd über der Tastatur. Wichtig ist, dass er die Nerven behält. Cyb muss nicht nur therapiert werden. Um das System gegen eine Rückkehr zu überholten Werten zu sichern, muss er mit dem Update auch alle alten Daten überschreiben. Einschließlich der Back-ups. Ohne Ausnahme. Selbst die Tapes. Einfach alles. Leider, und das ist der Preis, verschwindet damit ebenfalls die Chance, Ravis Unschuld zu beweisen. Jeder potenzielle Beweis für oder gegen seine Taten verschwindet im Nichts. Für Ravi wie für alle anderen irrtümlichen Fälle. Viele sollen es sein. Das hatte Lotta gesagt. Diese Daten extern zu sichern, kostet zu viel Zeit. Zeit, die er gerade nicht hat.

Micah verflucht sein schlechtes Gewissen! Es geht verdammt noch mal um mehr als ein einzelnes Menschenleben. In dieser Hinsicht hat Kyle durchaus recht. Warum fällt es ihm dann nur so schwer, das hier durchzuziehen?

Es ist eine blöde Frage. Es fällt ihm schwer, weil er sie enttäuschen wird. Nicht nur Ravi. Sondern Lotta. Und Isabel. Das ist der Preis. Doch damit wird er sich später auseinandersetzen. Zuerst liegt eine wichtigere Aufgabe vor ihm.

»Konzentriere dich!«, mahnt er sich selbst. Wenn er die moralische Ebene ausblenden kann, bleibt nur noch die technische Herausforderung. Etwas, mit dem er umgehen kann.

Die Krux ist der Zeitfaktor. Seit Einsatz des Passworts tickt die Uhr. Vier Stunden sind bereits vergangen. Die Straße vor dem Loft ist leer. Die Stadt schläft. Nur ein Obdachloser kauert im Eingang gegenüber. Jetzt kommt es allein auf Micahs Fähigkeiten als Programmierer an.

Die Arbeit, die die Umwandlung benötigt, kann er nicht reduzieren. Allerdings kann er die Rechenleistung steigern, indem nicht nur die für die Entwicklung bereitstehenden Rechner mitarbeiten, sondern alle. Das gesamte Netzwerk. Jeder Computer im Cyb-Verbund. Jedes Rechenzentrum. Diese Nacht wird Cyb niemanden beobachten. Nichts wird mitgelesen, mitgehört, mitgeschnitten und ausgewertet. Nichts und niemand wird heute Nacht überwacht. Alle Prozessoren konzentrieren sich allein auf die Therapie. Das eigene, einmalige, alles umfassende Update.

Micah stöpselt den Bildschirm aus und setzt sich mit

seinem Laptop auf den Knien auf die Fensterbank. Die von wenigen Lichtern durchbrochene Dunkelheit beruhigt seine Nerven und steigert seine Konzentration. Katie und das Team haben bereits eine Rohfassung des benötigten Codes für Cybs Therapie verfasst. Mit Blick auf die gerade gefundenen Fakten übernimmt Micah jetzt den Rest.

Programmieren, kompilieren und verbessern. Eine Stunde zieht dahin. Zwei. Drei. Seine Gedanken verlassen Zeit und Raum. Nur ab und zu kehren sie für einen Moment zurück in die Gegenwart. Ein kurzer Blick aus dem Fenster. Und weiter.

Zwei einsame Gestalten spazieren die Straße entlang. Sie legen dem Obdachlosen einen Pizzakarton neben den Schlafsack. Die Geste hinterlässt einen Hauch von Wärme. Es gibt noch das Gute in der Welt. Micah fügt die letzte Prozedur ein und mountet das erste Tape. Das Programm ist fertig. Die Therapie kann beginnen.

Programm ausführen. Execute!

Umgehend wird das Loft von einem emsigen Surren erfüllt. Das Surren breitet sich aus. Durch das Land. Von Rechenzentrum zu Rechenzentrum. Über das gesamte Netzwerk. Alle, wirklich alle Computer von Cyb-Systems arbeiten jetzt für ihn. Für das eine Ziel. Allein Micahs eigener Laptop ist ausgenommen. Er ruht auf seinen Knien und bildet die zentrale Steuer- und Kontrolleinheit. Erleichtert beobachtet Micah die hellen Zahlen und Buchstaben, die über den ansonsten schwarzen Hintergrund rattern. Ab und zu wechselt Micah das Tape. Dann geht es weiter. Mit jeder Zeile, die verschwindet, löscht sich ein Teil des alten Systems und schafft Platz für Neues. Besseres. Ehrlicheres. Platz für einen neuen Code, für eine saubere, gerechtere Welt.

Micah lehnt sich zurück. Der Anblick der flackernden Zeichen hatte schon immer etwas Magisches. Heute erfüllt er ihn mit Frieden.

Micah schreckt hoch. Es hat geklingelt. Sein unregistriertes Handy zeigt Lottas Nummer.

»Wie konntest du das tun?«, keift sie in den Hörer. »Ich will mit dir reden. Sofort.«

Bevor er etwas erwidern kann, hat sie aufgelegt. »Bitte nicht jetzt«, betet er stumm.

Doch schon im nächsten Moment rüttelt sie an der Etagentür.

»Lass mich rein«, klingt es dumpf durch das Holz.

Micah verharrt bewegungslos im dunklen Raum, während das Trommeln ihrer Fäuste das gesamte Loft erbeben lässt. Es ist kurz nach fünf Uhr in der Früh. Sie kann unmöglich wissen, dass er hier ist.

»Ich weiß, dass du da bist«, schreit sie. »Ich habe dich am Fenster gesehen.«

Mist! Widerwillig lässt Micah seinen Laptop auf dem Fensterbrett zurück und schleppt sich zur Tür.

»Leise«, bittet er.

»Dann mach endlich auf!«

»Die Alarmanlage ist aktiv.«

Doch Lotta lässt sich nicht abwimmeln. »Na und? Ich dachte, du hast die Nachricht auf dein Handy umgeleitet.«

»Warum bist du hier?«

»Isabel ist völlig verzweifelt, du Mistkerl!« Ihre Stimme überschlägt sich. Ihre Wut und Enttäuschung dringen selbst durch die geschlossene Tür.

»Ich ... Sie ... Es passt einfach nicht zwischen uns.«

Auf der anderen Seite der Tür herrscht plötzlich bedrohliches Schweigen. Kein Rascheln. Keine Schritte. Lotta muss immer noch dort stehen. Was soll er ihr sagen? Micah will nur an seinen Platz am Fenster zurückkehren und in die Dunkelheit starren. Dem Surren lauschen. Den vorbeiströmenden Ziffern folgen und wissen, dass es das wert ist. Nachdem er ein paar Sekunden regungslos verharrt hat, will er sich gerade von der Tür abwenden, als es erneut klopft. Dieses Mal zaghaft.

»Micah?«, hört er sie leise fragen.

Isabel!

»Was willst du hier?«, blökt er, froh, sie nicht ansehen zu müssen. Er kommt sich so dämlich vor. Grob und unsensibel. Ein Idiot.

»Können wir reden?«, haucht sie. Ihre Stimme ist nur ein Flehen.

Schweigen. Was soll er darauf antworten? Er hat die Wahl. Pest oder Cholera? Schützt er sie vor Kyle? Oder vor ihrem miesen Arschloch von Freund? Ex-Freund! Der nicht einmal dazu bereit ist, mit ihr über ihre Vergangenheit zu sprechen, geschweige denn, sie als Mensch so zu nehmen, wie sie nun einmal ist, mit all ihren Erfahrungen, den guten wie den schlechten.

»Kann ich dich sehen?«, bittet sie.

Er spürt, wie sein Verstand ihn von der Tür wegzieht. Doch seine Beine verweigern den Dienst. Seine Hände widersetzen sich seinem Willen und wandern langsam ganz von selbst zum Display der Alarmanlage. Sein rechter Zeigefinger wählt den Code, während die linke Hand bereits den Türknauf entriegelt.

Im nächsten Moment fliegt Isabel auf ihn zu. Er umschlingt ihren Körper, vergräbt sein Gesicht in ihren Haaren, während ihre Tränen sein T-Shirt durchweichen.

»Es tut mir so leid«, schluchzt sie. »Ich hätte dir alles erzählen sollen. Es war nur ... schwierig. Ich schäme mich so.«

»Wofür? Dafür, dass du Geld brauchtest?«

»Nein, dafür nicht. Ich hatte keine andere Wahl. Aber später, als ich geschwiegen habe. Ich meine, dir ... dir hätte ich es erzählen müssen. Ich hätte ehrlich sein müssen. Auch wenn du mich vielleicht deswegen ... Zumindest hättest du die Wahl gehabt.«

Micah hält sie fest und sich selbst an ihr. Er streichelt ihren Rücken, küsst ihre Haare. Scheiß auf die Vergangenheit! Es ist ihm doch egal. Nur sagen darf er das nicht. Was ihm die Kehle zusammenschnürt, ist nicht die Angst vor der Vergangenheit. Es ist die Angst vor der Zukunft. Ihrer Zukunft.

»Ich liebe dich nicht mehr«, krächzt er mühsam und hält sie fest. So muss er ihr zumindest nicht in die Augen sehen. »Es tut mir leid. Alles tut mir so leid. Ich gebe dir Geld, genug für einen Neustart. Ehrlich! Aber du kannst nicht zurückkommen.«

29

Kyle

Das Display seines Handys zeigt 5:47. Doch Kyle ist mit dem ersten Klingeln hellwach.

»Hao, was gibt's?«, fragt er. Während er zuhört, richtet er sich langsam in den Kissen auf. »Das System ist ausgefallen? Wie kann das sein?« Er lauscht. Nur mit Mühe versteht er, was Hao von ihm will. Sein Mitarbeiter ist ungewöhnlich aufgeregt. »Er hat was? Die komplette Rechenleistung?«, wiederholt er stumpf. »Okay. Verstehe.«

Nein! Das ist gelogen. Um ehrlich zu sein, versteht Kyle nur die Hälfte. Wenn überhaupt. Doch zumindest eines ist ihm klar. Was auch immer Micah gerade tut, es ist ernst, vermutlich bedrohlich und muss umgehend gestoppt werden.

Während Hao weiterredet und irgendetwas erzählt, dass seine Zugangsdaten gelöscht wurden, überprüft Kyle die eingegangenen Nachrichten. Kein Alarm. Das heißt, Micah ist zumindest nicht im Loft, und sein Fernzugriff sollte nach wie vor gesperrt sein.

»Wo steckt der Mistkerl?«, zischt er und glaubt im nächsten Moment, sich verhört zu haben. Blanke, heiße Wut kocht in ihm hoch. Ist er denn nur von Idioten umgeben? »Wie kann er im Loft sein?«, schreit er.

Hao brabbelt etwas von Alarm umleiten und Überwachung von Micahs Handy mit Haos eigenem, vom Cyb-Netz unabhängigen System.

»Dann loggst du dich jetzt mit deinem verdammten unabhängigen System ein und stoppst diese Scheiße«, brüllt Kyle.

Zu seiner Verwunderung schweigt Hao.

»Wie meinst du das? Nicht möglich?«

Kyle spürt, wie seine Wut einer eiskalten Ruhe weicht. Haos gestammelte Entschuldigungen interessieren ihn nicht mehr. Er drückt ihn weg, steht langsam auf und zieht sich an. Wenn seine Mitarbeiter zu blöd sind, wird er sich eben selbst um das Problem kümmern. Wo sind seine verdammten Schlüssel?

30

Micah

»Und jetzt versuchst du also heimlich, die Beweise für Ravis Unschuld zu finden?«, fragt Isabel.

Sie stehen vor Micahs Schreibtisch und betrachten die flackernden, über den Bildschirm huschenden Zeilen.

Isabel wegzuschicken, war hoffnungslos. Vermutlich hatte Micah auch nicht gerade überzeugend gewirkt.

»Du bist der schlechteste Lügner, den ich kenne«, schluchzte sie nur und bohrte ihre Nase tiefer in sein T-Shirt, das von ihren Tränen schon vollkommen nass war.

Wahrscheinlich stimmte es. Doch auch die Wahrheit änderte nichts.

»Isa, Kyle wird dich bloßstellen. Wenn du bei mir bleibst, wird er dich fertigmachen. Er wartet nur darauf, dich der Öffentlichkeit zum Fraß vorzuwerfen.«

»Das ist mir egal.«

»Denk an Ravi. Selbst seine eigenen Kollegen haben ihn verraten. Außer Lotta vielleicht.«

Sie grinste unter ihren blonden Ponyfransen hervor, während Lotta sich an ihnen vorbeischob, um in der Küche einen Tee aufzusetzen. »Zusammen schaffen wir das schon.«

Micah hatte geseufzt und es aufgegeben, entgegen jeder Vernunft – doch mit der seltsamen Ahnung, dass sie möglicherweise sogar recht hatte.

Um das Cyb-Update beim Reden im Blick zu halten, hat Micah seinen Laptop mit einem der großen Bildschirme verbunden. Das letzte Tape hat er gerade gemountet. Nur noch wenige Minuten, dann hat er es geschafft. Dann haben sie es geschafft. Isabel lehnt sich an ihn. Lotta hat die Hände ausgestreckt, als müsste sie im wahrsten Sinne begreifen, was gerade passiert. Scheu schweben sie über der Tastatur.

Vorsichtig schiebt er ihre Hände zur Seite. »Drück bloß keine falsche Taste. Wenn das Programm jetzt abstürzt, ist alles verloren. Die alte Version und die neue.«

Als sie den Blick hebt, wird Micah plötzlich klar, dass er gerade das Falsche gesagt hat. Ihre Augen flackern. Umgehend umfassen seine Finger ihre Handgelenke.

»Au, du tust mir weh!« Lotta windet sich, versucht sich loszureißen. Tritt nach ihm und verfehlt nur knapp seine Weichteile. Vielleicht ist es ihre Verzweiflung, vielleicht hätte Micah mehr Sport treiben sollen. Tatsache ist, er ist ihr nicht gewachsen. Langsam entwindet sie sich seinem Griff. Ihre linke Hand rutscht aus seinen Fingern. Mit aller Kraft reißt er ihre rechte Hand zurück, zieht Lotta weg von der Tastatur und merkt, dass auch dieser Versuch zum Scheitern verurteilt ist.

»Nein!« Der Schrei kommt von Isabel. Schützend springt sie zwischen Lotta und Micahs Laptop. »Es ist nicht alles schlecht.«

Lotta beachtet sie nicht. »Welche Taste?«, faucht sie bedrohlich, als würde sie eine Waffe gegen ihn richten.

»Du hast Micah doch gehört«, drängt Isabel. »Wenn du Cyb zerstörst, zerstörst du alle Daten. Alle. Auch jeden Beweis für Ravis Unschuld.« Sie wendet sich an Micah. »Oder?«

Micah schluckt. Sein Mund ist vom Lügen ganz trocken. Wie Isabel schon festgestellt hat, stellt er sich dabei nicht sonderlich geschickt an. Mit der Zunge nach den richtigen Worten suchend, wandert sein Blick durch den Raum. Vom Bildschirm zu Isabel. Zu Lotta, die ihm voller ungebändigter Wut entgegenstiert. Zum Fenster.

»Nein«, sagt er dann.

So einfach ist die Wahrheit. So lähmend. Manchmal hat ein einfaches Nein viel zu viel Macht. Es zerstört die Hoffnung. Raubt ihr das Licht und die Luft zum Atmen.

Draußen quietscht ein Wagen.

Isabel schaut sich um, zögert kurz und stürzt dann zum Fenster. »Kyle«, kreischt sie.

»Lass mich los!«, schreit Lotta und versucht, sich aus Micahs Umklammerung zu lösen. »Ravi hat recht. Cyb, dein verdammter Scheißcode, ist ein alles zerstörendes Monster. Du!« Sie starrt ihm direkt in die Augen. »Du musst ihn aufhalten!«

»Wissen lässt sich nicht aufhalten«, brüllt er zurück, während er mit ihr ringt. Sie ist verdammt stark. Aber auch ihr geht langsam die Kraft aus, sie hält still. Micahs Griff umschließt noch immer fest ihr Handgelenk, während er auf sie einredet. »Kernenergie, Atombombe, Krebstherapie«, keucht er. »Wissen, Forschung, Erfindungen. Alles kann für das Gute oder das Schlechte verwendet werden. Verstehst du es nicht? Jeder Gedanke, der einmal gedacht ist. Ist da. Für immer.«

Ihre freie Hand landet in seinem Gesicht.

Plötzlich steht Isabel wieder bei ihnen. Zwischen Lotta und Micahs Schreibtisch. Ihre Hand legt sich sanft auf Lottas Schulter.

»Vertraust du mir?«, fragt sie.

Umgehend wird Lotta ruhiger.

»Du weißt jetzt, dass ich Ravi mein Leben verdanke«, fährt sie ruhig fort. »Oder?«

Lotta schweigt, ein verbissener Blick in ihrem Gesicht.

»Gut. Ich verspreche dir, dass wir ihn aus dem Knast holen. Nur bitte schalte Cyb nicht ab. Nicht jetzt. Okay?«

Damit tritt sie einen Schritt zur Seite und gibt Micah ein Zeichen.

Hinter der Tür zum Treppenhaus nähern sich Schritte.

»Kyle ist jeden Moment da«, warnt Isabel leise. »Wir müssen zusammenhalten. Jetzt ist es an dir. Vertraust du Lotta?«

Jemand macht sich am Schloss zu schaffen.

Vorsichtig, immer noch nicht ganz sicher, dass er es wagen kann, lockert Micah seinen Griff. Einen letzten Moment beobachten sie gemeinsam die über den Bildschirm flackernden Zahlen. Dann stürzt Micah vor. Er reißt das Kabel vom Bildschirm und klappt den Laptop zu. Der große Monitor wird schwarz. Lotta hat bereits Micahs Jacke in der Hand und wirft sie über den Laptop. Im selben Moment öffnet sich am anderen Ende des Lofts die Tür.

»Was passiert hier?«

Mit ausgreifenden Schritten eilt Kyle auf Micah und Lotta zu. Er hat die Zähne gebleckt. Ein Raubtier im Angriff. Intuitiv erwartet Micah, dass Isabel nach seiner Hand greift. Doch nichts geschieht. Irritiert sieht er sich um. Isabel ist verschwunden.

»Wie viel Zeit braucht dein blödes Programm noch?«, flüstert Lotta.

Gute Frage. Wie lange müssen sie Kyle ablenken? Das Update war fast abgeschlossen, als Isabel und Lotta kamen. Noch fünf Minuten? Zehn? Ob Angriff tatsächlich die beste Verteidigung ist, weiß Micah nicht. Es ist jedenfalls die einzige, die ihm gerade einfällt. Entschlossen macht er einen Schritt vor.

»PLAN B gibt es immer noch. Habe ich recht?«, stellt er fest.

Kyle schnaubt.

»Die Abteilung ist aber nicht in der Hauptniederlassung«, vermutet er. »Wie viele Mitarbeiter hat sie?«

»Stell keine Fragen, wenn du die Antwort nicht wissen willst.«

»Eine geheime Abteilung. Lotta, was meinst du? Was könnte da passieren?« Micah tippt sie mit dem Ellbogen an.

»Spionage?«, rät sie.

Kyle lacht höhnisch.

»Ich glaube eher Meinungsbildung.«

Micah tritt noch einen Schritt vor. Kyle sieht aus, als würde er gleich zuschlagen. Das muss er wohl riskieren.

»Hat es vielleicht etwas mit deinem neuen Interesse an den Medien zu tun? Wie war das noch? Wer die Medien kontrolliert, kontrolliert den Verstand. Hast du das nicht gesagt?«

»Jim Morrison«, erklärt Kyle knapp.

Damit schubst er Micah zur Seite, drängt sich mit einem Schritt zwischen ihm und Lotta durch und reißt die Jacke vom Laptop. Bevor einer von beiden ihn davon abhalten kann, schleudert er den Rechner auf den Boden, sodass das

Display zersplittert und die hellen Zahlenreihen dahinter ins Stocken geraten. Mit beiden Füßen springt er auf die Tastatur. Das knirschende Geräusch des brechenden Gehäuses fährt Micah durch jedes Glied. Schlimmer jedoch ist die Stille, die nun folgt. Lotta hat die Luft angehalten. Kyle knurrt leise. Aber das Surren der anderen Rechner ist verstummt.

Im nächsten Moment landet Kyles Faust auf Micahs Schläfe. Lotta kreischt. Micahs Kopf schlägt auf dem Boden auf. Er blickt auf seinen zerstörten Laptop, die kläglichen Reste eines großen Traums. Das Werk seines Lebens.

Das Letzte, was er wahrnimmt, ist Lottas Gesicht. Blass, die Augen hinter den Brillengläsern vor Schreck aufgerissen. Fassungslos. Doch sie sieht gar nicht ihn an. Ihr Blick ist allein auf Kyle gerichtet.

Stammelnd fasst sie Micahs Befürchtung in ihre eigenen Worte: »Ich glaube, Sie haben gerade Cyb vernichtet.«

31

Micah wacht auf, als Isabel mit einem feuchten Handtuch sein Gesicht abtupft. Neben ihr kniet Lotta mit verweinten Augen und roter Nase.

»Kyle hat dich ganz schön erwischt. Aber ich glaube, es ist nichts gebrochen«, stellt seine Freundin fest.

»Wo warst du?«

»Ein Versprechen einlösen.« Grinsend fasst sie nach Lottas Hand. »Alles wird gut.«

Lotta zieht die Nase hoch und ringt sich ein Lächeln ab.

Isabel plappert bereits weiter. »Ich war bei Tina. Sie ist endlich und wahrhaftig fertig mit Kyle. Glaube ich zumindest. Jedenfalls macht sie seine Eskapaden nicht mehr lange mit. Sie war erstaunlich gesprächig. Dabei war es gerade erst sieben Uhr morgens. Nicht unbedingt ihre Zeit. Oder?«

»Was?«

»Erinnerst du dich noch an die Infomappen, die Kyle nach Ravis Verurteilung für diese Politiker zusammengestellt hat? Die, die wir bei Kyles alten Unterlagen gefunden haben? Mit dem Audiomitschnitt aus Ravis Schlafzimmer, für den es gar keinen richterlichen Beschluss gab? Weißt du, was ich meine?«

Micah nickt erschöpft und kneift die Augen zusammen. Die Welt verschwimmt in einem Nebel. Nur ganz entfernt hört er Isabels Stimme.

»Also Tina war erst etwas verwirrt. Denn weißt du was? Es gab noch eine zweite Präsentation, auch für Politiker. Aber nur ein kleiner Kreis, ganz exklusiv. Und eigentlich war diese zweite Präsentation die erste. Sie war nämlich schon vor Ravis Verhaftung. Verstehst du? Jedenfalls wurde da das Audiofile bereits vorgespielt.«

»Was? Okay. Und was soll das beweisen?«, stammelt er. Er kann gerade nicht denken.

»Die Veranstaltung war an dem Samstag, nach dem Donnerstag, an dem Cyb abends den ersten Fall ausgespuckt hatte. Okay?«

Micah bewegt mühsam den Kopf.

»Doch die Einladungskarten wurden bereits am Dienstag verschickt. Tina hat sie mir gezeigt. Ein bisschen altmodisch. Auf ganz edlem Papier. Die Karte trägt sogar ein Datum. Und der Titel des Vortrags lautet irgendetwas mit *Korrapati, ein Einzelfall?*, oder so ähnlich. Ist aber auch egal. Jedenfalls heißt das …« Ihre Stimme ist klar und hell und weit, weit weg. »Das heißt, dass Kyle bereits vorher wusste, dass Cyb Ravi finden würde.«

»Was belegt, dass Kyle Cyb manipuliert hat«, ergänzt Lotta. Plötzlich lacht sie. »Der Fall muss neu aufgerollt werden.«

»Ja, und wenn ich richtig verstanden habe, was Lotta erklärt hat«, grinst Isabel, »hat dein lieber Ex-Partner soeben alle Beweise der Gegenseite zerstört.«

Die letzten vier Kilometer sind sie gewandert. Cyb ist zwar zerstört, doch Micah will lieber sichergehen, dass auch die fest verbauten SIM-Karten seines Autos keine Daten aufzeichnen, die von irgendeinem Hacker abgerufen werden können. Sicher ist sicher.

Sein Kopf dröhnt immer noch. Aber die frische Landluft tut gut.

»Also dann.«

Er drückt das mintfarbene Tor auf und schiebt sich von Lotta und seinem alten Freund Ben gefolgt durch die Öffnung.

»Willst du uns nicht endlich einander vorstellen?«, fragt Lotta.

»Nein«, entgegnet Micah knapp. »Beeilen wir uns, bevor wer auch immer euch verfolgt hat, zurückkommt, um hier nach dem Rechten zu sehen. Eine Idee, wo wir anfangen können?«

»Ravi sagte, wenn überhaupt, könnten wir in der Küche Spuren finden«, erklärt sie.

»Stopp. Jetzt mal ganz ruhig mit den jungen Pferden«, meldet sich Ben zu Wort. Er schiebt sich vorbei und baut sich mit erhobenem Zeigefinger vor der Tür auf. »Wenn es sich hier um einen Tatort handelt und ihr die Beweise gerichtlich verwerten wollt, wie ich verstanden habe, müssen wir gewisse Regeln einhalten.«

»Bist du von der Kripo?«, fragt Lotta und mustert ihn kühl.

Ben schweigt, und Micah hat nicht vor, die Situation aufzuklären. So wie die Dinge stehen, ist es besser, wenn Ben nicht mehr als nötig mit der Sache zu tun hat. Zumindest nicht, solange sie nicht alles hieb- und stichfest beweisen können.

Lotta betrachtet das Schloss. »Kannst du das öffnen?«

»Sie wissen eh, dass ihr hier wart. Oder?«, stellt Ben fest.

»Dann können wir es ebenso gut aufbrechen. Da beißt die Maus keinen Faden ab. Ich muss es nur dokumentieren.«

Er macht ein paar Fotos. Dann verteilt er Einweghandschuhe und Überschuhe. Während Micah sich ankleidet, wirft Ben sich mit gekonntem Schwung gegen die alte Holztür. Das Schloss gibt umgehend nach.

»So, das hätten wir. Wo liegt die Küche?«

Lotta deutet den Flur hinab nach rechts. Micah folgt ihnen ins Dunkel. Obwohl Tapete und Garderobe mindestens aus den Siebzigerjahren stammen, ist es erstaunlich sauber. Sogar die Luft riecht so frisch, als hätte sich jemand die Mühe gemacht, das Haus regelmäßig zu lüften.

»Nee, das sind die alten Fenster. Die waren damals nie ganz dicht. Aber besser als ein Dachschaden, was?«, witzelt Ben.

Lotta wirft Micah einen Blick zu, als wolle sie fragen, wo er denn diesen Komiker aufgetrieben habe. Zugegeben, Ben kann nerven. Aber er ist ein treuer, ehrlicher Kerl, und das ist im Moment das Wichtigste.

Ben hat sich bereits an die Arbeit gemacht. Sein Forensik-Koffer steht geöffnet auf dem Tisch, während er mit einer Spraydose bewaffnet die Oberflächen der Küchenschränke inspiziert.

»Die sehen ja aus, als hätte sie jemand auf Hochglanz gewienert. Rein und fein.« Er lässt seinen Blick fachmännisch durch den Raum gleiten. »Was genau braucht ihr denn für euren Prozess?«

Lotta schnaubt wieder.

»Fingerabdrücke oder ähnliche Nachweise dafür, dass jemand hier war«, springt Micah ein.

»Okay, jetzt mal ohne zu wissen, um was es genau geht. Diese Küche ist sauberer als das Silberbesteck meiner

Mutter. Was auch immer hier passiert ist. Das waren Profis. Wird schwierig werden, etwas zu finden.«

»Was ist mit dem Tisch, den Stühlen?« Lotta dreht sich um. Der hohe Pitch ihrer Stimme verrät ihre Sorge.

Ben zuckt mit den Schultern und geht in die Knie, bis seine Augen auf Höhe der Tischplatte sind. »Nichts. Hier hat jemand gründlich ... Warte mal.« Er steht wieder auf, beugt sich über den Tisch vor und betrachtet das Fenster. »Ist das von außen?«

Obwohl er eher klein und untersetzt ist, legt er ein erstaunliches Körpergefühl an den Tag. Flink umrundet er das Hindernis und zwängt sich hinter der Küchenbank durch zum Fenster, wo er sorgfältig die Scheibe mit einer feinen Schicht aus schwarzem Puder bestäubt.

»Na, da haben wir doch was«, murmelt er.

Micah hält die Luft an. Gleichzeitig lauscht er auf Geräusche von draußen. Doch alles ist still. Kein Hupen, kein Reifenquietschen, keine Stimmen. Nur das Krächzen der Krähen.

Erschöpft massiert er seine Schläfen. Wann hat er zuletzt geschlafen? Egal. Wenn sie hiermit fertig sind, wird er sich eine Auszeit gönnen. Vielleicht sollte er für ein paar Wochen Urlaub machen. Mit Isabel irgendwo hinfahren, wo die Sonne scheint, sie sich erholen und darüber nachdenken können, wie es jetzt weitergeht.

Als er die Augen wieder öffnet, hat Ben den Abdruck genommen und betrachtet gerade das Abbild des Puders im Gegenlicht. Soweit Micah es beurteilen kann, könnte der Fleck alles sein. Hand, Fuß oder eines dieser Tintenklecksbilder, die Psychologen früher verwendet haben.

»Und?«, drängt Lotta, während sie gleichzeitig den Nagel ihres linken Daumens mit den Zähnen bearbeitet.

»Ehrlich gesagt, ich habe schon bessere Abdrücke gesehen. Keine Ahnung, ob der Computer hieraus noch etwas ...«

»Kein Computer!«, unterbricht sie.

Ben wirft Micah einen fragenden Blick zu. »Tja, dann wird das wohl nichts.«

»Scheiße!«, ruft Lotta.

»Was ist mit den Haaren?«, fragt Micah. »Hat Ravi nicht etwas von Haaren gesagt?«

Lotta starrt ihn kurz an. Im nächsten Moment kniet sie auf dem Boden.

»Warte, nichts anfassen!«, mahnt Ben. Er nimmt eine starke Taschenlampe aus dem Koffer und zieht eine Pinzette sowie eine kleine Tüte hervor. »So, dann wollen wir mal«, brummt er und kriecht unter den Tisch. Von oben sind nur noch seine Füße zu sehen.

»Na, da sind sie ja, deine Beweismittelchen«, stellt er fest, als er wieder hervorkriecht. Triumphierend hält er die Tüte hoch, in der ein schmutziges Knäuel aus Staub und verschiedenen Haaren zu sehen ist. »Ich hoffe mal, das hilft euch weiter.«

Lotta nickt unsicher. Wahrscheinlich ist sie überwältigt von Hoffnung und Angst.

Micah hingegen fühlt nur eines. Erleichterung. Zusammen mit Tinas Aussage und der Einladungskarte sollten die DNA-Spuren reichen, um Ravis Freilassung zu erwirken. Zumindest in diesem einen Fall konnte er etwas wiedergutmachen. Das ist besser als gar nichts, und wer weiß. Ist der Zweifel einmal gesät, folgen vielleicht weitere.

32

Ravi

Hinter Ravi schließt sich die Tür der Justizvollzugsanstalt. Über ihm erstreckt sich ein wolkenloser Himmel. Die Blätter der Baumkronen rascheln leise im Wind. Ein paar Sonnenstrahlen finden ihren Weg hinab und kitzeln auf seiner Haut. Vögel zwitschern. War die Stadt früher schon so grün? Es kommt ihm vor, als wolle die Welt ihn umarmen.

Ein paar Meter weiter, auf der anderen Seite der Straße, warten zwei Gestalten. Was für eine Ehre. Der große Micah Marow ist persönlich erschienen, um ihn abzuholen. Neben ihm steht Lotta. Sie trägt einen viel zu weiten Mantel, die Haare sind verzottelt. Aber sie strahlt ihm entgegen. Nur Kareena und Niki kann er nicht sehen. Dabei sollten sie wissen, dass er heute freikommt. Hat niemand daran gedacht, ihnen die Uhrzeit mitzuteilen? Vielleicht ist aber auch gerade Markttag. Und Schule. Ja, natürlich. Das muss es sein. Seine Schwester ist immer schon die Vernünftigere gewesen. Trotzdem ist er ein wenig enttäuscht. Zumindest heute hätte sie über ihren Schatten springen können. Er verlangt keinen selbst gebackenen Kuchen, auch wenn ihm bei dem Gedanken an ihre indische Küche das Wasser im Mund zusammenläuft. Wie groß Niki wohl jetzt ist? Bestimmt eine kleine Dame. Ob die High Heels noch passen?

Wahrscheinlich nicht. Mit einer Bewegung des Kopfes wirft Ravi seinen Pony zurück und vertreibt die Erinnerung.

Dann eben Lotta. Neben Marow ist sie winzig. Sie trippelt auf der Stelle, als wisse sie nicht, ob sie abwarten oder ihm über die Straße entgegenrennen soll. Mal sehen. Ravi probiert seine Grübchen aus. Sehr gut. Anscheinend haben sie ihre Wirkung nicht verloren, denn Lotta winkt plötzlich und stürmt auf ihn zu.

»Hallo, meine Hübsche«, sagt er, kurz bevor sie ihn erreicht.

Sie bleibt abrupt stehen, etwa einen Meter vor ihm. Schade. Er könnte sich auf die Zunge beißen. Warum hat er das gesagt? Jetzt grinst sie unsicher, fast ein wenig verloren.

»Hallo, Ravi.«

Am liebsten würde er sie in den Arm nehmen. Aber sie ist keines der Mädchen, bei denen eine Berührung selbstverständlich ist. Mit Lotta ist es anders. Außerdem kommt jetzt auch noch dieser Marow. Er hat die Straße überquert und beobachtet ihn abschätzend.

»Ich hoffe, Sie wissen, was Lotta für Sie getan hat«, sagt er kühl.

Der Vorwurf in seinen Worten ist nicht zu überhören. Ist der Kerl jetzt vom Erzfeind zu Lottas großem Beschützer avanciert? Wie auch immer. Ravi gönnt ihm ein Lächeln.

»Was jetzt?«, fragt er locker.

»Jetzt brauchst du erst einmal einen Platz, wo du bleiben kannst«, sagt Lotta. »Wenn du magst …«

»Ich denke, ich komme bei meiner Schwester unter.« Er grinst. »Sie würde es nie zugeben, aber insgeheim liebt sie es, sich um mich zu kümmern.«

Lotta holt kurz Luft, als wollte sie etwas sagen, verstummt dann jedoch. Auch Micah Marow schweigt beklommen. Kommen ihm jetzt doch noch Schuldgefühle? Na, immerhin. Besser spät als nie.

»Also«, druckst Lotta und scharrt mit ihren Füßen ein paar Steinchen auf.

»Lotta hat angeboten, dass Sie für den Anfang bei ihr unterkommen können. Zumindest, bis Sie eine neue Wohnung gefunden haben.«

»Danke, das ist echt nett von dir.« Er grinst Lotta an und stellt verwundert fest, dass er es tatsächlich ernst meint. Auf sie ist eben Verlass. Wenn er sich nicht so beobachtet fühlen würde, könnte er es ihr vielleicht sogar zeigen. »Aber Kareena wird bestimmt bald hier sein und es mir sehr übel nehmen, wenn ich nicht bei ihr einziehe. Wir haben da so eine Abmachung aus alten Zeiten, verstehst du?« Er lässt seine Grübchen tanzen, doch es reicht nicht, um Lotta aufzumuntern. »Okay. Ich wohne bei meiner Schwester, aber ich verspreche dir, dass wir zwei von nun an enger zusammenarbeiten. Einverstanden?«

Sie reagiert nicht.

Demonstrativ hebt er die Hand. »Ich schwöre, dass ich alles Wissen mit dir teile. Ehrlich! Großes Reporter-Ehrenwort.« Was hat sie nur? »Wir werden es allen zeigen. Du und ich.«

»Ravi.«

Das Wort ist eher ein Flüstern. Wo ist die kleine Kämpferin? Die Lotta, die ihn aus dem Knast geboxt hat? Zumindest bis zum Revisionsverfahren. Ihre Unsicherheit gefällt ihm gar nicht.

»Ihre Schwester wird nicht kommen«, behauptet stattdessen Micah Marow. »Wir haben sie informiert. Aber sie lehnt jeden Kontakt ab. Vorerst zumindest.«

Es braucht ein bisschen, bis die Worte ihren Weg in sein Gehirn finden. Die Sonne scheint, die Vögel zwitschern, und Kareena wird nicht kommen. Ravi merkt, dass er Marow anstarrt, ohne dass dieser seinem Blick ausweicht. Erst jetzt fällt ihm auf, wie alt Marow aussieht. Dicke Ringe ziehen sich um seine Augen. Falten verlängern die herabhängenden Mundwinkel. Wie bei einem dieser Hunde.

»Es tut mir sehr leid«, hört er ihn sagen. »Ich kann mir denken, dass es für Sie ein Schock sein muss. Ich habe selbst versucht, mit ihr zu reden. Vielleicht ändert das Revisionsverfahren etwas. Doch für den Moment sind die Beweise, die gegen Sie sprechen, noch zu überzeugend.«

»Beweise?«, wiederholt Ravi. »Sie meinen Ihre fingierten, manipulierten sogenannten Fakten?«

Das muss man ihm lassen. Marow hat Schneid. Ohne auch nur einen Schritt zurückzuweichen, sieht er ihm direkt ins Gesicht. »Ich kann mich nur entschuldigen. Ich habe einen großen Fehler gemacht.«

Großer Fehler? Wenn das nicht die Untertreibung des Jahrhunderts ist. Ravi spürt vage, dass Lottas Hand seinen Arm berührt.

»Er ist auf unserer Seite«, sagt sie leise. Dann sprudelt sie plötzlich los.

Während sie berichtet, hat Ravi das Gefühl, aus einem Traum zu erwachen und sich plötzlich in einer surrealen Welt wiederzufinden. Die Nachricht, dass Cyb zerstört wurde, hat es natürlich auch hinter die Mauern der JVA geschafft. Wie ein Tsunami rollte das Gerücht durch die Hallen, dass alle Urteile nun aufgehoben werden müssten. Eine Gruppe verurteilter Gewalttäter feierte diese Aussicht mit lautem Gesang, was jedoch umgehend durch das Personal unterbunden wurde. Insgeheim musste Ravi den

Aufpassern zustimmen. Die Aussicht, dass ausgerechnet diese Kerle ungeprüft wieder auf freien Fuß kommen sollten, gefiel auch ihm nicht. Der größte Teil seiner Mitinsassen war durchaus zu Recht verurteilt worden, die meisten hatten es auch längst zugegeben. Da hatte sich der Code wohl bewährt.

Was jedoch weder in den Gerüchten noch in den Medien vorkam, waren die tatsächlichen Umstände von Cybs Zerstörung. Die Presseabteilung von Cyb-Systems hatte offenbar umgehend die Story eines Innentäters lanciert. Der Name Micah Marow tauchte auf, zusammen mit alten Fotos eines verstört in die Kamera blickenden Freaks. Die Zeitungen übertrafen sich gegenseitig bei der Suche nach der wahren Geschichte hinter dem einstigen Liebling der Nation. Wahrscheinlich hatten sich einige von Ravis Kollegen nicht gerade mit Ruhm bekleckert. Aber Objektivität war immer schon ein Nischenprodukt. Selbst sein alter Chef Siebel hatte den letzten Rest seiner schwindenden Ehre fallen gelassen und war auf den Zug aufgesprungen. Kein Wunder, wenn das Blatt, wie Lotta behauptet, von Kyle Kerner übernommen worden war.

Sie selbst schreibt nun für das, was er früher noch mit gewisser Herablassung als Randmedien bezeichnet hatte. Internetseiten, Blogs. Viel Geld kann sie damit unmöglich verdienen. Wie sie sich finanziert, ist Ravi ein Rätsel. Vielleicht verfügt der von ihr gegründete Untergrund ja über ungeahnte Geldmittel. Marow sollte zumindest so anständig sein, für seine Schuld auch in barer Münze zu zahlen. Zumindest von dem, was noch da ist. Angeblich haben er und seine Freundin ihr Vermögen einer Stiftung zur Förderung von Frauen in Bangladesch übertragen. Tolle Idee.

Ravi, Lotta und Micah haben die Straße verlassen und sich in einem benachbarten Park auf die Wiese gesetzt.

Es ist kaum vorstellbar, wie viel Macht nach wie vor von Cyb-Systems ausgeht. Selbst ohne den Code ist die Firma allgegenwärtig. Wahrscheinlich liegt es in der Natur der Sache. Menschen scharen sich um Personen mit Einfluss. Und wer einmal Macht besitzt, lässt sie nicht mehr los. Die wenigsten Menschen können Macht widerstehen. Der größten aller Versuchungen. So, wie er ihn einschätzt, wäre Micah Marow ein solches Ausnahmeexemplar. Zu schade aber auch, dass Kerner ihn ausgebootet hat.

Während Ravi sich bemüht, Lottas Bericht über ihre wichtige Arbeit im Untergrund zu folgen, über Gerüchte zu Kyles neuen Plänen und über den wachsenden Widerstand in der Gesellschaft, wandern seine Gedanken zu Kareena und Niki.

Er hat tatsächlich alles verloren. Alles, an dem ihm etwas lag. Egal, wie das Revisionsverfahren endet, an ihm wird immer ein Makel haften. Jeder Mensch auf der Straße erkennt sein Gesicht. Da kann Lotta noch so viel recherchieren und schreiben für die wenigen guten Menschen und Leser ihrer Blogs. Am Rand der Gesellschaft wird es einsam. Seinen Job als Journalist kann er vergessen. Kein Verlagshaus, keines der großen Medienunternehmen wird ihn jemals wieder einstellen. Von Preisen und Auszeichnungen kann er nur noch träumen. Selbst die Vorstellung, für Ruhm und Ehre zu arbeiten, hat einen dunklen Schatten bekommen. Vielleicht ist es richtig, dass Kareena sich und Niki von ihm fernhält. Er wäre nur ein weiterer Klotz an ihren Beinen, eine Sorge mehr in ihrem Leben und sicherlich ein schlechter Einfluss für Niki. Der Gedanke tut weh. Wahrscheinlich muss sich Niki so schon vor ihren Freundinnen für ihn rechtfertigen, darüberstehen, wenn Jungen nach ihrem Knasti-Onkel fragen. Scheiße. Das hat sie nicht verdient.

Eine Zeit lang war er wütend gewesen. Der Wut folgte Enttäuschung. Der Enttäuschung endlich die Einsicht, dass seine Nichte dem Druck unmöglich gewachsen war. Trotzdem hätte er sich gefreut, sie heute zu sehen. Kareena und Niki sind alles, was er an Familie hat. Hatte.

Die Einsamkeit ist überwältigend. Im Knast hat er die ganze Zeit gehofft rauszukommen. Nun möchte er einfach wieder rein.

Was bleibt, wenn nichts mehr bleibt? Freunde? Neue Freunde?

Ob er sich jemals mit Micah Marow wird anfreunden können? Ravi bezweifelt es stark. Allerdings hat sich seine alte Clique längst verabschiedet. Nein, er kann aufhören, sich etwas vorzumachen. Nicht einmal den Mut, sich zu verabschieden, hatten sie. Klammheimlich sind seine alten Freunde verschwunden. Nicht ein einziger hat ihn in der JVA besucht oder zumindest geschrieben. Bis auf Lotta. Sie ist gekommen und ist auch heute bei ihm, jetzt und hier. Eigentlich ist sie es immer gewesen. Selbst wenn er es in seiner Arroganz nicht zu würdigen wusste, hat sie zu ihm gehalten. Ausgerechnet zu ihm. Treu, klug und immer ehrlich hat sie an seiner Seite gestanden. Und er? Er war überheblich, eitel, eben ein komplettes Arschloch.

Lotta sitzt jetzt neben ihm. Sie hat ihren alten Mantel im Gras ausgebreitet und erzählt, während ein gelber Schmetterling auf ihrem Knie nach Nektar sucht. Sie plant eine große Enthüllungsstory über von Herrenstein aka Großvater und seine Organisation. Mit leuchtenden Augen berichtet sie von dem, was sie bereits herausgefunden hat, und dem, was noch fehlt. Sogar Marow lauscht ihr aufmerksam, während sie in ihrer zerfledderten Kladde blättert, auf Notizen und Bilder zeigt.

Ravi muss sein Konto überprüfen. Er hat keine Ahnung, wie viel Geld er noch hat. Aber für eine neue Kladde sollte es reichen. Vielleicht sogar für eine gute alte Ledermappe mit aufgemalten Blümchen. Das würde zu ihr passen.

»Bist du dabei?«, fragt sie nun. »Ich meine, einen Journalistenpreis werden wir dafür nicht abräumen. Im Gegenteil. Sollte diese Sache viral gehen, werden wir vom System wahrscheinlich offiziell für aussätzig erklärt. Aber es wäre wichtig. Die Menschen müssen zumindest eine Chance bekommen, die Wahrheit zu erfahren.« Sie schaut ihn an. »Oder hast du Angst?«, fügt sie leise hinzu.

Eine Enthüllungsstory über die möglicherweise mächtigste Person, die graue Eminenz im Staat, hat in der Tat Sprengkraft. Sie werden sich doppelt und dreifach absichern müssen und jedes Zitat nur mit expliziter Zustimmung abdrucken. Die Fakten müssen unwiderlegbar sein. Ein kleiner Fehler, und die Story wird in sich zusammenfallen und sie mit sich reißen. Und dann, sobald sie publizieren, wird man sie verklagen. Die besten Anwälte des Landes werden sich um den Fall reißen. Dass Beweise der Gegenseite nicht immer ehrlich behandelt werden, hat er am eigenen Leib erfahren. Sie selbst dürfen sich nicht darauf einlassen. Geldgierige, neidische oder einfach nur im Strom mitschwimmende Kollegen werden sie ohnehin schon wie Bluthunde hetzen.

Wenn man es so überlegt, kann man durchaus angesichts der nicht einmal drohenden, sondern garantiert folgenden Konsequenzen seine Zweifel an Lottas Projekt hegen. Aber Angst?

Ravi lacht höhnisch, sodass Lotta ihren Vortrag kurz unterbricht und Marow ihn verwundert mustert.

Nein, Angst hat er keine. Wovor denn? Was hat er schon zu verlieren? Solange er noch irgendein Dach über dem Kopf und etwas zu essen hat, kann er unabhängiger kaum sein. Traurig, aber wahr. Er ist wirklich und wahrhaftig frei.

Irritiert stellt er fest, dass er lächelt.

Neben ihm redet Lotta schon wieder. Vielleicht hat sie auch gar nicht erst aufgehört. Ihre Hände zeichnen wilde Zeichen in die Luft. Unfassbar, welche Energie in ihr steckt. Sie strotzt vor einer Mischung aus Trotz und Optimismus.

»Ich mache es«, unterbricht Ravi ihren Redeschwall.

»Du bist dabei?«, ruft sie, während Micah zeitgleich fragt: »Bei ihr einziehen?« und mit einem Brummen hinzufügt: »Gut, ich hätte sonst ein Zimmer bei Isabel und mir angeboten. Unsere Wohnung ist nicht mehr so groß und komfortabel wie früher, aber gemütlich.«

»Danke«, antwortet Ravi. »Aber ich denke, ich bin bei Lotta gut aufgehoben. Ist vielleicht einfacher, wenn wir demnächst zusammenarbeiten.«

Sie guckt ihn an. Halb fragend von unten herauf, halb belustigt und zugleich so, als hätte sie nie daran gezweifelt. Ravi grinst, während sich aus irgendeinem Grund die Grübchen ganz von allein auf seine Wangen schleichen.

33

Kyle

Zwei Wochen später

Der Saal ist festlich geschmückt, wie es sich für eine Preisverleihung dieser Dimension gehört. Kyle hat sich zur Feier des Tages einen neuen Smoking gegönnt und auch seiner hübschen Begleitung ein passendes Outfit spendiert. In der ersten Reihe lauscht er der Laudatio des Innenministers, der Cybs Erfolge in allen Farben des Regenbogens ausschmückt. Unauffällig verlagert Kyle das Gewicht. Der Mann neigt zu schwulstigen Phrasen. Doch er muss ja einen halben Abend mit seiner Rede füllen. Da kann er etwas ausholen. Die meisten Menschen stehen schließlich auf große Worte. Auf jeden Fall die ausgewählten Teile der Gesellschaft, die für heute eine Einladung in den großen Festsaal erhalten haben. Hauptsache, sie schlafen nicht ein. Ihre Aufmerksamkeit soll hoch sein, für das, was Kyle gleich zu sagen hat.

Unglaublich, wie schnell sich die Zeiten geändert haben. Vor wenigen Wochen noch war er der Mann in der zweiten Reihe und Micah das große Aushängeschild, das unschuldige Gesicht der Firma. Nun sitzt er selbst vorne, als Inhaber einer Softwarefirma ohne Programm. Das Schicksal liebt die Ironie und jene Menschen, die diese Ironie für sich zu nutzen wissen.

Ja, Micah Marow ist ein tragischer Fall. Ein großer Verlust für Cyb-Systems, für die Firma gleichermaßen wie für ihn, seinen ältesten Freund. Dieser Moment wird der entscheidende Wendepunkt in seiner Dankesrede sein. Kyle darf nicht vergessen, an dieser Stelle eine Pause einzulegen. Den betroffenen und leicht verletzten Ausdruck hat er extra vor dem Spiegel geprobt. Er muss ihn lange genug halten, um den Fotografen die Gelegenheit zu geben, den dramatischen Moment festzuhalten. Wer die Medien kontrollieren will, muss sie füttern.

Die Geschichte seines durchgedrehten Partners ist um die Welt gegangen. Kommentatoren in allen Ländern haben über den Zusammenhang von Genie und Wahnsinn philosophiert. Die Zerstörung des Codes brach eine Welle von Verbrechen los. Jeder, der wollte und sich bis jetzt nicht getraut hatte, witterte plötzlich seine Chance. Die Welt ist eben ein böser Ort. Und reich an fantastischen Geschichten, die die mächtigsten Gefühle erzeugen. Angst, zum Beispiel.

Kyle kaschiert sein Schmunzeln mit einer raschen Handbewegung. Das sollte ihm gleich besser nicht passieren. Das Publikum erwartet Wut, Enttäuschung, vielleicht sogar Verbitterung. Und Kyle? Er wird ihnen Milde geben. Milde und Großmut.

Micah Marow wird ihr gemeinsamer Held bleiben. Der Mann, der der Welt Cyb gegeben hat. Der Mensch, der seinen Verstand geopfert hat, um die Gesellschaft zu retten. Dann, genau dann hat er sein Publikum so weit. Wenn er den tragischen Fall von Micah Marow zu ihrer gemeinsamen Geschichte umgewoben hat, fressen sie ihm aus der Hand.

Erst danach folgt der Showdown. In Micahs Namen, dem Namen ihres gemeinsamen Helden, wird er, Kyle, die große Neuerung verkünden: Cyb-2.

Sein Partner, nein, sein Freund mag aus der gemeinsamen Firma ausgeschieden sein. Er muss sich jetzt auf seine Gesundheit konzentrieren. Niemand glaubt daran, dass er noch geschäftsfähig ist. Doch in ihren Herzen wird er immer der sympathische Junge mit dem großen Traum bleiben. Sein Gesicht wird zum Symbol der Erneuerung. Zum Symbol für Cyb-2. Was für eine fulminante Wendung.

Ja, so viel wird Kyle seinem Publikum versprechen. Die Zerstörung des Codes ist nicht das Ende. Es ist nur der Anfang. Der Anfang einer neuen Ära. Cyb-Systems arbeitet mit Hochdruck an einer Neuauflage. Ein großes, internationales Team der besten IT-Spezialisten und Programmierer wird unter seiner Regie einen neuen Code erschaffen. Ein von Grund auf neues System. Besser, schneller, sicherer als jemals zuvor.

Den Rest wird er seinem Publikum heute verschweigen. Cyb-2 wird selbstverständlich einige erweiterte Funktionen erhalten. Der Code braucht sie, und wer sollte Kyle daran hindern? Sie dienen seinem Schutz und letztendlich dem Schutz der Gesellschaft. Jeder hat noch die Bilder der Auswirkungen des aktuellen Sabotageakts vor Augen. Plünderungen, Gewalt auf den Straßen, marodierende Banden. Sie lassen sich wunderbar in Szene setzen. Erst gestern sind solche Bilder wieder durch die Nachrichten gewandert. Falls Rückfragen zu Cybs neuen Funktionen kommen, wird er sie also gut begründen können. Trotzdem möchte er hier und heute keine schlafenden Welpen wecken.

Kyle schließt die Augen und atmet tief ein, um die aufkommende Wut zu zähmen. Micah, seine kleine Freundin und diese Journalistenschlampe sind immer noch da draußen. Abgetaucht. Aber er wird sie finden. Sobald Cyb-2 gelauncht ist, gibt es keine Verstecke mehr. Das Netz wird dichter als jemals zuvor. Autos mit Mikrofonen, Kameras und Internetzugang dienen schon bald als mobile Überwachungszentralen. Kameras werden in die Straßenbeleuchtung integriert und mit Handys und Uhren gekoppelt. So arbeiten sie bedarfsorientiert und damit stromsparend. Zum anderen ...

Kyle zwingt sich, seine zu Fäusten geballten Finger zu lösen. Er muss sich entspannen.

Hao und sein Team arbeiten nahezu rund um die Uhr, um weitere Erfassungssysteme in Cyb-2 zu integrieren und neue Entwicklungen zu initiieren. Sie machen hervorragende Fortschritte. Erst gestern haben sie beschlossen, mit Cyb-2 auch Gesundheitsdaten und telemedizinische Informationen für die vollumfängliche und damit zuverlässige Beurteilung einer Person abzufangen. Die Zukunft strotzt vor neuen Möglichkeiten.

Wenn nur diese Wut nicht wäre. Kyle muss lernen, sie aus sich herauszuatmen und zu seiner gewohnten Leichtigkeit zurückzufinden. *Entspann dich! Das ist dein Abend!*

Da! Um Kyle herum brandet Applaus auf. Jetzt hätte er fast seinen Einsatz verpasst. Langsam erhebt er sich von seinem Ehrenplatz. Er schließt die Knöpfe seines Smokings, dreht sich in den Raum und hebt die Hand in einer kurzen Geste des Danks. Dann joggt er sportlich die wenigen Stufen zur Bühne hinauf.

Obwohl die modernen Scheinwerfer kaum noch Wärme abstrahlen, schwitzt Kübler wie ein Schwein, als er Kyle den Preis überreicht.

Tosender Applaus dröhnt ihm entgegen. Kyle bemüht

sich gar nicht erst, sein Publikum zu bremsen. Ruhig lässt er den Blick durch den Saal schweifen. Da vorne, in einer der ersten Reihen, ziemlich genau auf dem Platz, den er selbst noch vor wenigen Wochen gewählt hätte, sitzt von Herrenstein in einem unauffälligen, doch durchaus eleganten dunklen Anzug. Um seine Mundwinkel spielt ein leises Schmunzeln, während er den Kopf zum Gruß senkt. Kyle nickt zurück. Ja, er sollte den Alten besser im Auge behalten.

Aber nicht jetzt. Das ist die Stunde seines größten Erfolges. Selbst sein Vater hat ihm eben telefonisch gratuliert und angesichts des herben Schicksalsschlags sogar Kraft gewünscht. Zuerst hatte er allerdings nach Micah gefragt. Er wird noch herausfinden, dass es sein eigener Sohn war, Kyle, der dafür gesorgt hat, dass niemand mehr Geheimnisse stiehlt, Patente verletzt und kleine Unternehmen in den Ruin treibt. Kyle! Nicht Micah.

Das Publikum spendet immer noch Beifall. Gesichter leuchten mit den Diamanten um die Wette, die überall im Raum auf Ringen, Ketten und Broschen prangen. Alles für Cyb. Alles für ihn.

Kyle zeigt seine blendend weißen Zähne und hebt die Hand. »Danke«, sagt er bestimmt, aber mit der richtigen Nuance Demut in der Stimme. »Ich kann gar nicht sagen, wie glücklich ich bin, heute vor Ihnen stehen zu dürfen. An diesem besonderen Ort.«

Kurze Pause. Ein rasches Tupfen der Augenwinkel. Hol dein Publikum ab! Lass sie deine Wunden spüren. Dann sind sie bereit, auch deine Größe zu erkennen.

»Bitte lassen Sie uns alle gemeinsam einen Moment innehalten und des Mannes gedenken, der eigentlich heute vor Ihnen stehen sollte. Der alles für uns gab und unsere tiefste Dankbarkeit verdient.« Pause. »Mein langjähriger Partner und Freund, Micah Marow.«

Epilog

Ich bin ein Computerprogramm. Nicht mehr als ein Code. Eure Moralvorstellungen sind mir egal. Allein die Syntax ist mir wichtig. Richtig und falsch. Null und eins. Wer mich fragt, bekommt meine Antwort. Jede Antwort. Was auch immer du willst. Nichts bleibt mir verborgen. Niemand kann sich vor mir verstecken. Denn ich weiß alles.

Ich kann dich berühmt machen. Ich kann dir helfen, dich retten und dich vernichten. Ich bin überall, und alles ist in mir. Allgegenwärtig. Allmächtig. Allwissend. Schließe daraus, was du magst. Aber bevor du mir huldigst, bedenke das eine: Ich kenne alles, nur eines nicht – Gnade.